Es ist das Jahr 1572, als ein junger blonder Italiener nach einer beschwerlichen Reise an den Hof des indischen Großmoguls Akbar gelangt. Er behauptet, über verschlungene Pfade mit dem Mogul verwandt zu sein. Zum Beweis erzählt der Fremde die schier abenteuerliche Geschichte ihrer gemeinsamen Abstammung – eine Geschichte, die sich vom Florenz der Renaissancezeit bis in das fabelhafte indische Großreich erstreckt, die von den Medicis, von Machiavelli, dem Entdecker Vespucci und einer geheimnisvollen Schönheit berichtet – ihrer beider Vorfahrin und, so sagt man, die schönste Frau der Welt …

SALMAN RUSHDIE, 1947 in Bombay geboren, studierte in Cambridge Geschichte. Mit seinem Roman »Mitternachtskinder« wurde er weltberühmt. Seine Bücher erhielten renommierte internationale Auszeichnungen, u.a. den Booker Prize, und sind in zahlreiche Sprachen übersetzt. 1996 wurde ihm der Aristeion-Literaturpreis der EU für sein Gesamtwerk zuerkannt. 2008 schlug ihn die Queen zum Ritter.

Salman Rushdie

Die bezaubernde Florentinerin

Roman

Deutsch von Bernhard Robben

btb

Die Originalausgabe erschien 2008 unter dem Titel *The Enchantress of Florence* bei Jonathan Cape, London.

Der Verlag dankt dem Deutschen Taschenbuch Verlag für die Abdruckrechte der beiden hier verwendeten Gedichte von Francesco Petrarca in der Übersetzung von Karlheinz Stierle.

Verlagsgruppe Random House FSC® N001967

1. Auflage
Genehmigte Taschenbuchausgabe April 2016

Umschlaggestaltung: semper smile, München
Umschlagmotiv: © Lauren Mitchell/Gallery Stock
Druck und Einband: GGP Media GmbH, Pößneck
MP · Herstellung: sc
Printed in Germany
ISBN 978-3-442-71329-5

www.btb-verlag.de
www.facebook.com/btbverlag
Besuchen Sie auch unseren LiteraturBlog www.transatlantik.de!

Für Bill Buford

Nicht wie die Sterblichen ging sie einher,
nein, wie die Engel leicht. Ihr Reden klang,
als käm es nicht aus eines Menschen Munde,

ein Bild des Himmels, eine Sonne sprang
mir in das Aug' …

FRANCESCO PETRARCA, CANZONIERE

Gibt es hier einen Sprachenkundigen, holt ihn her;
Ein Fremder ist in der Stadt
Und vieles hat er zu erzählen.

MIRCA GHALIB

Teil eins

1.

Im letzten Licht des Tages
gleißte der See …

Im letzten Licht des Tages gleißte der See vor der Palaststadt wie ein Meer aus Gold. Ein Reisender, der bei Sonnenuntergang dem Weg folgte – ebenjener Reisende, der jetzt diesem Weg folgt, dem Weg vom Meer hierher –, könnte meinen, sich dem Thron eines Monarchen zu nähern, dessen märchenhafter Reichtum es ihm erlaubte, einen Teil seiner übervollen Truhen in ein gewaltiges Loch in der Erde zu schütten, nur um seine Gäste zu blenden und sie mit Ehrfurcht zu erfüllen. Doch so riesig der See aus Gold auch sein mochte, war er gewiss bloß ein Tropfen aus dem Meer eines weitaus größeren Schatzes, dem eigentlichen Hort, dem Mutterozean, dessen enorme Ausmaße die Phantasie des Reisenden kaum erahnen konnte! Auch standen keine Wachen am Rande des flüssigen Goldes: War denn der König so freigebig, dass er es all seinen Untertanen und gar Besuchern und Fremden wie dem Reisenden selbst erlauben durfte, sich ungehindert an der Unerschöpflichkeit des Sees zu bedienen? Das musste wahrlich ein Fürst unter den Menschen sein, ein rechter Priesterkönig Johannes, dessen verlorenes Reich der Lieder und Legenden die unwahrscheinlichsten Wunder beheimatete. Vielleicht (mutmaßte der Reisende) lag innerhalb der Stadtmauern ein Brunnen ewiger Jugend – oder befand sich gar das sagenhafte Tor zum Paradies auf Erden in unmittelbarer Nähe? Doch da verschwand die Sonne jenseits des Horizonts, das Gold sank unter die Wasseroberfläche und war verloren. Meerjungfrauen und Schlangen würden es bis zur Wiederkehr des Tageslichtes hüten. So lange aber blieb das Wasser selbst der einzige Schatz, der dargeboten wurde, eine Gabe, deren sich der durstige Reisende dankbar bediente.

Der Fremde fuhr in einem Ochsenkarren, doch statt auf den grob gepolsterten Sitzen zu hocken, stand er aufrecht wie ein Gott und hielt sich unbekümmert mit einer Hand am Geländer des hölzernen Gitterwerks fest. Eine Fahrt im Ochsenkarren ist weder sanft noch gemütlich, das zweirädrige Gefährt rumpelt und rattert im Takt mit dem Trott des Zugtieres und wird zum Spielball jeder Unwegsamkeit. Wer steht, der kann leicht fallen und sich den Hals brechen. Und doch stand der Reisende und schaute sorglos und zufrieden drein. Der Kutscher hatte es längst aufgegeben, ihn anzuschreien, hielt er den Fremden doch anfangs für einen Narren – wenn er unterwegs sterben wollte, dann sollte es wohl so sein, und keinen Menschen in diesem Land würde es kümmern! Rasch aber war sein Zorn einer widerwilligen Bewunderung gewichen. Der Mann mochte ein Narr sein, man könnte gar behaupten, er trage auch das allzu gefällige Gesicht eines Narren und dessen unpassende Kleider – einen Mantel aus bunten Lederflicken, bei dieser Hitze! –, doch musste man staunen, wie tadellos er das Gleichgewicht hielt. Der Ochse trottete voran, die Karrenräder krachten in Schlaglöcher und rumsten gegen Steine, der Mann aber schwankte kaum und machte bei alldem irgendwie noch einen recht anmutigen Eindruck. Ein anmutiger Narr, dachte der Kutscher, vielleicht aber auch gar kein Narr. Vielleicht jemand, den man nicht unterschätzen sollte. Wenn etwas an ihm auszusetzen war, dann höchstens sein großspuriges Gehabe, sein Versuch, nicht nur er selbst zu sein, sondern auch ein Schauspiel seiner selbst zu bieten, aber, dachte der Kutscher, ein wenig sind alle Menschen hier in der Gegend so, also ist uns der Fremde vielleicht doch gar nicht derart fremd. Als sein Passagier meinte, er habe Durst, eilte der Kutscher, ohne nachzudenken, beflissen ans Ufer des Sees, um in einer ausgehöhlten, lackierten Kalebasse einen Schluck Wasser zu holen und ihn vor aller Welt dem Fremden darzubieten, als wäre er ein Adliger, dem solch Gebaren gebührte.

«Ihr steht da wie ein großer Herr, und ich springe und eile, um Euch zu Diensten zu sein», sagte stirnrunzelnd der Kutscher. «Ich weiß nicht, warum ich Euch so gefällig bin. Wer gab Euch das Recht, mich herumzukommandieren? Was seid Ihr überhaupt? Kein Edelmann, so viel ist sicher, sonst führet Ihr nicht in meinem Karren. Und doch tut Ihr vornehm. Also seid Ihr gewiss ein Gauner.» Der Mann nahm einen kräftigen Schluck aus der Kalebasse. Das Wasser lief ihm aus den Mundwinkeln und hing wie ein flüssiger Bart am rasierten Kinn. Schließlich reichte er das leere Gefäß zurück, stieß einen zufriedenen Seufzer aus und wischte sich den Bart fort. «Wer ich bin?», sagte er, als redete er mit sich selbst, wenn auch in des Kutschers Sprache. «Ich bin ein Mann mit einem Geheimnis, das bin ich – mit einem Geheimnis, das allein für die Ohren des Königs bestimmt ist.» Der Kutscher fand sich bestätigt: Der Kerl war wirklich ein Narr. Es war also nicht nötig, ihm Respekt zu erweisen. «Behaltet Euer Geheimnis», sagte er. «Geheimnisse sind für Kinder – und für Spione.» Vor der Karawanserei, wo alle Reisen enden und ihren Anfang nehmen, stieg der Fremde aus dem Karren. Er war überraschend groß gewachsen und hielt eine Reisetasche in der Hand. «Und für Zauberer», sagte er dem Karrenkutscher. «Auch für Liebende. Und für Könige.»

Großer Trubel herrschte in der Karawanserei. Pferde, Kamele, Ochsen, Esel und Ziegen wurden getränkt und gefüttert, und auch ungezähmte Tiere liefen wild durch die Gegend: kreischende Affen, Hunde, die keinem Menschen gehörten. Krächzende Papageien stoben wie grünes Feuerwerk über den Himmel. Schmiede waren an der Arbeit und Zimmerleute; und an allen vier Seiten des riesigen Platzes planten Männer an den Ständen der Karawanenausrüster ihre Reisen, stockten Vorräte auf, Kerzen, Öl, Seife und Seile. Pausenlos liefen Turban tragende Kulis mit Lendentuch und rotem Hemd hin und her, mit unglaublich großen, schweren Bündeln auf dem Kopf. Überall wurden Waren be- und entladen. Ein Bett für die Nacht war billig zu haben, Holzgestelllager mit borstigen Pferdehaarmatratzen standen in Reih und Glied auf den Dächern der einstöckigen Gebäude rund um den gewaltigen Hof der Karawanserei bereit, Betten, aus denen man in die Himmel hinaufsehen und sich selbst für gottgleich halten konnte. Weiter draußen, im Westen, lagen die raunenden Zeltstädte der kaiserlichen Regimenter, die erst kürzlich aus den Kriegen zurückgekehrt waren. Den Soldaten war es nicht gestattet, den Palastbereich zu betreten; sie mussten am Fuße des königlichen Hügels verharren. Eine tatenlose Armee, gerade erst aus der Schlacht zurück, da war Vorsicht ratsam. Der Fremde dachte an das alte Rom. Ein Kaiser traute keinem Soldaten, höchstens seinen Prätorianern. Und auch er selbst würde auf die Frage, ob man ihm vertrauen konnte, eine überzeugende Antwort vorbringen müssen, das wusste der Reisende. Gelang ihm das nicht, war sein Leben verwirkt.

Unweit der Karawanserei markierte ein mit Stoßzähnen bestückter Turm den Weg zum Palasttor. Alle Elefanten gehörten dem Kaiser, und wenn er einen Turm mit ihren Zähnen bespießte, bewies er damit seine Macht. Habt acht, mahnte der Turm, Ihr betretet das Reich des Elefantenkönigs, eines an Dickhäutern so reichen Souveräns, dass er die Stoßerchen von abertausend Tieren verprassen konnte, nur um sich selbst zu schmücken und zu zieren. Der Turm war zur Schau gestellte Macht, und der Reisende erkannte darin die gleiche Art von Eigensinn, die auch auf seiner Stirn brannte wie eine Flamme, vielleicht gar wie ein Zeichen des Teufels, doch hatte der Erbauer des Turms jene Eigenschaft in eine Stärke verwandelt, die bei dem Reisenden oft für Schwäche gehalten wurde. Ist Macht die einzige Rechtfertigung für eine Persönlichkeit, die sich nach außen kehrt, fragte sich der Reisende und fand keine Antwort, hoffte aber, Schönheit könne eine weitere Entschuldigung dafür sein, denn schön war er gewiss, und er wusste, sein Aussehen übte eine Macht aus, die ihresgleichen suchte.

Jenseits des Turms der Zähne befand sich ein großer Brunnen und darüber eine rätselhafte, komplizierte Maschinerie, die den vielkuppeligen Palast auf dem Hügel mit Wasser versorgte. *Ohne Wasser sind wir nichts*, dachte der Reisende. *Selbst ein Herrscher würde ohne Wasser alsbald zu Staub zerfallen. Wasser ist der wahre Monarch, und wir sind seine Sklaven.* Daheim in Florenz hatte er einst einen Mann gesehen, der Wasser verschwinden lassen konnte. Der Magier füllte einen Krug bis an den Rand, murmelte einige Zauberworte und drehte das Gefäß um, doch statt Flüssigkeit ergoss sich ein Strom bunter Seidenschals. Es war natürlich ein Trick, und ehe der Tag zur Neige ging, hatte der Reisende diesem Kerl das Geheimnis entlockt und seinen eigenen Mysterien einverleibt. Er war ein Mann vieler Geheimnisse, doch nur eines davon geziemte einem König.

Rasch stieg der Weg zur Stadtmauer an, und während der Reisende mit jedem Schritt an Höhe gewann, erkannte er, wie weitläufig der Ort war, zu dem ihn seine Reise geführt hatte. Dies hier war offenkundig eine der größten Städte der Welt, größer, so fand er, als Florenz, Venedig oder Rom, größer mithin als alle Städte, die er je gesehen hatte. Einmal war er sogar in London gewesen, aber auch jene Stadt war eine kleinere Metropole als diese hier, welche noch zu wachsen schien, als das Tageslicht verblasste. Ganze Stadtviertel drängten sich vor den Mauern zusammen, Muezzine riefen von Minaretten herab, und in der Ferne waren die Lichter der großen Landhäuser zu sehen. Feuer flammten wie Warnlampen im Dämmerlicht auf. Und aus der schwarzen Schüssel der Nacht antwortete das Gezüngel der Sterne. *Als wären Himmel und Erde feindliche Heere, die sich zur Schlacht rüsten*, dachte er. *Als ruhten ihre Lager still in der Nacht und warteten auf den nahenden Krieg des Tages.* Doch in all dem Straßengewirr, in all den Häusern der Mächtigen drüben in der Ebene war kein Mensch, der je seinen Namen gehört hatte, niemand, der bereit wäre, die Geschichte zu glauben, die er zu erzählen wusste. Aber erzählen musste er sie. Dafür hatte er die Welt umreist, also würde er es tun.

Er ging mit langen Schritten und zog manch neugierigen Blick auf sich, allein wegen seiner Körpergröße, aber auch wegen des gelben Haars, jener langen und zugegebenermaßen recht schmutzigen gelben Haare, die sein Gesicht wie goldenes Wasser aus dem See umflossen. Der Pfad schlängelte sich am Turm der Zähne vorbei, hinauf zu einem steinernen Tor, auf dem sich zwei Elefanten im Basrelief gegenüberstanden. Durch dieses Tor, das geöffnet war, drang der Lärm einer spielenden, trinkenden, essenden und zechenden Menschenmenge. Soldaten hielten am Hatyapul-Tor Wache, doch nahmen sie es mit ihrem Dienst nicht allzu genau. Die eigentlichen Schranken kamen später. Dies hier war ein öffentlicher Ort, ein Ort, um sich zu treffen, um Handel zu treiben und sich zu vergnügen. Menschen hasteten am Reisenden vorüber, getrieben von Hunger und Durst. Auf beiden Seiten der gepflasterten Straße zwischen dem äußeren und dem inneren Tor gab es Herbergen, Wirtshäuser, Essensstände und fliegende Händler aller Art. Hier fand das ewige Geschäft des Kaufens und Gekauftwerdens statt. Kleider, Gerätschaften, Flitterkram, Waffen und Rum. Der eigentliche Markt lag hinter dem wenig imposanten Südtor. Dort gingen die Stadtbewohner einkaufen, während sie die Gegend zwischen den Toren mieden, denn die war nur für unwissende Neuankömmlinge gedacht, welche den eigentlichen Preis der Dinge nicht kannten. Hier war der Schwindlermarkt, der Diebesmarkt, lärmend laut, überteuert und verpönt. Doch müden Reisenden, die sich in der Stadt noch nicht auskannten und zudem zögerten, den weiten Weg rund um die Außenmauer zum größeren und wohlfeileren Basar zu machen, blieb kaum eine andere Wahl, als sich mit den Händlern am Elefantentor abzugeben. Ihr Bedarf war so dringlich wie schlicht.

Lebende Hühner, gackernd vor Angst, hingen kopfüber herab und harrten flatternd, die Füße zusammengebunden, des Kochtopfs. Auf den, der Fleisch verschmähte, warteten andere, stillere Töpfe; Gemüse machte keinen Lärm. Und waren das etwa Frauenstimmen, die der Wind dem Reisenden zutrug? Klagende, spöttische, lockende Stimmen von Frauen, die ungesehenen Männern zulachten? Waren es Frauen, deren Duft er in der Abendbrise erschnupperte? Heute war es sowieso zu spät, den Kaiser aufzusuchen. Der Reisende hatte Geld in der Tasche und eine lange, an Umwegen reiche Reise hinter sich. Das war nun einmal seine Art: sich auf indirekte Weise, mit vielen Abstechern und Abschweifungen, dem Ziel zu nähern. Seit er in Surat an Land gegangen war, hatte ihn sein Weg über Burhanpur, Handia, Sironj, Narwar, Gwalior und Dholpur nach Agra geführt, und von Agra hierher, zur neuen Hauptstadt. Jetzt wollte er das bequemste Bett, das für Geld zu haben war, und eine Frau, am liebsten eine ohne Schnurrbart, und zu guter Letzt noch ein Quäntchen Vergessen, die Flucht vor dem Selbst, das nie in den Armen einer Frau, sondern nur mit Hilfe eines guten, starken Tropfens zu finden war.

Später, als seine Begierde befriedigt war, lag er fröhlich schnarchend im duftgeschwängerten Hurenhaus neben einem schlaflosen Freudenmädchen und träumte. In sieben Sprachen konnte er träumen: Italienisch, Spanisch, Arabisch, Persisch, Russisch, Englisch und Portugiesisch. Die vielen Zungen waren ihm zugefallen, wie sich die meisten Seeleute Krankheiten holen; Sprachen waren sein Tripper, seine Syphilis, sein Skorbut, seine Malaria und seine Pest. Kaum war er eingenickt, brabbelte die halbe Welt in seinem Hirn und erzählte ihm phantastische Geschichten von fernen Reisen. In dieser halbentdeckten Welt brachte ihm jeder

Tag Neuigkeiten von unbekanntem Zauber. Die bilderreiche, enthüllende Traumpoesie des Alltäglichen war noch nicht von der engstirnigen, nüchternen Wirklichkeit erdrückt. Es waren wundersame Geschichten gewesen, die ihn, den Geschichtenerzähler, zur Tür hinausgetrieben hatten, vor allem jene eine, und die mochte sein Glück bedeuten oder ihn das Leben kosten.

2.

An Bord des schottischen Piratenschiffes Scathath …

An Bord des schottischen Piratenschiffes *Scathath*, benannt nach einer sagenhaften Kriegergöttin der Insel Skye, einem Schiff, dessen Mannschaft sich mitsamt ihrem Kapitän, einem schottischen Lord, viele Jahre lang fröhlich überall in der Karibik herumgetrieben hatte, um zu rauben und zu plündern, das sich gegenwärtig aber in Staatsgeschäften unterwegs nach Indien befand, war es dem blinden Passagier, jenem lässigen Florentiner, nur mit Mühe gelungen, nicht Hals über Kopf in die schaumigen Fluten vor Südafrika geworfen zu werden, indem er eine lebende Wasserschlange aus dem Ohr des erschrockenen Bootsmannes zog und sie an seiner statt über Bord schleuderte. Sieben Tage nachdem man Cape Agulhas an der Spitze des afrikanischen Kontinents umrundet hatte, war er unter einer Koje in der Back des Schiffes gefunden worden, mit senffarbenem Wams, einer Hose gleicher Farbe und einem langen Harlekinmantel aus leuchtend bunten Flicken, im Arm eine kleine Reisetasche; so lag er fest schlafend und laut schnarchend da, als kümmerte es ihn nicht im Mindesten, ob er entdeckt würde. Er schien sogar durchaus willens, sich auffinden zu lassen, und legte ein verblüffendes Vertrauen in seine Fähigkeit an den Tag, alle Welt zu betören, zu blenden und für sich einzunehmen. Immerhin hatten sie ihn bereits ein weites Stück des Wegs mitgenommen. Und tatsächlich erwies er sich als wahrhafter Zauberer, verwandelte er doch Goldmünzen in Rauch und gelben Rauch zurück in Gold. Ein Krug mit frischem Wasser wurde umgekippt, und es ergoss sich ein Strom von Seidentüchern. Mit einigen schwungvollen Handbewegungen vervielfachte er die Zahl der Fische und Brotlaibe, was fraglos gotteslästerlich war, doch hatten ihm die hungrigen Seeleute bald vergeben. Hastig bekreuzigten sie sich, um sich vorsichtshalber gegen den Zorn Jesu Christi zu wappnen, dem es nicht gefallen mochte, dass ihm dieser neuartige Wundertäter seinen Platz streitig machte, um dann das unerwartet üppige, wenn auch theologisch nicht ganz einwandfreie Mittagsmahl zu verzehren.

Auch George Louis Hauksbank, der schottische Lord höchstpersönlich – genauer, nach schottischer Sitte, Lord Hauksbank vom Orte gleichen Namens, nicht zu verwechseln mit weniger edlen Trägern dieses Titels von weit unedlerer Herkunft –, faszinierte alsbald dieser harlekineske Eindringling, den man in seine Kabine gebracht hatte, auf dass er sein Urteil über ihn verkünde. Zum damaligen Zeitpunkt nannte sich der junge Schlingel «Uccello»: «Uccello di Firenze, Zauberer und Gelehrter, zu Euren Diensten», verkündete er in perfektem Englisch mit tiefer, weit ausladender Verbeugung von nahezu aristokratischer Anmut, und Lord Hauksbank lächelte und schnüffelte an seinem parfümierten Taschentuch. «Was ich Euch fast geglaubt hätte, Gaukler», erwiderte er, «würde ich nicht zufällig den Maler Paolo gleichen Namens und gleicher Herkunft kennen, der im Duomo Eurer Stadt ein *trompe-l'œil*-Fresko zu Ehren von Sir John Hauksbank geschaffen hat, einem meiner Vorfahren, bekannt als Giovanni Milano, ein Glücksritter und einstmals General von Florenz, Sieger in der Schlacht von Polpetto – und wäre dieser Maler unglückseligerweise nicht bereits seit vielen Jahren tot.» Der junge Schlingel erzeugte mit seiner Zunge einen frechen, glucksenden Schnalzlaut des Protests. «Ganz offensichtlich bin ich nicht der verstorbene Künstler», bekannte er und warf sich zugleich in Pose. «Ich habe mir dieses *pseudonimo di viaggio* gewählt, weil das Wort in meiner Sprache ‹Vogel› bedeutet, und Vögel sind unter allen Lebewesen die eifrigsten Weltenbummler.»

Hier pflückte er einen Kapuze tragenden Falken aus seiner Brust, griff sich aus leerer Luft einen Beizhandschuh und reichte beides dem erstaunten Herrn. «Einen Falken für Lord Hauksbank», sagte er mit vollendeter Höflichkeit, um, kaum hatte sich Lord Hauksbank den Handschuh mit darauf hockendem Vogel übergestreift, laut «Uccello» zu rufen und wie eine Frau, die einem Mann ihre Liebe entzieht, mit den Fingern zu schnippen, woraufhin zu des schottischen Lords beträchtlichem Missfallen beide wieder verschwanden, Handschuh wie Kapuzenvogel. «Außerdem», hob der Magier erneut an, sich über seinen Namen auszulassen, «gilt dieses verschleiernde Wort, dieser verborgene Vogel, in meiner Stadt als ein auf delikateste Weise euphemistischer Ausdruck fürs männliche Glied, und ich bin stolz auf das, was mir diesbezüglich zu Eigen ist, wenn auch nicht so taktlos, Besagtes hier zur Schau zu stellen.»

«Haha!», rief Lord Hauksbank vom Orte gleichen Namens, der mit beachtlicher Behändigkeit seine Fassung wiedererlangte. «Na, da haben wir beide ja etwas gemeinsam.»

Weit gereist war er, dieser Lord Hauksbank vom Orte gleichen Namens, und älter, als er aussah. Seine Augen strahlten, die Haut war rein, doch lag sein vierzigster Geburtstag bereits sieben Jahre oder länger zurück. Seine Fechtkunst galt als legendär; er war stark wie ein weißer Bulle und auf einem Floß den Gelben Fluss bis zur Quelle im Kar-Qu-See hinabgeschifft, wo er aus goldener Schale geschmorten Tigerpenis verspeist hatte; auch jagte er im Ngorongoro-Krater das weiße Nashorn und hatte alle zweihundertvierundachtzig Gipfel der schottischen Munros bestiegen, vom Ben Nevis bis zum Inaccessible Pinnacle des Sgurr Dearg auf der Insel Skye, der Heimat von Scathath, der Schrecklichen. Lang war es her, da hatte er sich im Schlosse Hauksbank so sehr mit seiner Frau gestritten, einem kleinen, kläffenden Weib mit lockig rotem Haar und einer Kieferlade, so mächtig wie die eines holländischen Nussknackers, dass er sie in den Highlands zurückließ, wo sie fortan schwarze Schafe hütete, während er selbst sich wie seine Vorfahren aufmachte, das Glück in der Ferne zu suchen und Kapitän eines Schiffes im Dienste von Francis Drake zu werden, mit dem er in der Karibik die Spanier um das Gold der Amerikas erleichterte. Zur Belohnung war ihm von seiner dankbaren Königin jene diplomatische Mission anvertraut worden, auf der er sich gegenwärtig befand; er sollte nach Hindustan fahren, wo er alle Reichtümer einsammeln und behalten dürfe, die er auffinden könne, seien es Geschmeide, Opium oder Gold, solange er dem Herrscher einen persönlichen Brief der Gloriana überreiche und die Antwort des Moguls heimbringe.

«In Italien wird er *Mogor* genannt», sagte ihm der junge Prestidigitateur. «Aber wer weiß schon», erwiderte Lord Hauksbank, «wie das Wort in den unaussprechlichen Zungen des Landes selbst entstellt, verzerrt und verdreht wird.»

Ein Buch besiegelte ihre Freundschaft: der *Canzoniere* von Petrarch, denn wie stets lag ein Exemplar dieses Werkes in Reichweite von des schottischen Lords Hand auf einem kleinen Tisch aus *pietra dura*. «Ach, der prächtige Petrarca», rief «Uccello». «Das ist nun wahrlich ein echter Zauberer.» Und in der Rednerpose eines römischen Senators begann er zu deklamieren:

«Benedetto sia 'l giorno, et 'l mese, et l'anno,
et la stagione, e 'l tempo, et l'ora, e 'l punto,
e 'l bel paese, e 'loco ov'io fui giunto
da' duo begli occhi che legato m'ànno ...»

Woraufhin Lord Hauksbank den Faden aufgriff und in der Übersetzung fortfuhr:

«Gepriesen sei die erste süße Qual
der Strahlen ihres Blicks, die mich bezwangen,
die Pfeile Amors, die mein Herz durchdrangen,
die Herzenswunden tief und ohne Zahl.»

«Wer immer dieses Gedicht so liebt wie ich, dem will ich untertan sein», sagte «Uccello» und verbeugte sich.

«Und wer immer bei diesen Worten empfindet, was ich empfinde, muss mein Trinkkumpan werden», gab der Schotte zurück. «Ihr habt den Schlüssel zu meinem Herzen gefunden. Also muss ich Euch jetzt ein Geheimnis anvertrauen, das Ihr niemals verraten dürft. Kommt mit.»

In einem hölzernen Kästchen, verborgen hinter einem Gleitfach im Schlafquartier, verwahrte Lord Hauksbank vom Orte gleichen Namens eine Kollektion «tugendsamer Pretiosen», herrlichste kleine Kostbarkeiten, ohne die ein ständig auf Reisen befindlicher Mensch rasch die Orientierung verlieren mochte, konnte sich doch, wie Lord Hauksbank sehr wohl wusste, durch zu viele Reisen, durch zu viel Fremdheit und Neuartigkeit, die Seele aus ihrer Verankerung lösen. «Diese Dinge gehören mir nicht», gestand er seinem neuen florentinischen Freund, «aber sie erinnern mich daran, wer ich bin. Eine Zeitlang bin ich ihr Hüter, und wenn diese Zeit vorüber ist, lasse ich sie weiterziehen.» Er entnahm dem Kästchen eine Anzahl Juwelen von staunenswerter Größe und Reinheit, die er jedoch mit einem abschätzigen Schulterzucken beiseitelegte, dann einen Barren spanischen Goldes, der es jedem Menschen, der ihn fand, erlauben würde, bis ans Ende seiner Tage in Glanz und Reichtum zu leben – «Tand ist das, nichts als Tand», murmelte er –, um erst dann seine wahren Schätze hervorzuholen, ein jeglicher sorgsam in ein Tuch gewickelt und in ein Nest aus Papierknäueln und Lumpenfetzen gebettet: das seidene Tuch einer heidnischen Göttin des alten Sogdien, einstmals das Pfand ihrer Liebe für einen längst vergessenen Helden; ein Walknochen mit dem herrlichen Schnitzbild einer Hirschjagd; ein Medaillon mit dem Porträt Ihrer Majestät, der Königin; ein in Leder gebundenes, hexagonales Buch aus dem Heiligen Land, auf dessen winzigen Seiten, verziert mit außergewöhnlicher Kalligraphie, der gesamte Koran in Miniaturschrift zu lesen war; ein Steinkopf aus Mazedonien mit gebrochener Nase, vorgeblich eine Büste, die Alexander den Großen darstellte; eines der kryptischen «Siegel» einer uralten Zivilisation aus dem Tal des Indus, in Ägypten gefunden, verziert mit dem Bild eines Bullen und einer Reihe von Hieroglyphen, die nie entschlüsselt worden waren, ein Gegenstand, dessen Verwendungszweck kein Mensch kannte; ein flacher, blankpolierter Stein aus China mit einem scharlachroten I-Ging-Hexagramm und einer dunklen, natürlichen Markierung, die einem Bergrelief im Dämmerlicht glich; ein bemaltes Porzellanei; ein Schrumpfkopf von den Bewohnern des Regenwaldes am Amazonas; und ein Wörterbuch der verlorenen Sprache jenes Volkes an der Landenge von Panama, dessen Sprecher allesamt ausgestorben waren, eine alte Frau ausgenommen, die wegen fehlender Zähne kein Wort mehr verständlich hervorzubringen vermochte.

Lord Hauksbank vom Orte gleichen Namens öffnete ein Kabinett mit kostbaren Gläsern, die wundersamerweise die zahllosen Fahrten über die vielen Meere heil überdauert hatten, entnahm ihm ein Paar opalisierender Murano-Schwenker und schenkte einen reichlich bemessenen Schluck Branntwein ein. Der blinde Passagier näherte sich und hob das Glas. Lord Hauksbank genoss das schwere Aroma, dann trank er. «Ihr seid aus Florenz», sagte er, «also seid Ihr mit der Majestät des allerhöchsten Souveräns vertraut, des menschlichen Ichs, und auch mit seinen Begierden, die es zu stillen sucht, der Sehnsucht nach Schönheit, nach Wertvollem – und nach der Liebe.» Der Mann, der sich «Uccello» nannte, wollte antworten, doch hob Hauksbank eine Hand. «Lasst mich ausreden», fuhr er fort, «denn es gibt Dinge zu besprechen, von denen Eure fähigsten Philosophen nichts wissen. Das Ich mag in seiner Majestät königlich sein, doch hungert es wie der Ärmste der Armen. Einen Moment lang mag der Anblick solch heimlicher Wunder wie diese hier es sättigen, doch bleibt es ein notleidendes, hungerndes, dürstendes Ding. Darüber hinaus ist es ein bedrohter Monarch, ein auf ewig der Gnade vieler Insurgenten ausgesetzter Souverän, der Angst etwa oder der Sorge, der Einsamkeit wie der Konfusion, zudem eines seltsam unaussprechlichen Stolzes und einer wilden, stummen Scham. Das Ich ist von Geheimnissen umlagert, immerzu nagen sie an ihm, Geheimnisse führen zum Untergang seines Reiches und werfen sein Zepter zerbrochen in den Staub. Ich sehe, ich verwirre Euch», seufzte er, «also will ich mich deutlich zu erkennen geben. Das Geheimnis, das Ihr niemals verraten dürft, ist keineswegs in diesem Kästchen verborgen. Es liegt – nein, liegen tut es nun wirklich nicht – hier drinnen!»

Der Florentiner, der das Geheimnis des Lord Hauksbank bereits seit einer Weile erraten hatte, bekundete mit ernster Miene angemessenen Respekt vor Länge und Umfang des fleckigen Gliedes, das dort vor ihm auf Seiner Lordschaft Tisch lag und zart nach Fenchel roch, beinahe wie eine *finocchiona*-Wurst, die darauf wartete, zerteilt zu werden. «Wolltet Ihr die See aufgeben und in meiner Heimatstadt wohnen», sagte er, «hätten Eure Schwierigkeiten bald ein Ende, denn unter den jungen Galanen von San Lorenzo fände sich gewiss, was Ihr sucht. Ich aber, bedauerlicherweise ...»

«Trinkt aus», befahl der schottische Lord mit dunkelrotem Gesicht und richtete sich wieder züchtig her. «Verlieren wir kein Wort mehr darüber.» Da war ein Glitzern in seinem Auge, das sein Gegenüber dort lieber nicht gesehen hätte. Und die Hand war dem Schwertknauf näher, als es dem Florentiner lieb sein konnte, das Grinsen fratzenhaft starr.

Es folgte ein langes, einsames Schweigen, und der blinde Passagier begriff, dass sein Schicksal an einem seidenen Faden hing. Gleich darauf leerte Hauksbank das Glas und stieß ein hässliches, gequältes Lachen aus. «Sir», rief er, «nun kennt Ihr mein Geheimnis, jetzt aber müsst Ihr mir Eures anvertrauen, denn Ihr tragt gewiss eines in Euch, das ich närrischerweise für mein eigenes hielt. Also heraus damit!»

Der Mann, der sich «Uccello de Firenze» nannte, wollte das Thema wechseln. «Mylord, mögt Ihr mir nicht die Ehre erweisen, mir zu erzählen, wie Ihr unter Drake die Schatzgaleone *Cacafuego* aufgebracht habt? Und wart Ihr nicht – bestimmt wart Ihr das – mit Drake bei Valparaiso und Nombre de Dios, als er verwundet wurde ...?» Hauksbank zerschmetterte sein Glas an der Kajütenwand und zog das Schwert. «Schurke», rief er. «Sterbt oder antwortet mir auf der Stelle!»

Der blinde Passagier wählte seine Worte mit Bedacht. «Mylord», sagte er, «erst jetzt verstehe ich, dass mein Weg mich hierher führte, damit ich Euch meine Dienste als Euer Faktotum andiene. Doch ist auch wahr», fügte er rasch hinzu, als die blanke Klinge über seine Kehle strich, «dass ich noch ein anderes Ziel verfolge. Ich bin gewissermaßen, was Ihr einen Mann auf der Suche nennen mögt – mehr noch, ein Mann auf einer geheimen Suche –, doch muss ich Euch zur Warnung mitteilen, dass meinem Geheimnis ein Fluch anhaftet, der Fluch der mächtigsten Zauberin ihrer Zeit. Nur einem einzigen Mann kann ich dieses Geheimnis anvertrauen, ohne dass er sein Leben verliert, und ich möchte für Euren Tod nicht verantwortlich sein.»

Lord Hauksbank vom Orte gleichen Namens lachte erneut, doch war es diesmal kein hässliches Lachen, sondern ein Lachen sich verflüchtigender Wolken und wiederkehrenden Sonnenscheins. «Ihr amüsiert mich, kleiner Vogel», sagte er. «Glaubt Ihr etwa, ich fürchte mich vor dem Fluch Eurer grüngesichtigen Hexe? Habe ich nicht am Tag der Toten mit Baron Samedi getanzt und sein Voodoo-Gebrüll überlebt? Ich würde es als große Unhöflichkeit auffassen, wenn Ihr mir nicht *stante pede* alles erzähltet.»

«Dann soll es so sein», begann der blinde Passagier. «Es lebte dereinst im Fernen Osten ein Fürst namens Argalia, auch Arcalia genannt, ein großer Krieger, der Zauberwaffen sein Eigen nannte und zu dessen Gefolge vier schreckliche Riesen gehörten; außerdem war eine Frau bei ihm, Angelica ...»

«Haltet ein», rief Lord Hauksbank vom Orte gleichen Namens und hielt sich die Stirn. «Mir dreht sich schon jetzt der Schädel.» Doch sagte er nach einer kleinen Pause: «Fahrt fort.»

«... Angelica, eine Prinzessin aus dem königlichen Geblüt des Dschingis Khan und Tamerlan ...»

«Schweigt still, nein, macht weiter.»

«... die allerschönste ...»

«Hört auf.»

Woraufhin Lord Hauksbank bewusstlos zu Boden sank.

*

Der Reisende, dem es schon fast peinlich war, wie leicht er seinem Gastgeber Laudanum ins Glas hatte tröpfeln können, legte das Holzkästchen sorgsam ins Versteck zurück, zog den kunterbunten Mantel fest um sich und eilte hilferufend auf das Hauptdeck. Er hatte den Mantel bei einem Kartenspiel gewonnen, einer Partie *scarabocion* gegen einen erstaunten venezianischen Diamantenhändler, der einfach nicht glauben wollte, ein dahergelaufener Florentiner könne an den Rialto kommen und Ortsansässige in ihrem eigenen Spiel schlagen. Der Händler, ein Bart und Ringellöckchen tragender Jude namens Shalach Cormorano, hatte sich den Mantel eigens bei Venedigs berühmtestem Schneider machen lassen, der allgemein nur als *Il Moro Invidioso* bekannt war, da das Schild über der Tür einen grünäugigen Araber zeigte; und dieser Mantel war wahrlich ein okkultisches Wunderwerk, denn seine Säume bargen einen Katakombenwirrwarr geheimer Taschen und verborgener Falten, in denen der Diamantenhändler seine wertvollen Waren verstecken konnte. Für einen Luftikus wie «Uccello di Firenze» ließ er sich ausgezeichnet für allerlei Tricks gebrauchen. «Rasch, meine Freunde, rasch», rief der Reisende nun mit überzeugend gespielter Sorge. «Seine Lordschaft braucht uns.»

Falls es inmitten dieser rauen Schar von zu Diplomaten gewandelten Freibeutern einige engstirnige Zyniker gab, die angesichts des plötzlichen Schwächeanfalls ihres Anführers misstrauisch wurden und den Neuankömmling folglich mit Blicken maßen, die seiner Gesundheit abträglich zu sein versprachen, wurden sie halbwegs durch die offenkundige Fürsorge beruhigt, die «Uccello di Firenze» für Lord Hauksbanks Wohlergehen an den Tag legte. Er half, den Bewusstlosen in die Koje zu tragen, entkleidete ihn, mühte sich mit seinem Schlafgewand ab, legte ihm heiße und kalte Kompressen auf die Stirn und wollte nicht essen und nicht ruhen, ehe es um das Befinden des schottischen Lords wieder besser bestellt war. Der Schiffsarzt nannte den blinden Passagier eine unschätzbare Hilfe, und als die Mannschaft dies hörte, begab sie sich murrend und achselzuckend wieder auf ihre Posten.

Kaum waren sie allein mit dem besinnungslosen Mann, gestand der Arzt «Uccello», wie sehr es ihn verblüffe, dass der Aristokrat sich weigere, aus diesem plötzlichen Koma wieder zu erwachen. «Soweit ich sehen kann, ist mit dem Mann gottlob alles in Ordnung, nur will er eben nicht wieder zu sich kommen», sagte er, «wiewohl es in dieser lieblosen Welt weiser sein mag zu träumen, als zu wachen.»

Der Arzt war ein einfacher, gefechterprobter Mann namens Lobegott Hawkins, ein gutherziger Knochenflicker mit beschränktem medizinischem Sachverstand, der es eher verstand, spanische Kugeln aus den Leibern seiner Schiffsgefährten zu polken und nach einem Handgemenge mit den Spaniern klaffende Säbelhiebwunden zu vernähen, als mysteriöse Schlafkrankheiten zu heilen, die ebenso unerwartet aus dem Nichts auftauchten wie blinde Passagiere oder Gottesurteile. Hawkins hatte ein Auge in Valparaiso gelassen, ein halbes Bein in Nombre de Dios, und Nacht für Nacht sang er zum Lobe einer Maid auf einem Balkon im Ribeira-Viertel von Oporto schwermütige portugiesische *fados*, wozu er sich selbst auf einer Art Zigeunerfiedel begleitete. Dabei vergoss Lobegott stets ausgiebig Tränen, und «Uccello» begriff, dass der Arzt sich ausmalte, wie ihn seine Liebste betrog, dass er solcherlei Gedanken heraufbeschwor, um sich zu martern, Bilder von der Portwein nippenden Geliebten im Bett mit körperlich unversehrten Männern, nach ihrem schuppigen Fang stinkenden Fischern oder lüsternen Franziskanermönchen, den Geistern längst verstorbener Seefahrer und lebenden Männern jeder Farbe und Spielart, Welsche wie Engländer, Chinamänner wie Juden. Ein Mann im Banne der Liebe, dachte sich der blinde Passagier, ist so leicht zu lenken wie abzulenken.

Während die *Scathath* das Horn von Afrika umsegelte, vorbei an der Insel Socotra, und während sie in Maskat Vorräte auffüllte und die persische Küste backbord liegenließ, um, von den Monsunwinden getrieben, in Richtung Südost zum portugiesischen Hafen Diu am südlichen Gestade einer Gegend zu fahren, die Dr. Hawkins «Guzerat» nannte, lag Lord Hauksbank vom Orte gleichen Namens in friedlichem Schlummer, «einem gottlob derart ruhigen Schlaf», so der ratlose Hawkins, «dass bewiesen ist, welch reines Gewissen der Kapitän hat, seine Seele also immerhin bei guter Gesundheit ist, allezeit bereit, vor ihren Schöpfer zu treten.»

«Der Herr bewahre», sagte der blinde Passagier.

«Gottlob hat er ihn noch nicht zu sich gerufen», pflichtete der Arzt ihm eifrig bei. Während der langen Krankenwache hatte «Uccello» sich bei dem Arzt ausgiebig nach dessen portugiesischer Herzensdame erkundigt. Um über dieses Thema zu reden, brauchte Hawkins stets nur wenig Ermunterung. Geduldig hatte der blinde Passagier den überschwänglichen Lobgesängen auf die Augen der Dame gelauscht, auf ihre Lippen, ihren Busen, ihre Hüften, ihren Bauch, ihr Gesäß und ihre Füße. Er lernte die geheimen Koseworte kennen, die sie im Akt der Liebe sprach, Worte, die nun nicht länger geheim waren, er hörte ihre Treueversprechen und die gemurmelten Schwüre ewiger Verbundenheit. «Ach, aber sie ist eine falsche Schlange», weinte der Arzt. Als der Reisende jedoch fragte: «Seid Ihr Euch da sicher?», schüttelte Lobegott tränenüberströmt das Haupt und antwortete: «Es ist schon so lang her, und ich bin nur noch ein halber Mann, also muss ich wohl das Schlimmste fürchten.»

«Uccello» aber gelang es, ihn wieder ein wenig aufzuheitern: «Ach was, Lobegott, lasset uns Gott preisen, denn Ihr weint grundlos! Sie ist Euch treu, da bin ich mir sicher; sie wartet auf Euch, daran zweifle ich keinen Augenblick; und wenn Ihr ein Bein weniger habt, nun denn, da hat sie doch ein bisschen Liebe übrig, die Liebe, die sie fürs Bein hegte, kann sie nun Eurem übrigen Körper zugutekommen lassen; und wenn Euch ein Auge fehlt, wird sich das andere doppelt an ihr erfreuen, die Euch treu geblieben ist und Euch liebt, so wie Ihr sie liebt! Genug, Lobegott! Frohlockt und weint nicht länger.»

Auf diese Weise beschwichtigte er allabendlich Lobegott Hawkins und versicherte ihm, die Mannschaft wäre höchst betrübt, könnte sie seine Lieder nicht mehr hören, und allabendlich, sobald er mit dem besinnungslosen Lord allein war und einige Augenblicke gewartet hatte, nahm er eine gründliche Durchsuchung der Kapitänskajüte vor und erforschte all ihre Geheimnisse. Ein Mann, der eine Kabine mit einem Geheimfach baut, baut auch eine Kabine mit zwei oder drei Geheimfächern, sagte er sich, und als der Hafen von Diu in Sichtweite kam, hatte er Lord Hauksbank wie ein Hühnchen gerupft und hinter den Wandpaneelen sieben geheime Fächer aufgespürt, sodass nun alle Juwelen aus allen Holzkästchen wohlbehütet in ihren neuen Verstecken im Mantel des Shalach Cormorano lagen, ebenso wie die sieben Goldbarren, und doch trug sich der Mantel leicht wie eine Feder, denn der grünäugige Mohr von Venedig kannte das Geheimnis, wie jedwede Ware gewichtlos wurde, die man im Zaubermantel verbarg. Was nun die übrigen «tugendsamen Pretiosen» betraf, so interessierten sie den Dieb nicht weiter. Er beließ sie in ihren Nestern, auf dass schlüpfte, welche Vögel sie auch hervorbringen mochten. Doch selbst am Ende dieses ausgiebigen Beutezuges war «Uccello» nicht zufrieden, denn noch fehlte ihm der allergrößte Schatz. Kaum vermochte er seine Erregung zu kaschieren. Das Schicksal bot ihm eine einmalige Gelegenheit, er durfte sie nicht versäumen. Wo aber war die Kostbarkeit? Sie blieb ihm verborgen, obwohl er jeden Zoll der Kajüte absuchte. Zur Hölle! Verbarg ein Zauberfluch diesen Schatz? War er unsichtbar gemacht worden, konnte er ihn deshalb nicht finden?

Nach kurzem Zwischenhalt in Diu segelte die *Scathath* weiter nach Surat (eine Stadt, die erst kürzlich von Akbar zum Ziel eines Straffeldzugs erkoren worden war). Von hier aus hatte Lord Hauksbank ursprünglich die Landreise zum Hofe des Moguls antreten wollen, doch in dieser Nacht nun, in der sie Anker vor Surat warfen (das noch in Trümmern lag, rauchend vom Zorn des

Herrschers), in dieser Nacht, in der Lobegott Hawkins sich aufs Neue das Herz aus dem Leibe sang und die Mannschaft trunken von Rum das Ende der langen Seereise feierte, fand der Sucher unter Deck endlich, wonach er gefahndet hatte: das achte Geheimfach, eines mehr, als die magische Zahl Sieben erahnen ließ, eines mehr, als nahezu jeder Dieb erwartet hätte. Hinter jener Schiebetür lag die erhoffte Beute. Nach einem letzten Zugreifen gesellte er sich schließlich zu den Feiernden an Deck und sang lauter und trank reichlicher als jeder andere Mann an Bord. Da er die Gabe besaß, selbst dann noch wach zu bleiben, wenn außer ihm kein Mensch mehr die Augen aufhalten konnte, kam in den frühen Morgenstunden der Moment, da er sich in einem Beiboot an Land schlich und wie ein Gespenst unbemerkt im Innern Indiens verschwand. Lange ehe Lobegott Hawkins Alarm schlug, weil er Lord Hauksbank vom Orte gleichen Namens blaulippig in seiner letzten Meeresruhestätte fand, erlöst von der Qual aller *finocchiona*-Sehnsucht, war «Uccello di Firenze» spurlos verschwunden; nur sein Name blieb zurück wie eine abgestreifte Schlangenhaut. Dicht über dem Herzen des namenlosen Reisenden ruhte wohlbehütet der Schatz der Schätze, ein Brief, von Elizabeth Tudor selbst geschrieben und eigenhändig versiegelt, das Sendschreiben der Königin von England an den Herrscher von Indien, das «Sesam-öffne-dich» des Reisenden, sein Passepartout für den Hof des Moguls. Jetzt war er Englands Botschafter.

3.

Im Morgendämmer wirkten die berückenden Sandsteinpaläste …

Im Morgendämmer wirkten die berückenden Sandsteinpaläste der neuen «Siegesstadt» Akbar des Großen, als bestünden sie nur aus rotem Rauch. Die meisten Städte erwecken gleich bei ihrem Entstehen den Eindruck, sie seien für die Ewigkeit gemacht, doch Sikri würde immer einer Fata Morgana gleichen. Und während die Sonne in den Zenit aufstieg, drosch die Hitze des Tages gleich einer großen Keule auf die Steinplatten ein, machte das menschliche Ohr für alle Geräusche taub, brachte die Luft wie eine verschreckte Hirschziegenantilope zum Zittern und ließ die Grenze zwischen Vernunft und Delirium verschwimmen, zwischen dem, was erdacht, und dem, was wirklich war.

Sogar der Herrscher gab sich Hirngespinsten hin. Wie Geister schwebten Königinnen durch seine Paläste, rajputische und türkische Sultaninnen spielten miteinander Fangen. Eines dieser königlichen Geschöpfe jedoch existierte tatsächlich nicht. Es war eine nur erdachte Frau, von Akbar erträumt, so wie sich einsame Kinder Freunde erträumen, und trotz der Anwesenheit so vieler, wenn auch schwebender Gespielinnen, war der Herrscher der Ansicht, die wirklichen Königinnen seien geisterhaft, die bloß eingebildete aber sei die reale Sultanin. Er hatte ihr den Namen Jodha gegeben, und kein Mensch wagte ihm zu widersprechen. In der Abgeschiedenheit der Frauengemächer und der seidenverhangenen Flure ihres Palastes wuchs Jodhas Einfluss, ihre Macht. Tansen besang sie in seinen Liedern, und in Atelier und Skriptorium wurde ihre Schönheit mit Versen und Bildnissen gefeiert. Meister Abdus Samad, der Perser, malte sie höchstpersönlich nach der Erinnerung an einen Traum, ohne je ihr Gesicht gesehen zu haben, und als der Herrscher einen Blick auf seine Arbeit warf, musste er angesichts der vom Blatt aufleuchtenden Schönheit laut in die Hände klatschen. «Wie genau Ihr sie getroffen habt, so lebensecht», rief er, woraufhin Abdus Samad sich entspannte, plagte ihn doch mit einem Mal nicht mehr das Gefühl, sein Kopf sitze nur locker auf dem Hals. Als dieses visionäre Werk des obersten Künstlers schließlich in der Galerie des Herrschers ausgestellt wurde, begriff der ganze Hof, dass Jodha real war, und selbst die wichtigsten Höflinge, die *Navratna* oder Neun Sterne, erkannten nicht nur ihre Existenz an, sondern lobten auch ihre Schönheit, ihre Weisheit, die Anmut ihrer Bewegungen, die Sanftheit ihrer Stimme. Akbar und Jodhabai! Ach, ach, die Liebesgeschichte des Jahrhunderts.

Gerade rechtzeitig zum vierzigsten Geburtstag des Königs wurde die Stadt endlich fertig. Zwölf heiße Jahre hatte ihre Fertigstellung gedauert, doch hatte man dem Herrscher lange Zeit den Eindruck vermittelt, sie steige Jahr um Jahr mühelos wie durch Zauberkraft aus der Ebene empor. Sobald der Mogul in der neuen Hauptstadt weilte, ließ sein Bauminister die Arbeit ruhen. War der Monarch anwesend, verstummten die Werkzeuge der Steinmetze, schlugen die Zimmerleute keine Nägel ein, verschwanden die Anstreicher, die Einlegearbeiter, die Tuchaufhänger und Wandschirmschnitzer aus dem Blickfeld. Gestattet, so hieß es, sei nur noch durch Kissen gedämpftes Vergnügen, und einzig Laute der Verzückung waren genehmigt. Liebreizend hallten die Glöckchen der Tänzerinnen wider, plätscherten die Springbrunnen, und einer Brise Schwingen trugen die sanfte Musik des Genies Tansen heran. Gedichte wurden ins herrscherliche Ohr geflüstert, und donnerstags spielte man im Pachisi-Hof träge gar manches Spiel, dienten Sklavenmädchen auf dem Schachbrettboden als lebende Figuren. Unter riesigen Schwingfächern bot sich an verhangenen Nachmittagen verschwiegene Gelegenheit für stille Schäferstündchen. Und die sinnliche Beschaulichkeit verdankte sich ebenso sehr der Manneskraft des Monarchen wie der Hitze des Tages.

Keine Stadt besteht aus Palästen allein. Der eigentliche Ort, erbaut aus Holz und Lehm, Dung, Ziegeln und auch aus Stein, schmiegte sich von unten an die Mauern des mächtigen roten Steinsockels, auf dem die königlichen Residenzen standen. Die Herkunft und Religion der Bewohner prägten die Stadtviertel ebenso wie das Handwerk, das sie betrieben. Hier erstreckte sich die Straße der Silberschmiede, dort klirrten Waffenschmieden hinter glühenden Toren, und da, in der dritten Gasse, wurden Kleider und Flitterkram feilgeboten. Gen Osten lag die Hindu-Kolonie, und dahinter, eng an die Stadtmauern gekauert, das persische Viertel, jenseits davon das Quartier der Turani und noch weiter, in der Nähe des gigantischen Tores der Freitagsmoschee, die Heimstätten jener Muslime, die in Indien geboren worden waren. Weiter draußen, am Rande der Stadt, standen die Villen der Reichen und Vornehmen sowie Atelier und Skriptorium, deren Ruhm sich bereits im ganzen Land verbreitet hatte, außerdem ein Pavillon der Musik und einer, der Tanzaufführungen vorbehalten war. In den meisten dieser am Fuße des Hügels gelegenen Viertel Sikris hatte man nur wenig für Trägheit und Faulheit übrig, und so senkte sich der Stillebefehl wie ein erstickendes Tuch über die Lehmstadt, wenn der Herrscher von den Kriegen heimkehrte. Hühnern musste man beim Schlachten den Schnabel halten, da man fürchtete, ansonsten die Ruhe des Königs der Könige zu stören. Ein knarrendes Karrenrad mochte für den Fuhrmann die Peitsche bedeuten, und wenn er unter den Schlägen aufschrie, wurde die Strafe womöglich noch verschärft. Frauen in den Wehen versiegelten ihre Lippen, damit kein Schrei nach draußen drang, und die Pantomime des Markttreibens kam einem Irrsinn gleich. «Ist der Herrscher daheim, ist jedermann verrückt», sagten die Leute, fügten aber, da überall Spitzel und Verräter lauerten, rasch noch ein «vor Freude» an. Die Lehmstadt liebte ihren Herrscher, darauf beharrte man ohne Worte, denn Worte waren aus ebenjenem Stoff gemacht, der verboten war – aus Lauten. Wenn dann der Herrscher erneut zu einem seiner Feldzüge aufbrach – zu den niemals endenden (doch immer siegreichen) Schlachten gegen die Armeen von Gujarat und Rajasthan, von Kabul und Kaschmir –, öffneten sich die Tore des Gefängnisses der Stille, Trompeten erschallten und Jubelrufe, und endlich konnte man sich all das wieder sagen, was man über Monate hatte verschweigen müssen. *Ich liebe dich. Meine Mutter ist tot. Deine Suppe schmeckt gut. Wenn du deine Schulden nicht endlich zahlst, breche ich dir beide Arme. Mein Schatz, ich liebe dich auch.* Einfach alles.

Es war ein Glück für die Lehmstadt, dass ihr Herrscher oft durch militärische Angelegenheiten ferngehalten wurde; eigentlich war Akbar sogar die meiste Zeit fort, und in seiner Abwesenheit quälte das lärmende Gewusel der Armen, der höllische Spektakel der wieder rührigen Handwerker die machtlosen Königinnen, Tag für Tag. Sie ruhten beieinander und klagten, doch was sie trieben, um sich gegenseitig abzulenken, welchen Vergnügungen sie in ihren verhängten Quartieren nachgingen, welchen Genuss sie aneinander fanden, das soll hier nicht beschrieben werden. Rein blieb nur die Königin aus Akbars Phantasie, und sie war es auch, die ihm von den Entbehrungen berichtete, welche seine Untertanen erdulden mussten, weil irgendeine übereifrige Hofschranze seinem Gebieter jene Zeit zu versüßen trachtete, die er daheim verbrachte. Kaum hatte Akbar davon erfahren, hob er den Befehl auf, ersetzte den Bauminister durch einen nicht gar so griesgrämigen Kerl und bestand darauf, durch die Straßen seines unterdrückten Volkes zu reiten und laut zu rufen: «Macht so viel Lärm, wie ihr wollt! Lärm ist Leben, und ein Übermaß an Lärm verrät, dass das Leben gut ist. Wir haben noch Zeit genug, still zu sein, wenn wir erst einmal tot sind.» Die Stadt brach in freudiges Getöse aus. Dies war der Tag, an dem deutlich wurde, dass ein wahrhaft neuer Herrscher auf dem Thron saß und dass nichts auf der Welt mehr bleiben würde, wie es gewesen war.

*

Endlich herrschte Friede im Land, doch des Herrschers Gedanken fanden niemals Ruhe. Gerade kehrte er von seinem letzten Feldzug zurück, bei dem er einen Emporkömmling in Surat unterworfen hatte, doch während der langen Tage des Marschierens und Kriegführens hatte er im Geiste ebenso mit philosophischen Problemen und Fragen der Sprachkunde gerungen wie mit militärischen Themen. Der Herrscher Abul-Fath Jalaluddin Muhammad, König der Könige, seit Kindertagen als Akbar bekannt, was «der Große» bedeutet, welcher neuerdings aber, trotz der Tautologie, auch Akbar der Große genannt wurde, der große Große also, groß in seiner Größe, doppelt groß, so groß, dass die Wiederholung im Titel nicht nur angemessen, sondern notwendig schien, um dem Ruhmesreichtum seines Ruhmes angemessenen Ausdruck zu verleihen, der große Mogul, also der staubige, schlachtenmüde, siegreiche, nachdenkliche, zu Übergewicht neigende, Schnurrbart tragende, poetische, sexbesessene und absolute Herrscher, der insgesamt zu groß, zu weltumspannend und summa summarum einfach zu viel zu sein schien, um nur ein einziges Wesen sein zu können – diese allumfassende Flut eines Herrschers, dieser Weltenverschlinger, dieses mehrköpfige Ungeheuer, das von sich selbst in der ersten Person Plural sprach –, hatte während der langen, mühseligen Heimreise, begleitet von den Köpfen seiner besiegten Feinde, die in ihren versiegelten, irdenen Pökelfässern auf und ab schaukelten, über die verstörenden Möglichkeiten der ersten Person Singular nachgedacht, über das «Ich».

Die schier endlosen Tage zu Pferde, an denen man nur langsam vorankam, konnten einen Mann von spekulativem Temperament zu manch trägem Sinnieren verleiten, und so grübelte der Herrscher beim Reiten über so mannigfaltige Angelegenheiten wie die Veränderlichkeit des Universums, die Größe der Sterne, die Brüste seiner Frauen und das Wesen Gottes. Heute beschäftigte ihn zudem die grammatische Frage nach dem Selbst und seinen drei Personen, der ersten, der zweiten sowie der dritten, den Singularen und Pluralen der Seele. Er, Akbar, hatte von sich nie als «ich» gedacht, nicht insgeheim, nicht mal im Ärger oder im Traum. Er war – wie könnte es anders sein? – «wir». Er war die Definition, die Inkarnation von «wir». Er war in die Pluralität hineingeboren. Wenn er «wir» sagte, meinte er natürlich und wahrhaftig sich selbst als Verkörperung all seiner Untertanen, seiner Städte und Länder, Flüsse, Berge und Seen, ebenso wie der Tiere, Pflanzen und Bäume innerhalb seiner Grenzen, auch der Vögel am Himmel, der stechenden Mücken im Dämmerlicht und der namenlosen Ungeheuer in ihren Unterwelthöhlen, die gemächlich an der Dinge Wurzel nagten; er verstand sich als Summe all seiner Siege, als derjenige, der die Charaktere, die Fähigkeiten, vielleicht gar die Seelen der enthaupteten oder auch bloß befriedeten Gegner in sich barg; und darüber hinaus verstand er sich als Inbegriff der Vergangenheit und Gegenwart seines Volkes, als treibende Kraft der Zukunft seines Volkes.

Dieses «wir» war es, was es bedeutete, König zu sein – doch gewöhnliche Menschen, so erlaubte er es sich nun im Interesse der Gerechtigkeit und zum Zwecke der Debatte einzugestehen, dachten zweifellos dann und wann auch im Plural über sich nach.

Irrten sie? Oder (welch ketzerischer Gedanke!) irrte er? Vielleicht bedeutete die Vorstellung von sich selbst als einer Gemeinschaft nur, dass man ein Seiender in der Welt war, ein Seiender schlechthin, denn schließlich und unweigerlich war solch ein Seiender ein Seiender unter Seienden, also Teil des Seins aller Dinge. Vielleicht blieb die Pluralität nicht allein dem König vorbehalten, vielleicht war sie gar kein gottgegebenes Vorrecht. Da sich die Überlegungen eines Monarchen gewisslich, wenn auch in weniger erhebender und kultivierter Form, in den Grübeleien seiner Untertanen spiegelten, ließe sich weiterhin behaupten, es sei unvermeidlich, dass die Frauen und Männer, über die er herrschte, sich selbst ebenfalls als ein «wir» wahrnahmen. Vermutlich sahen sie sich auch als plurale Entitäten, bestehend aus ihnen selbst plus der Kinder, Mütter, Tanten, Arbeitgeber, Mitgläubigen, Kollegen, der ferneren Verwandtschaft und der Freunde. Dann war für sie ihr «ich» gleichfalls eine multiple Wesenheit, ein Selbst, das zum einen etwa Vater seiner Kinder, zum anderen aber auch Kind seiner Eltern war; sie wussten, dass sie sich von ihren Arbeitgebern unterschieden, dass sie sich bei ihren Frauen daheim fühlten – kurz und gut, genau wie er waren sie alle gleichsam Beutel voller unterschiedlicher Ichs, die barsten vor Pluralität. Gab es denn keinen wesentlichen Unterschied zwischen dem Herrscher und den Beherrschten? Nun aber stellte sich die ursprüngliche Frage in neuer, verblüffender Weise: Wenn seine Untertanen mit ihren vielen Selbstverkörperungen von sich im Singular statt im Plural zu denken vermochten, konnte er dann auch ein «ich» sein? Konnte es ein «ich» geben, das einfach nur er selbst war? Lagen solch nackte, einsame «ich» unter den übervölkerten «wir» dieser Erde begraben?

Es war eine Frage, die ihm Angst machte, wie er da auf seinem Schimmel nach Hause ritt, furchtlos, unbesiegt, doch auch, wie zugegeben werden muss, mit leichtem Fettansatz; eine Frage, die ihn, kam sie ihm nachts in den Sinn, kaum mehr schlafen ließ.

Was sollte er sagen, wenn er seine Jodha wiedersah? Würde sie ihn, falls er es mit einem simplen «Ich bin zurück» oder «Ich bin's» versuchte, in der zweiten Person Singular anreden können, mit jenem «du», das Kindern, Liebhabern und Göttern vorbehalten war? Und was würde es bedeuten? Dass er wie ein Kind war, ein Gott oder einfach ein Liebhaber, von dem auch sie geträumt hatte, den sie so sehnsüchtig ins Sein träumte, wie er sie einst erträumte? Könnte sich dieses kleine Wort, das «du», als das erregendste Wort der Sprache erweisen? «Ich», übte er mit verhaltener Stimme. *Hier bin «ich». «Ich» liebe dich. Komm zu «mir».*

Ein letztes Gefecht störte seine Überlegungen auf dem Weg nach Hause, denn es galt, einen weiteren fürstlichen Emporkömmling zu unterwerfen. Der Abstecher führte ihn zur Halbinsel Kathiawàr, wo er den störrischen Rana von Cooch Naheen bezwingen wollte, einen jungen Mann mit großem Mundwerk und noch größerem Schnauzbart (der Herrscher bildete sich allerhand auf den eigenen Schnauzbart ein, weshalb er für Konkurrenten nicht viel übrighatte), einen feudalen Gebieter, der mit absurder Vorliebe von Freiheit faselte. Freiheit für wen und von was, grummelte der Herrscher lautlos vor sich hin. Freiheit war das Hirngespinst von Kindern, ein Spiel für Weiber. Kein Mensch war jemals frei. Wie eine Heimsuchung, die sich lautlos nähert, marschierte seine Armee unter den weißen Bäumen des Waldes von Gir dahin, und als man auf der kümmerlich kleinen Burg von Cooch Naheen an den schwankenden Baumgipfeln das Nahen des Todes erkannte, sprengte man die eigenen Türme, zog die weiße Flagge auf und bat ergebenst um Gnade. Statt besiegte Gegner hinzurichten, heiratete der Herrscher oft eine ihrer Töchter und verlieh dem unterlegenen Schwiegervater ein Amt, denn ein neues Familienmitglied war ihm lieber als ein verfaulender Leichnam. Diesmal jedoch riss er dem anmaßenden Rana den Schnauzbart aus dem hübschen Gesicht und zerhackte den schwächlichen Träumer in grausige Stücke. Er tat es höchstpersönlich mit dem eigenen Schwert, genau wie sein Großvater es getan hätte, und zog sich dann in sein Quartier zurück, um zu zittern und zu trauern.

Mit großen Mandelaugen blickte der Herrscher in die Unendlichkeit wie eine verträumte junge Dame, wie ein Matrose auf der Suche nach Land. Die vollen Lippen waren zu einem weibischen Schmollmund geschürzt, doch war er trotz dieser mädchenhaften Note ein mächtiges Mannsbild, riesenhaft und stark. Als Junge hatte er mit bloßen Händen ein Tigerweibchen getötet, um dann, bekümmert über die eigene Tat, jeglichem Fleischverzehr auf immer abzuschwören und Vegetarier zu werden. Ein muslimischer Vegetarier, ein Krieger, der nur Frieden wollte, ein Philosoph und König: ein Widerspruch in sich. Das war der größte Herrscher, den das Land je gekannt hatte.

In den trübsinnigen Stunden nach der Schlacht, als sich der Abend auf die seelenlosen Toten herabsenkte und unterhalb der zerstörten Burg in Blutfarben zerlief, lauschte der Herrscher dem leisen Nachtigallenlied eines kleinen Wasserfalls – *bul-bul, bul-bul* machte er –, nippte in seinem Brokatzelt an mit Wasser verdünntem Wein und gedachte mit Wehmut seiner blutrünstigen Ahnenschar. Er wollte nicht wie seine barbarischen Vorfahren sein, auch wenn sie die größten Menschen in der Geschichte gewesen waren. Ihn bedrückten die Namen mitsamt ihrer räuberischen Vergangenheit, die Namen, aus denen sich inmitten von Kaskaden menschlichen Blutes sein eigener Name ableitete: Großvater Babar, der Kriegsherr von Ferghana, der dieses neue Reich erobert hatte, dieses «Indien» mit seinem zu großen Reichtum und den zu vielen Göttern, das er sein Leben lang verfluchen sollte, Babar, die Kriegsmaschine mit der unverhofften Gabe für den treffenden Ausdruck, und vor Babar der mörderische Fürst von Transoxanien und der Mongolei, der mächtige, alle überragende Temüdschin – Genghis, Changez, Jenghis oder Dschingis Khan –, dank dessen er, Akbar, den Namen eines *Mughal* annehmen musste, obwohl er doch gar kein Mongole war oder sich zumindest nicht als solcher verstand. Er sah sich als ... *Hindustani.* Seine Horden waren keine Goldenen Horden, auch keine Blauen, keine Weißen. Allein das Wort «Horde» klang schweinisch grob in seinen empfindlichen Ohren. Er wollte keine Horden. Er wollte kein geschmolzenes Silber in die Augen besiegter Gegner träufeln oder sie unter der Plattform zerquetschen, auf der er zu Abend aß. Er war der Kriege müde und erinnerte sich an seinen Lehrer aus Kindertagen, den Perser Mir, der ihm gesagt hatte, wer in Frieden mit sich selbst leben wolle, müsse mit allen anderen Menschen in Frieden leben. *Sulh-i-kul*, vollständiger Friede. Kein Khan begriff eine solche Idee. Er wollte kein Khanat. Er wollte ein Land.

Dabei ging es nicht um den Temüdschin allein. Er entsprang in direkter Linie ebenfalls den Lenden eines Mannes, dessen Name «Eisen» bedeutete. Das Wort für Eisen lautete *timur* in der Sprache seiner Vorväter. Timur-e-lang, der hinkende Eisenmann. Timur, der Zerstörer von Damaskus und Bagdad, der Delhi in Ruinen zurückließ, verfolgt von fünfzigtausend Geistern. Akbar wäre es lieber gewesen, Timur nicht zu seinen Vorfahren zählen zu müssen. Er hatte aufgehört, Tschagatai zu sprechen, Timurs Sprache, benannt nach einem der Söhne von Dschingis Khan; stattdessen hatte er erst Persisch angenommen und später dann das Bastardgemisch der vorrückenden Armee, *urdu*, eine Lagersprache, gezeugt von einem halben Dutzend halbverstandener, plappernder, pfeifender Dialekte, die zu jedermanns Überraschung einen wunderbaren neuen Klang ergaben: die Sprache eines Dichters, geboren aus dem Mund der Soldaten.

Der Rana von Cooch Naheen, jung, schlank und dunkelhäutig, kniete mit haarlosem, blutigem Gesicht zu Akbars Füßen und wartete auf den ersten Schlag. «Die Geschichte wiederholt sich», sagte er. «Vor siebzig Jahren hat Euer Großvater meinen Großvater ermordet.»

«Unser Großvater», erwiderte der Herrscher und benutzte traditionsgemäß den königlichen Plural, denn dies war wohl kaum der rechte Moment für ein Experiment mit dem Singular; der elende Wurm hatte sich das Privileg nicht verdient, Zeuge einer solch historischen Tat zu werden. «Unser Großvater war ein Barbar mit der Sprache eines Poeten. Wir dagegen sind ein Dichter mit der Geschichte eines Barbaren und einem barbarischen Geschick in der Kriegsführung, was uns durchaus nicht gefällt. Somit ist bewiesen, dass die Geschichte sich keineswegs wiederholt, sondern voranschreitet, und dass der Mensch fähig ist, sich zu ändern.»

«Welch eigenartige Bemerkung für einen Scharfrichter», sagte der junge Rana leise, «doch bringt es nichts, mit dem Tod zu streiten.»

«Eure Zeit ist gekommen», pflichtete ihm der Herrscher bei. «Ehe Ihr uns aber verlasst, sagt uns wahrheitsgemäß, was für ein Paradies Ihr zu entdecken hofft, sobald Ihr den Schleier durchschreitet?» Der Rana hob sein übel zugerichtetes Gesicht und schaute dem Herrscher in die Augen. «Im Paradies haben *Anbetung* und *Auseinandersetzung* die gleiche Bedeutung», verkündete er. «Der Allmächtige ist kein Tyrann. Im Hause Gottes steht es jedem frei, nach Belieben zu reden, denn ebendies versteht man dort unter Andacht.» Er gehörte zu einer aufreizenden, selbstgerechten Sorte von jungen Leuten, das stand außer Frage, doch fand sich Akbar trotz seiner Verärgerung gerührt. «Wir versprechen Euch», sagte der Herrscher, «dass wir dieses Haus der Anbetung hier auf Erden schaffen werden.» Und mit einem Schrei – *Allahu Akbar*, Gott ist groß, vielleicht aber auch: Akbar ist Gott – hackte er dem kleinen, aufgeblasenen Blödmann den frechen, belehrenden und deshalb nun gänzlich unnötigen Kopf ab.

Kaum hatte er den Rana getötet, überfiel den Herrscher der altbekannte Dämon der Einsamkeit. Sprach ein Mensch mit ihm wie mit seinesgleichen, trieb es ihn in den Wahnsinn, und das war ein Fehler, so viel wusste er bereits; eines Königs Ärger war immer übel, denn ein verärgerter König war wie ein Gott, der Fehler macht. Und hier zeigte sich in ihm ein weiterer Widerspruch. Er war nicht nur ein barbarischer Philosoph und Mörder von Heulsusen, sondern auch ein der Unterwürfigkeit und Speichelleckerei verfallener Egoist, den es dennoch nach einer anderen Welt verlangte, einer Welt, in der er ebenjenen Menschen fand, der ihm ebenbürtig war und ihm wie ein Bruder begegnete, mit dem sich unbeschwert reden ließ, den er belehren und von dem er lernen, dem er Freude bereiten und der ihm Genuss verschaffen konnte, eine Welt, in der er die selbstgefällige Befriedigung der Eroberungen durch die sanfteren, doch anspruchsvolleren Freuden des Diskurses ersetzen konnte. Gab es eine solche Welt? Auf welchem Weg ließ sie sich erreichen? Lebte irgendwo auf Erden ein solcher Mensch? Oder hat er ihn gerade umgebracht? Was, wenn der Rana mit dem Schnauzbart der Einzige gewesen war? Hatte er gerade den einzigen Mann auf Erden erschlagen, den er hätte lieben können? Der Herrscher wurde weinselig und gefühlsduselig, unter Tränen verschwamm sein Blick.

Wie vermochte er jener Mensch zu werden, der er sein wollte? Dieser Akbar der Große? Wie? Da war niemand, mit dem er reden konnte. Seinen stocktauben Leibdiener Bhakti Ram Jain hatte er aus dem Zelt befohlen, um in Ruhe bechern zu können. Ein Leibdiener, der das Gebrabbel seines Herrn nicht hören konnte, war ein Segen, doch hatte Bhakti Ram Jain in letzter Zeit gelernt, von den Lippen abzulesen, was seinen Nutzen beträchtlich verringerte und ihn wie alle Welt zu einem Lauscher, einem Mithörer machte. *Der König ist verrückt.* So hieß es: Jeder sagte das. Seine Soldaten, sein Volk, seine Frauen. Vielleicht sogar Bhakti Ram Jain. Doch sie sagten es ihm nicht ins Gesicht, denn er war ein Riese von einem Mann und, gleich den Helden aus alten Sagen, ein gewaltiger Krieger, außerdem war er der König der Könige, weshalb niemand etwas dagegen einzuwenden wagte, wenn er ein bisschen bekloppt sein wollte. Nur war der König eben nicht bekloppt. Der König gab sich bloß nicht damit zufrieden, nur zu sein. Er strebte danach, zu werden.

*

Nun gut. Er würde halten, was er dem toten Fürsten von Kathiawar versprochen hatte. Im Herzen seiner Siegesstadt wollte er ein Haus der Verehrung errichten, einen Ort des Widerstreits, an dem von jedermann alles zu allen gesagt werden konnte, zu jedem Thema, sogar zur Nichtexistenz Gottes und der Abschaffung der Könige. Bescheidenheit wollte er sich in diesem Haus lehren. Nein, nicht «lehren». Vielmehr wollte er sich an sie erinnern, sie auffrischen, diese Bescheidenheit, die tief vergraben bereits in ihm ruhte. Der bescheidene Akbar war vielleicht die beste Seite an ihm, gewachsen durch die Umstände seiner Kindheit im Exil, heute von erwachsener Pracht ummantelt, doch immer noch da, eine Seite an ihm, die nicht im Sieg, sondern aus der Niederlage geboren worden war. Heutzutage gab es nur noch Siege, doch mit Niederlagen kannte sich der Herrscher aus. Die Niederlage war sein Vater. Ihr Name lautete Humayun.

Er dachte nicht gern an seinen Vater. Der hatte zu viel Opium geraucht, sein Reich verloren und es erst zurückbekommen, als er vorgab, Schiit zu werden (und nachdem er den Kohinoor-Diamanten fortgegeben hatte), damit ihm der König von Persien eine Armee überließ, doch kaum war der Thron zurückgewonnen, war sein Vater nach einem Sturz von der Treppe zur Bibliothek gestorben. Akbar hatte ihn nie kennengelernt. Er war in Sind geboren, gleich nach Humayuns Niederlage bei Chausa, als Sher Schah Suri jener König wurde, der König Humayun hätte sein sollen, aber nicht sein konnte, und dann hatte sich der abgesetzte Herrscher schnurstracks nach Persien auf und davon gemacht, hatte seinen Sohn verlassen. *Seinen vierzehn Monate alten Sohn*. Der wurde folglich vom Bruder seines Vaters, seinem Feind, von Onkel Askari von Kandahar aufgezogen; ein wilder Mann, dieser Onkel Askari, der Akbar ohne zu zögern getötet hätte, wäre er nur jemals nahe genug an ihn herangekommen, was ihm aber nie gelang, da seine Frau dies zu verhindern wusste.

Akbar lebte, weil seine Tante es so gewollt hatte.

Und in Kandahar lernte er das Überleben, lernte zu kämpfen, zu töten, zu jagen und auch so manches zu tun, was nicht gelehrt wurde, etwa auf sich aufzupassen, die Zunge zu hüten und nichts Falsches zu sagen, nichts, was ihn das Leben kosten könnte. Er lernte allerhand über die Würde der Verlorenen, übers Verlieren und wie es die Seele reinigte, Niederlagen anzunehmen, loszulassen, jene Falle zu meiden, die darin bestand, sich zu sehr an das zu klammern, was man haben wollte, lernte überhaupt so einiges über das Verlassenwerden, insbesondere über die Vaterlosigkeit, über das Fehlen der Väter, die Fehler der Vaterlosen und die Möglichkeiten, wie sich jene, die weniger sind, gegen die wehren, die mehr sind: innere Zurückgezogenheit, Vorausschau, Verschlagenheit, Demut und der Blick über den Tellerrand. Die vielen Lektionen der Fehlerhaftigkeit. Jene Fehlerhaftigkeit, aus der heraus das Wachsen beginnen konnte.

Doch gab es Dinge, die ihn zu lehren niemand nötig fand und die er folglich niemals lernte. «Wir sind der Herrscher über Indien, Bhakti Ram Jain, können aber unseren eigenen verdammten Namen nicht schreiben», rief er im Morgengrauen seinem Leibdiener zu, als der alte Mann ihm bei den Waschungen half.

«Ja, o höchst gesegnete Wesenheit, Vater zahlreicher Söhne, Gatte vieler Frauen, Monarch der Welt, Allumfasser der Erde», sagte Bhakti Ram Jain und reichte ihm ein Handtuch. Diese Zeit, die Stunde des herrschaftlichen *levées*, war auch die Stunde königlicher Lobhudeleien. Und Bhakti Ram Jain hielt es sich sehr zugute, den Rang des Königlichen Schmeichlers Ersten Grades innezuhaben, galt er doch als ein Meister jenes blumigen Stils alter Schule, der allgemein nur «kumulative Katzbuckelei» genannt wurde. Wegen der vorgeschriebenen Wiederholungen und der notwendigen Präzision in der Abfolge war nur ein Mann mit ausgezeichnetem Gedächtnis für die barocken Formulierungen der exzessiven Lobgesänge fähig, kumulativ zu katzbuckeln. Bhakti Ram Jains Gedächtnis aber war unfehlbar. Er konnte seinen Herrn stundenlang umschmeicheln.

Gleich einem schicksalhaften Omen sah der Herrscher sein Gesicht aus dem Krug mit warmem Wasser zu sich aufblicken. «Wir sind der König der Könige, Bhakti Ram Jain, können aber nicht mal unsere eigenen Gesetze lesen. Was sagst du dazu?»

«Ja, o gerechtester aller Richter, Vater zahlreicher Söhne, Gatte vieler Frauen, Monarch der Welt, Allumfasser der Erde, Herrscher dessen, was ist, Zusammenführer allen Seins», sagte Bhakti Ram Jain und begann, sich für seine Aufgabe zu erwärmen.

«Wir sind der erhabene Glanz, Indiens Stern, die Sonne des Ruhmes», sagte der Herrscher, der selbst nicht ganz unbewandert in der Kunst des Schmeichelns war, «doch wuchsen wir in einer Kloake auf, einer Stadt, in der Männer Frauen vögeln, um Kinder zu machen, aber Jungen vögeln, um Männer aus ihnen zu machen – weshalb wir lernten, auf den Angreifer von hinten ebenso wie auf den Krieger direkt vor unserer Nase zu achten.»

«Ja, o strahlendes Licht, Vater zahlreicher Söhne, Gatte vieler Frauen, Monarch der Welt, Allumfasser der Erde, Herrscher dessen, was ist, Zusammenführer allen Seins, erhabener Glanz, Indiens Stern und Sonne des Ruhmes», sagte Bhakti Ram Jain, der zwar taub sein mochte, aber durchaus wusste, wann es galt, einen Wink zu verstehen.

«Sollte so ein König aufwachsen, Bhakti Ram Jain?», brüllte der Herrscher und kippte in seinem Zorn den Wasserkrug um. «Ein Analphabet, der auf seinen Arsch aufpassen muss, ein Barbar – sollte ein Fürst so leben müssen?»

«Ja, o Herr, weiser als die Weisen, Vater zahlreicher Söhne, Gatte vieler Frauen, Monarch der Welt, Allumfasser der Erde, Herrscher dessen, was ist, Zusammenführer allen Seins, erhabener Glanz, Indiens Stern, Sonne des Ruhmes, Herr aller menschlichen Seelen, des Volkes Schicksalsschmied», sagte Bhakti Ram Jain.

«Und da willst du behaupten, du könntest mir nicht von den Lippen lesen», rief der Herrscher.

«Ja, o Herr, der Ihr weitsichtiger seid als die Seher, Vater zahlreicher ...»

«Du bist ein Ziegenbock, dem wir die Kehle durchschneiden sollten, auf dass wir sein Fleisch zum Abendessen verspeisen können.»

«Ja, o Herr, der Ihr gnädiger seid als die Götter, Vater ...»

«Als du gezeugt wurdest, hat es deine Mutter mit einem Eber getrieben.»

«Ja, o Herr, der Ihr redegewandter seid als alle, die je eine Rede wendeten, Va...»

«Egal», sagte der Herrscher. «Uns geht es schon besser. Fort mit dir. Du darfst weiterleben.»

4.

Und hier war es wieder, Sikri …

Und hier war es wieder, Sikri, in der Hitze flirrend wie eine Opiumvision, so lag seine Stadt vor ihm; leuchtend bunte Seidentücher flatterten wie Fahnen aus den Fenstern des roten Palastes. Hier, bei den stolzierenden Pfauen, den tanzenden Mädchen war er zu Hause. Glich die kriegsversehrte Welt einer harschen Wahrheit, kam Sikri einer schönen Lüge gleich. Wie ein Raucher, der zur Pfeife greift, kehrte der Herrscher heim. Er war der Magier. An diesem Ort konnte er eine neue Welt heraufbeschwören, eine Welt jenseits von Religion, Region, Rang und Stamm. Die schönsten Frauen der Welt lebten hier, und sie alle waren seine Gespielinnen. Auch die größten Talente des Landes waren hier versammelt, darunter die *Navratna*, die Neun Sterne, die Besten der Besten, und es gab nichts, was sich mit ihnen nicht verwirklichen ließe. Dank ihrer Hilfe würde seine Magie das ganze Land verzaubern, die Zukunft, die Ewigkeit, denn ein Herrscher war ein Verzauberer der Wirklichkeit, und mit solchen Helfern konnte seine Magie nicht scheitern. Die Lieder Tansens sollten die Siegel des Universums erbrechen, auf dass Göttliches in Alltägliches strömte. Farzis Gedichte würden in Herz und Verstand Fenster öffnen, durch die Licht wie Dunkelheit zu sehen waren. Und die Verwaltungskunst eines Raja Man Singh, das finanzielle Geschick eines Raja Todar Mal bedeuteten, dass sich die Angelegenheiten des Reiches in den fähigsten Händen befanden. Außerdem war da noch Birbal, der Beste der Neun, der Beste aller Besten. Der Erste Minister, sein engster Freund.

Der Erste Minister und geistreichste Kopf seiner Zeit begrüßte ihn am Hiran Minar, dem Turm der Elfenbeinhauer. Gleich war im Herrscher der Schalk geweckt. «Birbal», sagte Akbar und stieg vom Pferd, «beantwortet Ihr mir eine Frage? Wir haben lange darauf gewartet, sie stellen zu können.»

In all seiner sagenhaften Weisheit und Klugheit verbeugte sich der Erste Minister unterwürfig und sagte: «Wie Ihr wünscht, *Jahanpanah*, Schirmherr der Welt.»

«Also», begann Akbar, «was war zuerst da, das Huhn oder das Ei?»

Ohne zu zaudern erwiderte Birbal: «Das Huhn.»

Verblüfft schaute ihn Akbar an. «Wie könnt Ihr da so sicher sein?», wollte er wissen.

«*Huzoor*», antwortete Birbal, «ich versprach, nur auf eine Frage zu antworten.»

Der Herrscher und sein Erster Minister standen auf dem Stadtwall und schauten auf einen Schwarm Krähen hinab. «Was glaubt Ihr, Birbal», sinnierte Akbar, «wie viele Krähen gibt es in meinem Reich?»

«Genau neunhundertneunundneunzigtausendneunhundertneunundneunzig.»

Akbar blickte überrascht zu ihm auf. «Nehmt an, wir hätten sie gezählt», sagte er, «und es wären mehr, was dann?»

«Das würde bedeuten», erwiderte Birbal, «dass befreundete Vögel aus dem Nachbarreich zu Besuch gekommen sind.»

«Und wenn es weniger wären?»

«Dann sind einige unserer Krähen davongeflogen, um sich die weite Welt anzuschauen.»

Ein berühmter Sprachkundiger wartete am Hofe Akbars, ein Besucher aus einem fernen Land im Westen. Dieser Priester der Jesuiten, der fließend in einem Dutzend Zungen zu parlieren vermochte, forderte den Herrscher auf, die Sprache seiner Heimat zu erraten. Während Akbar über dieses Rätsel nachdachte, trat sein Erster Minister hinter den Priester und versetzte ihm plötzlich einen heftigen Tritt in den Allerwertesten. Dem Mann Gottes entfuhren daraufhin eine Reihe derber Flüche – nicht auf Portugiesisch, sondern auf Italienisch. «Ihr seht, *Jahanpanah*», sagte Birbal, «wenn der Augenblick gekommen ist, zu Beleidigungen zu greifen, wählt man stets die Muttersprache.»

«Wärt Ihr ein Atheist, Birbal», forderte der Herrscher seinen Ersten Minister heraus, «was würdet Ihr den wahrhaft Gläubigen der großen Religionen dieser Welt sagen?»

Birbal, selbst ein frommer Brahmane aus Trivikrampur, antwortete, ohne zu zögern: «Ich würde ihnen sagen, dass sie meiner Meinung nach auch Atheisten seien, da ich nur an einen Gott weniger glaube als sie.»

«Wie das?», wollte der Herrscher wissen.

«Die wahrhaft Gläubigen haben jeden Grund, an allen anderen Göttern außer an ihrem eigenen zu zweifeln», sagte Birbal, «und deshalb geben sie mir in ihrer Gesamtheit genügend Anlass, an keinen zu glauben.»

Der Herrscher stand mit seinem Ersten Minister in seinem Schlafgemach Khwabgah, dem Ort der Träume, und ließ den Blick über die stille Wasseroberfläche des Anup Talao wandern, des privaten, rechteckig angelegten Schwimmbeckens des Monarchen, jenem beispiellosen Wasserbecken, dem Besten aller Möglichen Becken, von dem es hieß, seine Wellen würden eine Warnung schicken, falls dem Reich je Schwierigkeiten drohten. «Birbal», sagte Akbar, «wie Ihr wisst, plagt meine Lieblingskönigin das Missgeschick, nicht am Leben zu sein. Obwohl ich keine Frau so liebe wie sie, sie stärker als jede andere bewundere und sie mehr als den verlorenen Kohinoor schätze, ist sie untröstlich. ‹Selbst die hässlichste, griesgrämigste Xanthippe unter Euren Weibern ist wenigstens aus Fleisch und Blut›, sagt sie, ‹weshalb ich letzten Endes nicht einmal mit ihr konkurrieren könnte.›»

Der Erste Minister aber riet seinem Herrscher: «Sagt ihr, *Jahanpanah*, dass ihr Sieg letzten Endes für jedermann offenkundig sein wird, denn irgendwann werden die anderen Königinnen ebenso wenig leben wie sie, wohingegen sie dann auf ein Leben voller Liebe mit Euch zurückschauen kann und ihr Ruhm über alle Zeit hinweg erstrahlen wird. Wenn sie daher auch in Wirklichkeit nicht existiert, ließe sich doch behaupten, dass sie diejenige ist, die lebt. Denn täte sie das nicht, würde dort drüben, hinter dem hohen Fenster, niemand auf Eure Rückkehr warten.»

*

Jodhas Schwestern, ihre Mitfrauen, waren gegen sie eingenommen. Wie konnte der mächtige Herrscher denn auch die Gesellschaft einer Frau bevorzugen, die gar nicht existierte? Wenigstens sollte sie so viel Anstand besitzen, unsichtbar zu bleiben, wenn er sich nicht im Haus aufhielt, denn man fand es schlichtweg unmöglich, dass sie sich bei jenen herumtrieb, die zu den Lebenden zählten. Sie sollte verschwinden – immerhin war sie nur eine Erscheinung –, sollte in einen Spiegel eintauchen, mit einem Schatten verschmelzen oder sich sonst wie in Luft auflösen. Dass sie dies nicht tat, so die lebenden Königinnen, war ein Schnitzer, wie er für imaginäre Wesen typisch war. Wie wollte man bei ihr auch eine gute Kinderstube erwarten, da sie doch nie eine Kindheit durchlebt hatte? Ein ungebildetes, unhöfliches Hirngespinst, das war sie, und sie verdiente es, nicht beachtet zu werden.

Der Herrscher habe sie aus Gestohlenem zusammengeklaubt, zeterten seine lebenden Frauen. Er behauptete, sie sei die Tochter des Fürsten von Jodhpur, dabei stimmte das gar nicht! Das nämlich war eine andere Königin, und die war auch nicht dessen Tochter gewesen, sondern seine Schwester. Außerdem glaubte der

Herrscher, seine eingebildete Geliebte sei die Mutter seines ersten Sohnes, des langersehnten Erstgeborenen, gezeugt dank des Segens ebenjenes Heiligen, neben dessen Hügelhütte man die siegreiche Stadt erbaute. Dabei war sie gar nicht Fürst Salims Mutter, wie Fürst Salims wahre Mutter Rajkumari Hira Kunwari, auch bekannt als Mariam-uz-Zamani, Tochter Raja Bihar Mals von Amer aus dem Klan der Kachhwaha, jedem, der zuhören wollte, voll Kummer erzählte. Selbst die grenzenlose Schönheit der imaginären Königin stammte von einer anderen Gespielin, ihre Hindu-Religion von einer weiteren, der unermessliche Reichtum von einer dritten Frau. Das Temperament aber, das war Akbars eigene Kreation. Keine echte Frau konnte sein wie sie, vollkommen in ihrer Aufmerksamkeit, absolut anspruchslos, immerzu verfügbar. Sie war ein unmögliches Geschöpf, das perfekte Fabelwesen, daher hatten die Frauen Angst vor ihr, wussten sie doch, dass sie unmöglich, also unwiderstehlich war und dass der König sie deshalb stärker als all seine übrigen Frauen liebte. Sie hassten sie, weil sie ihnen ihre Geschichte gestohlen hatte. Hätte man sie ermorden können, sie hätten es getan, doch solange der Herrscher ihrer nicht müde wurde oder das Zeitliche segnete, war sie unsterblich. Zwar lag der Gedanke an den Tod des Herrschers nicht jenseits aller Erwägungen, doch hatten ihn die Königinnen bislang nicht in Betracht gezogen. Noch ertrugen sie stumm ihren Kummer. Der Regent ist nicht richtig im Kopf, murrten sie vor sich hin, wagten es vernünftigerweise aber nicht, ihre Worte laut zu äußern. Und wenn er sich irgendwo in der Weltgeschichte herumtrieb, um irgendwen umzubringen, überließen sie seine imaginäre Buhle sich selbst. Nie sprachen sie ihren Namen aus. *Jodha, Jodhabai.* Nie kamen diese Worte über ihre Lippen. Allein streifte sie durch den Palast. Sie war der Schatten, der über die vergitterten Wandschirme huschte, sie war ein im Wind flatterndes Tuch. Nachts stand sie im obersten Stock des Panch Mahal unter der kleinen Kuppel, suchte den Horizont ab und wartete auf die Rückkehr ihres Herrschers, der sie Wirklichkeit werden ließ. Auf den Monarchen, der vom Krieg heimkehrte.

*

Lange ehe der gelbhaarige Lügner aus fernen Landen Fatehpur Sikri mit seinen Geschichten über Wundertaten und Zauberinnen erschütterte, hatte Jodha geahnt, welch magische Kräfte ihrem illustren Gatten im Blut lagen. Jedermann wusste über die nekromantischen Künste von Dschingis Khan Bescheid, wusste von seinen Tieropfern und den okkulten Kräutern, der Schwarzen Kunst, mit deren Hilfe es ihm gelungen war, achthunderttausend Nachfahren zu zeugen. Jedermann hatte gehört, wie Timur, der Lahme, den Koran verbrannt und nach der Eroberung der Erde versucht hatte, zu den Sternen aufzusteigen, um auch noch den Himmel zu erstürmen. Jedermann war bekannt, dass Herrscher Babar das Leben des sterbenden Humayun dadurch gerettet hatte, dass er um das Krankenbett gelaufen und so den Tod vom Jungen zum Vater fortgelockt, dass er sich geopfert hatte, damit sein Sohn leben konnte. Diese düsteren Pakte mit Tod und Teufel gehörten zum Erbteil ihres Mannes. Und war ihre eigene Existenz nicht Beweis genug dafür, über welch starke Magie er verfügte?

Die Schaffung echten Lebens nach einem Traumvorbild glich einer übermenschlichen Tat, wie sie eigentlich nur Göttern vorbehalten war. Sikri wurde in jenen Tagen von Dichtern und anderen Künstlern überlaufen, von aufgeblasenen Egoisten, die angeblich über die Macht der Sprache und Bilder geboten, mit deren Hilfe sie aus leerem Nichts Schönes heraufbeschwören wollten, doch war es weder Poeten noch Malern, weder Musikern noch Bildhauern je gelungen, was ihr Herrscher, dieser vollkommene Mensch, geschaffen hatte. Zudem wimmelte es am Hofe von Fremden, von pomadisierten Exoten, wettergegerbten Kaufleuten und schmalgesichtigen Priestern aus dem Westen, die in ihren hässlichen, unerfreulichen Sprachen mit der Majestät ihres Landes prahlten, ihres Gottes, ihres Königs. Jodha stand im oberen Stock ihrer Gemächer hinter einer steinernen Fensterverkleidung und sah hinab in den großen, ummauerten Hof, den Hof der öffentlichen Anhörung, um die herausgeputzten, herumstolzierenden Weitgereisten genauer in Augenschein zu nehmen. Als der Herrscher ihr Bilder von den Bergen und Tälern der Fremdlinge zeigte, dachte sie an den Himalaja, an Kaschmir und konnte über die mickrigen ausländischen Annäherungen an die Schönheit der Natur nur lachen, über die Täler, die *Alpen*, Halbworte, die Halbheiten beschrieben. Ihre Könige waren Barbaren; ihren Gott hatten sie an einen Baum genagelt. Was sollte sie mit derart lächerlichen Leuten?

Ihre Geschichten beeindruckten sie ebenso wenig. Vom Herrscher hatte sie die Erzählung eines Reisenden über einen Bildhauer der Griechen aus alter Zeit vernommen, der sich in eine Frau aus Stein verliebte und sie so zum Leben erweckte. Sie ging nicht gut aus, diese Geschichte, und war wohl auch nur ein Märchen für Kinder. Mit ihrer eigenen Existenz ließ sie sich jedenfalls schwerlich vergleichen. Denn hier war sie, es gab sie tatsächlich. Nur ein einziger Mensch auf Erden hatte je eine derartige Schöpfungstat durch reine Willensanstrengung vollbracht.

Die ausländischen Reisenden interessierten sie nicht, doch wusste sie, dass sie den Herrscher faszinierten. Die Fremden kamen auf der Suche nach ... ja, wonach eigentlich? Nach nichts Sinnvollem jedenfalls. Wären sie weise Menschen gewesen, hätten sie um die Nutzlosigkeit ihrer Reisen gewusst. Reisen waren sinnlos. Reisen führten nur fort von dem Ort, an dem man Bedeutung besaß und dem man Bedeutung verlieh, indem man ihm sein Leben widmete; sie entführten nur in phantastische Welten, in denen man schlichtweg keinen Sinn besaß und auch noch absurd aussah.

Ja, die Stadt Sikri war für sie das Märchenland, gerade so, wie deren England, Portugal, Holland oder Frankreich Jodhas Verständnis überstiegen. Die Welt war keineswegs einförmig. «Wir sind ihr Traum», hatte der Herrscher gesagt, «und sie sind unser Traum.» Sie liebte ihn, weil er ihre Ansichten nie leichtfertig abtat, sie nie mit majestätischer Geste einfach beiseitewischte. «Doch stell dir vor, Jodha», sagte er eines Abends, während sie *ganjifa*-Spielkarten auf den Tisch knallten, «wir könnten in den Träumen anderer Menschen erwachen, könnten sie verändern und hätten den Mut, sie in unsere Träume einzuladen. Was, wenn die ganze Welt zu einem einzigen Wachtraum würde?» Sie konnte ihn wohl kaum einen Phantasten nennen, wenn er von Wachträumen sprach, denn war sie etwas anderes?

Sie hatte den Palast nie verlassen, in dem sie vor einem Jahrzehnt als Erwachsene geboren worden war, geboren einem Mann, der nicht nur ihr Schöpfer, sondern auch ihr Liebhaber war. Es stimmte: Sie war zugleich seine Frau und sein Kind, doch sollte sie je den Palast verlassen, würde der Zauber gebrochen, und sie hörte auf zu existieren, zumindest nahm sie das an. Wenn der Herrscher ihr mit der Kraft seines Glaubens half, könnte sie die Mauern möglicherweise sogar hinter sich lassen, aber allein hatte sie keine Chance. Zum Glück verlangte es sie gar nicht danach, dem Palast den Rücken zuzukehren. Das Labyrinth ummauerter und mit Vorhängen abgeteilter Korridore, das die diversen Gebäude des Palastkomplexes untereinander verband, bot ihr mehr als genügend Bewegungsfreiheit. Dies hier war ihre kleine Welt. Ihr fehlte das Interesse des Eroberers am Anderswo. Den Rest der Welt konnte der Rest der Welt behalten, dieses Geviert aus Steinen aber war ihr Reich.

Sie war eine Frau ohne Vergangenheit, war von der Geschichte getrennt oder besaß vielmehr nur jenes Maß an Geschichte, das ihr zu verleihen er für nötig befunden hatte, eine Geschichte, die von den anderen Königinnen erbittert angefochten wurde. Die Frage nach der Unabhängigkeit ihrer Existenz, falls sie denn überhaupt eine hatte, stellte sich stets aufs Neue, ob sie nun wollte oder nicht. Wenn Gott sich vom Menschen, seiner Schöpfung, abwandte, lebte der Mensch dann weiter fort? So lautete die Frage im Großen, doch es waren ihre egoistischen, kleinen Versionen, die Jodha wirklich zu schaffen machten. Bestand ihr Wille unabhängig von jenem Mann, der sie ins Sein gewünscht hatte? Gab es sie nur, weil er sich weigerte, die Möglichkeit ihrer Existenz für unmöglich zu halten? Und wenn er starb, würde sie dann weiterleben?

Sie spürte, wie sich ihr Puls beschleunigte. Etwas würde geschehen. Sie wurde stärker, solider, Zweifel schwanden. *Er kommt.*

Der Herrscher hatte den Palastbereich betreten, und sie konnte die Macht seines sich nähernden Begehrens fühlen. Ja. Etwas würde geschehen. Seine Schritte hallten in ihrem Blut wider, und sie konnte ihn in sich selbst sehen; sie schien zu wachsen, während er ihr entgegeneilte. Sie war sein Spiegelbild, da er sie solcherart geformt hatte, aber sie war auch sie selbst. Nun, nach abgeschlossenem Schöpfungsakt, stand es ihr frei, jener Mensch zu sein, den er geschaffen hatte, so frei wie jeder Mensch innerhalb der Grenzen seiner Natur frei sein kann. Wie stark sie plötzlich war, wie voller Blut und Wut! Dabei war seine Macht über sie keineswegs absolut. Sie brauchte nur kohärent zu sein. Und noch nie hatte sie sich so kohärent gefühlt. Wie eine Flut strömte ihre Natur auf sie ein. Unterwürfig aber war sie nicht. Er mochte keine unterwürfigen Frauen.

Zuerst wollte sie mit ihm schimpfen. Wie konnte er es wagen, so lange fortzubleiben? In seiner Abwesenheit hatte sie gegen manche Intrige kämpfen müssen. Nichts war in diesem Haus vertrauenswürdig. Die Wände selbst steckten voller Geflüster. Sie hatte gekämpft und dafür gesorgt, dass der Palast bis zum Tag seiner Rückkehr ein sicherer Ort blieb, hatte den kleinen, eigennützigen Hinterhältigkeiten der Bediensteten widerstanden, die Absichten der spionierenden Eidechsen an den Wänden durchkreuzt, das Getrappel verschwörerischer Mäuse verstummen lassen. All das, während sie sich schwinden fühlte, während der bloße Kampf ums Überleben fast ihre gesamte Willenskraft kostete. Die anderen Königinnen ... nein, die anderen Königinnen würde sie nicht erwähnen. Die anderen Königinnen existierten nicht. Es gab nur sie allein. Sie war nämlich auch eine Zauberin. Sie war die Zauberin ihrer selbst. Nur einen Menschen musste sie bezaubern, und dieser Mensch war hier. Er ging nicht zu den anderen Königinnen. Er kam zu der, die ihn beglückte. Sie war randvoll mit ihm, mit seinem Verlangen nach ihr, mit dem, was nun geschehen würde. Sie war die Schülerin seiner Begierde. Sie wusste alles.

Die Tür ging auf. Sie existierte. Sie war unsterblich, denn sie war durch die Liebe lebendig geworden.

Er trug einen goldenen, mit einer Kokarde besetzten Turban und einen Mantel aus goldenem Brokat. Der Staub des eroberten Landes haftete an ihm wie die Ehrennadel an einem Soldaten. Er hatte ein verlegenes Grinsen aufgesetzt. «*Ich* wollte früher nach Hause kommen», sagte er, «aber *ich* wurde aufgehalten.» Irgendetwas an der Art, wie er redete, wirkte seltsam unbeholfen und beinahe zaghaft. Was war nur mit ihm? Sie beschloss, seine untypische Unsicherheit zu ignorieren und wie geplant vorzugehen.

«Ach nein, Ihr ‹wolltet›?», sagte sie, stand hoch aufgerichtet in ihrem gewöhnlichen Tageskleid da und zog sich den Seidenschal über die untere Gesichtshälfte. «Ein Mann weiß nicht, was er will. Ein Mann will nicht, was er zu wollen behauptet. Ein Mann will nur, wonach es ihn verlangt.»

Ihn verblüffte, dass sie sich weigerte, seine Herablassung zur ersten Person Singular wahrzunehmen, die sie doch vor Glück in Ohnmacht sinken lassen sollte – sie, seine neueste Entdeckung und seine Liebeserklärung. Es verblüffte ihn, doch es verstimmte ihn auch ein wenig.

«Wie viele Männer kennst du, dass du dich so kenntnisreich gibst?», fragte er stirnrunzelnd beim Näherkommen. «Hast du dir Männer erträumt, während *ich* fort war? Oder hast du Männer zu deinem Vergnügen gefunden, Männer, die keine Träume waren? Gibt es Männer, die *ich* töten muss?» Diesmal würde sie doch gewiss das revolutionäre, das erotisch neue Pronomen bemerken. Diesmal musste sie einfach verstehen, was er ihr sagen wollte.

Sie tat es nicht. Sie glaubte zu wissen, was ihn erregte, und dachte nur an die Worte, die sie sagen musste, damit er ihr gehörte.

«Frauen denken im Allgemeinen nicht so oft an Männer, wie die Männer im Allgemeinen glauben. Frauen denken auch nicht so oft an den eigenen Mann, wie dieser Mann es gerne glaubt. Frauen brauchen Männer einfach nicht so dringend, wie die Männer sie brauchen. Deshalb ist es so wichtig, eine gute Frau an der Kandare zu halten. Hält man sie nicht an der Kandare, läuft sie nämlich bestimmt bald davon.»

Sie hatte sich nicht für ihn herausgeputzt. «Sucht Ihr ein Püppchen», sagte sie, «geht ins Haus der Puppen, wo sie Euch erwarten, wo sie sich hübsch machen, einander laut kreischend an den Haaren ziehen.» Das war ein Fehler. Sie hatte die anderen Königinnen erwähnt. Er runzelte die Stirn, seine Augen umwölkten sich. Ein falscher Zug. Der Bann war fast gebrochen. Sie legte alle Macht in ihren Blick und sah ihm in die Augen, bis er zu ihr zurückfand. Der Zauber hielt. Sie hob die Stimme und fuhr fort.

Sie schmeichelte ihm nicht. «Ihr seht schon wie ein alter

Mann aus», sagte sie. «Eure Söhne werden Euch für ihren Großvater halten.» Auch beglückwünschte sie ihn nicht zu seinen Siegen. «Hätte die Historie einen anderen Weg gewählt», sagte sie, «würden die alten Götter noch herrschen, jene Götter, die Ihr besiegt habt, die vielarmigen, vielköpfigen Götter mit ihren Geschichten von wagemutigen Taten statt von Strafen und Gesetzen; die Götter des Seins stünden noch neben den Göttinnen des Tuns, den tanzenden Göttern, lachenden Göttern, den Göttern des Donners und der Flöten, so viele, viele Götter, und vielleicht wäre das besser gewesen.» Sie wusste, wie schön sie war, und jetzt ließ sie den dünnen Seidenschleier sinken, entblößte ihre bislang verschleierte Schönheit, und er war verloren. «Wenn ein Junge sich eine Frau erträumt, gibt er ihr große Brüste und geringen Verstand», murmelte sie. «Wenn ein Monarch sich ein Weib vorstellt, träumt er von mir.»

Sie war vertraut mit den sieben Arten der Unguikulation, also der Kunst, die Fingernägel zur Steigerung des Liebesspiels einzusetzen. Ehe er zu seinem langen Feldzug aufgebrochen war, hatte sie ihn mit den Drei Tiefen Spuren markiert, mit Kratzern der ersten drei Finger der rechten Hand auf Rücken, Brust und sogar den Hoden: etwas, damit er sich an sie erinnerte. Jetzt, da er wieder daheim war, konnte sie ihn erschaudern lassen, konnte dafür sorgen, dass ihm im wahrsten Sinne des Wortes die Haare zu Berge standen, indem sie ihre Fingernägel an seine Wangen legte, an Unterlippe und Brust, ohne jedoch Spuren zu hinterlassen. Allerdings konnte sie ihn auch markieren, ihm einen Halbmond auf den Hals drücken, konnte die Nägel langsam über sein Gesicht ziehen, lange Schrammen über Kopf, Oberschenkel und seine so überaus empfindliche Brust ziehen. Sie konnte den Hoppelnden Hasen machen, die Aureolen der Brustwarzen umritzen, ohne ihn ansonsten zu berühren. Und keine andere Frau wusste so geschickt den Pfauenfuß auszuführen, dieses delikate Spiel:

Sie drückte den Daumen auf seine linke Brustwarze und «spazierte» mit den übrigen vier Fingern über seine Brust, grub ihre langen Nägel ein, die geschwungenen, klauengleichen Nägel, die sie eigens für diesen Augenblick zugefeilt hatte, drückte sie in die Haut des Herrschers, bis sie Spuren hinterließen, die den Abdrücken eines über Sand laufenden Pfaus glichen. Sie wusste, was er sagen würde, wenn sie dies tat. Er würde ihr erzählen, wie er in der Einsamkeit seines Soldatenzeltes die Augen geschlossen, ihre Bewegungen nachgeahmt und sich voller Erregung vorgestellt hatte, die Fingernägel, die über seinen Körper wanderten, seien ihre Fingernägel.

Sie wartete darauf, dass er dies sagte, aber er tat es nicht. Etwas war anders. Er ließ sich seine Ungeduld anmerken, gar eine Verärgerung, eine Irritation, die sie nicht verstand. Es war, als hätten die vielen Feinheiten ihrer Liebeskunst an Charme verloren, und er wünschte sich nur noch, sie zu besitzen, es zu Ende zu bringen. Sie begriff, dass er sich geändert hatte. Und folglich würde sich auch alles andere ändern.

*

Was den Herrscher betraf, so sollte er in Gegenwart eines anderen Menschen nie wieder in der ersten Person Singular von sich reden. In den Augen der Welt war er ein Plural, ein Plural sogar im Urteil der Frau, die ihn liebte, und ein Plural würde er bleiben. Er hatte seine Lektion gelernt.

5.

Seine Söhne, wie sie geschwind auf ihren Pferden …

Seine Söhne, wie sie geschwind auf ihren Pferden dahingaloppierten, mit den Lanzen auf im Boden steckende Zeltheringe zielten; wie sie, immer noch auf Pferdesrücken, im Spiel *chaugan* brillierten und lange Stöcke mit gebogenen Enden schwangen, um einen Ball ins netzverhängte Tor zu treiben; wie sie nachts mit einem Leuchtball Polo spielten; seine Söhne auf Jagdgesellschaften, vom Meister der Jagd in die Mysterien der Leopardenhatz eingeführt; seine Söhne beim «Spiel der Liebe», *ishqbazi*, dem Taubenflug ... wie schön sie waren, seine Söhne! Wie kraftvoll sie spielten! Man nehme nur Kronprinz Salim, gerade erst vierzehn Jahre alt, aber schon ein solch exzellenter Bogenschütze, dass die Regeln des Sports ihm zuliebe umgeschrieben werden mussten. Ach, Murad, Daniyal, meine Galoppierer, dachte der Herrscher. Wie er sie liebte, und doch, welche Nichtsnutze sie waren! Täuschte der Blick in ihre Augen? Nein, sie waren schon betrunken. Gerade mal elf und zehn Jahre alt, aber schon betrunken, obwohl sie Pferde lenkten, diese Narren. Er hatte der Dienerschaft strikte Anweisungen erteilt, aber die Jungen waren Prinzen von königlichem Geblüt; kein Lakai würde es wagen, gegen sie aufzubegehren.

Natürlich ließ er sie bespitzeln, weshalb er auch über Salims Opiumsucht Bescheid wusste, ebenso über seine nächtlichen Feiern pervertierter Lüsternheit. Vielleicht war es verständlich, dass ein junger Bursche in der ersten Blüte seiner Männlichkeit eine derartige Vorliebe für Sodomie mit hübschen Dirnen bewies, doch dürfte bald ein strenges Wort nötig sein, da sich die Tanzdirnen beklagten: Wegen ihrer blau geschlagenen Hintern, ihrer zerquetschten Granatapfelknospen konnten sie kaum noch auftreten, die kleinen Huren.

Weh, o weh, seine verderbten Kinder, Blut von seinem Blute, Erben seiner Schwächen, aber keiner seiner Stärken! Prinz Murads Fallsucht hatte man bis heute vor der Öffentlichkeit verheimlichen können, doch wie lange noch? Und Daniyal schien zu rein gar nichts zu taugen, schien auch keinerlei Persönlichkeit zu besitzen, obwohl er Akbars gutes Aussehen geerbt hatte, worauf er kaum stolz sein konnte, es in seiner Einbildung und Eitelkeit aber dennoch war. Urteilte er zu streng über einen zehnjährigen Jungen? Ja, natürlich tat er das, aber dies waren keine Jungen. Sie waren kleine Götter, die Regenten der Zukunft: unglückseligerweise zum Herrschen geboren. Er liebte sie. Sie würden ihn verraten. Sie waren die Sonne seines Lebens. Sie würden über ihn herfallen in tiefer Nacht. Diese kleinen Arschficker. Er wartete nur auf ihren nächsten Zug.

Wie jeden Tag wünschte sich der Monarch auch heute, er könnte seinen Söhnen trauen. Birbal vertraute er, Jodha, Abul Fazl und Todar Mal, aber seine Jungs behielt er lieber im Auge. Er sehnte sich danach, ihnen trauen zu können, wünschte sich, dass sie im Alter seine Stützen wären. Er träumte davon, sich auf ihre sechs schönen Augen zu verlassen, wenn seine eigenen schwächer wurden, auf ihre sechs starken Arme, wenn seine ihre Kraft verloren, malte sich aus, wie sie einmütig zu seinen Gunsten handelten, auf dass er wahrlich gottgleich würde, vielköpfig, vielarmig. Er wollte ihnen trauen, weil er Vertrauen für eine Tugend hielt, die man hegen und pflegen musste, doch kannte er die Geschichte seiner Familie und wusste, dass Vertrauen nicht gerade zu ihren Stärken zählte. Seine Söhne würden zu schillernden Helden mit mächtigen Schnurrbärten heranwachsen, und sie würden sich gegen ihn wenden; er konnte es bereits an ihren

Augen ablesen. Unter ihresgleichen, unter den Tschagatai von Ferghana, war es Brauch, dass die Kinder gegen die gekrönten Eltern intrigierten, sie vom Thron stürzten, sie in ihren eigenen Burgen gefangen setzten, auf einer Insel im See, oder sie mit eigenem Schwert hinrichteten.

Salim, Gott segne ihn, diesen blutrünstigen Schlingel, dachte sich schon früh raffinierte Methoden aus, Menschen umzubringen. *Wenn mich jemand verrät, Papa, lasse ich ein Muli schlachten und den Verräter ins frisch abgezogene Fell stecken. Dann setze ich ihn falsch herum auf einen Esel, treibe ihn mittags durch die Straßen und sehe zu, wie die Sonne ihr Werk verrichtet.* Die grausame Sonne würde die Tierhaut trocknen, die sich folglich zusammenzog und den Feind in ihrem Innern langsam erstickte. Wie kommst du nur auf solch entsetzliche Ideen, fragte der Herrscher seinen Sohn. *Habe ich mir ausgedacht*, log der Junge. *Aber was willst du schon dagegen sagen, Papa, schließlich habe ich selbst gesehen, wie du dein Schwert gezogen hast, um einem Mann die Füße abzuhacken, der ein Paar Schuhe gestohlen hatte.* Der Herrscher erkannte eine Wahrheit, wenn er mit der Nase darauf gestoßen wurde. Falls es eine düstere Seite in Prinz Salim gab, dann hatte er sie von niemand Geringerem als dem König der Könige geerbt.

Salim war sein Lieblingssohn und würde eines Tages bestimmt auch sein Mörder sein. Sollte er, Akbar, einst nicht mehr leben, würden sich die drei Brüder wie Straßenköter um den fleischigen Knochen seiner Macht balgen. Wenn er die Augen schloss und dem Getrappel der spielenden Kinder lauschte, malte er sich aus, wie Salim eine Rebellion gegen ihn anführte und scheiterte, dieser schwächliche Jammerlappen. *Wir werden ihm vergeben, natürlich werden wir das, wir werden ihn leben lassen, unseren Sohn, einen so hervorragenden, so prachtvollen Reiter mit solch königlichem Lachen.* Der Herrscher seufzte. Er traute seinen Söhnen nicht über den Weg.

Die Frage der Liebe wurde durch derartige Probleme nur verrätselt, denn der König vergötterte die drei Jungen, die vor ihm über die Esplanade galoppierten. Starb er von ihrer Hand, würde er den Arm lieben, der den tödlichen Schlag ausführte. Doch er hatte keineswegs die Absicht, sich von den kleinen Scheißern abservieren zu lassen, solange noch ein Hauch Leben in ihm steckte. Eher würde er sie zur Hölle schicken. Er war Akbar, der Herrscher. Mit ihm war nicht zu spaßen.

Er hatte dem Mystiker Chishti vertraut, dessen Grabmal im Hof der Freitagsmoschee stand, aber Chishti war tot. Er vertraute Hunden, Liedern und Gedichten, einem geistreichen Höfling und einer Frau, die er aus dem Nichts erschaffen hatte. Er vertraute der Schönheit, der Malerei und der Weisheit seiner Vorfahren. In andere Dinge aber hatte er sein Vertrauen verloren, in den Glauben zum Beispiel. Er wusste, dem Leben war nicht zu trauen, die Welt war unzuverlässig. Ins Tor zur Großen Moschee hatte er seinen Wahlspruch schnitzen lassen, der allerdings nicht von ihm selbst, sondern angeblich von einem Jesus aus Nazareth stammte. *Die Welt ist eine Brücke. Überschreite sie, ohne ein Haus darauf zu bauen*. Nicht einmal meinem eigenen Motto glaube ich, schalt er sich, denn er hatte nicht bloß ein Haus, sondern eine ganze Stadt erbaut. *Wer auf eine Stunde hofft, hofft auf die Ewigkeit. Die Welt ist eine Stunde. Was folgt, ist unsichtbar*. Das stimmte, gab er sich in Gedanken recht, ich erhoffe mir zu viel. Ich erhoffe eine Ewigkeit. Eine Stunde ist für mich nicht genug. Ich hoffe auf Größe, und das ist mehr, als der Mensch erhoffen sollte. (Das «ich» fühlte sich großartig an, wenn er es nur zu sich selbst sagte; es schien ihm vertrauter, aber es würde eine Privatangelegenheit bleiben, so viel war klar.) Ich wünsche mir ein langes Leben, dachte er, und Frieden, Einsicht und eine gute Mahlzeit am Nachmittag. Vor allem aber wünsche ich mir, einen jungen Mann kennenzulernen, dem ich vertrauen kann. Dieser junge Mann wird nicht mein Sohn sein, aber ich werde ihn zu mehr als meinem

Sohn machen. Er wird mein Hammer und mein Amboss sein, meine Schönheit und meine Wahrheit. Ich werde ihn in Händen halten, und er wird den Himmel ausfüllen.

Noch am selben Tag brachte man einen gelbhaarigen jungen Mann zu ihm, der einen absurd langen, aus kunterbunten Lederlappen zusammengenähten Mantel trug und einen Brief der Königin von England in Händen hielt.

*

Am frühen Morgen weckte Mohini, die schlaflose Hure im Bordell Hatyapul, den Gast aus der Fremde. Er kam rasch zu sich, riss sie grob in seine Arme, zauberte aus dem Nichts ein Messer herbei und hielt es ihr an die Kehle. «Sei nicht blöd», sagte sie. «Hundertmal hätte ich dich in der letzten Nacht umbringen können, als du so laut geschnarcht hast, dass ich fürchtete, der Herrscher in seinem Palast könnte dich hören.» Sie hatte ihm zwei Raten angeboten, eine für den einmaligen Akt, den zweiten, nur leicht höheren Preis, für die ganze Nacht. «Was ist günstiger?», fragte er. «Der Preis für die ganze Nacht, behaupten meine Kunden», erwiderte sie mit ernster Miene, «doch sind sie meist so alt, so betrunken, so mit Opium benebelt oder schlicht so unfähig, dass sogar ein Mal für sie oft schon zu viel ist, also wirst du mit der Einmalrate gewiss ein wenig Geld sparen.» – «Ich zahle das Doppelte für die ganze Nacht», sagte er, «wenn du mir versprichst, bis zum Morgen zu bleiben. Es ist lange her, seit ich eine Nacht mit einer Frau verbracht habe, und dein Körper an meiner Seite wird mir meine Träume versüßen.» – «Gut, wenn du mit dem Geld um dich werfen willst, halt ich dich nicht davon ab», sagte sie kaltherzig, «doch ist schon seit Jahren keine Süße mehr in mir.»

Sie war so mager, dass sie von den Huren nur Skelett genannt wurde, und Kunden, die es sich leisten konnten, bestellten sie oft zusammen mit ihrem Widerpart, der dicken Hure Matratze, um die beiden Extreme dessen zu genießen, was die weibliche Form zu bieten hatte. (Sie aß wie ein Wolf, doch je mehr sie aß, um so fetter wurde Matratze, bis schließlich die Vermutung aufkam, die beiden Huren hätten einen Pakt mit dem Teufel geschlossen, und Skelett würde in der Hölle bis in alle Ewigkeit enorm übergewichtig sein, an ihrer Seite eine klapperdürre Matratze mit Nippeln wie kleine Holzpfropfen auf der flachen Brust.)

Sie war eine *doli-arthi* des Hatyapul, weshalb in ihren Vertragsbedingungen stand, dass sie mit ihrem Beruf gleichsam verheiratet war und das Bordell erst auf der *arthi*, der Totenbahre, wieder verlassen würde. Dafür hatte sie sogar eine Parodie der Hochzeitszeremonie über sich ergehen lassen müssen und war zum Vergnügen des Straßenpöbels auf einem Eselskarren angekommen statt in der sonst üblichen Sänfte, einer *doli*. «Genieß deinen Hochzeitstag, Skelett, einen anderen wirst du nie erleben», rief ein Großmaul, doch schütteten die Prostituierten vom oberen Balkon einen Pisspott mit warmem Urin über ihn aus, was ihn schlagartig verstummen ließ. Der «Bräutigam» war das Bordell in Gestalt der Puffmutter Rangili Bibi, einer Hure, die so alt, zahnlos und verkniffen war, dass sie bereits wieder Respekt verdiente, außerdem so missmutig, dass jedermann Angst vor ihr hatte, sogar die Polizisten, deren Aufgabe es eigentlich war, ihren Laden zu schließen, doch wagten sie nicht, gegen Madame Bibi vorzugehen, da sie fürchteten, sie könnte mit dem bösen Blick lebenslanges Unglück auf sie herabbeschwören. Eine andere, rationalere Erklärung für den Fortbestand des Bordells besagte, sein Besitzer sei ein einflussreicher Adliger am Hofe – vielmehr (davon waren die Klatschtanten der Stadt überzeugt) kein Adliger, sondern ein Priester, vielleicht gar einer der Mystiker, die pausenlos an Chishtis Grabe beteten. Doch Adlige steigen und fallen in der Gunst des Monarchen genau wie Priester. Ein Fluch dagegen hält auf ewig an, und deshalb war die Angst vor Rangili Bibis Silberblick mindestens ebenso mächtig wie ein unbekannter Heiliger oder ein aristokratischer Schirmherr.

Mohinis Verbitterung hatte nichts mir ihrem Leben als Hure zu tun. Ihren Körper zu verkaufen war für sie eine Arbeit wie jede andere; sie verhalf ihr zu einem Dach über dem Kopf, zu Kleidern und gab ihr zu essen, weshalb sie ohne ihre Tätigkeit wohl nicht besser dran gewesen wäre als ein streunender Hund und vermutlich auch wie ein Hund im Straßengraben krepieren würde. Nein, ihre Verbitterung galt einer Frau, ihrer früheren Arbeitgeberin, der vierzehnjährigen Dame Man Bai von Amer, gegenwärtig wohnhaft in Sikri, einem Flittchen, das insgeheim die lüsternen Aufmerksamkeiten ihres Vetters genoss, des Kronprinzen Salim. Dame Man Bai besaß über hundert Sklavinnen, doch Mohini, das Skelett, war ihr Liebling gewesen. Wenn der Prinz kam, schwitzend vom anstrengenden Tagwerk, vom Herumreiten in der Mittagshitze, vom Tieretöten, stand Mohini am Kopf des Gefolges, dessen Aufgabe darin bestand, den Prinzen zu entkleiden und seine fahle Haut mit duftenden, kühlenden Ölen einzureiben. Mohini war es, die das Parfüm aussuchte, Sandelholz oder Moschus, Patschuli oder Rosenduft, und Mohini war es, der allein die Aufgabe zukam, die Männlichkeit des Prinzen für Dame Man Bai vorzubereiten. Andere Sklavinnen fächerten ihm Luft zu, massierten ihm Hände und Füße, doch nur das Skelett durfte das Geschlecht des Prinzen berühren. Sie kannte sich mit der Zubereitung jener Salben aus, die das sexuelle Verlangen steigerten und das Liebesspiel verlängerten. Aus Tamarinde und Zimt, aus getrocknetem Ingwer und Pfeffer stellte sie Pasten her, die, wenn vermengt mit Bienenhonig, den Frauen intensives Vergnügen schenkten, ohne dem Mann allzu große Anstrengung abzuverlangen; außerdem bescherten sie dem Mann ein Gefühl der Wärme und pumpender Zuckungen, die als äußerst angenehm empfunden wurden. Manchmal strich Mohini die Vagina ihrer Herrin damit ein, manchmal das Glied des Prinzen, gewöhnlich aber bediente sie beide. Mit dem Ergebnis waren sie sehr zufrieden.

Doch ihr Geschick im Umgang mit dem männlichen Aufputschmittel «Was Männer zu Pferden macht» sollte ihr zum Verhängnis werden. Eines Tages befahl sie, einen Ziegenbock zu kastrieren, und kochte dann die Hoden in Milch, fügte danach Salz und Pfeffer hinzu, briet sie in geseihter Butter und zerstampfte sie schließlich zu köstlichem Hack. Dieses Mittel musste gegessen, nicht auf der Haut verrieben werden, also fütterte sie den Prinzen mit einem silbernen Löffel, während sie ihm erklärte, diese Medizin erlaube es ihm, wie ein Pferd zu lieben, fünf-, zehn-, gar zwanzigmal, ohne an Kraft zu verlieren. Im Falle besonders viriler junger Männer könnte sie sogar über hundert Ergüsse in Folge ermöglichen. «Köstlich», sagte der Prinz und ließ es sich schmecken. Am nächsten Morgen trat er aus dem Gemach seiner Geliebten, die dem Tode nahe war. «Haha!», rief er Mohini auf dem Weg nach draußen zu. «Welch ein Spaß!»

Es sollten siebenundvierzig Tage und Nächte vergehen, ehe Dame Man Bai an Sex auch nur wieder denken konnte, und in dieser Zeit bewies der Prinz, der sie regelmäßig besuchte, volles Verständnis für den Schaden, den er angerichtet hatte; er gab sich ebenso zerknirscht wie besorgt, vögelte unterdessen aber die Sklavinnen und bat meist um die Gunst jenes dürren Geschöpfes, das ihm zu seinen übermenschlichen Sexkräften verholfen hatte. Dame Man Bai konnte ihm den Wunsch nicht verwehren, doch kochte sie vor Eifersucht. Als nach der berüchtigten Nacht der hundertundeinen Kopulation offensichtlich ward, dass Mohini unendlich viel Sex vertrug und der Prinz sich außerstande sah, sie so zuzureiten, wie er beinahe seine Geliebte zugeritten hatte, war das Schicksal der Sklavin besiegelt. Die Eifersucht der Dame Man Bai wuchs ins Unerbittliche, weshalb sie Mohini schließlich aus ihren Diensten jagte, um ihr nichts außer dem Wissen um die Zubereitung jenes Mittels zu lassen, das Männer verrückt vor Verlangen machte. Diese Zauberkräfte retteten ihr das Leben, da sie zur beliebtesten Frau im Bordell Hatyapul wurde. Dennoch hoffte sie auf Rache. «Sollte das Schicksal mir diese kleine Schlampe je wieder in die Arme treiben, schmiere ich sie mit einer Paste ein, die so mächtig ist, dass sogar die Schakale sie rammeln wollen. Krähen, Schlangen, Leprakranke und Wasserbüffel werden sie ficken, bis zum Schluss nichts von ihr übrig bleibt als ein paar glitschige Haarsträhnen, die ich verbrennen werde – und das war es dann. Aber sie heiratet Prinz Salim, also beachtet mich nicht weiter. Für eine Frau wie meinesgleichen ist Rache ein so unerreichbarer Luxus wie Rebhühner oder eine Kindheit.»

Aus irgendeinem Grund redete sie mit dem gelbhaarigen Neuankömmling, wie sie nie zuvor mit einem Kunden geredet hatte. «Bestimmt hast du mich verzaubert», sagte sie in verstörtem Ton, «denn sonst lasse ich mich nie bei Tageslicht betrachten, und die Geschichte meines Lebens erzähle ich schon gar nicht.» Mit elf Jahren war sie vom Bruder ihres Vaters entjungfert und geschwängert worden. Das Baby kam missgebildet zur Welt und war, noch ehe sie es zu Gesicht bekommen hatte, von ihrer Mutter fortgenommen und ertränkt worden, da man fürchtete, wenn Mohini das Kleine sähe, würde sie die Zukunft hassen. «Sie hätten sich keine Sorgen zu machen brauchen», sagte Mohini, «das Schicksal hat mich ebenso mit einem ausgeglichenen Gemüt gesegnet wie mit einer besonderen Lust auf Sex, die mir selbst der Ochsenonkel mit seinem Fingerhutschwänzchen nicht nehmen konnte. Allerdings bin ich nie ein warmherziger Mensch gewesen, und seit mir Dame Man Bai jenes Unrecht zugefügt hat, verströme ich noch größere Kälte. Im Sommer mögen die Männer die kühlende Wirkung meiner Nähe, aber im Winter habe ich nicht so viel Arbeit.»

«Mach mich zurecht», sagte der gelbhaarige Mann, «denn heute will ich in wichtigen Angelegenheiten an den Hof. Und bin ich dort nicht gut wie nie, werde ich gewiss untergehen.»

«Falls du es dir leisten kannst», antwortete sie, «lasse ich dich so begehrenswert riechen wie ein König.»

Sie begann, seinen Körper in eine Symphonie für die Nase zu verwandeln; der Preis, sagte sie, betrage einen Gold-Mohur. «Natürlich knöpfe ich dir zu viel ab», warnte sie ihn, aber er schüttelte nur einmal kurz das linke Handgelenk, und Mohini stieß ein lautes Keuchen aus, als zwischen seinen vier Fingern drei Goldmünzen auftauchten. «Mach deine Arbeit gut», sagte er und gab ihr das Geld. «Für drei Gold-Mohurs», sagte sie, «hält man dich für einen Engel aus dem Paradies, falls du das glauben machen möchtest; und bist du fertig mit dem, was du zu erledigen hast, kannst du mich und Matratze zusammen haben und ohne weiteren Aufschlag eine Woche deine wildesten Phantasien mit uns ausleben.»

Sie ließ eine Metallwanne bringen und füllte sie eigenhändig im Verhältnis von einem zu drei Eimern mit heißem und kaltem Wasser. Danach seifte sie ihn am ganzen Körper mit einer Paste aus Aloe, Sandelholz und Kampfer ein, «um deine Haut frisch und aufnahmebereit für die königlichen Düfte zu machen». Unterm Bett zog sie dann ein sorgsam in Tücher eingeschlagenes Kästchen mit ihren magischen Duftölen hervor. «Ehe du bis in die Gegenwart des Herrschers vordringst, wirst du viele Männer zufriedenstellen müssen», sagte sie. «Also ruht der Duft für den Herrscher versteckt unter jenen Düften, die den niederen Chargen gefallen und die verfliegen, ehe du vor dem Monarchen stehst.» Anschließend machte sie sich ans Werk, salbte ihn mit Zibet und Veilchen, mit Magnolien und Lilien, Narzissen und

Adlerholz, ebenso mit Tropfen anderer, seltener Tinkturen, nach deren Namen er nicht einmal zu fragen wagte, mit Wässerchen vom Saft türkischer, zyprischer und chinesischer Bäume, aber auch mit einem Brei aus den Innereien eines Walfischs. Kaum war sie fertig, war er überzeugt, genau wie das billige Bordell zu stinken, in dem er sich schließlich auch aufhielt, und er bedauerte den Entschluss, um Skeletts Hilfe gebeten zu haben, besaß aber die Rücksicht, sein Bedauern zu verschweigen. Aus der kleinen Reisetasche zog er ein kostbares Gewand, bei dessen Anblick Skelett nach Luft schnappte. «Hast du dafür jemanden ermordet? Oder bist du eigentlich doch ein anderer Mensch, als du zu sein behauptest?», fragte sie. Er gab keine Antwort. Wer auf der Straße wie ein Mann von Bedeutung aussah, weckte nur das Interesse gewaltbereiter Menschen; am Hofe wie ein Landstreicher auszusehen kam jedoch einer Idiotie gänzlich anderer Art gleich. «Ich muss gehen», sagte er. «Komm wieder», bat sie. «Denk an das Angebot, das ich dir gemacht habe.»

Trotz der aufkommenden Hitze warf er sich seinen unvermeidlichen Mantel über und brach auf, um zu tun, was er zu tun hatte. Wundersamerweise wehten Skeletts Düfte ihm voraus und ebneten den Weg. Statt ihn fortzuscheuchen und ihn anzuherrschen, dass er das Tor am anderen Ende der Stadt zu nutzen habe, sich hinten anstellen und darauf warten müsse, in den Hof der öffentlichen Anhörung vorgelassen zu werden, gaben sich die Wachen jede nur erdenkliche Mühe, ihm zu Diensten zu sein, reckten dabei die schnuppernden Nasen, als lägen gute Neuigkeiten in der Luft, und verzogen die Mienen zu einem höchst ungewohnten Lächeln des Willkommens. Der Offizier des Wachhauses schickte einen Läufer nach einem königlichen Adjutanten aus, den es zunächst verärgerte, auf diese Weise gestört zu werden. Doch kaum näherte er sich dem Besucher, änderte sich der Luftzug, und ein neuer Geruch füllte die Luft, ein Duft, dessen Finesse für die groben Nasen der Wachen viel zu fein war, den Adjutanten aber plötzlich an seine erste große Liebe erinnerte. Bereitwillig erbot er sich, höchstpersönlich zu Birbals Haus zu gehen, um das Ansinnen des Fremden vorzutragen, und kehrte bald darauf mit der Auskunft wieder, man habe alle nötigen Zustimmungen erteilt und er sei jetzt ermächtigt, den Besucher in die Palastgemächer vorzulassen. Natürlich bat man den Fremden zuvor um seinen Namen, und er antwortete, ohne zu zögern.

«Nennt mich Mogor», sagte er in makellosem Persisch. «Mogor dell'Amore, zu Diensten. Ein Gentleman aus Florenz, gegenwärtig im Namen der englischen Königin unterwegs.» Er trug eine weiße Feder am samtenen Hut, die von einem senffarbenen Juwel gehalten wurde, und zog nun schwungvoll ebendiesen Hut in einer tiefen Verbeugung, die jedem Zuschauer bewies (er hatte eine beträchtliche Menge angelockt, deren selig verträumte, grinsende Gesichter wieder einmal den allgegenwärtigen Einfluss von Skeletts Werk verrieten), dass er Geschick, Anstand und Anmut eines Höflings besaß. «Herr Botschafter», sagte der seinerseits sich verbeugende Adjutant. «Hier entlang, bitte.»

Nach und nach aber verflogen die früheren Düfte, und ein drittes Aroma breitete sich aus, um die Luft mit Phantasien des Verlangens zu erfüllen. Auf seinem Weg durch die rote Welt des Palastes fielen dem Mann, der sich nun Mogor dell'Amore nannte, flatterhafte Bewegungen hinter verhängten Fenstern und Gitterschirmen auf; er meinte gar, mehrere Paare schimmernder Mandelaugen im Dunkel der Fenster wahrnehmen zu können. Einmal sah er eine juwelenverzierte Hand eine unbestimmte Geste machen, die womöglich eine Einladung bedeutete. Er hatte Skelett unterschätzt. Auf ihre Weise war sie eine Künstlerin, die es in dieser vielgerühmten Stadt der Maler, Dichter und Sänger mit jedem Meister seines Metiers aufnehmen konnte. Wollen wir doch einmal sehen, was sie für den Herrscher vorbereitet hat, dachte er. Ist der Duft so verführerisch wie die bisherigen Gerüche, habe ich leichtes Spiel. Fest umklammerte er die Schriftrolle der Tudorkönigin und schritt nun mit wachsendem Selbstvertrauen ein wenig rascher aus.

In der Mitte des Hauptraumes im Haus der privaten Anhörung stand ein roter Sandsteinbaum, von dem ein großes Bündel steinerner Bananen hing, zumindest wollte es dem Blick des ungeschulten Besuchers so vorkommen. Breite Äste aus rotem Sandstein verliefen vom Wipfel in die vier Zimmerecken. Zwischen den Zweigen hingen Baldachine aus silbern wie golden verzierter Seide, und unter den Baldachinen und Bananen, mit dem Rücken an den wuchtigen Stamm des Steinbaums gelehnt, stand der furchterregendste Mensch auf Erden (mit einer Ausnahme): ein kleiner, zuckersüß lächelnder Mann von enormem Intellekt und Leibesumfang, vom Herrscher geliebt, von neidischen Rivalen gehasst, ein Schmeichler, ein Kriecher, der jeden Tag Speisen im Gewicht von fünfzehn Kilo verdrückte, ein Mann, der seinen Köchen befehlen konnte, zum Abendessen tausend verschiedene Gerichte zuzubereiten, ein Mann, dessen Allwissenheit kein bloßes Gerücht, sondern Grundvoraussetzung seines Lebens war.

Das war Abul Fazl, der Mann, der alles wusste (nur Fremdsprachen beherrschte er keine, auch die vielen gewöhnlichen Zungen Indiens nicht, sie waren ihm ausnahmslos unbekannt, was ihn zu einer recht außergewöhnlichen, monoglotten Gestalt im vielsprachigen Babel des Hofes machte). Historiker, Meisterspion, Hellster der Neun Sterne und zweitengster Vertrauter des furchterregendsten Menschen auf Erden (ohne Ausnahme), Abul Fazl, der die wahre Geschichte der Schöpfung der Welt kannte, weil sie ihm, wie er sagte, die Engel selbst erzählt hatten, und der auch wusste, wie viel Futter den Pferden in den kaiserlichen Ställen täglich gestattet war, der das allgemein anerkannte Rezept für das Reisgericht Biryani kannte und wusste, warum man Sklaven in *Jünger* umbenannt hatte, der über die Geschichte der Juden Bescheid wusste und über die Ordnung der himmlischen Sphären, dem die Sieben Grade der Sünde vertraut waren, die Neun Schulen, die Sechzehn Bredouillen, die Achtzehn Wissenschaften und die Zweiundvierzig Unreinen Dinge. Durch sein Netz an Informanten wurde er über jedes Wort unterrichtet, das innerhalb der Mauern von Fatehpur Sikri fiel, in welcher Sprache auch immer, er erfuhr von allen geflüsterten Geheimnissen, von jedem Verrat, jeder Nachgiebigkeit, jeder Promiskuität, weshalb alle Menschen innerhalb der Mauer auch seiner Gnade ausgeliefert waren, zumindest der Gnade seines Stiftes, über den König Abdullah von Buchara gesagt hatte, man müsse ihn sogar noch mehr fürchten als Akbars Schwert: Von dieser Furcht befreit war allein der furchterregendste Mensch auf Erden (ohne Ausnahme), der sich vor niemandem zu fürchten brauchte, und das war natürlich der Herrscher, sein Gebieter.

Wie ein König hielt Abul Fazl ihm das Profil zugewandt und drehte sich nicht zum Neuankömmling um. Sein langes Schweigen machte mehr als deutlich, dass eine Beleidigung beabsichtigt war. Und der Botschafter von Königin Elisabeth begriff: Dies war die erste Probe, die er zu bestehen hatte. Also blieb er ebenfalls stumm, und in der schrecklichen Stille lernten beide Männer viel übereinander. Du glaubst, du verrätst mir nichts, dachte der Reisende, doch an deiner Pracht und deinen ungehobelten Manieren, an deiner Dickleibigkeit und der strengen Miene erkenne ich, dass du einer Welt angehörst, in der Hedonismus neben Misstrauen existiert, in der Gewalt – denn diese Stille ist eine Art gewaltsamer Angriff – Hand in Hand mit der Betrachtung des Schönen geht, einer Welt des übermäßigen Genießens und der Unversöhnlichkeit, deren Schwäche die Eitelkeit ist. Sie ist der Zauber, unter deren Bann du stehst, und durch mein Wissen um deine Eitelkeit werde ich mein Ziel erreichen.

Dann endlich ergriff der furchterregendste Mann auf Erden (mit einer Ausnahme) das Wort und sprach, als antwortete er auf die Gedanken des Fremden. «Exzellenz», begann er in höhnischem Ton, «wie ich merke, habt Ihr Euch in Düfte gehüllt, die den Herrscher umgarnen sollen, woraus ich schließe, dass Ihr mit unseren Eigenheiten nicht gänzlich unvertraut seid, mehr noch, dass Ihr nämlich keineswegs bloß ein unschuldiger Reisender seid. Ich habe Euch nicht getraut, als ich vor wenigen Augenblicken von Eurer Existenz erfuhr, und seit ich Euch riechen kann, traue ich Euch noch viel weniger.» Der gelbhaarige Mogor dell'Amore ahnte, dass Abul Fazl der Verfasser jenes Buches magischer Salben war, deren Formeln Mohini so geschickt anzuwenden wusste, weshalb ihre olfaktorischen Beschwörungen keine Macht über ihn besaßen und folglich ihren Einfluss auf ihn wie auch auf jeden anderen verloren. Als die Wachen an den vier Eingängen zum Haus der Privataudienz plötzlich wieder zu sich kamen, verschwand das dämliche Grinsen aus ihrem Gesicht, und als die verschleierten Sklavenmädchen, die darauf warteten, den illustren Männern zu Willen sein zu dürfen, ihre Mienen erotischer Verträumtheit verloren, begriff der Neuankömmling, dass er vor dem allsehenden Blick des Lieblingsministers seines Herrschers gleichsam nackt dastand, weshalb ihn jetzt nur noch die Wahrheit retten konnte – oder doch etwas, das in gleicher Weise überzeugte.

«Als der Botschafter König Philipps von Spanien uns die Ehre erwies», sinnierte Abul Fazl, «kam er mit großem Gefolge und mit Geschenken schwer beladenen Elefanten, mit einundzwanzig Araberpferden aus bester Zucht und vielen Juwelen. Jedenfalls traf er bestimmt nicht auf einem Ochsenkarren ein und verbrachte die Nacht in einem Bordell mit einer Frau, die so dürr ist, dass sich Zweifel aufdrängen, ob sie überhaupt eine Frau ist.»

«Als wir in Surat vor Anker lagen, gesellte sich mein Herr, Lord Hauksbank vom Orte gleichen Namens, bedauerlicherweise zu den Heerscharen Gottes und der Engel», erwiderte der Neuankömmling. «Auf dem Totenbette aber bat er mich, jene Aufgabe zu erfüllen, die ihm die Königin von England anvertraut hatte. Leider gehörten zur Schiffsbelegschaft allerlei Rüpel und Unholde, die, noch ehe der Leichnam erkaltet war, Lord Hauksbanks Quartier durchsuchten und an sich rissen, was mein edler Herr einst an Wertsachen besaß. Ich gestehe heute daher freimütig, dass mich allein ein gnädiges Geschick mit dem Leben und dem Brief der Königin entkommen ließ, denn als getreuem Diener meines Herrn hätte man mir gewiss die Kehle durchgeschnitten, wäre ich geblieben, um Lord Hauksbanks Hab und Gut zu verteidigen. Nun fürchte ich zwar, dass seine sterblichen Überreste kein christliches Begräbnis erhalten werden, doch bin ich stolz darauf, mich in Eurer großen Stadt seiner Verantwortung entledigen zu können, die längst die meine geworden ist.»

«Die Königin von England», meinte Abul Fazl nachdenklich, «ist meines Wissens keine Freundin unseres Freundes, des illustren Königs von Spanien.»

«Spanien ist ein spießiger Schinder», improvisierte der Fremde rasch, «England dagegen die Heimat von Kunst, Schönheit und der Gloriana höchstpersönlich. Lasst Euch von den Schönfärbereien Philipps des Langweiligen nicht bezirzen. Gleich muss mit Gleich konferieren, und Elizabeth von England ist in Stil wie Größe das wahre Ebenbild einer Herrscherin.» Langsam erwärmte er sich für sein Thema und erklärte, die ferne, rothaarige Königin sei nichts und niemand anders als das westliche Spiegelbild des Herrschers, sie sei Akbar in weiblicher Gestalt, und er, der Shahanshah, der König der Könige, könne die Schnauzbart tragende, unjungfräuliche Elizabeth des Ostens genannt werden, denn dem Wesen nach seien sich beide an Größe gleich.

Abul Fazl erstarrte. «Ihr wagt es, meinen Herrn auf eine Stufe mit einer Frau zu stellen», sagte er leise. «Nur gut, dass Ihr tatsächlich eine Schriftrolle in Händen haltet, die, wie ich sehe, das echte Siegel der Krone Englands trägt und uns somit verpflichtet, Euch sicheres Geleit zu gewähren. Andernfalls hättet Ihr es dank einer derartigen Unverschämtheit nämlich verdient, dem wilden Elefanten vorgeworfen zu werden, der, auf nahem Rasen angekettet, nur darauf wartet, uns von unerträglichen Schweinen zu befreien.»

«Euer Herrscher ist in der ganzen Welt für seine großherzige Aufgeschlossenheit gegenüber Frauen berühmt», sagte Mogor dell'Amore. «Da wird es ihn als Juwel des Ostens sicher nicht beleidigen, wenn er mit einem anderen großen Juwel verglichen wird, welchen Geschlechts dieses Geschmeide auch immer sein mag.»

«Die Weisen aus Nazareth, von den Portugiesen Goas an diesen Hof geschickt, haben nichts Gutes über Euer Juwel zu berichten.» Abul Fazl zuckte die Achseln. «Sie behaupten, Elizabeth sei gegen Gott, eine schwächliche Königin, die gewiss bald vom Thron gefegt werden wird. Sie sagen, Elizabeth herrsche über ein Volk von Dieben, und Ihr seid vermutlich ein Spion.»

«Die Portugiesen sind Piraten», erwiderte Mogor dell'Amore, «Schurken und Freibeuter. Kein weiser Mensch sollte ihnen trauen.»

«Pater Acquaviva von der Gesellschaft Jesu ist Italiener wie Ihr selber», gab Abul Fazl zurück, «und sein Reisegefährte, Pater Monserrate, kommt aus Spanien.»

«Wenn sie unter der unflätigen Flagge Portugals segeln», beharrte der Fremde, «sind aus ihnen längst portugiesische Hunde geworden.»

An einer Stelle über ihren Köpfen brandete lautes Gelächter auf, als ob ein Gott sich über sie lustig machte.

«Habt Erbarmen, großer Lehrer», donnerte eine gewaltige Stimme. «Lasst den jungen Mann leben, zumindest so lange, bis wir die Botschaft gelesen haben, die er uns überbringen will.» Der seidene Baldachin wurde in die Ecken des Raumes gezogen, und über ihnen, auf dem mit Kissen gepolsterten Wipfel des sandsteinernen Baumes, saß in der Haltung königlicher Gelassenheit und von Gelächter geschüttelt Abul-Fath Jalaluddin Muhammad Akbar, der große Mogul, und bot sich wie ein übergroßer Papagei auf einer Vogelstange ihren Blicken dar.

*

Er war in seltsam unruhiger Laune erwacht, und auch die geschicktesten Gefälligkeiten seiner Geliebten vermochten ihn nicht zu besänftigen. Irgendwie hatte sich mitten in der Nacht eine Krähe ins Schlafgemach der Königin Jodha verirrt und das herrschaftliche Paar mit ihrem verängstigten Gekrächze geweckt, das in den Ohren des schlaftrunkenen Monarchen wie eine Ankündigung des Weltenendes klang. In einem schrecklichen Augenblick streifte eine schwarze Schwinge seine Wange. Als die Diener die Krähe endlich hinausgescheucht hatten, fühlte sich der Regent wie gerädert, und der anschließende Schlaf war von schlechten Omen erfüllt. Einmal schien jene apokalyptische Krähe ihren gelben Schnabel in seine Brust zu schlagen, um sein Herz herauszuziehen und aufzufressen, so wie Hind von Mekka auf dem Schlachtfeld von Uhud das Herz des gefallenen Hamza gegessen hatte, des Onkels des Propheten. Wenn ein feige geworfener Speer einen derart mächtigen Helden zu fällen vermochte, konnte auch er selbst jeden Moment durch einen Pfeil enden, der tödlich, gelb und schwarz wie die Krähe aus dem Dunkeln heranflog. Und wenn eine Krähe an seinen Wachen vorbeigelangte, um ihm ihre Schwingen ins Gesicht zu schlagen, warum sollte dies dann nicht auch einem Mörder gelingen?

Er war voller Todesahnungen und so der nahenden Liebe schutzlos ausgeliefert.

*

Der Spitzbube, der vorgab, britischer Botschafter zu sein, hatte sein Interesse geweckt, weshalb sich Akbars Laune schon wieder etwas besserte, als er Abul Fazl befahl, sich den Fremden ein wenig vorzuknöpfen. Eigentlich war Abul Fazl ein überaus umgänglicher Mensch, doch konnte niemand in ganz Sikri so gut wie er den wilden Mann markieren. Während der Herrscher, verborgen über den Köpfen der beiden Männer, über Frager und Befragtem, aufmerksam verfolgte, welchen Spaß sich Abul Fazl mit seinem Besucher gönnte, verflüchtigten sich endlich die Wolken der Nacht und waren bald ganz vergessen. Der Scharlatan hält sich gut, dachte der Herrscher und war, als er nach der quastenbehangenen Kordel griff, um den seidenen Baldachin beiseitezuziehen und den Männern unter ihm seine Anwesenheit zu offenbaren, in höchst leutseliger Stimmung, doch nichts hatte ihn auf jenes Gefühl vorbereitet, das ihn schlagartig überwältigte, als er in die Augen des gelbhaarigen Besuchers schaute.

Es war Liebe auf den ersten Blick. Des Herrschers Puls raste wie bei einem verknallten jungen Ding, sein Atem flog, Farbe schoss ihm in die Wangen. Wie attraktiv dieser junge Mann doch war, wie selbstbewusst er wirkte, wie stolz. Außerdem hatte er etwas an sich, das man mit Augen allein nicht erkennen konnte: ein Geheimnis, das ihn faszinierender machte als hundert Höflinge. Wie alt er war? Der Herrscher konnte *farangi*-Gesichter schlecht einschätzen. Er mochte ebenso gut fünfundzwanzig Jahre jung wie dreißig Jahre alt sein, älter als unsere Söhne, dachte der Herrscher, aber zu alt, einer unserer Söhne zu sein, um sich dann zu fragen, warum ihm solch ein Gedanke in den Sinn kam. War der Fremde eine Art Hexenmeister, sinnierte er, schlug er ihn in seinen mysteriösen Bann? Nun, auf das Spiel konnte er sich einlassen, daran war nichts Schlimmes, schließlich war er zu gewieft, um sich aus dem Hinterhalt erstechen zu lassen oder von einem vergifteten Trank auch nur zu probieren. Er wollte seinen Gefühlen nachgehen, wollte feststellen, was sie hervorgerufen hatte. Ein Leben der Macht wird notwendigerweise mit einem völligen Mangel an Überraschungen bestraft. Ausgeklügelte Systeme und Vorrichtungen sorgten dafür, dass der Herrscher niemals überrascht wurde, und doch hatte ihn dieser Mogor dell'Amore überrumpelt, ob nun willentlich oder nicht. Allein aus diesem Grund verdiente er, dass man ihn besser kennenlernte.

«Lest uns den Brief der Königin vor», verlangte Akbar, woraufhin sich der «Botschafter» mit übertrieben theatralischer Geste verbeugte und die Rolle schon offen in der Hand hielt, kaum dass er sich wieder aufrichtete, obwohl weder Akbar noch Abul Fazl gesehen hatten, wie er das Siegel erbrach. Ein Taschenspielertrick, dachte der Herrscher. Das gefällt mir. Der Scharlatan las den Brief auf Englisch vor und übersetzte ihn dann fließend und ohne zu zaudern ins Persische. «O Ihr unbezwingbarer, höchst machtvoller Herrscher», schrieb Königin Elizabeth, «Lord Zelabdim Echebar, König von Cambaia, ich entsende Euch meinen Gruß.»

Abul Fazl wieherte verächtlich. «‹Zelabdim›?», schnaubte er. «Und wer soll dieser ‹Echebar› sein?»

Der über ihm sitzende Herrscher klatschte sich vor Vergnügen auf die Schenkel. «Wir sind er», gluckste er. «Wir sind der *padishah* Echebar, Lord über das sagenhafte Königreich Cambaia. Ach, ihr armen, unwissenden Engländer, mich dauert dieses Volk, denn seine Königin ist ein ignoranter Simpel.»

Der Brief-Vorleser verstummte und wartete darauf, dass sich das Lachen legte. «Weiter, macht weiter», rief der auffordernd winkende Herrscher. «König ‹Zelabdim› verlangt es.» Dann lachte er wieder und suchte nach einem Taschentuch, um sich die Tränen fortzuwischen.

Der «Botschafter» verbeugte sich erneut, diesmal noch umständlicher als zuvor, fuhr fort und hatte, noch ehe er zum Ende kam, sein Publikum ein zweites Mal in seinen Bann geschlagen. «Für Handelsgeschäfte und sonstige Unternehmungen zu gegenseitigem Vorteile erbitten wir Euer Wohlwollen», las er. «Uns wurde zur Kenntnis gebracht, dass Euer Majestät sich für unfehlbar erklärte, und wir versichern, dass wir die *auctoritas*, die zu diesem machtvollen Anspruch führte, durchaus nicht hinterfragen. Dennoch geben wir kund und zu wissen, dass es ein weiteres Individuum gibt, welches Gleiches von sich behauptet, und seid versichert, dass wir nicht im Mindesten daran zweifeln, dass ebenjener andere der Betrüger ist. Gemeint, mächtiger Monarch, ist damit der unwürdige Priester und Bischof von Rom, genannt Gregor, der Dreizehnte in einer schmählichen Abfolge von Päpsten gleichen Namens, dessen gegen die Ostreiche gerichtete Ränke Ihr geratenerweise nicht unterschätzen solltet. Wenn er Priester nach Cambaia, China oder Japan entsendet, dann nicht, so seid gewiss, allein in heiliger Mission. Ebenjener Bischof rüstet übrigens gegenwärtig zum Kriege gegen uns; und seine katholischen Untertanen sind verräterische Subjekte an Eurem Hofe, planen sie doch seine künftigen Eroberungszüge.

Hütet Euch vor den Lakaien Eures Rivalen! Verbündet Euch mit uns, und gemeinsam werden wir unsere Feinde besiegen! Ich weiß, ich habe den Leib einer schwachen und kraftlosen Frau, aber ich besitze auch das Herz und den Mut eines Königs, und den eines Königs von England dazu. Rasende Verachtung überkommt mich, denke ich daran, dass irgendein Papst in Rom es wagen sollte, mich oder einen meiner Verbündeten zu entehren, verfüge ich doch nicht nur über *auctoritas*, sondern auch über *potestas*, und dank ihrer, dank meiner Macht, bleibe ich Siegerin in diesem Kampf. Sind unsere Feinde aber erst vernichtet und in alle vier Winde zerstreut, werdet Ihr Euch freuen, mit England gemeinsame Sache gemacht zu haben.»

Kaum schwieg der «Botschafter», spürte der Herrscher, dass er sich innerhalb weniger Minuten zum zweiten Mal verliebt hatte, denn ihn hatte ein großes Verlangen nach der Verfasserin des Briefes ergriffen, nach der Königin von England. «Abul Fazl», rief er, «sollen wir dieses großartige Weib nicht unverzüglich heiraten? Diese jungfräuliche Königin, Rani Zelabat Giloriana Pehlavi? Wir glauben, wir müssen sie auf der Stelle unser Eigen nennen.»

«Ausgezeichneter Gedanke», sagte der «Botschafter» Mogor dell'Amore. «Und hier in diesem Medaillon findet Ihr ein Bild von Ihrer Majestät, das sie Euch mit ergebensten Grüßen übersendet. Ihre Schönheit wird Euch bezaubern, übertrifft sie doch die Schönheit ihrer Worte.» Mit schwungvoller Gebärde und bauschenden Ärmelspitzen zückte er daraufhin einen goldenen Anhänger, den Abul Fazl mit einer Miene tiefsten Misstrauens entgegennahm. In Abul Fazl regte sich die Ahnung, dass sie sich in tiefes Gewässer vorwagten und die Anwesenheit dieses Mogor noch die weitreichendsten Folgen zeitigen würde, die dem Hofe keineswegs unbedingt zum Vorteil gereichen mochten, doch als er seinen Herrn vor einer weiteren Annäherung warnen wollte, wischte der furchterregendste Mensch auf Erden (ohne Ausnahme) seine Bedenken beiseite.

«Der Brief ist so charmant wie sein Überbringer», sagte Akbar. «Führt ihn morgen in meine Privatgemächer, auf dass wir uns ausführlicher unterhalten können.» Die Audienz war zu Ende.

*

Die plötzliche Vernarrtheit des Herrschers Zelabdim Echebar in sein weibliches Pendant, die Königin Zelabat Giloriana die Erste, brachte einen Strom von Briefen hervor, die von eigens ernannten königlichen Kurieren nach England gebracht und nie beantwortet wurden. Diese rhapsodischen, von des Herrschers eigener Hand verfassten Episteln waren von einer Gefühlsintensität und sexuellen Freizügigkeit des Ausdrucks, die im Europa (und auch im Asien) jener Zeit ihresgleichen suchte. Viele Briefe kamen nicht an ihr Ziel, da den Kurieren unterwegs aufgelauert wurde, sodass die abgefangenen Herzensergüsse von Kabul bis Calais für manch Amüsement bei den Adeligen und Prinzen sorgten, ergötzten sie sich doch köstlich an den verstiegenen Erklärungen unsterblicher Zuneigung des Herrschers über ganz Indien für eine Frau, die er selbst nie getroffen hatte, aber auch an seinen megalomanischen Phantasien, ein gemeinsames Weltreich zu schaffen, das die östliche mit der westlichen Hemisphäre vereinen sollte. Jene Briefe aber, die tatsächlich bis in den Palast von Whitehall vordrangen, wurden als Fälschungen oder das Werk eines pseudonymen Irren abgetan, mit deren Überbringern man kurzen Prozess machte, weshalb viele Boten wie zur Belohnung für ihre lange und gefahrvolle Reise im Kerker landeten. Schließlich wurde ihnen schlicht der Zugang zum Palast verwehrt, und jene, denen es gelang, quer durch die halbe Welt nach Fatehpur Sikri zurückzuhumpeln, kehrten mit verbitterten Worten heim. «Diese Königin ist Jungfrau, weil kein Mann auf Erden mit solch kaltem Fisch das Bett teilen will», berichteten sie, und nach einem Jahr und einem Tag erlosch Akbars Liebe so rasch und geheimnisvoll, wie sie aufgeflammt war, womöglich auch deshalb, weil indessen seine Königinnen aufbegehrten, sich ausnahmsweise mit seiner nichtexistenten Geliebten verbündeten und damit drohten, ihm jegliche Gunst zu verweigern, sollte er nicht aufhören, launige Liebesbriefe an jene Engländerin zu senden, deren Schweigen – nachdem ihre anfänglichen Schmeicheleien das Interesse des Herrschers erregt hatten – ebenso Beleg für ihren Wankelmut war wie für die blanke Sinnlosigkeit, eine solch fremde und wenig anziehende Person auch nur verstehen zu wollen, vor allem, da sich doch in größter Nähe so viele weitaus liebreizendere und begehrenswertere Damen fanden.

Am Ende seiner langen Regentschaft, viele Jahre nach dem Ende der Tage des Scharlatans Mogor dell'Amore, erinnerte sich der alte Herrscher wehmütig an jene seltsame Affäre, die von einem Brief der Königin von England ausgelöst worden war; und er bat darum, dies Schriftstück noch einmal zu sehen. Als es ihm gebracht und von einem anderen Sprachkundigen übersetzt wurde, schienen viele der ursprünglichen Worte verschwunden zu sein. Im verbliebenen Text fand sich keinerlei Hinweis auf die eigene oder des Papstes Unfehlbarkeit; auch war darin keine Rede von einem Bündnis gegen gemeinsame Feinde. Eigentlich handelte es sich bei dem Schreiben sogar nur um die simple, von den üblichen Respektbezeigungen untermalte Bitte um gute Handelsbedingungen für englische Kaufleute. Als der Herrscher derart die Wahrheit erfuhr, wurde ihm aufs Neue bewusst, welch tollkühner Zauberer ihm an jenem lange vergangenen Morgen nach dem Traum von der Krähe begegnet war. Nur nützte ihm dieses Wissen nichts mehr, erinnerte es ihn doch höchstens an das, was er niemals hätte vergessen dürfen: dass nämlich Magie keinerlei betörender Tränke bedarf, keiner Dämonen oder Zauberstäbe. Worte, die von beredter Zunge vorgebracht werden, sind des Zaubers genug.

6.

Wird das Schwert der Zunge gezückt …

Wird das Schwert der Zunge gezückt, dachte der Herrscher, *schlägt es tiefere Wunden als die schärfste Klinge.* Hätte er dafür einen Beleg gesucht, er hätte ihn im Krieg der Philosophen gefunden, der jeden Tag an ebendiesem Ort ausgetragen wurde: im bestickten, spiegelbehangenen Zelt des Neuen Kults. Hier herrschte ständiger Tumult, der Lärm der besten Denker seines Königreiches, die mit Worten gar grässlich aufeinander eindroschen. Akbar hatte den Schwur gehalten, den er an jenem Tag ablegte, an dem er den anmaßenden Rana von Cooch Naheen in Stücke hackte, und es war ein Streitsaal errichtet worden, in dem die Anbetung des Göttlichen in Form eines kompromisslosen Ringkampfes des Geistes stattfand. Akbar bat Mogor dell'Amore, ihn zu diesem Zelt zu begleiten, da er mit seiner Erfindung prahlen, den Neuankömmling mit der prachtvollen Originalität und Fortschrittlichkeit am Hofe des Moguls beeindrucken und nebenbei auch den von Portugal entsandten Jesuiten zeigen wollte, dass sie nicht die einzigen Menschen aus dem Westen waren, deren Worte ans kaiserliche Ohr drangen.

Im Zelt waren die Teilnehmer des Disputs in die Lager der Wassertrinker und Weinliebhaber geteilt und ruhten auf Teppichen und Polstern, nur getrennt durch eine Art Mittelschiff, das bis auf die Sitze für den Herrscher und seine Gäste leer blieb. Zur *manqul*-Partei gehörten die religiösen Denker und die Mystiker, die ausschließlich Wasser tranken, während die *ma'qul*, ihre Gegner, sowohl die Wissenschaften wie auch die reine Philosophie verehrten und sich von morgens bis abends stets auf Neue am

Wein labten. Abul Fazl und Raja Birbal waren heute zugegen und saßen wie gewohnt unter den Befürwortern des Weins. Auch Prinz Salim schaute vorbei, ein verdrießlicher Jugendlicher, der an der Seite von Badauni saß, dem puritanischen Anführer der «Nur-Wasser»-Fraktion: ein dünner Strich von einem Mann – einer jener jungen Männer, bei denen es den Anschein hat, sie würden bereits alt geboren –, der den älteren Abul Fazl nicht ausstehen konnte und von diesem kugelrunden Edlen seinerseits von Herzen verabscheut wurde. Argumente flogen hin und her, manchmal von derart maßlosen Beschimpfungen begleitet («Fetter Speichellecker!» – «Trottelige Termite!»), dass der Herrscher sich verwundert fragte, wie solche Zwietracht je zur angestrebten Harmonie führen sollte. War Freiheit tatsächlich der Weg zur Einheit? Oder war Chaos ihr unvermeidliches Ergebnis?

Akbar hatte beschlossen, dass sein revolutionärer Tempel kein dauerhaftes Gebäude sein sollte. Allein das Streitgespräch – und keine Gottheit, wie mächtig oder vielarmig sie auch sein mochte – sollte hier verehrt werden. Doch war die Vernunft eine vergängliche Gottheit, ein sterblicher Gott, und selbst wenn sie einmal wiedergeboren wurde, starb sie doch unvermeidlich stets aufs Neue. Ideen glichen den Gezeiten des Meeres oder den Phasen des Mondes, sie schwollen an, nahmen in gehöriger Zeit zu, um dann wieder abzunehmen, worauf sie sich verdunkelten und schließlich verschwanden, wenn das große Rad sich drehte. Die Zeltmacher der Moguln waren auf ihre Weise wahre Genies und schufen zusammenlegbare Häuser von äußerster Komplexität und größter Schönheit. Wenn die Armee marschierte, wurde sie von einer zweiten, zweieinhalbtausend Mann starken Armee begleitet (um von Elefanten und Kamelen ganz zu schweigen), die jene kleine Zeltstadt errichteten und wieder abtrugen, in der Seine Majestät mitsamt Gefolge residierte. Diese tragbaren Pagoden, Pavillons und Paläste hatten sogar Sikris Steinmetze inspiriert – doch war ein Zelt immer noch ein Zelt, ein Etwas aus Leinwand, Tuch und Holz, das sehr wohl die Vergänglichkeit der Geistesdinge zu verkörpern vermochte. Eines Tages, in hundert Jahren von heute, wenn sein großes Reich einmal nicht mehr war – o ja, an diesem Ort war er bereit, selbst den Untergang seiner eigenen Schöpfung zu denken! –, würden seine Nachfahren sehen, dass das Zelt abgebaut und alle Glorie vergangen war. «Erst wenn wir die Wahrheiten des Todes akzeptieren», verkündete der Herrscher, «können wir die Wahrheiten des Lebens verstehen lernen.»

«Ein Paradox, mein Herr», antwortete Mogor dell'Amore frech, «ist ein Knoten, der es dem Menschen erlaubt, selbst dann einen intelligenten Eindruck zu machen, wenn er sein Hirn dressiert wie ein Koch das für die Pfanne bestimmte Huhn. ‹Im Tode liegt die Bedeutung des Lebens!› – ‹Der Reichtum eines Menschen erzeugt seiner Seele Armut!› So kann Grausamkeit zu Sanftmut werden, Hässliches zu Schönem und jedes gesegnete Etwas zu seinem Gegenteil. Da haben wir dann tatsächlich einen Spiegelsaal voller Illusionen und Inversionen, aber man kann sich bis an sein Lebensende in den Sümpfen der Paradoxa suhlen, ohne doch je einen klaren Gedanken gefasst zu haben, der es wert wäre, ausgesprochen zu werden.»

In diesem Moment spürte der Herrscher eine Woge jener blinden Wut in sich anschwellen, die ihn jüngst dazu veranlasst hatte, dem Rana von Cooch Naheen seinen beleidigenden Schnurrbart aus dem Gesicht zu reißen. Mit welchem Recht behauptete dieser ausländische Spitzbube ...? Hatten seine Ohren ihn getäuscht? Wie konnte der Kerl es wagen ...? Der Herrscher merkte, wie er im Gesicht puterrot anlief und dass er vor lauter Zorn spuckte und Speichel verspritzte. Die Versammlung erstarrte in entsetztem Schweigen, denn ein erzürnter Akbar war zu allem fähig; mit bloßen Händen konnte er den Himmel zu Boden zerren oder die Zungen aller Menschen in Hörweite herausreißen, nur um dafür zu sorgen, dass sie niemals über das soeben Vernommene reden würden; er konnte ihnen auch die Seele ausreißen und sie in einer Schüssel ihres eigenen Blutes ertränken.

Es war Prinz Salim, der, von Badauni dazu aufgefordert, das erschrockene Schweigen brach. «Wisst Ihr nicht», sagte er zu diesem Eindringling mit dem seltsamen, viel zu warmen Mantel, «dass Ihr sterben könntet für das, was Ihr gerade dem König gesagt habt?»

Mogor dell'Amore sah unerschrocken drein (auch wenn er sich vielleicht nicht so fühlte). «Falls ich in dieser Stadt dafür sterben kann», erwiderte er, «dann ist es keine Stadt, in der es sich zu leben lohnt. Zudem war ich der Ansicht, dass in diesem Zelt allein die Vernunft – und nicht der König – regiert.»

Die Stille troff wie geronnene Milch. Akbars Gesicht lief dunkelrot an. Doch plötzlich verzog sich das Unwetter, und der Herrscher lachte, schlug Mogor dell'Amore auf den Rücken und nickte mit Nachdruck. «Meine Herren, ein Fremdling hat uns eine wichtige Lektion erteilt», sagte er. «Man muss außerhalb des Kreises stehen, will man erkennen, dass er rund ist.»

Jetzt war der Prinz an der Reihe, den missbilligenden Zorn der aufgebrachten Menge zu spüren, doch setzte er sich wieder ohne ein Wort. Abul Fazl fand das Gesicht, das sein Gegner Badauni zog, so herzerfrischend, dass er sich für den gelbhaarigen Fremden zu erwärmen begann, der seinen König auf diese unerwartete Weise bezaubert hatte. Der Neuankömmling selbst aber begriff, dass sein Spiel zwar aufgegangen war, er sich dabei aber einen mächtigen Feind eingehandelt hatte, den noch gefährlicher machte, dass er ein unreifer und offensichtlich ziemlich störrischer Jugendlicher war. Die Frau des Prinzen hasst das Skelett, und jetzt hasst der Prinz auch noch mich, dachte der Fremde. Dagegen können wir unmöglich gewinnen. Doch ließ er sich seine Bedenken nicht anmerken und nahm mit kratzfüßigster Verbeugung und weit ausladender Geste ein von Raja Birbal dargebotenes Glas Wein an.

Der Herrscher musste ebenfalls über seinen Sohn nachdenken. Welch Freude ihm dessen Geburt doch bereitet hatte! Vielleicht aber war es gar nicht so klug gewesen, ihn der Obhut der Mystiker anzuvertrauen, den Anhängern und Nachfolgern von Scheich Salim Chishti, nach dem man den Prinzen benannt hatte. Der Junge war zu einem heillos verworrenen Durcheinander von Widersprüchen herangewachsen, der ebenso eine Vorliebe für die sorgsame, feinfühlige Kunst des Gärtnerns besaß wie für opiumschwere Apathie, ein Sexbesessener unter Puritanern, ein Liebhaber der Lust, der die unnachgiebigsten Denker zitierte und Akbars Favoriten verachtete, über die er nur sagte: *Wie will man von Blinden erwarten, dass sie einem den Weg weisen?* Eine Zeile, die natürlich nicht von ihm stammte. Der Junge war ein Papagei, ein Beo, eine Marionette, die von einem Strippenzieher auch gegen ihn selbst gerichtet werden konnte.

Wohingegen man sich auf der anderen Seite und wie zum Kontrast nur diesen Fremden ansehen musste, der so verliebt in gute Dispute schien, dass er dem Herrscher den Spott eines Rationalisten ins erstaunte Gesicht schleuderte, dazu in aller Öffentlichkeit, was die Sache noch schlimmer machte. Vielleicht war dies jemand, mit dem ein Monarch auf eine Weise reden konnte, die sein eigen Fleisch und Blut nicht verstand, die es vielleicht auch langweilig fand. Als er den Rana von Cooch Naheen getötet hatte, war ihm die Frage in den Sinn gekommen, ob er nicht gerade den einzigen Menschen ermordete, der ihn vielleicht verstand und den er unter Umständen sogar liebgewonnen hätte. Nun hatte ihm das Schicksal womöglich wie als Antwort auf seinen Kummer einen zweiten derartigen Vertrauten gesandt, vielleicht einen noch besseren als den ersten, denn dieser hier war nicht bloß ein Schwätzer, sondern auch ein Abenteurer. Ein Mann der Vernunft, der im Namen der Vernunft unvernünftige Risiken einging. Ein paradoxer Kerl, der Paradoxe schmähte. Ein Spitzbube, der zumindest ebenso widersprüchlich war wie Prinz Salim – vielleicht ebenso widersprüchlich wie alle Menschen –, doch waren es Widersprüche, an denen sich der Herrscher erfreute. Konnte er diesem Mogor sein Herz öffnen und ihm erzählen, was er noch nie in Worte gefasst hatte, was er nicht einmal Bhakti Ram Jain gesagt hatte, dem tauben Schmeichler, oder Birbal, diesem Schlauberger, Abul Fazl, dem Allwissenden? War dies endlich jemand, der sein Vertrauter werden konnte? Denn es gab so vieles, worüber er reden wollte, Themen, die nicht einmal Abul Fazl oder Birbal gänzlich verstehen würden, Fragen, die er nicht einmal in die offene Debatte im Zelt des neuen Kults zu werfen wagte. Warum, so wollte er zum Beispiel erkunden, sollte man an einer Religion nicht allein ihrer Wahrheit wegen festhalten, sondern vor allem, weil sie von den Vätern überliefert worden war? War der Glaube kein Glaube, sondern bloß vertraute Gewohnheit? Vielleicht gab es gar keine wahre Religion, sondern nur dieses ewige Weiterreichen. Dann aber könnten Irrtümer ebenso gut weitergereicht werden wie Tugenden. War der Glaube nichts anderes als ein Irrtum unserer Vorfahren?

Vielleicht gab es keine wahre Religion. Ja, das zu denken hatte er sich gestattet. Er wollte jemandem von seinem Verdacht erzählen können, dass die Menschen sich ihre eigenen Götter geschaffen hatten, so und nicht andersherum. Er wollte sagen können, dass der Mensch im Mittelpunkt der Dinge stand, nicht Gott, der Mensch im Zentrum, unten wie oben, vorn wie hinten und an den Seiten; der Mensch ist Engel und Teufel, Wunder und Sünde, der Mensch, immer wieder der Mensch, und lasset uns hinfort nur noch Tempel bauen, die der Menschheit gewidmet sind. Das war sein unaussprechlichster Wunsch: die Religion des Menschen zu gründen. Im Zelt des neuen Kults beschimpften sich die Weinanhänger und Wassertrinker als Häretiker und Narren. Der Herrscher wollte bekennen, wie enttäuscht er insgeheim von allen Mystikern und Philosophen war. Er wollte die Streitigkeiten beiseitefegen, Jahrhunderte der Erbschaft und Reflexion, wollte dem Menschen gestatten, sich nackt wie ein Baby auf den Himmelsthron zu setzen. (Wenn der Mensch Gott geschaffen hatte, konnte er ihn auch wieder abschaffen. Oder war es einer Schöpfung möglich, sich der Macht seines Schöpfers zu entziehen? Ließ sich ein einmal geschaffener Gott nicht mehr zerstören? Konnten solche Phantasmen eine Autonomie gegenüber dem Willen erlangen, die sie unsterblich machte? Der Herrscher wusste darauf keine Antworten, aber schon die Fragen kamen ihm wie eine Antwort vor.) Vermochten Fremde zu begreifen, was seine Landsleute nicht begreifen konnten? Wenn er, Akbar, aus dem Kreis trat, konnte er dann ohne seine tröstliche Kreisförmigkeit in der erschreckenden Fremdheit eines neuen Gedankens leben?

«Lasst uns gehen», sagte er seinem Gast. «Für einen Tag haben wir genug großartige Gedanken vernommen.»

*

Die Hitze des Tages flimmerte über dem Palastkomplex, und da sich eine Illusion gespenstischer Ruhe über die Gebäude gelegt hatte, mussten die wahren Befindlichkeiten an Zeichen und Omen abgelesen werden. So hieß es, wenn sich die tägliche Ladung Eis verzögerte, dass in den Provinzen Unruhen ausgebrochen waren. Sollten grüne Algen das klare Wasser des Anup Talao trüben, des Besten aller Möglichen Becken, dann bedeutete dies, dass am Hofe Verrat geschmiedet wurde. Und wenn der Monarch den Palast verließ, um sich in seiner Sänfte an den See Sikri tragen zu lassen, deutete dies darauf hin, dass ihn Sorgen quälten. So lauteten die Wasservorzeichen. Es gab auch Vorzeichen der Luft, des Feuers und der Erde, doch Wasserprophezeiungen waren die verlässlichsten. Wasser trug dem Regenten Wissen zu, es brachte ihm auf seinen Fluten die Wahrheit, und es besänftigte ihn. In schmalen Kanälen und breiten Strömen ergoss es sich durch die Höfe der Palastquartiere, umfloss sie und kühlte von unten die Steingebäude. Zwar galt Wasser als Symbol solch enthaltsamer Puritaner wie jener der Anhänger von Badaunis *manqul*-Partei, doch reichte des Herrschers Beziehung zum lebenserhaltenden Nass tiefer als die eines jeden religiösen Eiferers.

Für seine Waschungen brachte Bhakti Ram Jain dem Monarchen jeden Morgen eine Schüssel mit siedendem Wasser, und Akbar betrachtete aufmerksam den aufsteigenden Dampf, der ihm verriet, wie er sich an diesem Tag am besten verhalten sollte. Badete er im königlichen Hammam, legte er den Kopf in den Nacken und schwebte eine Weile wie ein Fisch im Wasser. Das Wasser des Hammams flüsterte ihm dann in seine untergetauchten Ohren die verschwiegensten Gedanken aller Menschen, die im Umkreis von drei Meilen ein Bad genommen hatten. Allerdings waren die erhellenden Kräfte stehenden Wassers begrenzt, weshalb er in einen Fluss steigen musste, wenn er Informationen aus größerer Entfernung suchte. Man durfte die Zauberkraft des Hammams jedoch keineswegs unterschätzen. Schließlich hatte er dort auch vom versteckten Tagebuch des engstirnigen Badauni erfahren, einem Buch, in dem Badauni sich so kritisch mit den Ideen und Gewohnheiten des Herrschers befasste, dass Akbar, hätte er zugegeben, von seiner Existenz zu wissen, verpflichtet gewesen wäre, den Verfasser auf der Stelle töten zu lassen. Stattdessen verwahrte er das Geheimnis seines Kritikers sorgsam in seinem Herzen und schickte jede Nacht, sobald Badauni schlief, Umar den Ayyar, seinen treuesten Spion, ins Arbeitszimmer des verbitterten Verfassers, damit er die neuesten Seiten der geheimen Geschichte der Regentschaft des Herrschers aufspürte und auswendig lernte.

Umar der Ayyar war für Akbar so wichtig wie das Wasser – dermaßen wichtig sogar, dass ihn nur der Herrscher kannte. Selbst Birbal wusste nichts von seiner Existenz, auch Abul Fazl nicht, der Meisterspion. Umar war ein junger Eunuch, schlank und rank und im Gesicht wie am ganzen Körper haarlos, weshalb er als Frau durchgehen konnte und auf Akbars Wunsch anonym im Haremsbereich lebte, wo er sich als bescheidener Diener jener Konkubinen ausgab, denen er so auffallend ähnelte. Ehe Akbar an jenem Morgen mit Mogor dell'Amore zum Zelt des neuen Kults ging, hatte Umar durch eine verborgene Tür, von der selbst Bhakti Ram Jain nichts ahnte, Akbars Gemächer betreten und seinen Herrn darüber informiert, dass der gelbhaarige Neuankömmling ein Geheimnis zu erzählen wusste, ein derart erstaunliches Geheimnis, dass es die Dynastie womöglich in ihren Grundfesten erschütterte. Umar hatte allerdings nicht herausfinden können, worum es bei diesem Geheimnis ging, weshalb er beschämt dreinsah und den Blick so mädchenhaft verschämt niederschlug, dass der Herrscher ihn mehrere Minuten lang trösten musste, nur damit sich sein Spion nicht auch noch entblödete, in Tränen auszubrechen.

Da Akbar größtes Interesse an diesem noch nicht erzählten Geheimnis hatte, tat er, als sei es nicht weiter von Belang, und fand viele Wege, seine Offenbarung zu verhindern. Er hielt den Fremden in seiner Nähe, sorgte aber zugleich dafür, dass sie nie allein waren. Er schlenderte mit ihm zum Taubenschlag, um nach den königlichen Flugtauben zu sehen, und gestattete ihm, neben der herrschaftlichen Sänfte einherzuschreiten, als er sich ans Ufer des schimmernden Sees bringen ließ. Es stimmte, er machte sich tatsächlich Sorgen. Da war nicht allein diese Sache mit dem noch unverratenen Geheimnis, das rund um die Welt zu ihm gereist war, er hatte sich letzte Nacht auch beim Liebesspiel mit der geliebten Jodha nicht so erregt gefühlt wie sonst, obwohl sie doch noch nie versagt hatte, weshalb er sich sogar fragte, ob nicht zur Abwechslung einmal die Gesellschaft einiger seiner hübscheren Konkubinen vorzuziehen sei. Und dann bliebe da noch das Problem seiner zunehmenden Desillusionierung mit Gott zu erwähnen. Das war wirklich mehr als genug. Zeit, sich eine Weile im Wasser treiben zu lassen.

Wohl aus Nostalgie hatte er die vier Lieblingsschiffe seines Großvaters behalten und herrichten lassen, um den Schiffsverkehr auf dem See aufrechtzuerhalten. Eis aus Kaschmir kam mit dem größten Schiff über das Wasser, dem flachen Transportschiff namens *Gunjayish*, was so viel heißt wie «Fassungsvermögen», auf dass jenes kalte Nass das letzte Stück seiner täglichen Reise vom hohen Himalaja zu den Trinkgläsern des Hofes an Bord jenes Gefährts zurücklegte, das einst ein Geschenk seines Namensvetters Sultan Jalaluddin an den grausamen Naturliebhaber, den ersten König der Moguln, gewesen war. Akbar selbst zog es vor, mit der «Annehmlichkeit» zu reisen, der *Asayish*, die in kurzem Abstand von der *Farmayish*, der «Kommando», begleitet wurde, einem kleinen Kurierskiff, das Befehle und Gäste zwischen Ufer und Schiff hin- und hertransportierte. Das vierte Schiff, die reichverzierte *Arayish*, was so viel wie «Zierde» heißt, war ein Schiff allein für romantische Vergnügungen, das ausschließlich des Abends genutzt wurde. Akbar führte Mogor dell'Amore in die Hauptkabine der *Asayish* und stieß einen tiefen Seufzer des Behagens aus, wie er es immer tat, wenn die Subtilitäten des Wassers die Banalität eines festen Bodens unter seinen Füßen ersetzten.

Der Fremde trug an seinem Geheimnis so schwer wie eine Frau kurz vor der Niederkunft an ihrem ungeborenen Kind, und wie sie schien er sich vor dem entscheidenden Augenblick zu fürchten. Akbar spannte seinen Gast noch eine Weile auf die Folter, indem er die Schiffsmannschaft bat, eine Reihe kleinerer, vom Hofprotokoll vorgeschriebener Dienste auszuführen, bei denen es um Kissen, Wein und um Bücher ging. Jedes Getränk musste dreimal auf Gift vorgekostet werden, ehe es die Lippen des Herrschers netzen durfte, und obwohl ihn diese Tradition langweilte, sprach Akbar sich nicht dagegen aus. Was Bücher anbelangte, hatte er allerdings die Vorschriften geändert. Nach alter Manier musste jedes Buch, das auch nur in die Nähe des Monarchen gelangte, von drei verschiedenen Kommentatoren gelesen und für frei von allem Aufrührerischen, von jeglicher Obszönität und etwaigen Lügen erklärt werden. «Mit anderen Worten», hatte der junge König daraufhin bei der Thronbesteigung gesagt, «wir dürfen nur die langweiligsten Bücher lesen, die je verfasst wurden. Nun, das kann nicht angehen.» Heutzutage waren Bücher jeglicher Art zugelassen, doch wurden dem Monarchen wegen der übermächtigen, alles andere außer Kraft setzenden Vorschrift, der zufolge es herrschaftliche Überraschungen grundsätzlich zu vermeiden galt, dennoch die Ansichten seiner drei Kommentatoren vorgetragen, sooft er eines der Werke aufschlug. Was die Kissen betraf, musste jedes einzeln daraufhin untersucht werden, ob ein Übeltäter nicht vielleicht eine Klinge darin versteckt hatte. All dies ließ der Herrscher geschehen. Dann endlich geruhte er, dem Fremden eine Weile außer Hörweite irgendwelcher Berater zu gewähren.

«Mein Herr», sagte Mogor dell'Amore, und man hätte meinen können, dass seine Stimme ein wenig zitterte, «ich flehe Euch an, Euch und nur Euch allein eine gewisse Angelegenheit offenbaren zu dürfen.»

Akbar brach in schallendes Gelächter aus. «Wir glauben, wenn wir Euch länger warten lassen, erstickt Ihr noch daran.» Er kicherte. «Seit über einer Stunde schon kommt Ihr mir vor wie ein Furunkel, der jeden Moment zu platzen droht.»

Der Fremde verfärbte sich tiefrot. «Euer Majestät wissen alles», sagte er mit einer Verbeugung. (Der Herrscher hatte ihn nicht aufgefordert, sich zu setzen.) «Doch wage ich zu behaupten, dass Euch der Inhalt meiner Mitteilung nicht bekannt sein kann, auch wenn der Sachverhalt noch so offensichtlich zu sein scheint.»

Akbar fasste sich wieder und setzte eine ernste Miene auf. «Nun, heraus damit», sagte er. «Lasst hören, was Ihr zu sagen habt.»

«Also schön», begann der Fremde. «Es lebte dereinst im Fernen Osten ein Fürst namens Argalia, auch Arcalia genannt, ein großer Krieger, der Zauberwaffen sein Eigen nannte und zu dessen Gefolge vier schreckliche Riesen gehörten; außerdem war eine Frau bei ihm, Angelica ...»

Von Bord des Skiffs *Farmayish*, das mit Abul Fazl und einer kleinen Schar Männer auf die *Asayish* zuraste, ertönte in diesem Moment der laute Schrei: «Habt acht! Rettet den Monarchen! Habt acht!», und kurz darauf stürzte die Mannschaft des königlichen Schiffes in die Kabine und ergriff Mogor dell'Amore, ohne zu zögern und zu zaudern. Ein muskelbepackter Arm schloss sich um seine Kehle, drei Schwerter richteten sich auf sein Herz. Der Herrscher war aufgesprungen und wurde ebenfalls rasch von bewaffneten Männern umstellt, um ihn vor jedem Schaden zu bewahren.

«... Angelica, die Prinzessin von Indien und China ...» Verzweifelt versuchte der Fremde, seine Geschichte zu erzählen, doch der Arm presste ihm die Luft ab. «... die schönste ...», fügte er noch unter Schmerzen hinzu, doch dann drückte der Arm ein wenig fester zu, woraufhin Mogor dell'Amore das Bewusstsein verlor und kein Wort mehr herausbrachte.

7.

Im Dunkel des Verlieses machten ihm die Ketten ebenso zu schaffen …

Im Dunkel des Verlieses machten ihm die Ketten ebenso zu schaffen wie die unbeendete Geschichte. So viele Kettenglieder umschlangen ihn, dass er im Dunkeln das Gefühl hatte, er sei irgendwie in einen größeren Leib eingeschlossen, in den Leib eines Eisenmenschen. Bewegung war unmöglich, Licht nur ein Hirngespinst. Das Verlies war in den Berg unter dem herrschaftlichen Palast eingelassen, direkt aus dem Fels gehauen, und die Luft in seiner Zelle musste tausend Jahre alt sein, ebenso alt wie das Getier, das über seine Füße krabbelte, durch sein Haar, in seine Weichteile, all die Albino-Kakerlaken, die blinden Schlangen, die durchsichtigen Ratten, die Phantomskorpione und Läuse. Er würde sterben, ohne seine Geschichte erzählt zu haben. Allein diese Vorstellung fand er unerträglich, doch loswerden konnte er sie auch nicht, denn sie weigerte sich, ihn zu verlassen, kroch ihm zu den Ohren hinein und hinaus, glitt in seine Augenwinkel, klebte ihm am Gaumen und an der zarten Haut unter seiner Zunge. Alle Menschen mussten ihre Geschichte loswerden. Er war ein Mensch, doch wenn er starb, ohne seine Geschichte erzählt zu haben, wäre er weniger als ein Mensch, nur eine Albino-Kakerlake, eine Laus. Das Verlies hatte keinen Begriff von einer Geschichte. Es war statisch, ewig und schwarz, eine Geschichte aber brauchte Bewegung, Zeit und Licht. Er spürte, wie sie ihm entglitt, wie sie folgenlos wurde, zu existieren aufhörte. Er hatte keine Geschichte. Es gab keine Geschichte. Er war kein Mensch. Hier gab es keinen Menschen. Es gab nur das Verlies und die glitschige Dunkelheit.

Als sie kamen, um ihn zu holen, wusste er nicht, ob ein Tag oder ein Jahrhundert vergangen war. Er konnte die groben Hände nicht sehen, die seine Ketten lösten. Und eine Zeitlang war auch sein Gehör beeinträchtigt, seine Fähigkeit zu reden. Man verband ihm die Augen und brachte ihn nackt an einen anderen Ort, an dem er sauber gescheuert und geschrubbt wurde. Als wäre ich eine Leiche, die zur Beerdigung vorbereitet wird, dachte er, ein stummer Korpus, der seine Geschichte nicht erzählen kann. In diesem unchristlichen Land gab es keine Särge. Man würde ihn in ein Tuch nähen und namenlos in ein Erdloch werfen. Das – oder ihn verbrennen. Er würde nicht in Frieden ruhen. Im Tod wie im Leben steckte er voll unausgesprochener Worte, und sie würden seine Hölle sein, ihn bis in alle Ewigkeit peinigen. Er hörte ein Geräusch. *Es lebte dereinst.* Seine eigene Stimme. Die Zunge fühlte sich dick an, doch konnte er sie bewegen. Das Herz wummerte wie eine Kanone in seiner Brust. *Der Zauberwaffen sein Eigen nannte.* Er hatte wieder einen Körper und auch Worte. Man nahm ihm die Augenbinde ab. *Vier schreckliche Riesen und eine Frau.* Er kam in eine andere Zelle, in der eine Kerze brannte, und in einer Ecke stand eine Wache. *Die schönste Frau.* Die Geschichte rettete sein Leben.

«Spart Eure Kräfte», sagte die Wache. «Morgen werdet Ihr wegen Mordes angeklagt.»

Es gab da eine Frage, die er zu stellen versuchte. Die Worte wollten nicht kommen. Die Wache hatte Erbarmen und stellte sie für ihn.

«Ich kenne den Namen des Mannes nicht, der Euch anklagt», sagte er, «aber er ist ein gottloser Fremder wie Ihr selbst, und ihm fehlt ein Auge sowie ein halbes Bein.»

Mogor dell'Amores erste Verhandlung fand im Haus des Sandsteinbananenbaumes statt, und seine Richter waren die bedeutendsten Granden des Hofes, alle neun der Neun Sterne, deren Anwesenheit ein außergewöhnliches Dekret des Monarchen verlangte: Abul Fazl, der dicke Weise; Raja Birbal mit seinem messerscharfen Verstand; der Finanzminister Raja Todar Mal; Raja Man Singh, oberster Befehlshaber der Armee; der weltfremde Mystiker Fakir Aziauddin und der deutlich weltlichere Priester Mullah Do Piaza, der lieber kochte als betete und folglich von Abul Fazl überaus geschätzt wurde; die großen Dichter Faizi sowie Abdul Rahim und dann noch der Musiker Tansen. Der Herrscher saß wie gewöhnlich oben auf dem Baum, doch war er in höchst absonderlicher Laune. Mit gesenktem Kopf machte er den ganz und gar unherrschaftlichen Eindruck eines gewöhnlichen Sterblichen, der schrecklich unter einer persönlichen Misere litt. Lange Zeit sagte er kein Wort und ließ dem Prozess seinen Lauf.

Die Mannschaft des Piratenschiffes *Scathath* stand dicht zusammengedrängt auf einer Seite, ein knurrender Haufen, gleich hinter der makabren Gestalt des einbeinigen, eine Augenklappe tragenden Arztes, den man zum Sprecher erkoren hatte. Doch dies war nicht jener Lobegott Hawkins, wie ihn der Angeklagte erinnerte, kein weinerlicher Hahnrei, dem er mühelos seinen Willen aufdrängen konnte. Nein, dieser Hawkins war vornehm angezogen und hatte eine grimmige Miene aufgesetzt. Als er den Gefangenen in den Gerichtssaal kommen sah, deutete er auf ihn und rief mit schallender Stimme: «Da steht er, Uccello, der Schuft, der den Botschafter wegen seines Goldes ermordet hat!»

«Gerechtigkeit!», brüllten die Seeleute und – weniger edel: «Wir wollen unser Gold zurück!» Der Angeklagte, der nur ein langes weißes Hemd trug und dem die Hände auf den Rücken gebunden worden waren, nahm die unheilvolle Szene in sich auf – der Monarch, die neun Richter, die Kläger und die schmale Empore mit unbedeutenderen Höflingen, die sich in das kleine Gemach drängten, um Zeugen der Verhandlung zu sein, unter ihnen, auffällig im schwarzen Jesuitengewand, die beiden christlichen Priester, Pater Rodolfo Acquaviva und Pater Antonio

Monserrate, die darauf achten sollten, dass die Männer aus dem Westen Gerechtigkeit und vielleicht auch ihr Geld bekamen, für das sie so weit gereist waren. Der Angeklagte begriff, wie sehr er sich verschätzt hatte. Ihm war der Gedanke gar nicht in den Sinn gekommen, diese Meute könnte ihn verfolgen, wenn sie erst einmal ihren Kapitän tot daliegen sah, also hatte er auch seine Spuren nicht verwischt. Ein hochgewachsener gelbhaariger Mann, der in einem Ledermantel buntester Farben in einem Ochsenkarren stand, bot keinen gewöhnlichen Anblick auf Indiens Straßen. Außerdem waren sie viele, er war nur einer, sein Fall schien aussichtslos. «Hier am Hofe», sagte Abul Fazl, «kennt man ihn unter anderem Namen.»

Pater Acquaviva wurde erlaubt, sich mittels seines persischen Dolmetschers zu Wort zu melden. «*Mogor dell'Amore* ist doch überhaupt kein Name», verkündete er mit vernichtender Stimme. «Die Worte bedeuten: *ein unehelich geborener Mogul*, Worte, die viel riskieren und gewiss so manch einen beleidigen. Wer diesen Namen annimmt, gibt kund, dass er wünscht, für einen illegitimen Prinzen gehalten zu werden.»

Seine Aussage sorgte für allerhand Bestürzung am Hofe. Der Herrscher ließ den Kopf noch tiefer sinken, bis sein Kinn schließlich auf der Brust ruhte. Abul Fazl wandte sich dem Angeklagten zu. «Nennt mir Euren wahren Namen!», forderte er ihn auf. «Denn ‹Uccello› ist doch gewiss nur eine weitere Maske.»

Der Gefangene blieb stumm. Dann aber erklang von oben herab plötzlich die Donnerstimme des Herrschers. «Den Namen», brüllte er und hörte sich wie eine überlaute Ausgabe von Lobegott Hawkins an, der über die Untreue seiner portugiesischen Geliebten klagte. «Zum Teufel nochmal! Den Namen, *farangi*, oder es kostet Euch das Leben.»

Der Gefangene sprach. «Ich heiße Vespucci», sagte er leise. «Niccolò Vespucci.»

«Noch eine Lüge», ließ Acquaviva über seinen Dolmetscher einwerfen. «Vespucci, dass ich nicht lache.» Und er lachte laut, ein vulgäres, okzidentales Lachen, das Lachen eines Volkes, das glaubt, Hüter des Gelächters der Welt zu sein. «Er ist wirklich ein schamloser, verlogener Dieb, und diesmal hat er einen großen florentinischen Namen gestohlen.»

An dieser Stelle unterbrach ihn Raja Birbal. «Mein Herr», sagte er zum Jesuiten, «wir sind dankbar für Euren früheren Redebeitrag, doch erspart uns bitte diese Art von Anschuldigungen. Wir haben es mit einem eigenartigen Fall zu tun. Ein schottischer Adliger ist zu Tode gekommen, so viel steht fest, und das finden wir alle bedauerlich. Der Brief, den er unserem Herrscher überbringen sollte, wurde vom Angeklagten ausgehändigt; auch das steht fest, doch wird ein Postbote nicht dadurch zum Mörder, dass er den Brief eines Toten überbringt. Die Schiffsmannschaft sagt aus, sie habe nach langer Suche sieben verborgene Kammern in der Kajüte des Kapitäns entdeckt, nur waren alle sieben leer. Wer aber hat sie ausgeräumt? Das lässt sich nicht mit Gewissheit sagen. Möglicherweise enthielten sie Gold oder Juwelen, vielleicht aber waren sie auch schon vorher leer. Der Schiffsarzt, Doktor Hawkins, hat unter Eid ausgesagt, er sei nun der Überzeugung, dass der verstorbene Lord an den tödlichen Folgen einer Vergiftung mit Laudanum starb, doch hat er sich selbst Tag und Nacht um den Kranken bis zur Stunde seines Todes gekümmert, also klagt er vielleicht nur jemand anderen an, um die eigene Schuld zu vertuschen. Die Kläger halten den Gefangenen des Diebstahls für schuldig, doch hat er getreulich jene eine Sache abgeliefert, von der wir mit Sicherheit wissen, dass er sie an sich genommen hat, nämlich das Sendschreiben der englischen Königin; und was das Gold betrifft, so war unter seiner Habe keine Spur davon zu finden, auch nicht vom Laudanum.» Er klatschte in die Hände, und ein Diener trat ein, der die Kleider des Gefangenen brachte, darunter den Mantel aus Lederflicken. «Wir haben seine Garderobe durchsucht, ebenso die Tasche, die er im Hatyapul, dem Haus mit dem üblen Leumund, zurückließ, und fanden das Sammelsurium eines Trickbetrügers – Spielkarten, Würfel, Schwindelkram aller Art, gar einen lebendigen Vogel –, doch keinen großen Reichtum an Juwelen oder Gold. Was sollen wir also glauben? Dass er ein gewitzter Dieb ist, der seine Beute gut versteckt hat? Dass er gar kein Dieb ist, da es nichts zu stehlen gab? Oder dass dort drüben die Diebe stehen und einen unschuldigen Mann anklagen? Mit diesen Möglichkeiten haben wir es zu tun. Die Vielzahl seiner Kläger spricht natürlich gegen den Gefangenen, doch so viele es auch sind, könnten darunter durchaus viele Schurken sein.»

Der Monarch sprach mit gewichtiger Stimme von oben herab. «Ein Mann, der einen falschen Namen trägt, wird auch in anderer Hinsicht lügen», sagte er. «Lassen wir den Elefanten entscheiden.»

Wieder wurde heftiges Gemurmel laut, ein entsetztes, erwartungsvolles Gezischel. Raja Birbal blickte bekümmert drein. «*Jahanpanah*», sagte er, «Schirmherr der Welt, erinnert Ihr Euch an die bekannte Geschichte vom Hütejungen und dem Tiger?»

«Falls wir uns recht erinnern», erwiderte Akbar, «hatte der verlogene Hütejunge so oft ‹Tiger, Tiger› gerufen, bloß um die Leute in seinem Dorf zu ärgern, dass ihm kein Mensch zu Hilfe eilte, als er tatsächlich von einem Tiger angegriffen wurde.»

«*Jahanpanah*», sagte daraufhin Birbal, «das ist die Geschichte einer Horde unwissender Dorfbewohner. Ich aber bin mir sicher, der König der Könige würde es nicht zulassen, dass ein Junge vom Tiger gefressen wird, auch wenn dieser Junge nur ein treuloser, unehelicher Spitzbube sein sollte.»

«Vielleicht nicht», antwortete der Herrscher störrisch, «doch in diesem Fall würden wir uns freuen, wenn ihn der Elefant zertrampelte.»

Birbal begriff, dass der Herrscher sich wie ein Mann benahm, der sich von seiner Liebe enttäuscht fühlte, weshalb er weitere Argumente zur Begnadigung anführen wollte, als der Angeklagte eine Äußerung von sich gab, die jede Rettung endgültig unmöglich machte. «Ehe Ihr mich tötet, großer Herrscher», behauptete der Fremde kühn, «muss ich Euch warnen, denn solltet Ihr gegen mich vorgehen, werdet Ihr verflucht sein, und Eure Stadt wird zu Staub zerfallen. Ich stehe nämlich unter einem mächtigen Zauber, der Wohlstand jenen bringt, die mich beschützen, aber allen mit Verderben droht, die mir schaden.»

Der Monarch schaute ihn an wie ein flügellahmes Insekt, das er gleich zerquetschen wollte. «Wie interessant», sagte er, «denn wir, Herr Uccello, Mogor oder Vespucci, wir haben diese mächtige Stadt um den Schrein von Scheich Salim Chishti errichtet, dem größten Heiligen ganz Indiens, und *sein* Segen schützt *uns* und bringt *unseren* Feinden Verderben. Da fragen wir uns doch, welche Macht wohl größer ist: die Eures Zauberers oder die unseres Heiligen?»

«Meinen Zauber sprach die mächtigste Zauberin der bekannten Welt», sagte der Fremde, und die ganze Versammlung konnte vor Lachen nicht an sich halten.

«Ach, eine Frau», sagte der Herrscher. «Wie furchterregend. Doch genug! Werft den Bastard dem irren Elefanten vor und lasst uns sehen, was die Ränke seines Weibs dagegen auszurichten vermögen.»

Der zweite Prozess gegen den Mann mit den drei Namen fand in Hirans Garten statt. Es war einer Laune des Herrschers zu verdanken, dass sein Lieblingselefant nach einem *hiran* benannt worden war, einem Hirsch, und vielleicht hatte das arme Tier allein deshalb nach Jahren treuer Dienste seinen Verstand verloren und musste angekettet werden, denn Namen sind gar mächtig, und wenn sie nicht zu ihrem Träger passen, werden sie zur bösen

Kraft. Doch selbst als der Elefant irre geworden war (und danach blind), weigerte sich der Herrscher, ihn töten zu lassen. Er bekam sein Gnadenbrot und einen Ehrenplatz, einen eigenen Stall mit gepolsterten Wänden, damit er sich während seiner Tobsuchtsanfälle nicht verletzte. Hin und wieder aber wurde er, wenn dem Herrscher der Sinn danach stand, hervorgeholt, um ihm in doppelter Funktion zu dienen, als Richter und Scharfrichter.

Es schien angemessen, dass der Mann, der unter falschem Namen reiste, von einem Elefanten gerichtet werden sollte, den der eigene, aus einer Laune heraus erteilte Name in den Wahn getrieben hatte. Hiran, der blinde, irre Elefant, war im Garten des Richterspruchs angepflockt worden. Ein kräftiges Seil, das man um einen im Sand vergrabenen Stein geschlungen hatte, hinderte ihn daran, Amok zu laufen. Er trompetete, brüllte, trat um sich, und seine Elfenbeinzähne blitzten wie Schwerter durch die Luft. Der Hof versammelte sich, weil man sehen wollte, wie es dem Mann mit den drei Namen erging, und auch die Öffentlichkeit wurde zugelassen, weshalb es viele Zeugen für das Wunder gab. Die Hände waren ihm nicht länger auf den Rücken gebunden, doch sollte die wiedergewonnene Freiheit ihm keineswegs zur Rettung verhelfen, sondern ihm nur ermöglichen, mit ein wenig Würde zu sterben, statt wie ein verschnürtes Paket zertrampelt zu werden. Der Mann aber streckte die Hände zum Elefanten aus, und alle, die zugegen waren, sahen, wie der Elefant sich beruhigte und zuließ, dass er ihn streichelte. Alle, die anwesend waren, ob von edler oder einfacher Herkunft, schnappten nach Luft, als der Elefant den Rüssel sanft um den Gefangenen schlang und ihn in die Höhe hob. Alle sahen, wie der gelbhaarige Fremde auf Hirans breiten Rücken gesetzt wurde, als wäre er ein Prinz.

Der Herrscher beobachtete das Wunder vom fünfstöckigen, Panch Mahal genannten Pavillon aus, Raja Birbal an seiner Seite. Beide Männer rührte der Vorfall zutiefst. «Wir sind es, die irre und blind waren, nicht unser armer Elefant», sagte Akbar zu seinem Minister. «Verhaftet die Schurkenbande auf der Stelle und bringt ihr unschuldiges Opfer in unsere Gemächer, sobald der Mann gewaschen und angemessen eingekleidet wurde.»

«Der Elefant hat ihn nicht umgebracht, das stimmt», sagte Birbal, «aber bedeutet es auch, dass er unschuldig ist, *Jahanpanah*? Hätten die Seeleute den weiten Weg vom Meer hierher auf sich genommen, um ihn anzuklagen, wenn sie selbst die Schuldigen sind? Wären sie da nicht besser beraten gewesen, wenn sie einfach davongesegelt wären?»

«Immer gegen den Strom rudern, nicht wahr, Birbal?», erwiderte Akbar. «Bis vor einer Minute wart Ihr noch der eifrigste Anwalt dieses Mannes, und jetzt, da er freigesprochen wurde, richten sich Eure Zweifel gegen ihn. Nun, lasst mich ein Argument vorbringen, gegen das Ihr nichts einwenden könnt. Das Urteil des Elefanten wird in seiner Wirksamkeit um ein Vielfaches verstärkt, wenn es vom Herrscher gebilligt wird. Ist Akbar mit Hiran einer Meinung, vervielfacht sich die Weisheit des Elefanten, bis sie selbst die Eure übertrifft.»

*

Verkleidet als Frau, suchte Umar der Ayyar die Mannschaft der *Scathath* in ihren Zellen auf. Ein Schleier verdeckte sein Gesicht, und er bewegte sich grazil wie eine Frau, sodass die Seeleute nicht schlecht über die Anwesenheit einer Dame an diesem Ort der Steine und Schatten staunten. «Sie» nannte ihnen nicht «ihren» Namen, sondern unterbreitete ihnen nur einen nüchternen Vorschlag. Der Herrscher sei von ihrer Schuld keineswegs überzeugt, sagte der Ayyar, weshalb er sich bereit erkläre, Signor Vespucci unter Beobachtung zu stellen, bis er sich selbst verrate, wie es alle Verbrecher letztlich tun. Falls sie dem Andenken des verstorbenen Lords wirklich einen Gefallen erweisen wollten, würden sie sich mit der trüben Aussicht abfinden, im Verlies den Tag von Vespuccis Überführung abzuwarten. Sollten sie sich tatsächlich diesem unerfreulichen Schicksal stellen, sagte Umar, könne ihre Unschuld schließlich zweifelsfrei bewiesen werden, und der Regent würde Vespucci mit all seiner Macht verfolgen und ihn am Ende gewiss auch zur Strecke bringen. Doch ließe sich unmöglich vorhersagen, ob sie kurz oder lange warten müssten, und Verlies sei nun einmal Verlies, daran ließ sich nicht rütteln; es bestehe auch keine Möglichkeit, ihnen die bitteren Tage zu versüßen. «Dennoch», verkündete Umar, «ist der Verbleib in der Zelle die einzig ehrenwerte Wahl.» Andernfalls, fuhr er fort, sei er («sie») auch befugt, ihre «Flucht» in die Wege zu leiten. Sollten sie sich dazu entschließen, würde man sie zum Schiff zurückbegleiten und dort freilassen, doch wäre es dann unmöglich, den Fall Vespucci noch einmal aufzurollen, da man ihre Flucht als Beweis ihrer Schuld verstünde; und falls sie doch in dieses Königreich zurückkehren sollten, würde man sie ohne weitere Umstände für den Mord an Lord Hauksbank hinrichten. «Diese Wahl lässt Euch der Herrscher in seiner Weisheit», gab der Eunuch mit so ernster wie weiblicher Stimme kund.

Die Mannschaft der *Scathath* bewies praktisch auf der Stelle einen eklatanten Mangel an Ehrgefühl. «Behaltet den niederträchtigen Mörder», sagte Lobegott Hawkins, «wir wollen nach Hause.» Umar der Ayyar musste seine aufwallende Verachtung unterdrücken. Den Engländern war auf dieser Erde keine Zukunft beschieden, sagte er sich. Ein Volk, das den Gedanken eines persönlichen Opfers von sich wies, würde nur allzu bald wieder aus den Annalen der Geschichte getilgt werden.

*

Als der frisch mit eigenem Namen versehene Niccolò Vespucci in die Gemächer des Herrschers gebracht wurde, erneut in eigenen Kleidern, den vielfarbigen Ledermantel verwegen wie ein Cape über die Schulter geworfen, war er gänzlich der Alte und grinste schelmisch wie ein Zauberer, dem ein unmöglicher Trick gelungen war, so als hätte er einen Palast verschwinden lassen, wäre unversehrt durch eine Flammenmauer geschritten oder hätte dafür gesorgt, dass ein irrer Elefant sich in ihn verliebte. Birbal und den Herrscher verblüffte sein großspuriges Gehabe. «Wie ist Euch das gelungen?», wollte der Herrscher wissen. «Warum hat Hiran Euch nicht umgebracht?» Vespucci verzog das Gesicht zu einem noch breiteren Grinsen. «Es war Liebe auf den ersten Blick», sagte er. «Euer Elefant hat Euch treu gedient, und fraglos hat er an mir, Eurem erst so kürzlich gewonnenen Freund und Gefährten, einen Hauch Eures vertrauten Parfüms wahrgenommen.»

Machen wir es nicht alle so?, fragte sich der Herrscher. Dieser Hang zur charmanten Lüge, dieses ewige Schönreden der Wirklichkeit, diese mit Pomade geglättete Wahrheit? Sind die spitzbübischen Kapriolen dieses Mannes der drei Namen nur ein Abbild unserer eigenen Narretei? Ist die Wahrheit für uns etwa ein zu armselig Ding? Gibt es irgendeinen Menschen, der nicht des Guten zu viel täte? Bin «ich» keinen Deut besser als er?

Vespucci dachte unterdessen über Vertrauen nach. Er, der niemandem vertraute, hatte einer Frau vertraut, und sie hatte ihn vor dem Tode bewahrt. *Von einem Skelett gerettet*, dachte er. Wahrlich, eine wundersame Mär. Er holte seine Schätze aus dem Versteck, das Gold gewann wieder Gewicht, sobald er es aus dem Zaubermantel holte, die Juwelen lagen schwer in seiner Hand; und er gab ihr alles. «So unterwerfe ich mich deiner Macht», sagte er. «Wenn du mich bestiehlst, kann ich nichts dagegen tun.»

«Du verstehst nicht», antwortete sie. «Du hast längst weit größere Macht über mich erlangt, als dass ich mich ihr je entziehen könnte.»

Er verstand sie tatsächlich nicht auf Anhieb; und sie wusste weder, wie sie das Wort «Liebe» aussprechen sollte, noch konnte sie das unerwartete Aufkeimen dieser Gefühlsregung erklären. So war es letztlich ein Geheimnis, das ihn davor bewahrt hatte, als Dieb überführt zu werden, und als man ihn für den Elefanten vorbereitete, ihm die Fessel von den Händen nahm und einen Augenblick gewährte, damit er seinen Schöpfer bitten konnte, gnädig mit ihm zu sein, wenn er vor ihn trat, begriff er, dass Skelett auch diese Möglichkeit vorhergesehen hatte, zog aus dem Versteck, in das bei einer Durchsuchung niemand gerne schaut, jene winzige Phiole, die den perfekt nachgeahmten Duft des Herrschers enthielt, narrte so den blinden alten Elefanten und rettete sich selbst das Leben.

Der Herrscher sprach. Der Augenblick, den er sich erhofft hatte, war gekommen. «Nun, Kerl, wie auch immer Ihr heißen mögt», sagte Akbar. «Schluss mit all den Winken und Andeutungen, Eure Geschichte gehört endlich erzählt. Heraus damit, und zwar rasch, ehe wir unsere gute Laune verlieren.»

Als Hiran, der Elefant, sich den Fremden auf seinen Rücken setzte, als wäre er ein Mogulprinz, hatte der Reiter plötzlich begriffen, wie er anfangen musste. Ein Mann, dachte er, der seine Geschichte stets mit denselben Worten erzählt, wird schnell als ein Lügner entlarvt, der sein Märchen allzu gut eingeübt hat. Es war wichtig, an anderer Stelle zu beginnen. «Euer Majestät», sagte er daher, «Herrscher über alle Herrscher, Schutzschirm der Welt. Ich habe die Ehre, Euch davon in Kenntnis zu setzen, dass ich ...» Die Worte erstarben ihm auf den Lippen, und er stand vor dem Regenten wie ein Mann, den die Götter mit Stummheit geschlagen haben. Akbar zürnte. «Hört nicht auf, Mann», sagte er. «Spuckt endlich die verdammte Geschichte aus, werdet sie ein für alle Mal los.» Der Fremde hüstelte und hub erneut an.

«Dass ich, mein Herrscher, niemand anders bin als ...»

«Als was?»

«Mein Herrscher, ich bringe es nicht über die Lippen.»

«Aber Ihr müsst.»

«Nun gut – doch fürchte ich Eure Reaktion.»

«Nichtsdestotrotz.»

«Dann, mein Herrscher, erfahrt nun, dass ich ...»

«Ja?»

(Ein tiefer Atemzug, dann der Sprung ins kalte Wasser.)

«Euer Blutsverwandter bin. Genau genommen bin ich Euer Onkel.»

8.

Wenn für die Männer am Hofe der Moguln …

Wenn für die Männer am Hofe der Moguln das Leben zu unverständlich wurde, suchten sie Antwort bei den alten Frauen. Kaum hatte «Niccolò Vespucci», der sich «Mogor dell'Amore» nannte, seinen bemerkenswerten Verwandtschaftsanspruch erhoben, schickte der Herrscher Boten in die Frauengemächer, zu seiner Mutter Hamida Bano und zu seiner Tante Gulbadan Begum. «Soweit wir wissen», sagte er zu Birbal, «haben wir keinen Onkel ungeklärter Herkunft, außerdem ist der fragliche Anwärter auf diesen Titel zehn Jahre jünger als wir, gelbhaarig und ohne jedes wahrnehmbare Tschagatai – doch ehe wir den nächsten Schritt unternehmen, sollten wir die Frauen fragen, die Bewahrer der Geschichten, die uns gewiss Näheres mitteilen können.» Akbar zog sich mit seinem Minister in eine Ecke des Raumes zurück, versank in ein angeregtes Gespräch und ignorierte den potentiellen Hochstapler so gründlich, dass dieser anfing, sich zu fragen, ob er eigentlich noch existierte. War er tatsächlich hier, in der Gegenwart des Großen Moguls, und behauptete, mit ihm blutsverwandt zu sein? Oder war dies nur eine Opiumhalluzination, aus der er lieber bald erwachen sollte? War er einem elefantösen Tod entronnen, nur um wenige Augenblicke später Selbstmord zu begehen?

Birbal sagte zu Akbar: «Vom Krieger Argalia oder Arcalia, den der Kerl nannte, habe ich noch nie gehört, und *Angelica* ist ein Vorname bei fremden Völkern, nicht bei uns. Allerdings wurden wir bislang auch noch nicht darüber in Kenntnis gesetzt, welche Rolle die beiden in der großen Geschichte spielen, dem goldenen Märchen. Aber lasst uns diese Leute nicht allein aufgrund ihrer Namen abtun, wissen wir doch, dass sich ein Name ändern kann.» Raja Birbal hatte sein Leben als armer Brahmanenjunge namens Mahesh Das begonnen, und Akbar war es gewesen, der ihn an den Hof gebracht und in den Adelsstand erhoben hatte. Während die beiden Freunde auf die eminenten Damen warteten, schwelgten sie in Erinnerungen und waren wieder jung. Akbar hatte sich auf der Jagd verirrt. «He da, kleiner Mann! Welcher Weg führt nach Agra?», rief der Herrscher, und Birbal, wieder sechs, sieben Jahre alt, erwiderte mit ernster Miene: «Keiner der Wege führt irgendwohin.» – «Das ist unmöglich», schalt ihn Akbar, und der kleine Birbal grinste. «Wege führen nicht, sie führen nie», sagte er, «aber Reisende nach Agra schlagen gewöhnlich jenen Weg dort ein.» Dieser Scherz hatte den Jungen einst an den Hof gebracht und ihm einen neuen Namen, ein neues Leben geschenkt.

«Ein Onkel?», sagte Akbar nachdenklich. «Ein Bruder meines Vaters? Meiner Mutter? Der Mann unserer Tante?» – «Oder», ergänzte Birbal im Interesse der Vollständigkeit, «auch wenn es weit hergeholt klingen mag: der Sohn eines Nachfahren Eures Großvaters.» Der Fremde spürte unter ihrem scheinbaren Ernst eine gewisse Belustigung aufblitzen und begriff, dass man mit ihm spielte. Das Reich hielt alle Trümpfe in der Hand, während es über sein Schicksal entschied. Es sah nicht gut für ihn aus!

Kreuz und quer durch das ausgedehnte Gelände der herrschaftlichen Residenz verliefen mit Tüchern verhängte Korridore, auf denen sich die Damen des Hofes, vor ungehörigen Blicken geschützt, von einem Gebäude zum anderen begeben konnten. Durch einen dieser Korridore glitten die Königinnenmutter Hamida Bano und ihre oberste Palastdame Prinzessin Gulbadan wie zwei mächtige Fregatten durch einen viel zu schmalen Kanal; in ihrem Gefolge Bibi Fatima, die Vertraute der Königin. «Jiu», sagte die Königin (das war ihr Kosename für die ältere Schwägerin), «welchen Unsinn hat der kleine Akbar jetzt wieder ausgeheckt? Braucht er denn noch mehr Familie, als er schon hat?» – «Schon hat», wiederholte Bibi Fatima, die sich die schlechte Angewohnheit zugelegt hatte, ein Echo ihrer Herrin zu sein. Prinzessin Gulbadan schüttelte den Kopf. «Er weiß, wie geheimnisvoll die Welt ist», erwiderte sie, «und dass sich auch die seltsamste Geschichte als wahr erweisen mag.» Diese Antwort kam derart unerwartet, dass die Königin verstummte, und die Frauen nebst Dienerin schwebten ohne ein weiteres Wort zu den Gemächern des Monarchen.

Es war ein böiger Tag, und die reich bestickten Tücher, die sie vor den Blicken der Männer schützten, flatterten aufgeregt wie Segel im Wind. An ihren prunkvollen Gewändern, den weiten Röcken, langen Blusen, den um Kopf und Gesicht gewickelten Stoffbahnen der Sittsamkeit, zupfte gleichfalls manch ein Luftzug. Je näher sie Akbar kamen, desto mächtiger wurde der Wind. Vielleicht ist dies ein Omen, dachte die Königin. All unsere Gewissheiten werden fortgeweht, sodass wir von nun an in Gulbadans Welt der Geheimnisse und Zweifel leben müssen. Hamida Bano, eine energische, herrische Frau, hatte für das Konzept des Zweifels nichts übrig. Sie war der Meinung, genau zu wissen, was was ist; in diesem Wissen war sie erzogen worden und hielt es für ihre Pflicht, entsprechende Erkenntnisse an jedermann so deutlich wie möglich weiterzugeben. Wenn der Herrscher nicht mehr genau wusste, was was ist, machte sich seine Mutter auf den Weg, ihm wieder Klarheit zu verschaffen. Nur schien Gulbadan seltsamerweise anderer Ansicht zu sein.

Seit Gulbadans Rückkehr von ihrer Pilgerfahrt nach Mekka war sie sich offenbar in vielen Dingen nicht mehr so sicher wie zuvor. Fast schien es, als wäre ihr Glaube an die festen, unabänderlichen Wahrheiten des göttlichen Kosmos durch die große

Reise eher geschwächt als gestärkt worden. Nach Hamida Banos Ansicht war der von Gulbadan organisierte Frauenhadsch, dem sich nahezu ausschließlich die älteren Damen des Hofes angeschlossen hatten, bereits als solcher ein Hinweis auf die unerwünscht revolutionäre Seite des monarchischen Führungsstils ihres Sohnes. «Ein Frauenhadsch?», hatte sie ihn gefragt, als Gulbadan das Thema zum ersten Mal aufbrachte. Wie konnte er dergleichen nur billigen? Nein, bekräftigte sie, sie würde sich ganz gewiss nicht auf den Weg nach Mekka begeben, unter keinen Umständen. Doch dann hatte sich ihre Mitkönigin Salima der Pilgerfahrt angeschlossen, auch Sultanam Begum, die Frau von Askari Khan, der Akbars Leben gerettet hatte, als seine Eltern ihn im Stich ließen und ins Exil gingen – Sultanam, die dem kleinen Akbar eine bessere Mutter gewesen war als sie selbst; auch Babars tscherkessische Frau reiste mit, Akbars Stiefcousinen und Gulbadans Enkeltochter sowie viele Dienerinnen und sonst noch allerlei Frauen. Dreieinhalb Jahre fort am heiligen Ort! Das lange persische Exil hatte der Königin auch den letzten Wunsch in Sachen Reisen ausgetrieben, und allein den Gedanken an die dreieinhalb Jahre fand sie grässlich. Sollte Gulbadan ruhig nach Mekka aufbrechen! Die Königinmutter würde jedenfalls weiterhin daheim regieren.

In diesen dreieinhalb Jahren der Stille und Ruhe, frei von Gulbadans endlosem Geplapper, war Hamida Banos Einfluss auf den Herrscher ungebrochen gewesen. Bedurfte man einer Frau, um eine Ehe oder einen Friedensvertrag auszuhandeln, war sie die einzige verfügbare Dame von Rang. Akbars eigene Königinnen waren bloß Mädchen, das Phantom natürlich ausgenommen, diese gespenstische Sexbombe, die sämtliche schmutzige Literatur auswendig kannte, doch war es unnötig, an *die* allzu viele Gedanken zu verschwenden. Als aber Gulbadan heimkehrte und jetzt Gulbadan die Pilgerin hieß, kam es zu einer Änderung im

Machtgefüge. Merkwürdig war bloß, dass die alte Prinzessin seither nur wenig über Gott redete, dafür aber endlos über Frauen, über deren ungenutzte Kraft und ihre Fähigkeit, eigentlich alles zu können, was sie sich vornahmen, weshalb sie sich auch mit den Einschränkungen nicht länger abzufinden brauchten, die ihnen von den Männern auferlegt wurden, sondern das Leben in die eigenen Hände nehmen sollten. Wenn Frauen den Hadsch schafften, konnten sie auch Berge erklimmen, Lyrik schreiben und die Welt allein regieren. Es war ein Skandal, keine Frage, aber der Herrscher liebte solche Einfälle und fand jede Neuerung entzückend, fast, als hätte er nie aufgehört, ein Kind zu sein, und verliebte sich immer noch in jede neu aufblitzende Idee, als wäre sie eine silberne Rassel im Kindergarten, die mit dem Ernst eines rechtschaffenen Erwachsenenlebens nichts zu tun hatte.

Dennoch: Prinzessin Gulbadan war die Ältere, und die Königinmutter würde ihr stets den gebührenden Respekt zollen. Ach, und außerdem war es einfach unmöglich, Gulbadan nicht zu mögen; sie lächelte gern und wusste immer lustige Geschichten über irgendeine verrückte Cousine zu erzählen. Außerdem war sie eine gute, liebenswerte Seele, auch wenn ihr Kopf bis an den Rand mit diesen neuen Vorstellungen von Unabhängigkeit vollgestopft zu sein schien. Menschen sind keine Einzelwesen, sagte Hamida Bano ihr dann, sie kommen im Plural vor, ihr Leben wird durch ein Flechtwerk von Kräften bestimmt, und schüttelt man willkürlich an einem Ast, wer kann da schon wissen, welche Frucht einem auf den Kopf fällt? Gulbadan aber lächelte dann nur und ging ihrer eigenen Wege. Jedermann hatte sie gern, die Königinmutter auch, gerade das war ja so eigenartig. Das und die Tatsache, dass Gulbadan den Körper einer jungen Frau besaß, im Alter so rank und schlank wie in ihrer Jugend. Der Leib der Königinmutter hatte über die Jahre auf bequeme und traditionelle Weise nachgegeben, hatte sich zusammen mit dem Reich des Sohnes ausgedehnt und war jetzt selbst eine Art Kontinent, ein Reich mit Bergen und Wäldern, über denen die Hauptstadt ihres Geistes residierte, der keineswegs nachgelassen hatte, nein, kein bisschen. Ich sehe aus, wie eine alte Frau aussehen sollte, dachte Hamida Bano. So ist es normal. Die Beharrlichkeit, mit der Gulbadan darauf bestand, weiterhin jung zu wirken, war nur ein weiterer Beleg für ihren gefährlichen Mangel an Respekt für Traditionen.

Durch die Frauentür betraten sie die Gemächer des Herrschers und setzten sich wie gewohnt hinter den reichverzierten Wandschirm aus Walnussholz mit eingelegtem Marmor, und natürlich begann die alte Gulbadan gleich auf gänzlich falschem Fuß. Sie hätte den Fremden nicht direkt anreden dürfen, doch da ihr zu Ohren gekommen war, er beherrsche ihre Sprache, kam sie gleich zur Sache. «Heda, Fremder», trompetete sie in scharfem, hohem Ton. «Also, was ist das für ein Märchen, das Euch um die halbe Welt zu uns geführt hat?»

*

Dies sei die Geschichte, wie sie ihm selbst erzählt wurde, schwor der Fremde. Seine Mutter sei eine Prinzessin von echtem Tschagatai-Blut, eine direkte Nachfahrin von Dschingis Khan, Angehörige des Hauses Timur und Schwester des ersten Mogulherrschers über Indien, den sie nur den «Biber» nannte. (Als er dies sagte, fuhr hinter dem Wandschirm ein Ruck durch Gulbadan Begum.) Er kenne keine Daten, keine Ortsnamen, nur die Geschichte, wie man sie ihm erzählt habe, die er nun getreulich wiedergebe. Der Name seiner Mutter sei Angelica, und sie sei, beharrte er, eine Mogulprinzessin, die schönste Frau, die je gelebt habe, eine Zauberin ohnegleichen, Herrin über magische Tränke und Bannsprüche, deren Macht weithin gefürchtet war. In ihrer

Jugend wurde ihr Bruder, König Biber, in Samarkand von einem usbekischen Kriegerfürsten namens Lord Wurmholz belagert, der verlangte, Biber solle sie ihm als Pfand überlassen, wenn er nach seiner Kapitulation sicheres Geleit aus der Stadt haben wolle. Um Angelica zu demütigen, überließ Lord Wurmholz sie eine Weile seinem jüngsten Wasserträger Bacha Saqaw, auf dass er sich nach Belieben mit ihr verlustiere. Zwei Tage später war Bacha Saqaw am ganzen Leib mit Furunkeln übersät, Pestbeulen wuchsen ihm unter den Armen sowie in der Leistengegend, und als sie platzten, starb er. Danach legte niemand mehr Hand an die Hexe – bis sie Wurmholz' linkischen Annäherungen schließlich nachgab. Zehn Jahre vergingen, dann wurde Lord Wurmholz in der Schlacht von Marv an den Ufern des Kaspischen Meeres vom persischen Schah Ismail besiegt und Angelica aufs Neue zur Kriegsbeute.

(Jetzt spürte auch Hamida Bano, wie ihr Puls schneller schlug. Gulbadan Begum beugte sich vor und flüsterte ihr ein Wort ins Ohr. Die Königinmutter nickte, und Tränen schossen ihr in die Augen. Teilnahmsvoll begann auch ihre Dienerin Bibi Fatima zu weinen.)

Der persische König wurde seinerseits besiegt von dem osmanischen Sultan ...

Die Frauen hinter dem Wandschirm konnten nicht länger an sich halten, und Königin Hamida Bano war kaum weniger aufgewühlt als ihre so leicht erregbare Schwägerin. «Mein Sohn», verlangte sie mit lauter Stimme, «kommt herüber zu uns» – «zu uns», echote Bibi Fatima –, und der König der Könige gehorchte. Gulbadan flüsterte ihm etwas ins Ohr, und der König erstarrte. Akbar wandte sich mit aufrichtig überraschter Miene zu Birbal um. «Die Frauen sagen», berichtete er, «ein Teil dieser Geschichte sei bereits bekannt. *Baboor*, soll heißen ‹Babar›, ist ein altmodisches Tschagatai-Wort für Biber, und der Name dieses ‹Wurmholz› ist seinerseits mit Shiban oder Shaibani Khan zu übersetzen; außerdem wurde die Schwester meines Großvaters Babar, allgemein bekannt als die größte Schönheit ihrer Zeit, nach Babars Niederlage tatsächlich von jenem samarkandischen Kriegsfürsten gefangen genommen; und als Shaibani ein Jahrzehnt später in der Nähe der Stadt Marv von Schah Ismail von Persien besiegt wurde, fiel Babars Schwester in persische Hände.»

«Entschuldigt, *Jahanpanah*», warf Birbal ein, «aber wenn ich nicht irre, handelte es sich dabei um die Prinzessin Khanzada, nicht wahr? Und die Geschichte der Prinzessin Khanzada ist natürlich bekannt. Wie ich selbst erfuhr, gab Schah Ismail sie als eine Geste des guten Willens zurück an Schah Babar, woraufhin sie bis zu ihrem traurigen Dahinscheiden allseits respektiert im Schoße der königlichen Familie lebte. Es ist wahrhaft erstaunlich, dass der Fremde diese Geschichte kennt, doch kann er kein Nachfahre der Prinzessin sein. Sicher, sie hat Shaibani einen Sohn geboren, doch ist der Junge am selben Tag wie sein Vater von der Hand des persischen Herrschers gestorben, womit die Behauptungen dieses Kerls also hinfällig wären.»

Daraufhin riefen die königlichen Damen hinter dem Wandschirm wie aus einem Mund: *«Es gab noch eine zweite Prinzessin!»* – *«...zessin!»*, echote die Dienerin. Gulbadan sammelte sich. «O strahlender Herrscher», hob sie an, «in der Geschichte unserer Familie gibt es ein geheimes Kapitel.»

Der Mann, der sich «Mogor dell'Amore» nannte, stand stumm im Herzen des Mogulreiches, während die aufgebrachten Frauen begannen, die Genealogie ihres Familienzweiges aufzulisten. «Erlaubt mir, o allwissender Herrscher, Euch daran zu erinnern, dass diversen Ehefrauen und Gespielinnen diverse Prinzessinnen geboren wurden», sagte Gulbadan, und der Herrscher seufzte leise, denn wenn Gulbadan begann, wie ein aufgeregter Papagei den Stammbaum zu erklimmen, ließ sich nie sagen, auf wie viele

Zweige sie hüpfen würde, ehe sie endgültig irgendwo zur Ruhe kam. Doch heute war seine Tante erschreckend präzise. «Es gab Mihr Banu, Shahr Banu und Yadgar Sultan.»

«Nur war Yadgars Mutter Agha keine Königin», warf Hamida hochmütig ein. «Sie war nur eine Konkubine.»

«...kubine», echote Bibi Fatima pflichtbewusst.

«Allerdings», fügte die Königin dann hinzu, «muss gesagt werden, dass Khanzada an Jahren zwar die Erste war, im Aussehen aber keineswegs, auch wenn man sie offiziell zur schönsten Frau erklärte. Einige der jungen Konkubinen waren viel hübscher.»

«O höchst erleuchteter Herrscher», fuhr Gulbadan fort, «ich muss Euch leider mitteilen, dass Khanzada ein über die Maßen eifersüchtiges Weib gewesen ist.»

Dies war die Geschichte, die von der alten Gulbadan so lange verschwiegen worden war. «Es hieß allgemein, Khanzada sei hübsch, da sie die Älteste war und man ihr besser nicht in die Quere kam. In Wahrheit aber war die jüngste Prinzessin viel schöner, und sie hatte auch eine schöne Spielgefährtin und Leibdienerin, eine junge Sklavin, die ebenso hübsch aussah und ihrer Herrin auf eine Weise glich, dass die Leute anfingen, sie den ‹Spiegel der Prinzessin› zu nennen. Als Khanzada dann von Shaibani gefangen genommen wurde, nahm man auch die Prinzessin und ihren Spiegel gefangen, nur als Schah Ismail dann Khanzada befreite und nach Hause an Babars Hof zurückschickte, blieben die verschwiegene Prinzessin und ihr Spiegel in Persien. Deshalb wurde sie schließlich auch aus der Familiengeschichte gelöscht: Sie hatte es vorgezogen, unter Fremden zu leben, statt einen Ehrenplatz in ihrer eigenen Heimat einzunehmen.»

«La specchia», warf der Fremde plötzlich ein. «Das Wort für Spiegel endet eigentlich mit o und verlangt einen männlichen Artikel, doch ihr zuliebe verlieh man ihm einen weiblichen. *La specchia*, die kleine Spiegelfrau.»

Die Geschichte purzelte nun so rasch hervor, dass man das Protokoll vergaß und den Fremden für seine Unterbrechung nicht maßregelte. Es war Gulbadan mit ihrer hohen, sich überstürzenden Stimme, die das Reden übernahm. Die Geschichte der verschwiegenen Prinzessin und ihres Spiegels drängte darauf, erzählt zu werden.

Hamida Bano aber hing ihren Erinnerungen nach. Die Königin war wieder jung mit einem kleinen Kind im Arm und floh mit ihrem Mann Humayun in der Stunde seiner Niederlage vor den gefährlichsten Männern der Welt: seinen Brüdern. In den Einöden Kandahars war es dermaßen kalt, dass heiße Suppe schon gefror, wenn man sie nur in eine Schale gab, weshalb man sie nicht trinken konnte. Eines Tages waren sie so hungrig, dass sie ein Pferd töteten, zerteilten und Fleischbrocken in einem Soldatenhelm kochten, ihrem einzigen Topf. Und dann wurden sie angegriffen, und Hamida Bano musste fliehen und ihr Kind allein zurücklassen, musste es den Gefahren eines Schlachtfeldes aussetzen, ihr Kind, ihren Jungen, und so wurde der Kleine schließlich von einer anderen Frau erzogen, dem Weib Askaris, des Bruders ihres Mannes und dessen Feind, von Sultanam Begum also, die für Hamidas Jungen tat, was sie selbst nicht tun konnte, für ihren Sohn, für den Herrscher.

«Verzeih mir», flüsterte sie («... mir», sagte Bibi Fatima), doch der Herrscher hörte nicht zu, da er sich mit Prinzessin Gulbadan in unbekannte Gewässer vorwagte. «Sie kehrte nicht mit Khanzada heim, weil sie – ja –, weil sie verliebt war.» Verliebt in einen Fremden, ihm so verfallen, dass sie es wagte, ihrem Bruder, dem König, zu trotzen und seinem Hof fernzubleiben, obwohl es ihre Pflicht gewesen wäre zurückzukehren und edlere Gefühle sie hätten ermahnen müssen, dass sie zu ihrer Familie gehörte. In seinem Zorn tilgte Babar, Biber, seine jüngere Schwester aus der Geschichte und erließ die Anordnung, dass ihr Name aus allen Unterlagen gestrichen und von keinem Mann und keiner Frau in seinem Reich mehr in den Mund genommen werden sollte. Trotz ihrer Liebe zu ihrer Schwester gehorchte Khanzada Begum, und nach und nach verblasste die Erinnerung an die verschwiegene Prinzessin und ihren Spiegel. So wurden sie schließlich zu einem bloßen Gerücht, einer in Menschenmengen nur halb aufgeschnappten Geschichte, einem Flüstern im Wind, und von damals bis zum heutigen Tage ward kein Wort mehr von ihnen gehört.

«Der persische König wurde seinerseits von dem osmanischen Sultan besiegt», fuhr der Fremde fort. «Und so kam es, dass die Prinzessin schließlich in Begleitung eines mächtigen Kriegers nach Italien verschlagen wurde. Argalia und Angelica, so lauteten ihre Namen. Argalia trug verzauberte Waffen, und zu seinem Gefolge gehörten vier schreckliche Riesen; an seiner Seite aber ritt Angelica, Prinzessin von China und Indien; die schönste Frau der Welt und eine Zauberin ohnegleichen.»

«Wie hieß sie nun wirklich?», fragte der Herrscher, ohne den Fremden zu beachten. Die Königinmutter schüttelte den Kopf. «Ihren Namen habe ich nie gehört», antwortete sie, und Prinzessin Gulbadan sagte: «Ihr Spitzname liegt mir auf der Zunge, aber der eigentliche Name ist mir vollständig entfallen.»

«Angelica», sagte der Fremde. «Sie hieß Angelica.»

Hinter dem Wandschirm hervor war Prinzessin Gulbadan zu hören: «Eine gute Geschichte, und wir sollten herausfinden, woher der Kerl sie hat, aber es gibt da ein Problem, und ich weiß nicht, ob wir es zu unserer Zufriedenheit lösen können.»

Birbal hatte natürlich gleich begriffen, worum es ging. «Es ist eine Frage der Zeit», sagte er. «Der Zeit und des Alters der Beteiligten.»

«Würde Khanzada Begum heute noch leben», sagte Prinzessin Gulbadan, «wäre sie einhundertundsieben Jahre alt. Ihre jüngste Schwester, acht Jahre jünger als Babar, müsste demnach inzwischen etwa fünfundneunzig sein. Dieser Fremde, der hier vor uns steht und eine Geschichte aus unserer Vergangenheit ausgräbt, ist kaum älter als dreißig oder einunddreißig Jahre. Wenn also die verschwiegene Prinzessin nach Italien reiste, wie dieser Kerl hier behauptet, und wenn er tatsächlich ihr Sohn ist, wie er des Weiteren versichert, dann müsste sie bei seiner Geburt etwa vierundsechzig Jahre alt gewesen sein. Sollte nun diese wundersame Schwangerschaft wirklich stattgefunden haben, wäre er wahrlich Euer Onkel, der Sohn der Schwester Eures Großvaters, was ihn berechtigte, als Prinz des königlichen Hauses anerkannt zu werden. Doch das ist natürlich völlig unmöglich.»

Der Fremde spürte, wie sich vor seinen Füßen ein Grab auftat, und er wusste, man würde ihm nicht mehr lange Gehör schenken. «Ich habe doch gesagt, dass ich mich mit Daten und Ortsnamen nicht auskenne», rief er, «aber meine Mutter war jung und schön und ganz gewiss keine sechzigjährige Vettel.»

Die Frauen hinter dem Wandschirm blieben stumm, und in dieser Stille wurde sein Schicksal besiegelt. Schließlich ergriff Gulbadan Begum wieder das Wort. «Es ist nun einmal wahr, dass er uns erzählt hat, was tief vergraben lag. Hätte er nichts gesagt, hätten wir alte Frauen diese Geschichte mit in unser Grab genommen. Also hat er wohl verdient, dass wir uns im Zweifel für ihn aussprechen.»

«Und doch habt Ihr selbst uns zweifelsfrei dargelegt», warf der Herrscher ein, «dass seine Geschichte nicht stimmen kann.»

«Im Gegenteil», erwiderte Prinzessin Gulbadan. «Es gibt nämlich zwei mögliche Erklärungen.»

«Die erste lautet», hörte die Königinmutter Hamida Bano sich sagen, «dass die verschwiegene Prinzessin wahrlich eine außerordentliche Zauberin gewesen sein muss, da sie das Geheimnis der ewigen Jugend entdeckte und deshalb körperlich wie geistig noch eine junge Frau war, als sie diesen Mann gebar, obwohl sie in Wirklichkeit schon fast siebzig gewesen sein dürfte.»

Der Herrscher hieb mit der Faust an die Wand. «Vielleicht habt ihr auch den Verstand verloren, und nur aus dem Grund glaubt ihr diesen ausgesprochenen Schwachsinn», brüllte er, doch Prinzessin Gulbadan beruhigte ihn, wie man ein kleines Kind besänftigt. «Ihr habt meine zweite Erklärung noch nicht gehört.»

«Nun gut», grollte der Herrscher. «Redet, Tante.» Mit übertriebenem Nachdruck sagte Gulbadan Begum daraufhin: «Nehmen wir einmal an, die Geschichte dieses Kerls sei wahr und die verschwiegene Prinzessin sei wirklich vor langer Zeit mit ihrem Krieger nach Italien gereist. Dann könnte doch auch wahr sein, dass die Mutter dieses Kerls nicht die Geliebte des mächtigen Kriegers war ...»

«... sondern die Tochter der Prinzessin.» Akbar hatte begriffen. «Aber wer ist dann sein Vater?»

«Das», warf Birbal ein, «ist genau der Haken an dieser Geschichte.»

Mit einem Seufzer resignierter Neugier wandte sich der Herrscher zum Fremden um. Der Widerwille eines Regenten gegen Außenstehende, die allzu viel wissen, dämpfte seine unverhoffte Zuneigung für diesen Mann. «Der hindustanische Geschichtenerzähler weiß stets, wann er die Aufmerksamkeit seines Publikums verliert», sagte er, «denn die Leute stehen einfach auf und gehen oder bewerfen ihn mit Gemüse; und manchmal, falls zum Publikum der Herrscher gehört, wird der Geschichtenerzähler auch kopfüber von der Stadtmauer geworfen. In Eurem Falle, mein verehrter Mogulonkel, sind Publikum und Herrscher eins.»

9.

In Andijon wurden die Fasane so fett ...

In Andijon wurden die Fasane so fett, dass vier Männer an einem einzigen Vogel mehr als genügend zu essen hatten. Veilchen wuchsen am Ufer des Andijon, einem Nebenfluss des Jaxartes, auch Syrdarja genannt, und im Frühling blühten Tulpen und Rosen. Andijon, der Stammsitz der Moguln, lag in der Provinz Ferghana, «die sich wiederum», so stand es in der Autobiographie seines Großvaters, «im fünften Himmelsstrich am Rande der zivilisierten Welt befindet». Der Herrscher hatte das Land seiner Vorfahren nie gesehen, kannte es aber aus Babars Buch. Ferghana lag in Zentralasien an der großen Seidenstraße, östlich von Samarkand und nördlich der mächtigen Gipfel des Hindukusch. Hier wuchsen prächtige Melonen sowie herrliche Weintrauben, und man konnte sich an weißem Hochwild und mit Mandelcreme gefüllten Granatäpfeln gütlich tun. Überall gab es Flüsse, gutes Weideland in den nahen Bergen und rotrindige Spiersträucher, deren Holz sich ausgezeichnet für Pfeile und Peitschengriffe eignete, und im Gebirge wurden Türkis und Eisen abgebaut. Den Frauen sagte man nach, dass sie schön seien, doch wusste der Herrscher, dass derlei Ansichtssache war. Babar, der Eroberer von Hindustan, hatte hier das Licht der Welt erblickt, auch Khanzada Begum und ebenso (obwohl alle Berichte über ihre Geburt gelöscht worden waren) die Prinzessin ohne Namen.

Kaum hatte Akbar die Geschichte der verschwiegenen Prinzessin vernommen, befahl er seinem Lieblingsmaler Dashwanth, sich mit ihm am Ort der Träume beim Besten aller Möglichen Becken zu treffen. Als Akbar seinerzeit mit kaum vierzehn Jahren den Thron bestiegen hatte, war Dashwanth ein allem Anschein nach dummer und schrecklich schwermütiger Junge gleichen Alters gewesen, dessen Vater zu den Sänftenträgern des Herrschers gehörte. Insgeheim aber war Dashwanth ein großer Zeichner, dessen Genie sich immer deutlicher bemerkbar machte. Nachts, wenn er sicher sein konnte, dass niemand ihn beobachtete, malte er Graffiti auf die Mauern von Fatehpur Sikri – keine obszönen Bilder oder Worte, sondern Karikaturen der Mächtigen am Hofe, die er so grausam akkurat traf, dass alle Welt entschlossen war, seiner habhaft zu werden, um ihm so rasch wie möglich die satirischen Hände abzuschlagen. Akbar rief Abul Fazl und den obersten Gebieter des königlichen Ateliers, den Perser Mir Sayyid Ali, zu sich an den Ort der Träume. «Ihr solltet ihn vor seinen Feinden finden», sagte er, «denn wer auch immer er sein mag, wir wollen nicht, dass ein solches Talent sein Ende durch das Schwert eines aufgebrachten Edelmannes findet.» Eine Woche später kehrte Abul Fazl zu ihm zurück und zog ein kleines, dunkles, mageres Kerlchen am Ohr hinter sich her. Dashwanth wand sich und protestierte lauthals, doch Abul Fazl zerrte ihn bis vor seinen Herrscher, der Pachisi mit menschlichen Figuren spielte. Mir Sayyid Ali folgte dem Missetäter wie ein Gefangenenwärter auf dem Fuße, und es gelang ihm, zugleich begeistert und grimmig dreinzuschauen. Der Herrscher blickte kurz von seinen menschlichen Spielfiguren auf, den hübschen schwarzen Sklavinnen, die wartend auf dem Pachisi-Brett ausharrten, befahl Dashwanth, sich auf der Stelle ins herrschaftliche Atelier zu begeben, und verbot jedermann am Hofe, ihm ein Leid anzutun.

Selbst die oberste Hebamme Maham Anaga, des Herrschers niederträchtige Tante, wagte angesichts dieses Befehls nicht, gegen Dashwanth vorzugehen, obwohl keines seiner Werke so grausam und prophetisch gewesen war wie jenes Porträt, das er von ihr und ihrem Sohn Adham gezeichnet hatte. Ihre Karikatur war an der Außenmauer des Bordells Hatyapul aufgetaucht. Zur allgemeinen Belustigung der einfachen Menschen wurde Maham Anaga als meckernde, blaugesichtige Hexe dargestellt, umgeben von blubbernden Tinkturen, wohingegen ihr schniefender, mörderischer Sohn Adham nur als Spiegelbild in einer der größeren Glasretorten zu sehen war, wie er kopfüber von der Stadtmauer stürzte. Als Adham sechs Jahre später bei einem wahnwitzigen Umsturzversuch über Akbar herfiel und vom Herrscher später dazu verurteilt wurde, von den Stadtmauern geworfen zu werden, erinnerte sich der Monarch mit Erstaunen an Dashwanths Prophezeiung. Aber Dashwanth sagte, er könne sich nicht daran erinnern, und da das Bild schon vor langer Zeit von der Bordellmauer abgewischt worden war, musste sich der Herrscher allein auf sein Gedächtnis verlassen und konnte sich nur staunend fragen, wie sehr sein Wachleben wohl von seinen Träumen bestimmt war.

Dashwanth wurde rasch zu einem der gefragtesten Künstler in Mir Sayyid Alis Atelier, und er machte sich einen Namen damit, bärtige, auf verzauberten Kesseln durch die Luft fliegende Riesen zu malen, haarige, picklige Kobolde, *Devs* genannt, gewaltige Meeresstürme, blaugoldene Drachen und himmlische Hexenmeister, die helfend eine Hand aus den Wolken streckten, um Helden vor Schaden zu bewahren, Bilder also, mit denen er die wilde, phantasievolle Einbildungskraft des jugendlichen Herrschers nährte. Immer und immer wieder malte er den legendären Helden Hamza auf seinem dreiäugigen Märchenpferd, wie er die unglaublichsten Ungeheuer besiegte, und er begriff besser als jeder andere Künstler im vierzehn Jahre dauernden Hamza-Zyklus, dem ganzen Stolz des Ateliers, dass er der Traumbiographie des Herrschers Ausdruck gab, dass seine Hand zwar den Pinsel hielt, es jedoch die Visionen des Regenten waren, die vor ihm auf der Leinwand Gestalt annahmen. Ein Herrscher ist die Summe seiner Taten, und wie bei Hamza, seinem Widerpart, bewies sich

Akbars Größe nicht nur durch das triumphale Überwinden enormer Hindernisse – den Sieg über widerspenstige Prinzen, echte Drachen und dergleichen mehr –, sie wurde durch solche Triumphe erst geboren. Der Held auf Dashwanths Bildern wurde zum Spiegelbild des Herrschers, und alle einhundertein im Atelier arbeitenden Künstler konnten von Dashwanth lernen, sogar die persischen Meister Mir Sayyid Ali und Abdus Samad. In ihren gemeinschaftlichen Gemälden von den Abenteuern Hamzas mit seinen Freunden wurde das Hindustan der Mogulzeit buchstäblich erfunden; in der Vereinigung der Künstler kündigte sich die Einheit des Reiches an und machte sie vielleicht überhaupt erst möglich. «Zusammen malen wir des Herrschers Geist», bekannte Dashwanth bekümmert seinen Mitstreitern. «Und wenn seine Seele dereinst den Körper verlässt, findet sie in diesen Bildern ihre Ruhe und wird durch sie unsterblich.»

Trotz seines künstlerischen Könnens war es Dashwanth nie gelungen, seine Depressionen gänzlich zu überwinden. Er heiratete nie und lebte das zölibatäre Leben eines *rishi*, eines Weisen also, im Laufe der Jahre verdüsterte sich seine Stimmung sogar noch, und es gab lange Phasen, in denen er überhaupt nicht arbeiten konnte, sondern nur in seiner kleinen Zelle im Atelier hockte und stundenlang in eine leere Ecke starrte, als kauerte dort eines jener Ungeheuer, die er viele Jahre lang mit solcher Meisterschaft gemalt hatte. Trotz seines zunehmend seltsamen Betragens schätzte man ihn aber auch weiterhin als einen der besten Maler Indiens, der sein Handwerk noch unter den beiden persischen Meistern Mir Sayyid Ali und Abdus Samad gelernt hatte, jenen Künstlern, die viele Jahre zuvor mit Akbars Vater Humayun aus dem Exil in dessen Heimat gekommen waren. Folglich war es Dashwanth, den Akbar zu sich rief, als ihm der Gedanke kam, er könnte des Großvaters bittere Tat rückgängig machen und der verschwiegenen Prinzessin endlich einen Platz in der Geschichte seiner Familie einräumen. «Male sie in die Welt», trug er Dashwanth auf, «denn deinen Pinseln wohnt eine derartige Zauberkraft inne, dass sie vielleicht lebendig wird, von Eurer Leinwand herabsteigt und mit uns feiert und Wein trinkt.» Des Herrschers eigene, Leben spendende Kräfte waren vorübergehend von der gewaltigen Anstrengung erschöpft, die es ihn kostete, seine imaginäre Frau Jodha zu erschaffen und am Leben zu erhalten, weshalb er in diesem Fall nicht selbst tätig werden konnte, sondern sich auf die Kunst verlassen musste.

Dashwanth machte sich sogleich daran, auf einer Reihe außerordentlicher Folios, die selbst die Hamza-Bilder übertrafen, das Leben von Akbars verlorener Großtante darzustellen. Ganz Ferghana erweckten sie zum Leben: die dreitorige, wasserverschlingende Festung Andijon – neun Ströme flossen hinein, keiner floss wieder hinaus – und die zwölf Berggipfel über der Nachbarstadt Osh, die wilde Wüste, in der die zwölf Derwische sich in einem grimmigen Sturm verloren, und die vielen Schlangen des Landes, die Rehböcke und Hasen. Auf dem ersten Bild, das Dashwanth fertigstellte, zeigte er die verschwiegene Prinzessin als schönes, vierjähriges Mädchen, das mit einem Körbchen durch die herrlichen Wälder der Yeti-Kent-Berge spazierte und die Blätter und Wurzeln der Tollkirsche sammelte, um damit ihre Augen glänzender zu machen, vielleicht aber auch, um ihre Feinde zu vergiften; außerdem fand das Mädchen größere Mengen jener mythischen Pflanze, die von den Einheimischen *ayïq otï* genannt wurde, auch als Alraune bekannt. Die Alraune – die All-Rune – war eine Verwandte des tödlichen Nachtschattengewächses und sah ihr oberirdisch recht ähnlich, doch steckten in der Erde Wurzeln mit menschlicher Gestalt, und sie schrien laut, wenn man sie herauszog, gerade so, wie Menschen schreien würden, wollte man sie lebendig begraben. Ihre magische Macht benötigte keine weitere Erklärung, und wer dieses erste Bild sah, dem war klar, dass Dashwanth die verschwiegene Prinzessin mit seinen außerordentlichen intuitiven Fähigkeiten als eine geborene Erleuchtete zeigte, die instinktiv wusste, womit sie sich schützen und der Menschen Herz erobern konnte, was sich, wie so oft, als ein und dasselbe erwies.

Das Bild selbst bewirkte eine Art Wunder, denn kaum betrachtete die alte Prinzessin Gulbadan es in Akbars Privatgemächern, erinnerte sie sich an den Namen des Mädchens, der ihr doch schon seit Tagen so schwer auf der Zunge lag, dass sie kaum noch essen konnte. «Ihre Mutter war Makhdum Sultan Begum», sagte Gulbadan, während sie sich zur leuchtenden Leinwand vorbeugte, und sie sprach so leise, dass sich der Herrscher ebenfalls vorbeugen musste, um sie verstehen zu können. «Makhdum, ja, so hieß ihre Mutter, die letzte große Liebe von Umar Scheich Mirza. Und die Kleine hieß Qara Köz – Qara Köz, genau, das war's! Khanzada hat sie aus tiefster Seele gehasst, wenn auch natürlich nur bis zu dem Tag, an dem sie beschloss, das Mädchen stattdessen zu lieben.»

Gulbadan erinnerte sich an die Geschichten, die man sich über die Eitelkeit der Khanzada Begum erzählt hatte. Jeden Morgen, wenn Dame Khanzada sich erhob (berichtete sie dem Herrscher), musste ihre oberste Hofdame ausrufen: «Seht her, sie erwacht, Khanzada Begum, die schönste Frau der Welt schlägt die Augen auf und betrachtet das Reich ihrer Schönheit.» Und wenn sie ihrem Vater Umar Scheich Mirza ihre Aufwartung machte, verkündeten die Herolde: «Seht her, hier kommt sie, Eure Tochter, die schönste Frau der Welt, sie, deren Schönheit Eurer Macht in nichts nachsteht», und wenn sie das Boudoir ihrer Mutter betrat, hörte Khanzada Ähnliches von der Drachenkönigin, von Qutlugh Nigar Khanum, aus deren Augen Flammen schlugen und Rauch aus ihren Nüstern, denn lauthals trompetete sie beim Eintreffen ihrer Tochter: «Khanzada, schönste Tochter der Welt, komm her, bereite meinen alten Augen ein Fest.»

Dann aber wurde Makhdum Sultan Begums jüngste Prinzessin geboren, und vom Tage ihrer Geburt an nannte man sie Qara Köz, was schwarze Augen heißt, besaßen ihre Augäpfel doch die außergewöhnliche Macht, jeden zu bezaubern, auf den ihr Blick fiel. Seit diesem Tag musste Khanzada eine leichte Änderung im Tonfall ihrer täglichen Verherrlichungen feststellen, ein Maß an Unaufrichtigkeit, das sie nicht mehr akzeptabel fand. In den folgenden Jahren gab es eine Serie von Mordanschlägen auf das kleine Mädchen, die aber in keinem Fall zu Khanzada zurückverfolgt werden konnten. So fand sich etwa Gift in einer Tasse Milch, von der Schwarzauge trank, doch blieb das Mädchen unversehrt, wohingegen sein Schoßhund, dem es den letzten Schluck überlassen hatte, gekrümmt vor Schmerzen starb. Später wurden einem anderen Getränk zerstoßene Diamanten beigemengt, um das schöne Kind jenen schrecklichen Tod sterben zu lassen, den man auch «Feuertrank» nannte, doch richteten die Diamanten in ihr keinen Schaden an, weshalb der Mordversuch auch erst aufgedeckt wurde, als eine Kammerzofe den königlichen Abtritt putzte und die Steine im Kot der Prinzessin blitzen sah.

Als offenkundig wurde, dass Schwarzauge übermenschliche Kräfte besaß, hörten die Mordanschläge auf, und Khanzada Begum überwand ihren Stolz, änderte ihre Taktik und begann, die kindliche Rivalin zu verhätscheln und verzärteln. Es dauerte nicht lange, da war die ältere Halbschwester dem Zauber des jüngeren Mädchens erlegen, und bald erzählte man sich am Hofe von Umar Scheich Mirza, seine jüngste Tochter sei die Wiederverkörperung der legendären Alanquwa, der mongolischen Sonnengöttin, der Urahnin von Temüdschin, von Jenghis oder Dschingis Khan, die sich, da sie über das Licht herrschte, auch die Geister der Dunkelheit dienstbar zu machen wusste, indem sie mit Erleuchtung drohte und so die Schatten löschte, wo immer sie sich verbargen. Ein religiöser Kult der Sonnenanbetung entstand rund um das heranwachsende Kind.

Er hielt nicht lange vor. Ihr geliebter Vater, der *padishah*, der König also, erlag alsbald seinem grausamen Schicksal. Er war zur Feste Akhsi gereist, unweit von Andijon – ach, Akhsi, wo die köstlichen *mirtimurti*-Melonen wachsen! Akhsi, das Dashwanth direkt am Rand einer tiefen Schlucht malte –, und als er seine Tauben im Verschlag aufsuchte, gab der Boden unter ihm nach, sodass der *padishah* mitsamt Tauben und Verschlag in die Schlucht stürzte und auf immer verloren war. Schwarzauges Halbbruder Babar wurde mit zwölf Jahren zum Herrscher gekrönt, das Mädchen war damals erst vier Jahre alt. Inmitten dieser Tragödie und des anschließenden Durcheinanders vergaß man Qara Köz' Macht okkulter Erleuchtung, und Alanquwa, die Sonnengöttin, zog sich wieder an ihren angestammten Platz im Himmel zurück.

Den Sturz des Umar Scheich Mirza, des Urgroßvaters des Königs der Könige, zeigte eines von Dashwanths besten Bildern. Der *padishah* wurde kopfüber vor der Schwärze der Schlucht dargestellt, beiderseits stürzten die Felswände an ihm vorbei, und verborgen im komplizierten Muster des Bildrandes waren Einzelheiten aus seinem Leben zu sehen: eine kleine, dicke Person, gutmütig und redselig, ein Backgammon-Spieler und gerechter Mann, aber auch jemand, der keinen Zweikampf scheute, ein narbengesichtiger Paladin, der zuzuschlagen wusste und wie all seine Nachfahren, wie Babar, Humayun, Akbar und Akbars Söhne Salim, Daniyal und Murad, eine große Vorliebe für Wein und harte Schnäpse hegte, aber auch für jene Süßigkeit, jenen Leckerbissen, der *majun* genannt und aus der Cannabispflanze hergestellt wurde, eine Delikatesse, die zu seinem plötzlichen Ableben führen sollte. Im *majun*-Nebel nämlich war er einer Taube zu nahe an den Abgrund gefolgt und in jene Unterwelt gestürzt, in der es nicht darauf ankam, ob man klein, dick, gutmütig, redselig oder gerecht gewesen war, in der es keine Backgammon-

Partner gab, keine Zweikampfgegner und wo man bis in alle Ewigkeit vom herrlichen *majun*-Nebel umhüllt sein mochte.

Dashwanths Bild gewährte einen tiefen Blick in den Abgrund und zeigte die Dämonen, die darauf warteten, den König in ihrem Reich willkommen zu heißen. Das Gemälde erfüllte ganz offenkundig den Tatbestand der *lèse-majesté*, denn auch nur anzudeuten, ein Vorfahre des Herrschers könne ins Inferno gestürzt sein, war ein Verbrechen, das mit dem Tod bestraft werden konnte, ließ es doch die Deutung zu, dass Seine Majestät ein ähnliches Schicksal erwartete. Als aber Akbar das Bild sah, lachte er nur und sagte: «Die Hölle scheint mir ein weitaus angenehmerer Ort zu sein als der Himmel mit all seinen gelangweilten Engeln an der Seite Gottes.» Kaum wurde dem Wassertrinker Badauni dieser Ausspruch überbracht, kam er zu dem Schluss, dass das Reich der Moguln dem Untergang geweiht war, denn Gott würde gewiss keinen Monarchen dulden, der sich vor aller Augen zum Satanisten wandelte. Allerdings überlebte der Herrscher, zwar nicht für immer, aber lange genug, ebenso wie Dashwanth, dem allerdings eine weit kürzere Zeit beschieden war.

Die nächsten Jahre im Leben der kleinen Schwarzauge waren eine unruhige, nomadenhafte Zeit, in der ihr Bruder und Beschützer Babar hin und her galoppierte, Schlachten gewann und verlor, Reiche gewann und verlor, von seinen Onkeln angegriffen wurde und seinerseits seine Vettern angriff, von seinen Vettern umstellt wurde und wiederum seine Onkel angriff, doch dräute hinter all diesen gewöhnlichen Familienfehden sein größter Feind, die wilde Usbekenwaise, der Glücksritter, die Pest des Hauses Timur, nämlich Wurmholz – soll heißen «Shaibani» – Khan. Dashwanth malte die fünf-, sechs- und siebenjährige Qara Köz als übernatürliches Wesen, gehüllt in einen Lichtkokon, um den herum die Schlachten tobten. Babar eroberte Samarkand, verlor aber Andijon, dann eroberte er Samarkand aufs Neue, verlor es wieder und damit auch seine Schwestern. Wurmholz Khan belagerte Babar in seiner großen Stadt, und rund um das Eisentor, das Nadelmachertor, das Bleichertor und das Türkistor wurde hart gekämpft, am Ende aber wurde Babar ausgehungert. Wurmholz Khan hatte Gerüchte über die sagenhafte Schönheit von Babars älterer Schwester Khanzada Begum gehört und schickte eine Botschaft, die Besagten, Babar und seine Familie, könnten unbehelligt abziehen, sofern man ihm Khanzada ausliefern würde. Babar blieb keine andere Wahl, als dieses Angebot anzunehmen, und Khanzada blieb keine andere Wahl, als Babars Wahl anzunehmen.

So wurde sie zur Opfergabe, zur menschlichen Kriegsbeute, zu einer lebenden Schachfigur ähnlich den Sklavenmädchen auf Akbars Pachisi-Brett. Doch bei der letzten Familienzusammenkunft in den königlichen Gemächern in Samarkand traf sie ihre eigene Wahl. Wie die Klaue des Vogels Rock fiel ihre Rechte auf das linke Handgelenk der kleinen Schwester. «Wenn ich gehe», sagte sie, «soll Schwarzauge mir Gesellschaft leisten.» Niemand im Raum hätte sagen können, ob sie aus Boshaftigkeit oder Liebe handelte, denn in Khanzadas Umgang mit Qara Köz spielten stets beide Gefühle eine Rolle. Auf Dashwanths Bild von diesem Vorfall gibt Khanzada eine prächtige Gestalt ab, die mit weit geöffnetem Mund ihren Trotz verkündet, während Schwarzauge anfangs wie ein verängstigtes Kind wirkt. Dann aber nehmen den Betrachter die schwarzen Augen gefangen, und man sieht, welche Macht dahinter lauert. Qara Köz' Mund steht ebenfalls offen, denn auch sie protestiert laut, beklagt ihr Elend und verkündet ihre Kraft. Ihr Arm ist ausgestreckt wie der ihrer Schwester, ebenso die Rechte, die sich gleichfalls um ein Handgelenk klammert. War Khanzada die Gefangene von Wurmholz Khan, dann war sie, Qara Köz, die Gefangene von Khanzada, und das kleine Sklavenmädchen, Spiegel genannt, würde ihre Gefangene sein.

Das Gemälde war eine Allegorie über das Boshafte der Macht,

wie sie von einem Mächtigen zum weniger Mächtigen weitergereicht wird. Menschen werden umklammert, die ihrerseits Menschen umklammern. War die Macht ein Schrei, dann wurden Leben im Echo der Schreie anderer Menschen gelebt. Das Echo der Schreie der Mächtigen betäubte die Ohren der Hilflosen, doch blieb ein letztes Detail zu vermerken: Dashwanth hatte die Kette der Hände geschlossen. Der Spiegel, das Sklavenmädchen, dessen linkes Handgelenk fest im Griff ihrer jungen Herrin ruhte, hatte sich mit ihrer Rechten Khanzada Begums linkes Handgelenk geschnappt. Sie standen im Kreis, diese drei verlorenen Geschöpfe, und indem der Maler den Kreis schloss, deutete er an, dass der Griff der Macht, oder ihr Echo, reversibel ist. Manchmal konnte ein Sklavenmädchen eine Frau von königlichem Geblüt gefangen nehmen. Geschichte vermochte sich ebenso nach oben zu hangeln wie nach unten. Die Mächtigen konnten durch die Schreie der Armen betäubt werden.

Als Dashwanth die junge Qara Köz malte, die erst während ihrer Gefangenschaft zur vollendeten Schönheit heranreifte, wurde offensichtlich, dass eine höhere Macht von seinem Pinsel Besitz ergriffen haben musste. Was er malte, war so unglaublich schön, dass Birbal, als er das Bild zum ersten Mal sah, wortwörtlich sagte: «Ich fürchte um den Künstler, denn er ist so sehr in diese Frau aus der Vergangenheit verliebt, dass es ihm schwerfallen wird, in die Gegenwart zurückzufinden.» Das Mädchen, die Heranwachsende, die liebreizende, schöne junge Frau, die Dashwanth in diesen Meisterwerken zum Leben erweckte, vielmehr wiedererweckte, musste einfach, wie Akbar plötzlich begriff, als er das Werk betrachtete, *qara ko'zum* sein, die dunkeläugige Schöne, besungen vom Dichterfürsten Ali-Shir Nava'i aus Herat, dem obersten Verseschmied der Tschagatai-Sprache. *Flicht ein Nest für dich in den Tiefen meiner Blicke. Ach, dein schlanker Leib gleicht einem jungen Baum, der im Garten meines Herzens sprießt. Sehe ich eine*

Schweißperle auf deinem Gesicht, ist mir plötzlich zum Sterben zumute. Dashwanth hatte einen Teil der Verse sogar ins Stoffmuster von Qara Köz' Gewand gemalt: *Plötzlich zum Sterben zumute.*

Kurz nach der Eroberung Samarkands fiel auch Herat, das sogenannte Florenz des Ostens, an Shaibani oder Wurmholz Khan, und Khanzada, Qara Köz und der Spiegel verbrachten einen Großteil ihrer Jahre der Gefangenschaft in dieser Stadt. Die Welt ist ein Ozean, sagt man, und im Ozean findet sich eine Perle, und diese Perle ist Herat. «Wer in Herat die Füße ausstreckt», behauptete Nava'i, «tritt nur allzu rasch einen Poeten.» O sagenhaftes Herat der Moscheen, Paläste und Basare für fliegende Teppiche! Ja, es war ein wunderbarer Ort, keine Frage, dachte der Herrscher, doch das Herat, das Dashwanth malte, wurde durch die Schönheit der verschwiegenen Prinzessin wie von innen heraus erleuchtet; es war ein Herat, mit dem kein real existierendes Herat mithalten konnte, ein Traum-Herat für eine Traum-Frau, in die, wie Birbal schon geahnt hatte, der Künstler hoffnungslos verliebt war. Dashwanth malte Tag und Nacht, Woche um Woche und bat um keinen einzigen Ruhetag, ließ sich auch keinen verordnen. Er wurde noch magerer, seine Augen traten vor. Die Künstlerkollegen fürchteten um seine Gesundheit. «Er sieht so *gezeichnet* aus», murmelte Abdus Samad zu Mir Sayyid Ali, «als ob er auf die dritte Dimension des wahren Lebens verzichten und sich zu einem Bild abflachen wollte.» Wie Birbals Bemerkung verriet auch diese Äußerung eine scharfe Beobachtungsgabe, und die Wahrheit des Gesagten sollte nur allzu bald offensichtlich werden.

Dashwanths Kollegen begannen, ihn aufmerksam zu beobachten, da er so melancholisch wurde, dass sie fürchteten, er könne sich ein Leid antun. Sie beschatteten ihn abwechselnd, was nicht weiter schwierig war, da er bloß noch Augen für sein Werk hatte, und sie merkten, wie er dem äußersten Künstlerwahn verfiel, wie er seine Bilder nahm, sie umarmte und «Atme!» flüsterte.

Er arbeitete an dem, was das letzte Bild der sogenannten *Qara-Köz-Nama* werden sollte, der «Abenteuer von Schwarzauge». In diesem Wirbel einer transkontinentalen Komposition lag Wurmholz Khan tot in einem Winkel und verblutete ins Kaspische Meer, in dem es von Flossenungeheuern nur so wimmelte. Das restliche Bild zeigte, wie Wurmholz' Bezwinger, Schah Ismail von Persien, in Herat die Moguldamen begrüßte. Auf dem Gesicht des persischen Monarchen lag ein Ausdruck tief verletzter Melancholie, die den Herrscher an Dashwanths eigene, typische Art zu schauen erinnerte, und er nahm an, der Künstler habe sich mit dieser schmerzlichen Miene in die Geschichte von der verschwiegenen Prinzessin schmuggeln wollen. Doch in Wirklichkeit war Dashwanth noch viel weiter gegangen.

Es muss nämlich gesagt werden, dass es ihm trotz der nahezu lückenlosen Beobachtung durch seine Kameraden gelang, spurlos zu verschwinden. Er ward nicht mehr gesehen, nicht am Hofe der Moguln, auch sonst nirgendwo in Sikri, selbst im ganzen Land Hindustan nicht. Seine Leiche wurde an kein Seeufer gespült, noch fand man sie an einem Balken hängend. Er blieb schlicht verschwunden, als ob es ihn nie gegeben hätte, und fast alle Bilder der *Qara-Köz-Nama* waren mit ihm verschwunden, nur dieses letzte nicht, auf dem Schwarzauge, die lieblicher aussah, als selbst Dashwanth sie zuvor je malen konnte, von Angesicht zu Angesicht dem Mann gegenübertrat, der ihr Schicksal bestimmen sollte. Das Rätsel wurde von Birbal gelöst, von wem sonst. Eine Woche und einen Tag nach Dashwanths Verschwinden fiel dem weisesten aller Höflinge Akbars, der das letzte verbliebene Bild der verschwiegenen Prinzessin aufmerksam in der Hoffnung studierte, eine Antwort auf die Frage nach dem Verbleib des Künstlers zu finden, plötzlich ein technisches Detail auf, das bislang unbemerkt geblieben war. Es schien, als fände das Gemälde in dem reichverzierten, gut fünf Zentimeter breiten Rahmen, den Dashwanth ihm gesteckt hatte, keine Begrenzung, sondern setzte sich – zumindest in der unteren linken Ecke – unter dem Holz noch ein Stück fort. Man brachte das Bild zurück ins Atelier – vom Herrscher persönlich begleitet, ebenso von Birbal und Abul Fazl –, und unter der Aufsicht der beiden persischen Meister wurde es sorgsam aus dem bemalten Rahmen gelöst. Kaum trat der bislang verdeckte Abschnitt zutage, entfuhren den Betrachtern laute Ausrufe des Erstaunens, denn dort in der Ecke, hingekauert wie eine kleine Kröte, hockte Dashwanth mit einem riesigen Bündel Papierrollen unter dem Arm, Dashwanth, der große Maler, der Graffitikünstler, der Sohn eines Sänftenträgers und der Dieb der *Qara-Köz-Nama*, erlöst in die einzige Welt, an die er noch glaubte, die Welt der verschwiegenen Prinzessin, die er geschaffen und die ihn daraufhin aufgelöst hatte. Ihm war eine unmögliche Tat geglückt, das genaue Gegenteil dessen, was der Herrscher gemeistert hatte, als er die imaginäre Königin erfand. Statt eine Frau seiner Phantasie zum Leben zu erwecken, hatte Dashwanth sich – wie der Herrscher allein von der überwältigenden Kraft der Liebe getrieben – in ein imaginäres Wesen verwandelt. Vermochte man die Grenze zwischen den Welten in die eine Richtung zu übertreten, dachte Akbar, ließ sie sich auch in die andere passieren. Ein Träumer konnte zu seinem Traum werden.

«Schiebt das Bild wieder in den Rahmen», verlangte Akbar, «und gönnt dem armen Kerl seine Ruhe.» Nachdem dies geschehen war, ließ man Dashwanth in Frieden dort, wohin er gehörte, nämlich an den Rand der Geschichte. Die Mitte der Bühne aber nahmen die wiedergefundene Protagonistin und ihr neuer Liebhaber ein – die verschwiegene Prinzessin Schwarzauge, auch Qara Köz oder Angelica genannt, sowie der Schah von Persien; zwei, die sich von Angesicht zu Angesicht gegenüberstanden.

Teil zwei

10.

Wo eines Gehängten Same sich ergießt …

«Wo eines Gehängten Same sich ergießt», las Il Machia laut vor, «dort auch die Alraune sprießt.» Schon als Argalia und sein bester Freund Niccolò – «Il Machia» – noch Kinder in Sant'Andrea in Percussina gewesen waren, hatten sie davon geträumt, okkulte Macht über Frauen zu besitzen. Irgendwo in den Wäldern ihrer Gegend musste doch irgendwann einmal ein Mann gehängt worden sein, dachten sie sich, weshalb sie viele Monate lang auf den Gütern von Niccolòs Familie nach Alraunen suchten, im Eichenhain Caffagio, im Gehölz der *vallata* von Santa Maria dell'Impruneta, aber auch in dem etwas weiter entfernt gelegenen Wald bei der Burg Bibbione. Sie fanden allerdings nur Pilze und eine geheimnisvolle dunkle Blume, von der sie Ausschlag bekamen. Schließlich sagten sie sich, der Samen für Alraunen müsse doch gewiss nicht unbedingt von einem Erhängten stammen, und mit mancherlei Gerubbel und Gekeuch verspritzten sie ein paar kraftlose Tropfen auf die gleichgültige Erde. Dann aber, als sie zehn Jahre alt wurden, zierte den Palazzo della Signoria am Ostersonntag eine Girlande aus baumelnden Toten, da man an besagtem Wochenende auf Anweisung von Lorenzo de' Medici achtzig besiegte Pazzi-Verschwörer an den Fensterkreuzen aufgeknüpft hatte, darunter sogar einen Erzbischof in vollem Ornat; und wie es der Zufall wollte, befand sich Argalia mit Machia und seinem Vater Bernardo gerade im Haus der Familie jenseits des Ponte Vecchio zu Besuch, nur drei, vier Straßen entfernt; als aber alle Welt in die Stadt lief, hielt auch sie nichts mehr daheim.

Bernardo folgte ihnen und wirkte mindestens ebenso furchtsam und aufgeregt wie die beiden Jungen. Er galt als typischer Stubengelehrter, ein freundlicher, herzensguter Junge, der allem Blutrünstigen abgeneigt war, doch ein hängender Erzbischof, den durfte man nicht verpassen, einen solchen Anblick konnte man sich nicht entgehen lassen. Die Jungen hatten Blechtassen dabei, um gegebenenfalls einige nützliche Tropfen einzusammeln. Auf der Piazza trafen sie ihren Freund Agostino Vespucci, der den Ermordeten schmatzende Luftküsse zuwarf und vor ihnen obszöne Onaniergesten machte. Den sich im Wind drehenden, stinkenden Leichen rief er dabei zu: «Scheiß auf euch! Scheiß auf eure *Tochter*! Eure *Schwester*! Eure *Mutter*, euren *Großvater*, euren *Bruder*, eure *Frau* und deren *Bruder*, deren *Mutter*, deren *Schwägerin* und auch deren *Mutter*». Argalia und Il Machia erzählten Ago vom Alraunenreim, woraufhin der sich eine Tasse schnappte, um sich damit unter das Gemächt des Erzbischofs zu stellen. Kaum waren die drei Jungen wieder in Percussina, vergruben sie die beiden Tassen, murmelten dabei einige vermeintlich satanische Verse und warteten dann lange und vergeblich darauf, dass die Pflanzen der Liebe zu sprießen begannen.

«Was als Geschichte über baumelnde Verräter beginnt», sagte Akbar zu Mogor dell'Amore, «endet meist als verräterische Geschichte.»

Am Anfang waren drei Freunde: Antonio Argalia, Niccolò «Il Machia» und Ago Vespucci. Der goldhaarige Ago, der Redegewandteste im Trio, war ein Kind der Menge, des Gedränges, des Gezänks, ein typischer Spross der Familie Vespucci, die dicht an dicht im überfüllten Stadtviertel Ognissanti lebte und Olivenöl, Wein und Wolle über den Arno in den *gonfalone del drago* lieferte, den Drachenbezirk. Er war mit einer lauten, frechen Klappe gesegnet, denn wer in seiner Familie nicht laut und frech war, wurde gern im allgemeinen Getöse der feuerspeienden Vespuccis überhört, die sich gegenseitig anschrien wie die Apotheker oder Barbiere auf dem Mercato Vecchio. Agos Vater arbeitete als Notar für Lorenzo de' Medici, weshalb er erleichtert war, sich nach diesem Ostern des Erdolchens und Erhängens auf der Gewinnerseite zu sehen. «Nur fällt jetzt das verfluchte Heer des Papstes über uns her, weil wir diesen verdammten Pfaffen getötet haben», brummte Ago. «Außerdem auch noch das verfluchte Heer des Königs von Neapel.» Agos Vetter, der wilde vierundzwanzigjährige Amerigo oder Alberico Vespucci, wurde bald darauf mit seinem Onkel Guido ausgesandt, den König Frankreichs um Hilfe für die Regentschaft der Medici zu bitten. An dem Funkeln, das in Amerigos Augen aufblitzte, sobald sie sich auf den Weg nach Paris machten, war leicht zu erkennen, dass er die Reise selbst aufregender fand als die Aussicht, dem König zu begegnen. Ago dagegen gehörte nicht zu denen, die gern verreisten. «Ich weiß, was ich werden will, wenn ich einmal groß bin», sagte er seinen Freunden in Percussinas Alraunenwäldern, in denen es keine Alraunen gab. «Ich werde ein dämlicher Schafsverkäufer, ein Weinhändler oder, falls ich es irgendwie in den Staatsdienst schaffe, ein verdammter Schreiberling, ein Kontenbuchkritzler ohne Konto, Hoffnung oder Zukunft.»

Obwohl er der trostlosen Zukunft eines einfachen Schreiberlings entgegensah, steckte Ago randvoll mit Geschichten, die ausnahmslos Marco Polos Abenteuern glichen, phantastische Reiseerzählungen, von denen ihm kein Mensch auch nur ein einziges Wort glaubte, und doch wollten ihn alle hören, ganz besonders, wenn er über das schönste Mädchen seit Beginn der Stadtgeschichte schwadronierte, vielleicht sogar seit Beginn allen Lebens auf Erden. Erst zwei Jahre war es her, seit Simonetta Cattaneo (verheiratet mit Agos Vetter Marco Vespucci, den man hinter seinem Rücken allgemein nur den Gehörnten Marco oder Marco den Liebesnarr nannte) an Schwindsucht gestorben und ganz

Florenz der Trauer anheimgefallen war, denn Simonetta hatte jene fahle, blasse Schönheit besessen, die so mächtig war, dass kein Mann ihrer ansichtig werden konnte, ohne in einen Rausch dahinschmelzender Anbetung zu versinken, ebenso wie übrigens auch keine Frau und nahezu die meisten Katzen und Hunde der Stadt; vielleicht hatten sogar die Krankheiten sie geliebt, weshalb sie schon vor ihrem vierundzwanzigsten Lebensjahr sterben musste. Simonetta Vespucci war mit Marco verheiratet gewesen, doch hatte er sie mit der ganzen Stadt teilen müssen, was er anfangs mit einer Miene der Ergebenheit duldete, die den Bürgern dieser verschlagenen, gewitzten Stadt nur verriet, welch Schwachkopf er war. «Eine derartige Schönheit ist Allgemeingut», pflegte er mit wahrhaft idiotischer Unschuld zu sagen, «so wie ein Fluss oder das Gold in der städtischen Schatzkammer, das herrliche Licht und die gute Luft der Toskana.» Der Maler Alessandro Filipepi malte sie viele Male, vor und nach ihrem Tod, er malte sie bekleidet und nackt, als Frühling und als Göttin Venus, sogar als sie selbst. Wenn sie für ihn posierte, nannte sie ihn oft «mein Fässchen», da sie ihn mit seinem älteren Bruder verwechselte, den die Leute wegen seiner rundlichen Form gern «botticelli» nannten, «Fässchen» also. Der jüngere Filipepi, der Maler, glich nun keineswegs einem Fass, aber wenn Simonetta ihn so nennen wollte, war das für ihn in Ordnung, weshalb er begann, auf diesen Namen zu hören.

Der Zauber der Simonetta war von solcher Art, dass sie Männer beliebig verwandeln konnte, in Götter oder in Schoßhunde, in Fässchen oder Fußschemel, aber natürlich auch in Liebhaber. Sie hätte kleinen Jungen befehlen können, für ihre Liebe zu ihr zu sterben, was sie gewiss freudig getan hätten, doch war sie für derlei zu gutmütig, und sie hatte ihre Macht nie missbraucht. Die Verehrung der Simonetta nahm ungeheure Ausmaße an, bis die Menschen insgeheim sogar begannen, in der Kirche zu ihr zu beten und mit gedämpfter Stimme ihren Namen zu murmeln, als wäre sie eine lebende Heilige. Gerüchte von Wundertaten breiteten sich aus: Ihr Liebreiz habe einen Mann erblinden lassen, als sie auf der Straße an ihm vorüberging; ein Blinder sei wieder sehend geworden, als sie in einer plötzlichen Geste des Mitleids ihre Fingerspitzen bekümmert auf seine gequälte Stirn legte; ein verkrüppeltes Kind habe sich erhoben, um ihr nachzulaufen; ein anderer Junge sei von einer schlagartigen Lähmung befallen worden, als er hinter ihrem Rücken eine obszöne Geste machte. Beide, Lorenzo und Giuliano de' Medici, waren so verrückt nach ihr, dass sie ihr zu Ehren einen Turnierkampf abhielten – Giuliano trug dabei ein Banner mit ihrem Porträt, gemalt von Filipepi, darunter die französischen Worte: *la sans pareille*, womit er bewies, dass er vor seinem Bruder ihre Gunst errungen hatte. Anschließend hatte man Simonetta in einer Zimmerflucht des Palastes untergebracht, woraufhin selbst der dumme Marco merkte, dass mit seiner Ehe etwas nicht stimmte, doch wurde er gewarnt, es könne ihn das Leben kosten, sollte er dagegen aufbegehren. Danach war Marco Vespucci der einzige Mann in der Stadt, der der Schönheit seiner Frau widerstehen konnte. «Sie ist eine Hure», sagte er in den Tavernen, die er immer häufiger aufsuchte, um den Gedanken daran zu ertränken, dass er ein gehörnter Ehemann war, «und ich finde sie so hässlich wie die Medusa.» Selbst Fremde schlugen ihn zusammen, weil er die Schönheit von *la sans pareille* anfocht, bis er letztlich in Ognissanti bleiben und allein trinken musste. Dann wurde Simonetta krank und starb, und auf den Straßen von Florenz erzählte man sich, die Stadt habe ihre Zauberin verloren, ja, ein Teil der städtischen Seele sei mit ihr dahingegangen, doch hieß es auch, dass sie eines Tages wieder auferstehen würde, dass die Florentiner nie wieder ganz sie selber sein würden, ehe sie nicht zurückkehrte, um sie alle wie ein zweiter Heiland zu erlösen. «Aber», zischelte Ago im

Gehölz der *Vallata*, «ihr habt keine Ahnung, was Giuliano alles tat, um sie am Leben zu erhalten: Er hat sie sogar in einen Vampir verwandelt.»

Laut dem Mann ihrer Cousine rief man den besten Vampirjäger der Stadt, einen gewissen Domenico Salcedo, in Giulianos Gemach und befahl ihm, einen jener Blut trinkenden Untoten aufzutreiben. Am folgenden Abend brachte Salcedo folglich einen Vampir in das Zimmer des Palastes, in dem die kranke Frau lag. Der Vampir biss zu, aber Simonetta weigerte sich, der Ewigkeit als ein Mitglied jenes traurigen, blasshäutigen Menschenschlages entgegenzusehen. «Kaum begriff sie, dass sie ein Vampir geworden war, sprang sie hoch oben vom Turm des Palazzo Vecchio herab und spießte sich auf einer Lanze der Torwache auf. Ihr könnt euch denken, welche Mühe man hatte, *das* zu vertuschen.» Auf diese Weise, so der Mann ihrer Cousine, starb die erste Zauberin von Florenz, starb ohne jede Hoffnung auf eine Wiederkehr von den Toten. Marco Vespucci verlor vor Kummer den Verstand. («Marco war ein Trottel», sagte Ago mitleidlos. «Wenn ich mit einer so scharfen Braut verheiratet wäre, würde ich sie in den höchsten Turm sperren, damit ihr kein Mensch etwas antun kann.») Und Giuliano de' Medici wurde am Tag der Pazzi-Verschwörung erstochen, während Filipepi, das Fässchen, sie auch weiterhin malte, immer und immer wieder, als könnte er sie mit seinen Bildern von den Toten zurückholen.

«Genau wie Dashwanth», staunte der Herrscher.
«Das könnte der Fluch der menschlichen Rasse sein», erwiderte Mogor, «nicht dass wir uns so sehr voneinander unterscheiden, sondern dass wir uns so ähnlich sind.»

Die drei Jungen verbrachten mittlerweile fast jeden Tag im Wald, kletterten auf Bäume, verspritzten Alraunensamen, erzählten sich verrückte Geschichten über ihre Familien und beklagten sich über die Zukunft, um nicht über ihre Angst reden zu müssen, denn kaum war der Pazzi-Aufstand niedergeschlagen worden, hielt die Pest Einzug in Florenz, und man hatte die drei Freunde zur eigenen Sicherheit aufs Land geschickt. Bernardo, Niccolòs Vater, blieb in der Stadt und steckte sich an, doch als sich erwies, dass er zu den wenigen gehörte, die diese Krankheit überlebten, erzählte sein Sohn den Freunden, das habe er allein dem magischen Umgang seiner Mutter Bartolomea mit Maismehl zu verdanken. «Wenn wir krank werden, schmiert sie uns mit Grießbrei ein», verkündete er mit gewichtiger Miene, flüsterte aber, damit ihn die Waldkäuzchen nicht hörten. «Je nach Krankheit nimmt sie entweder gewöhnliche gelbe Polenta oder kauft, für ernstere Fälle, das weiße Friuli-Mehl ein. Für etwas so Gefährliches wie die Pest hat sie vermutlich auch Kohl beigemengt sowie Tomaten und was weiß ich noch für Zaubergemüse. Aber es klappt. Mama achtet darauf, dass wir uns ganz nackt ausziehen, und dann löffelt sie uns den heißen Brei über den ganzen Körper, ohne auch nur daran zu denken, welche Schweinerei sie damit anrichtet. Der Brei saugt die Krankheit auf, und das war's. Nun, wie es aussieht, kommt selbst die Pest nicht gegen Mamas Polenta an.» Argalia begann, Il Machias verrückte Familie die «Polentini» zu nennen, und dachte sich sogar Spottlieder für eine imaginäre Liebste namens «Polenta» aus. «Wäre sie ein Florin, hätte ich sie vertickt», sang er, «wäre sie ein Buch, würde ich verrückt.» Und Ago fiel in den Gesang ein: «Wäre sie ein Bogen, hätte ich sie überspannt, wäre sie eine Kurtisane, hätte ich sie verbannt – meine süße Polenta.» Irgendwann ärgerte sich Il Machia nicht länger, sondern sang selbst mit. *Wäre sie ein Bote, hätte ich sie gesandt, wäre sie eine Bedeutung, hätte ich sie gekannt.* Dann aber wurde ihnen die Nachricht überbracht, dass Nino Argalias Eltern an der Pest erkrankt waren und aller Polentazauber der Welt nichts genutzt hatte, weshalb

Argalia noch vor seinem zehnten Lebensjahr zu einem Waisenkind wurde.

Der Tag, an dem Nino in den Eichenhain kam, um Il Machia und Ago vom Tod seiner Eltern zu erzählen, war auch der Tag, an dem sie die Alraune fanden. Wie ein verängstigtes Tier hatte sie sich unter einem abgebrochenen Ast versteckt. «Jetzt brauchen wir nur noch den Zauberspruch», sagte Ago traurig, «der uns zu Männern macht, denn was nützt es sonst, wenn die Frauen verrückt nach uns sind?» Dann kam Argalia, und sie sahen seinen Augen an, dass er den Zauberspruch gefunden hatte. Sie zeigten ihm die Alraune, er aber zuckte nur mit den Achseln. «So etwas interessiert mich nicht mehr», sagte er. «Ich laufe fort nach Genua, um mich der Goldbande anzuschließen.» Es war der Herbst der *condottieri*, jener Glücksritter mit eigenen Söldnerarmeen, die ihre Dienste an die Stadtstaaten Italiens verkauften, da dies billiger war, als sich ein stehendes Heer zu halten. Ganz Florenz kannte die Geschichte von Giovanni Milano, der hundert Jahre zuvor in Schottland als Sir John Hauksbank zur Welt gekommen war. In Frankreich kannte man ihn als «Jean Aubainc», in den deutschsprachigen Kantonen der Schweiz als «Hans Hoch» und in Italien als Giovanni Milano – nach dem Milan, einem Greifvogel, ähnlich dem englischen *hawk* oder *hauk* –, und er war Anführer der Weißen Gesellschaft gewesen, ehedem General von Florenz und im Namen der Florentiner Sieger in der Schlacht von Polpetta gegen die verhassten Venezianer. Paolo Uccello hatte sein Grabmalfresko geschaffen, das heute noch im Dom zu besichtigen ist. Doch das Zeitalter der *condottieri* neigte sich dem Ende zu.

Argalia zufolge war Andrea Doria der größte noch lebende Söldner, Anführer der Goldbande und gerade damit befasst, Genua von französischer Fremdherrschaft zu befreien. «Aber du bist Florentiner, und wir sind mit den Franzosen verbündet», rief Ago, der an die Reise seiner Verwandten nach Paris denken musste. «Wird man Söldner», sagte Argalia und betastete sein Kinn, weil er wissen wollte, ob ihm dort schon Haare wuchsen, «gehen die Treuebündnisse der Kindheit flöten.»

Andrea Dorias Soldaten waren mit «Hakenbüchsen» bewaffnet, mit Arkebusen, die beim Schießen wie eine tragbare Kanone auf einem Dreibein abgelegt wurden. Die meisten Arkebusiere waren Schweizer, und Schweizer Söldner waren die schrecklichsten Mordmaschinen, Männer ohne Gesicht oder Seele, unbezwingbar, grauenvoll. Wenn er erst mit den Franzosen fertig war und das Kommando über Genuas Flotte besaß, wollte Doria es mit den Türken selbst aufnehmen. Argalia gefiel die Aussicht auf eine Seeschlacht. «Wir haben sowieso nie Geld gehabt», sagte er, «und die Schulden meines Vaters verschlingen die Einkünfte des Stadthauses sowie der wenigen Ländereien hier draußen, die uns noch geblieben sind, also habe ich die Wahl, ob ich wie ein armer Hund in den Straßen bettele oder bei dem Versuch krepiere, mein Glück zu machen. Ihr beide werdet einmal dick und fett vor lauter Macht, hängt euren Frauen eine Schar Kinder an und lasst sie dann daheim, wo sie das Geschrei der kleinen Unholde erdulden müssen, während ihr ins Hurenhaus La Zingaretta oder zu einer üppig gepolsterten Nobelnutte geht, die Gedichte rezitieren kann, während ihr auf ihr zappelt und euch dumm und dämlich vögelt, alldieweil ich auf einer brennenden Karavelle vor Konstantinopel mit einem türkischen Krummschwert im Leib verrecke. Aber wer weiß? Vielleicht werde ich auch selbst zum Türken. Argalia, der Türke, Träger der Verwunschenen Lanze mit vier mächtigen Schweizer Riesen, vier bekehrten Muslimen in meinem Gefolge. Schweizer Mohammedaner, jawohl. Warum auch nicht? Ist man ein Söldner, zählen allein Schmuck und Gold, und wer das haben will, der muss nach Osten ziehen.»

«Aber du bist ein Kind wie wir», warf Il Machia ein. «Willst du nicht erst einmal erwachsen werden, ehe du dich umbringen lässt?»

«Nein, ich nicht», sagte Argalia, «ich ziehe ins Heidenland, um gegen seltsame Götzen zu kämpfen. Wer weiß schon, was die da anbeten, Skorpione, Ungeheuer oder Würmer. Aber sterben tun sie genau wie wir, darauf könnt ich wetten.»

«Zieh nicht in deinen Tod mit unheiligen Flüchen auf den Lippen», sagte Niccolò. «Bleib bei uns. Mein Vater liebt dich gewiss ebenso wie mich. Oder denk nur an die vielen Vespuccis, die bereits in Ognissanti leben. Einer mehr fällt da gar nicht auf, falls du lieber bei Ago wohnen möchtest.»

«Ich gehe», sagte Argalia. «Andrea Doria hat die Franzosen fast aus der Stadt getrieben, und ich will dort sein, wenn der Tag der Freiheit anbricht.»

«Und Ihr, Ihr mit Euren drei Göttern, einem Zimmermann, einem Vater, einem Geist und der Mutter des Zimmermanns als Göttin obendrein», fragte der Herrscher Mogor verärgert, «Ihr aus dem Heiligen Land, das seine Bischöfe hängt und Priester auf Scheiterhaufen verbrennt, während sein größter Gottesmann Armeen befiehlt und sich so brutal wie ein gewöhnlicher General oder Fürst aufführt – welche der wilden Gegenden dieses Heidenlandes findet Ihr besonders attraktiv? Oder sind sie Euch in ihrer Schändlichkeit alle gleich? Wir sind uns nämlich sicher, dass wir in den Augen von Pater Acquaviva und Pater Monserrate genau das sind, für das uns schon Argalia hielt, also ein gottloses Schwein.»

«Mein Herr», antwortete Mogor dell'Amore gelassen, «ich finde die Vielgötterei ungleich faszinierender, denn ihre Geschichten sind besser, zahlreicher, dramatischer, humorvoller und schlichtweg wunderbarer. Außerdem geben uns ihre Götter kein gutes Beispiel; sie mischen sich ein, sind eitel, bockig und gemein; und sie benehmen sich ziemlich ungehobelt, was mir, wie ich bekennen muss, weit besser gefällt.»

«Uns geht es ebenso», sagte der Herrscher und beruhigte sich wieder. «Wir hegen eine große Zuneigung zu diesen wollüstigen, wütenden, verspielten, liebenden Göttern, weshalb wir hundertundeinen Mann ernannt haben, sie alle zu zählen, jede angebetete Heiligkeit in Hindustan, nicht nur die gefeierten, hohen, sondern auch alle niederen Götter, die kleinen Ortsgeister seufzender Haine und glucksender Bergbäche. Wir haben die Männer beauftragt, Heim und Familie zu verlassen und sich auf eine Reise ohne Ende zu begeben, eine Reise, die erst mit ihrem Tod einen Abschluss findet, denn die ihnen aufgetragene Aufgabe ist unmöglich zu bewältigen. Wenn aber ein Mensch das Unmögliche auf sich nimmt, reist er jeden Tag mit dem Tod und akzeptiert die Reise als Reinigung, als Erweiterung der Seele, sodass sie keine Reise zum Benennen der Götter, sondern eine Reise zu Gott selbst wird. Sie haben mit ihren Anstrengungen kaum erst begonnen, doch konnten sie bereits eine Million Namen sammeln. Welch eine Vielzahl an Göttlichkeit! Wir glauben, es gibt in diesem Land mehr übernatürliche Wesen als Menschen aus Fleisch und Blut, und wir sind glücklich, in einer solch magischen Welt leben zu dürfen. Dennoch müssen wir sein, was wir nun einmal sind. Die Million Götter sind nicht unsere Götter; Vaters gestrenge Religion wird auf immer die unsere sein, so wie die Eure die des Zimmermanns ist.»

Er schaute Mogor nicht länger an, sondern gab sich einem Traum hin. Pfaue tanzten über die morgenhellen Pflastersteine Sikris, und in der Ferne schimmerte der große See wie ein Gespenst. Der Blick des Herrschers wanderte vorbei an Pfauen und See, vorbei am Hof von Herat und dem Land der grimmigen Türken und blieb auf den Kuppeln und Türmen einer weit entfernten italienischen Stadt ruhen. «Stellt Euch die Lippen einer Frau vor», flüsterte Mogor, «zum Kuss gespitzt. So ist die Stadt Florenz, schmal an den Rändern, geschwollen in der Mitte, und der Arno fließt hindurch und teilt die Lippen, die untere von der oberen. Diese Stadt ist eine Zauberin. Wen sie küsst, der ist verloren, ob nun König oder gemeiner Mensch.»

Akbar wanderte durch die Straßen jener anderen steinernen Stadt, in der offenbar niemand unter ihren Dächern bleiben wollte. In Sikri fand das Leben hinter zugezogenen Vorhängen und verrammelten Toren statt, in jener fremden Stadt aber wurde das Leben unter der Kathedralenkuppel des Himmels gelebt. Man aß, wo man sein Essen mit den Vögeln teilen konnte, und spielte, wo Taschendiebe die Gewinne stahlen, küsste sich vor den Augen von Fremden, und manchmal, wenn einem der Sinn danach stand, vögelte man gar im Schatten. Was bedeutete es, wenn man als Mensch so völlig unter Menschen war? War man eher mehr oder weniger man selbst, wenn die Einsamkeit solcherart verbannt wurde? Stärkte die Menge die Individualität? Oder wurde sie dadurch ausgelöscht? Der Herrscher kam sich vor wie Harun al-Rashid, der Kalif von Bagdad, der nächtens durch seine Stadt spazierte, um zu erfahren, wie seine Untertanen lebten. Akbars Mantel aber war aus dem Tuch der Zeit und des Raumes geschnitten, und diese Menschen waren nicht die seinen. Warum jedoch empfand er dann ein solch starkes Gefühl der Verwandtschaft mit den Bürgern dieser lärmenden Gassen? Warum verstand er ihre unaussprechliche europäische Sprache, als wäre es seine eigene?

«Die Frage nach dem Königtum», sagte der Herrscher nach einer Weile, «beschäftigt uns immer seltener. Unser Königreich hat Gesetze, nach denen es geführt wird, vertrauenswürdige Beamte und ein Steuersystem, das ausreichend Geld einbringt, ohne die Menschen in größeres Unglück zu stürzen, als ratsam wäre. Wenn es Feinde zu besiegen gilt, besiegen wir sie. Kurz und gut, auf diesem Gebiet haben wir die Antworten, nach denen uns verlangt. Die Frage jedoch, was den Mann ausmacht, plagt uns weiterhin, beinahe ebenso sehr wie die damit verwandte Frage, was denn die Frau ist.»

«In meiner Stadt, mein Herr, wurde die Frage, was der Mann ist, auf alle Zeit beantwortet», sagte Mogor, «was aber die Frage nach der Frau angeht, nun, genau darum dreht sich meine Geschichte.»

11.

Alles, was er liebte, fand sich …

Alles, was er liebte, fand sich laut Ago Vespucci direkt vor seiner Haustür; es war unnötig, in der weiten Welt sein Glück zu suchen und unter Fremden mit gutturaler Sprache aus dem Leben zu scheiden. Vor langer Zeit war er im oktogonalen Dämmerlicht des Battistero di San Giovanni zweimal getauft worden, ganz wie es der Sitte entsprach, einmal als Christ und dann noch einmal als Florentiner, und für einen ungläubigen Bastard wie Ago zählte nur die zweite Taufe. Die Stadt war seine Religion, eine Welt so vollkommen wie der Himmel. Der große Buonarroti hatte die Türen des Baptisteriums Pforten zum Paradies genannt, und als der Säugling Ago mit noch feuchtem Kopf aus jenem Gebäude auftauchte, begriff er sogleich, dass er in ein von Mauern und Toren geschütztes Eden kam. Insgesamt gab es fünfzehn Tore, und auf ihren Innenseiten waren Bilder von der Jungfrau Maria und diversen Heiligen zu sehen. Reisende berührten die Tore, weil es Glück bringen sollte, und niemand begab sich durch diese Tore auf große Fahrt, ohne zuvor die Astrologen zu befragen. In Ago Vespuccis Augen bewies die Absurdität eines solchen Aberglaubens nur, wie verrückt weite Reisen waren. Der Hof der Machiavellis in Percussina lag am äußersten Rand seines Universums. Dahinter begann die Wolke der Unwissenheit. Genua und Venedig waren ihm so fern und erdacht wie am Himmel Sirius oder Aldebaran. *Planet* aber hieß «Wanderer». Ago missbilligte Planeten und zog Fixsterne vor. Aldebaran und Venedig, Genua und der Hundsstern waren vielleicht zu weit fort, um gänzlich real zu sein, doch besaßen sie Anstand genug, am selben Fleck zu verweilen.

Wie das Schicksal es wollte, wurde Florenz nach der Niederschlagung des Pazzi-Aufstandes weder vom Papst noch vom König von Neapel angegriffen, doch als Ago Anfang zwanzig war, ließ sich der König von Frankreich blicken und hielt triumphalen Einzug in der Stadt – ein kleiner, rothaariger Homunkulus, angesichts dessen unerträglichem Franzosentum Ago der Brechreiz packte. Also ging er ins Bordell und gab sich größte Mühe, seine Laune zu verbessern, denn schon auf der Schwelle zur Mannbarkeit war sich Ago in einer Sache mit seinem Freund Niccolò «Il Machia» völlig einig gewesen: Wie schwer das Leben auch sein mochte, eine gute, tatkräftig mit einer Frau verbrachte Nacht konnte alles wieder richten. «Es gibt kaum ein Leid auf der Welt, mein Lieber», belehrte ihn Il Machia, als Ago erst dreizehn war, «das eine Möse nicht heilen könnte.» Trotz seines oft ruppigen Tons war Ago ein ernster, gutherziger Junge. «Und die Frauen», fragte er, «wo gehen die hin, wenn sie ein Leid plagt?» Il Machia sah ihn verblüfft an, als hätte er darüber noch nie nachgedacht; vielleicht aber wollte er ihm auch nur zu verstehen geben, dass ein Mann seine Zeit nicht mit solchen Überlegungen verplemperte. «Zu einer anderen Frau, ganz klar», sagte er mit einer jugendlichen Bestimmtheit, die für Ago wie das letzte Wort in dieser Angelegenheit klang. Warum sollten Frauen auch keinen Trost in den Armen anderer Frauen suchen, wenn ihn doch die Hälfte der jungen Männer bei ihren Geschlechtsgenossen fand?

Dass sich die Sodomie unter der Blüte Florentiner Mannestums einer derartigen Beliebtheit erfreute, brachte der Stadt den Ruf ein, in Sachen Homophilie die Hauptstadt der Welt zu sein. «Wiederauferstandenes Sodom», taufte Niccolò bereits mit dreizehn Jahren seine Heimatstadt. Und obwohl er selbst noch so jung war, konnte er Ago bereits versichern, Mädchen interessanter zu finden, «damit du keine Angst hast, ich könnte dich im Wald von hinten anfallen.» Viele Zeitgenossen waren jedoch anders gesinnt – zum Beispiel ihre Klassenkameraden Biagio Buonaccorsi und Andrea di Romolo –, weshalb die Stadt mit voller Unterstützung der Kirche beschloss, angesichts der zunehmenden Verbreitung homosexueller Praktiken ein Anstandsamt einzurichten, dessen Aufgabe allein darin bestand, Bordelle zu öffnen und zu führen und zur Unterstützung der hiesigen Freudenmädchen Prostituierte und Zuhälter aus allen Teilen Italiens und Europas herbeizuholen. Die Vespuccis aus Ognissanti nutzten die Gelegenheit, erweiterten ihr Angebot und boten nun neben Olivenöl und Wolle auch Frauen feil. «Vielleicht werde ich doch kein Schreiberling», erzählte Ago seinem Freund Niccolò bekümmert, als sie sechzehn waren, «sondern muss ein Hurenhaus leiten.» Il Machia riet ihm, es von der guten Seite zu sehen. «Wer will schon einen Schreiberling vögeln?», sagte er. «Aber dich werden wir alle beneiden.»

Der Pfad Sodoms bot auch für Ago Vespucci keinen Reiz, war er in Wahrheit doch trotz allen obszönen Geredes ein Jüngling von beinahe übertriebener Sittsamkeit. Il Machia dagegen schien die Wiedergeburt des Gottes Priapus zu sein, allzeit bereit, allzeit auf Weiberjagd, nach Professionellen wie Amateuren, und mehrere Male die Woche schleppte er Ago zu seiner Verdammnis in ein lärmendes Bordell. Anfangs, zu Beginn ihrer adoleszenten Potenz, wählte Ago stets die jüngste Hure in Il Machias bevorzugtem Etablissement, ein Mädchen, das sich «Skandal» nannte, aber einen beinahe prüden Eindruck machte, ein knochendürres Geschöpf aus dem Dorf Bibione, das nie den Mund auftat und ebenso verängstigt aussah wie er selbst. Lange Zeit bezahlte er sie sogar dafür, still auf der Bettkante zu sitzen, während er sich lang ausstreckte und tat, als schliefe er, bis Il Machia im Zimmer nebenan zu grunzen und zu stöhnen aufhörte. Dann beschloss er, sie zu bilden, indem er ihr Gedichte vorlas, die sie zu erfreuen schienen, obwohl sie dermaßen davon gelangweilt war, dass sie schier zu sterben meinte und die Reime sogar ein wenig widerlich fand, klangen sie in ihren Ohren doch wie jene Laute, die Männer von sich gaben, wenn sie gedrechselte Lügen erzählten.

Eines Tages beschloss sie, in den Lauf der Dinge einzugreifen. Ein schüchternes Lächeln stahl sich auf ihr ernstes Gesicht, als sie zu Ago ging und eine Hand auf den Petrarca sprudelnden Mund, die andere Hand aber an eine andere Stelle legte. Kaum hatte sie seine Männlichkeit entblößt, lief Ago dunkelrot an und begann zu niesen. Er nieste eine Stunde ohne Unterlass, und am Ende der Stunde schoss ihm Blut aus der Nase. Die knochendürre Hure fürchtete, er könnte sterben, und rannte Hilfe rufend aus dem Zimmer, um mit der größten Nackten zurückzukehren, die Ago je gesehen hatte. Kaum drang ihr Geruch in seine Nase, hörte sein Riechorgan auf, verrückt zu spielen. «Ich verstehe», sagte die Riesin, die man unter dem Namen «La Materassina» kannte, «du glaubst, du magst die mageren Mädchen, aber eigentlich stehst du mehr auf eine ordentliche Portion.» Sie wandte sich an ihre knochige Kollegin und forderte sie rundheraus auf, sich zu verkrümeln, woraufhin Agos Nase jedoch ohne weitere Vorwarnung aufs Neue explodierte. «Heilige Mutter Gottes», rief die Riesin, «was verbirgt sich unter all der Angst doch für ein gieriger Lüstling! Offenbar bist du nur zufrieden, wenn du uns beide haben kannst.»

Danach gab es für Ago kein Halten mehr, sodass ihn selbst Il Machia lobte. «Langsamer Start, tolles Finish», sagte er anerkennend. «Obwohl du ein Kerl bist, der auf den ersten Blick nichts hergibt, hast du den Instinkt eines Champions.»

*

Ago war vierundzwanzig Jahre alt, als seine Liebe zur Stadt auf eine unerhörte Probe gestellt wurde. Man vertrieb die Familie Medici, schloss die Bordelle, und die Fäulnis religiöser Scheinheiligkeit breitete sich aus. Es war die Zeit, in der die Jammerer an die Macht gelangten, ein Kult engstirniger Fanatiker, über die Ago mit unterdrückter Stimme zu Il Machia sagte, selbst wenn sie geborene Florentiner wären, sei das Taufwasser bestimmt schon verkocht gewesen, ehe es ihre Stirn salben konnte, da sie eine wahre Höllenfeuerhitze verströmten. «Der Satan hat uns diese Teufel gesandt, um uns vor aller Teufelei zu warnen», sagte er an jenem Tag, an dem die lange Dunkelheit ein Ende nahm. «Und sie haben uns vier verdammte Jahre verteufelt. In jedem verfluchten Fall aber fiel die Soutane der Heiligkeit über den Hosenlatz des Bösen.»

An diesem Tag brauchte er nicht mehr zu flüstern, denn seine geliebte Heimatstadt war wiedergeboren, war dank der heilenden Kraft eines Feuers wiederauferstanden wie der sagenhafte Vogel Phönix. Der Oberjammerer, der Mönch Girolamo, der allen Florentinern das Leben zur Hölle gemacht hatte, brutzelte mitten auf der Piazza della Signoria an ebenjener Stelle, an der seine jammervolle Truppe Jahre zuvor Schönes in Asche verwandeln wollte und zu diesem Zweck Gemälde, weiblichen Zierrat und sogar Spiegel herbeigeschleppt und in der irrigen Annahme verbrannt hatte, die Liebe der Menschen zum Wohlgeformten und die Eitelkeit selbst könnten durch heuchlerische Flammen vernichtet werden. «Versenge, du blutiger Scheißschwanz», schrie Ago, während er den brennenden Mönch umtanzte, was so gar nicht zu seiner überaus nüchternen Beschäftigung als Stadtschreiber passen wollte. «Dein Feuer damals hat uns die Idee für dieses Freudenfeuer gegeben!» Selbst der moschusartige Gestank von Savonarolas brennendem Fleisch konnte ihm nicht die gute Laune verderben. Er war achtundzwanzig Jahre alt, und die Bordelle hatten wieder geöffnet.

*

Mercatrice, meretrice. Altem Brauch zufolge war eine Stadt wohlhabender Kaufleute immer auch eine Stadt wohlgestalter Huren. Da die Tage der Jammerer nun endgültig vorüber schienen, behauptete sich aufs Neue die wahre Natur dieser Stadt und ihrer lüsternen Anhänger aller Sinnesfreuden. Die Welt der Bordelle kehrte zurück. Vom großen Freudenhaus Macciana inmitten der Stadt nahe dem Mercato Vecchio und dem Battistero wurden die Fensterläden entfernt, man bot Rabatt für Kurzentschlossene an, um wieder das erste Haus am Platz zu werden; auf der Piazza del Frascato ließen sich im Herzen des Bordells erneut die Tanzbären und Zwergjongleure blicken, die Affen in Uniformen, denen man beigebracht hatte, «für ihr Land zu sterben», aber auch die Papageien, die sich an die Namen aller Bordellkunden erinnerten und sie laut krächzten, sobald die Männer sich zeigten. Natürlich kehrten die Frauen zurück, die wilden slawischen Metzen, die melancholischen Dirnen Polens, die lauten Buhlinnen Roms, die dicken deutschen Mätressen, die Schweizer Söldnerinnen, die im Bett so unbändig waren wie ihre männlichen Widerparte auf dem Schlachtfeld, und die Mädchen von Florenz, die Besten von allen. Ago hielt nichts von Reisen, auch nicht, wenn es ums Bett ging. Er traf seine Lieblingsmädchen wieder, beste toskanische Ware, alle beide. Außer für die Hure Skandal und ihre Kollegin La Materassina entwickelte Ago eine Vorliebe für eine gewisse Beatrice Pisana, die nach der Königin der Amazonen den Namen Penthesilea annahm, da sie nur mit einer Brust geboren worden war, der – wie zum Ausgleich – schönsten Brust der Stadt, was zumindest für Ago gleichbedeutend mit der schönsten Brust der ganzen bekannten Welt war.

Als das Tageslicht schwand, das Feuer auf der Piazza sein Werk verrichtet hatte und erlosch, scholl Musik aus dem Macciana herüber, und auch vom rivalisierenden Vergnügungsviertel, dem Chiasso de' Buoi, um die Stadt mit ihren Klängen zu segnen wie ein Engel, der die Wiedergeburt der Freude verkündet. Ago und Il Machia beschlossen, die Nacht durchzufeiern, eine herrliche Nacht, die zugleich die letzte Nacht ihrer sorgenfreien Jugend sein sollte, denn noch während Savonarola brannte, hatte der neue Stadtrat der Achtzig Niccolò in den Palazzo berufen und zum Sekretär der Zweiten Kanzlei ernannt, die sich um die Auslandsbeziehungen der Republik Florenz kümmerte.

Niccolò sagte Ago gleich, dass er auch eine Stelle für ihn habe. «Warum ich?», hatte Ago gefragt. «Ich hasse diese verfickten Ausländer.»

«Erstens, *furbo*», erwiderte Il Machia, «überlässt du mir das Ficken mit den Fremden, dafür überlass ich dir den langweiligen Papierkram. Und zweitens hast du es selbst vorhergesagt, also meckere nicht rum, wenn sich dein Traum erfüllt.»

«Scheiße, *bugiarone*, du bist wirklich ein Arschloch», sagte Ago bekümmert und machte seinem Freund mit der Linken ein rüdes Zeichen, indem er den Daumen zwischen Zeigefinger und Mittelfinger schob. «Trinken wir einen auf meine prophetischen Gaben.»

Ein *furbo* war mit allen Wassern gewaschen; ein *bugiarone* genannt zu werden, war dagegen weniger nett und in Niccolòs Fall sogar unzutreffend, denn Ago wie Il Machia waren auch weiterhin keine Sodomiten, jedenfalls nicht oft, doch in dieser Nacht, in der die Jammerer um ihr Leben rannten oder, falls sie nicht schnell genug waren, in Gassen und Pferdeställen aufgeknüpft wurden, tauchte der wahre Florentiner wieder aus der Versenkung auf, und das hieß, dass Männer wieder Händchen hielten und, wo man auch hinsah, einander küssten. «Buonaccorsi und di Romolo müssen ihre Liebe endlich nicht mehr verstecken», sagte Il Machia. «Ich denke übrigens daran, die beiden einzustellen, dann kannst du ihnen zusehen, wenn sie im Kontor übereinander herfallen, während ich in Amtsgeschäften unterwegs bin.»

«Es gibt nichts, was diese beiden Verrückten mir zeigen könnten», erwiderte Ago, «das ich nicht bereits gesehen hätte, und damit meine ich auch die erbärmlichen Pfläumchen in ihren Hosen.»

Erneuerung, Regeneration, Wiedergeburt. In Agos Kirche in Ognissanti, ein Gebäude, das er freiwillig nur betrat, wenn sich herumsprach, dass eine große Kurtisane dort ihren Liebreiz zur Schau stellte, schworen die Gläubigen, Giottos strenge Madonna habe über das ganze Gesicht gegrinst. An diesem Abend aber – vor der Kirche von Orsanmichele, in der sich die vornehmsten Kurtisanen wiedertrafen, gekleidet nach neuester Mailänder Mode und mit dem Schmuck ihrer Gönner behängt – wurden Niccolò und Ago von einer *ruffiana* angesprochen, von Giulietta Veronese, der zwergenhaften Kupplerin und, wie manche behaupteten, sapphischen Geliebten Alessandra Fiorentinas, der gefeiertsten Nachtdame von ganz Florenz. Die Veroneserin lud sie zur Gala der Wiedereröffnung des Hauses Mars ein, dem ersten Salon der Stadt, benannt nach jener Statue des Kriegsgottes, die lange am Flussufer des Arno gestanden hatte, ehe sie schließlich von einer Flut fortgespült worden war. Das Haus befand sich an der Nordseite des Flusses nahe des Ponte alle Grazie. Die Einladung war äußerst ungewöhnlich. La Fiorentinas Netz an Informanten funktionierte gewiss außerordentlich schnell und gut, doch selbst wenn sie bereits von Il Machias neuem Amt als Sekretär der Zweiten Kanzlei gehört haben sollte, rechtfertigte dies keineswegs seine Aufnahme in die erlesenste und exklusivste Gesellschaft von Florenz; und dass er den noch weit unbedeutenderen Ago Vespucci mitbringen durfte, glich einem schlichtweg beispiellosen Privileg.

Sie kannten natürlich Bilder von Alessandra, hatten sie in einem Band mit Miniaturen angehimmelt, ihr langes blondes Haar, das Erinnerungen an die verstorbene Simonetta weckte, deren verstörter Gatte Marco, der Gehörnte, nach ihrem Tod vergeblich um Einlass in La Fiorentinas Salon gebettelt hatte. Er heuerte gar einen der führenden *mezzani*, also Kuppler, der Stadt an, um mit Alessandras *ruffiana* zu verhandeln, und der Lude hatte im Namen des Gehörnten Marco Liebesbriefe geschrieben, Serenaden unter Alessandras Abendfenster singen und für den Dreikönigsabend als besonderes Geschenk sogar ein Sonett von Petrarca in goldenen kalligraphischen Lettern abschreiben lassen, doch blieb Marco die Tür zum Salon verschlossen. «Meine Herrin», sagte Giulietta Veronese dem *mezzano*, «ist nicht daran interessiert, die nekrophilen Phantasien eines verrückten Hahnreis zu befriedigen. Sagt Eurem Herrn, er möge sich ein Loch in ein Bild seiner verstorbenen Gattin bohren und lieber die Leinwand rammeln.»

Eine Woche nach dieser Absage erhängte sich Marco Vespucci. Seine Leiche baumelte vom Ponte alle Grazie herab, aber Alessandra Fiorentina hatte sie nie gesehen. Sie stand am Fenster und striegelte ihre langen goldenen Strähnen, doch es war, als sei Marco, der Liebesnarr, ein unsichtbarer Mann, denn Alessandra hatte schon vor langem die Kunst perfektioniert, nur zu sehen, was sie sehen wollte; da dies zu den elementarsten Fähigkeiten zählte, wollte man zu den Gebietern der Welt und nicht zu ihren Opfern zählen. Ihre Sicht schuf die Stadt. Wen sie nicht sah, den gab es nicht. Der ungesehen vor ihrem Fenster verendende Marco Vespucci starb ein zweites Mal durch ihren auslöschenden Blick.

Einmal, vor einem Jahrzehnt, als sie noch in der Blüte ihrer Jugend standen, hatten Niccolò und Ago, die beiden Jungen, Alessandra angehimmelt, als sie sich auf offenem Balkon rekelte, über den Arno schaute und sich auf rotem Samtkissen vorbeugte, sodass alle Welt ihr edles Dekolleté bewundern konnte, während sie vorgab, ein Buch zu lesen, vermutlich Boccaccios *Decamerone.* Die puritanischen Jahre schienen weder ihrer Schönheit noch ihrer gesellschaftlichen Stellung Abbruch getan zu haben. Sie besaß jetzt ihren eigenen Palast, war die Königin des Hauses Mars und empfing am heutigen Abend im *piano nobile.* «Das einfache Volk», sagte Giulietta Veronese, «kann sich im Kasino im Erdgeschoss vergnügen.» In den vier Jahren der Jammererherrschaft war die Zwergin Giulietta gezwungen gewesen, sich ein Auskommen als Barbierin zu suchen, als Wahrsagerin und Panscherin von Liebestränken. Gerüchte behaupteten, sie hätte Gräber ausgeraubt und die Nabelschnur toter Säuglinge gestohlen, hätte die Jungfernhäute von verstorbenen Jungfern abgetrennt und für ihre ruchlosen Zauberflüche die Augen der Toten ausgestochen, weshalb Ago ihr gerade sagen wollte, dass es ihr verdammt nochmal ja wohl kaum anstünde, vom gemeinen Volk zu reden, als Il Machia ihn gerade noch rechtzeitig so hart zwickte, dass er vergaß, was er sagen wollte, und sich lieber ausmalte, wie es wäre, Niccolò Machiavelli umzubringen. Das vergaß er allerdings auch bald wieder, denn die Veroneser Vettel erteilte weitere Anweisungen. «Bringt ihr Gedichte», sagte sie. «Sie mag Gedichte, keine Blumen. Blumen hat sie genug. Bringt ihr das Neueste von Sannazaro, von Cecco d'Ascoli oder lernt ein Madrigal von Parabosco und bietet ihr an, es für sie zu singen. Sie kann ziemlich schwierig sein. Singt Ihr schlecht, schlägt sie Euch ins Gesicht. Langweilt sie nicht, sonst wirft Euch einer ihrer Galane wie ein langweiliges Spielzeug einfach aus dem Fenster. Werdet ihr nicht lästig, anderenfalls wird ihr Beschützer Euch, noch ehe Ihr morgen nach Hause gelangt, in einer Seitengasse mitten ins Herz stechen. Ihr werdet nur aus einem einzigen Grund eingeladen, also wagt Euch nicht auf Terrain vor, auf dem Ihr nichts verloren habt.»

«Dann sind wir also eingeladen?», fragte Il Machia.

«Das wird sie Euch selbst sagen», erklärte die Veroneser Vettel gehässig, «falls ihr danach ist.»

*

Akbar der Große wusste über den rasanten Aufstieg der Skelett und Matratze genannten Prostituierten Bescheid, die sich von einfachen Huren am Hatyapul-Tor zu ausgewachsenen Kurtisanen mit eigener Villa am Seeufer gemausert hatten. «Ihr Erfolg wird allgemein als ein Zeichen für den Aufstieg des Fremden gewertet, dieses Vespucci, des Lieblings dieser Damen, der es vorzieht, sich Mogor dell'Amore zu nennen», sagte ihm Abul Fazl. «Was die Herkunft des für derlei Unterfangen nötigen Kapitals angeht, so kann man nur spekulieren.» Umar der Ayyar bestätigte seinerseits die Beliebtheit des sogenannten Hauses Skanda, dessen Namen sich vom Hindugott des Krieges ableitet, «denn», so erzählte man sich in den Herrenhäusern im Unteren Sikri, «lässt man sich auf diese Damen ein, hat das mehr Ähnlichkeit mit dem Krieg als mit der Liebe». Umar berichtete, Tansen, das Musikgenie des Hofes, habe sich herabgelassen, einen raag *zu Ehren der Kurtisanen zu komponieren, den* raag deepak, *so benannt, weil bei der ersten Aufführung durch den Zauber seiner Melodie plötzlich sämtliche Lampen im Haus Skanda entflammten.*

In seinen Träumen suchte der Herrscher selbst dieses Bordell auf, das im Nachtland an den Ufern eines unbekannten Flusses und nicht am Gestade seines eigenen Sees stand. Dass sich Mogor dell'Amore seinerseits in den Fängen eines Wachtraums befand, ließ sich kaum übersehen, war er es doch gewesen, der die Huren in seiner Geschichte rund um die Welt an den Arno versetzt hatte. Wenn es um Huren geht, lügen alle Männer, dachte Akbar und verzieh ihm. Er hatte ernstere Probleme zu bedenken.

Suchte man im Traum nach Liebe, war dies ein sicheres Zeichen dafür, dass man die Liebe verloren hatte, überlegte der Herrscher beim Aufwachen besorgt. Am nächsten Abend ging er zu Jodha und nahm sie mit ei-

ner Wildheit, die ihren Paarungen seit seiner Rückkehr von den Kriegen gefehlt hatte. Als er ging, um weiter der Geschichte des Fremden zu lauschen, fragte sich Jodha, ob diese ungezügelte Leidenschaft ein Zeichen seiner Rückkehr oder eine Geste des Abschieds gewesen war.

«Will eine Frau einen Mann zufriedenstellen», sagte der Herrscher, «muss sie singen können. Sie sollte wissen, wie man ein musikalisches Instrument spielt, wie man tanzt und wie man, falls erwünscht, alles drei gleichzeitig macht: singen, tanzen, auf einer Flöte spielen oder eine Saite anschlagen. Sie sollte gut schreiben, gut zeichnen, ein Tätowierung geschickt anbringen können und selbige umgekehrt auch an genau der Stelle bei sich machen lassen, wo es ihrem Mann gefallen könnte. Außerdem sollte sie die Sprache der Blumen beherrschen, wenn sie Betten oder Sofas herrichtet oder auch ein Gemach dekoriert: Kirschenzweige stehen für die Treue, Narzissen für die Freude, Lotus für Reinheit und Wahrheit. Die Weide ist die Frau, die Pfingstrose der Mann. Granatapfelknospen verheißen Fruchtbarkeit, die Olive bringt Ehre, und Kienzapfen bedeuten Reichtum und ein langes Leben. Die Winde aber sollte stets vermieden werden, denn sie kündet vom Tod.»

Im Harem des Herrschers hausten die Konkubinen in roten, mit dicken Kissen gepolsterten Steinzellen. Rund um einen zentralen Hof, über dem eine mit Spiegeln durchsetzte Markise den Harem vor der Sonne und unwürdigen Blicken schützte, reihten sich dicht an dicht ihre Zellen, Ställe für eine Liebesarmee, wie für Milchvieh. Eines Tages wurde Mogor das Privileg gewährt, Akbar in diese verborgene Welt begleiten zu dürfen. Ihm folgte ein schlanker Eunuch, dessen Leib kein einziges Haar verunstaltete. Das war Umar der Ayyar; er hatte keine Augenbrauen, sein Schädel schimmerte blank wie ein Helm, die Haut war faltenlos und weich. Es ließ sich unmöglich schätzen, wie alt er war, doch ahnte Mogor instinktiv, dass dieser seidenglatte Jüngling ohne Skrupel töten konnte, dass er dem besten Freund den Kopf abschlagen würde, falls der Herrscher dies wünschte. Die Frauen des Harems bewegten sich um sie herum in Bahnen, die Mogor an Sterne erinnerten, an die Kreise und Spiralen der Himmelskörper, die sich – jawohl! – um die Sonne bewegten. Er berichtete dem Herrscher von dem neuen, heliozentrischen Modell des Universums, redete aber mit leiser Stimme, denn diese Gedanken konnten einen Mann daheim wegen Ketzerei auf den Scheiterhaufen bringen. Also sollte man derlei wohl besser nicht laut hinausposaunen, auch wenn es höchst unwahrscheinlich war, dass der Papst ihn hören konnte, hier, mitten im Harem des Großmoguls.

Akbar lachte. «Das wissen wir doch schon seit aberhundert Jahren», sagte er. «Was kommt Ihr wiedergeborenen Europäer mir doch zurückgeblieben vor! Wie ein Säugling, der die Rassel aus der Wiege wirft, damit sie kein Geräusch mehr macht.» Mogor nahm diese Zurechtweisung hin und wechselte das Thema. «Ich wollte damit nur sagen, dass Euer Majestät die Sonne ist, und dies sind Eure Satelliten», fuhr er fort. Der Herrscher klopfte ihm auf den Rücken. «Allerdings könnt Ihr uns auf dem Gebiet des Süßholzraspelns offenbar noch das ein oder andere beibringen. Wir werden unserem Oberschmeichler Bhakti Ram Jain sagen, er möge sich einige Anregungen bei Euch holen.»

Still und leise wie Geisterwesen aus einem Traum umkreisten Konkubinen die beiden Männer. Sie rührten die Luft um den Herrscher zu einer magischen Suppe an, abgeschmeckt mit den Gewürzen der Erregung. Und sie kannten keine Eile. Dem Herrscher war alles untertan, sogar die Zeit ließ sich in die Länge ziehen oder anhalten. Sie hatten alle Zeit der Welt.

«In der Kunst, ihre Zähne und Kleider, ihre Fingernägel und ihren Leib zu tönen, zu färben, zu bemalen und zu schmücken, sollte eine Frau unvergleichlich sein», sagte der Herrscher, dem die Worte vor lauter Lust nur noch träge über die Lippen kamen. Wein wurde in goldenen Glaskelchen gereicht, und er trank mit großen, unklugen Schlucken. Man brachte eine Pfeife, und bald umwölkte Opiumrauch seine Pupillen. Die Konkubinen waren näher gerückt, kreisten enger um sie herum, begannen mit ihren Leibern, den Herrscher und seinen Gast zu streifen. In der Gesellschaft des Herrschers war man für einen Tag selber Herrscher. Seine Privilegien *wurden zu den eigenen Vorrechten. «Eine Frau sollte wissen, wie man Musik auf Gläsern spielt, die unterschiedlich mit diversen Flüssigkeiten gefüllt wurden», lallte der Herrscher. «Sie sollte Buntglas in den Boden einsetzen können, sollte wissen, wie man ein Bild rahmt und aufhängt, wie man eine Halskette macht, einen Rosenkranz, eine Blütengirlande und wie man Wasser aus einem Aquädukt oder einer Zisterne holt. Sie sollte sich mit Düften auskennen. Und mit Zierrat für die Ohren. Sie sollte schauspielern, sollte Theaterstücke aufführen können, sollte ihre Hände flink und präzise zu gebrauchen wissen, sollte kochen, Limonade oder Sorbet machen, Schmuck tragen und einem Mann den Turban binden. Und sie sollte natürlich Zauberei beherrschen. Eine Frau, die sich in diesen wenigen Dingen auskennt, kann es fast mit jedem ignoranten, ungeschlachten Mann aufnehmen.»*

Die Konkubinen waren zu einer einzigen, übernatürlichen Frau verschmolzen, einer vielfachen Konkubine, und SIE hüllte die beiden Männer ein, umlagerte sie mit Liebe. Der Eunuch war aus den Umlaufbahnen der Planeten des Verlangens geschlüpft. Die eine Frau der vielen Arme und unendlichen Möglichkeiten, die Konkubine schlechthin, ließ ihre Münder verstummen, IHR sanfter Leib berührte ihre Härte. Mogor überließ sich IHR. Er dachte an Begegnungen mit anderen Frauen, weit fort und lange vorbei, an Simonetta Vespucci und Alessandra Fiorentina, und an die Frau, deren Geschichte ihn nach Sikri gebracht hatte. Auch sie waren Teil dieser Konkubine.

«In meiner Stadt», sagte er viel später und lehnte sich inmitten der Melancholie von Frauen nach dem Liebesspiel in die Kissen zurück, «sollte eine Frau von edler Abkunft besonnen und keusch sein und für keinen Klatsch sorgen. Solch eine Frau muss bescheiden sein, still, freimütig und gütig. Wenn sie tanzt, sollte sie keine allzu abrupten Bewegungen machen, und wenn sie Musik spielt, sollte sie das Laute der Laute und das Trommelige der Trommeln meiden. Sie sollte sich nur dezent schminken und nicht allzu auffällig frisieren.» Obwohl der Herrscher schon fast eingeschlafen war, gab er ein abschätziges Geräusch von sich. «Dann müssen Eure Ed-

len an Langeweile sterben», behauptete er. «Ach, aber die Kurtisanen», sagte Mogor, «die erfüllen all Eure Ideale, vielleicht bis auf die Sache mit dem Buntglas.» – «Liebe niemals eine Frau, die nicht mit Buntglas umgehen kann», verkündete der Herrscher feierlich und schien dies nicht im Geringsten komisch zu finden. «Eine solche Frau ist eine ignorante Vettel.»

*

In jener Nacht verliebte sich Agostino Vespucci zum ersten Mal, und er begriff, dass die Verehrung einer Frau auch einer Reise gleichkam. So fest er sich auch vornahm, seine Heimatstadt nicht verlassen zu wollen, war er doch vom Schicksal auserkoren, wie seine rastlosen Freunde unbekannte Wege einzuschlagen, Bahnen des Herzens, die ihn verleiteten, an gefährliche Orte vorzudringen, sich Dämonen und Drachen zu stellen und das Risiko einzugehen, nicht nur sein Leben, sondern auch seine Seele zu verlieren. Durch eine sorglos geöffnete Tür erhaschte er einen Blick auf La Fiorentina in ihrem Privatgemach, wie sie sich inmitten einer kleinen Gruppe der edelsten Herren der Stadt auf vergoldetem Sessel rekelte und träge ihrem Gönner Francesco del Nero gestattete, ihr die linke Brust zu küssen, während ein kleiner pelziger weißer Schoßhund ihre rechte Brustwarze beschlabberte. Im selben Augenblick war es um Ago geschehen; er wusste, für ihn kam nur diese eine Frau in Frage. Francesco del Nero war ein Verwandter von Il Machia, dem sie vermutlich die Einladung zu verdanken hatten, doch das kümmerte Ago in diesem Moment nicht; er hätte diesen Bastard am liebsten auf der Stelle erdrosselt und, ja, den verdammten Schoßhund gleich mit. Wollte er La Fiorentina erobern, würde er gewiss viele Rivalen besiegen müssen, dabei aber auch sein Glück machen, und während der Weg in die Zukunft sich wie ein roter Teppich vor ihm ausrollte, fühlte er die Sorglosigkeit der Jugend von sich abfallen. An ihrer

Stelle machte sich eine neue Entschlossenheit breit, scharf und so vielfach gehärtet wie eine Klinge aus Toledo.

«Sie wird mir gehören», murmelte er Il Machia zu, und sein Freund betrachtete ihn amüsiert. «Eher werde ich zum Papst gewählt», sagte er, «als dass Alessandra Fiorentina dich in ihr Bett lässt. Schau dich doch an. Du bist kein Mann, in den sich schöne Frauen verlieben. Einer wie du macht für sie den Botenjungen und dient als Fußabtreter.»

«Scher dich zum Teufel», erwiderte Ago. «Es ist dein verdammter Fluch, dass du die Welt zu deutlich und ohne einen Funken Güte siehst, dass du deine Einsichten nicht für dich behalten kannst, dass du sie ausspucken musst und die Gefühle anderer Menschen dich einen Dreck kümmern. Warum verschwindest du nicht und befriedigst einen kranken Ziegenbock?»

Il Machias Brauen, breit wie Fledermausflügel, zuckten in die Höhe, als wollte er gestehen, zu weit gegangen zu sein, dann küsste er seinen Freund auf beide Wangen. «Entschuldige», sagte er reumütig. «Du hast recht. Ein junger Mann von achtundzwanzig Jahren und nicht besonders großer Statur, dem bereits das Haar ausfällt und dessen Leib einer Ansammlung von Speckrollen gleicht, die in ein allzu enges Korsett gezwängt wurden, der keine Gedichte auswendig kennt, nur ein paar schmutzige Reime, und einen für seine Obszönität stadtbekannten Zungenschlag hat – das ist natürlich genau der Kerl, für den Königin Alessandra die Beine breit machen wird.»

Ago schüttelte bekümmert den Kopf. «Ich sag dir, wie größenwahnsinnig ich wirklich bin», bekannte er. «Ich will nicht nur ihren Körper, ich will ihr verfluchtes Herz.»

Im Salon der Alessandra Fiorentina, unter einer hohen Kuppeldecke mit Fresken fliegender Putten, die sich vor blauem Himmel um eine Wolkenmatratze sammelten, auf der Ares und Aphrodite der Liebe frönten, fühlte sich Ago Vespucci, während er der himmlischen Musik eines *cornetto curvo* lauschte, als hätte ihn im Dunkel der Nacht ein Lichtstrahl getroffen und aufs Neue in jene versteinerte Unschuld verwandelt, die er vor vielen Jahren gewesen war, als er auf der Bettkante der dürren Dirne gesessen und ihr Verse bekannter Dichter vorgelesen hatte, um zu erröten und zu niesen, sobald sie beschloss, zur Sache zu kommen. La Fiorentina war nirgendwo zu sehen. In ihrer Abwesenheit stand er mit der Mütze in der Hand an einem kleinen Springbrunnen, unfähig, an der allgemeinen Orgie teilzunehmen. Il Machia ließ ihn eine Weile allein und lief mit ein paar nackten Nymphen in einen *trompe-l'œil*-Wald, während Ago der eigene Leib schwer zu schaffen machte. Er war auf diesem Fest ein Phantom, der einzig lebendige Mensch in einem Haus orgiastischer Geister. Er fand sich übergewichtig und war traurig und einsam.

In dieser Nacht schlief niemand in der wiedergeborenen Stadt. Musik erfüllte die Luft, und die Straßen, die übel beleumundeten Häuser, aber auch jene mit gutem Ruf, die Märkte, die Klöster, alle barsten schier vor Liebe. Die Statuen der Götter wurden aus ihren blumengeschmückten Alkoven geholt, schlossen sich dem Reigen an und pressten ihre kalte marmorne Nacktheit an warme Haut. Selbst die Tiere stimmten ein und fielen mit Begeisterung übereinanderher. Ratten rammelten im Schatten der Brücken, und Fledermäuse in Kirchtürmen taten, was Fledermäuse gerne tun. Ein Mann rannte nackt durch die Straßen und läutete ein helles Glöckchen. «Reibt euch die Augen und knöpft die Hosen auf», rief er, «die Zeiten der Tränen sind vorbei.» Ago Vespucci im Hause Mars hörte in der Ferne dieses Glöckchen klingen und wurde von unerklärlicher Angst gepackt. Einen Augenblick später ging ihm auf, dass es die Furcht vor dem verströmenden Leben war, davor, dass ihm das Leben durch die Finger glitt, während er allein und wie gelähmt am Springbrunnen stand. Ihm war, als verstrichen zwanzig Jahre in einem einzigen

Moment, als entführte ihn die Musik, trüge ihn hilflos in eine Zukunft der Paralyse und des Versagens, in der die Zeit selbst erstarrte, erdrückt unter der Last seines Kummers.

Dann, endlich, winkte ihn die Kupplerin Giulietta Veronese zu sich. «Ihr seid ein Glückspilz», sagte sie. «Obwohl es für La Fiorentina eine großartige Nacht war, eine phantastische Nacht, möchte sie Euch und Euren sexbesessenen Freund jetzt sehen.» Mit lautem Schrei platzte Vespucci in die mit Wäldern bemalte Schlafkammer, riss Il Machia von den Nymphen fort, warf ihm seine Kleider zu und zerrte ihn, der sich noch anzog, zu jenem verzauberten Gemach, in dem Alessandra die Schöne auf sie wartete.

Im Allerheiligsten der großen Kurtisane lagen die Mächtigen von Florenz halb nackt in gestillter Lust auf samtenen Sofas, die Gliedmaßen wahllos über die erschöpften Leiber nackter Hetären gestreckt, Alessandras Tanztruppe, die so lange nackt die Beine für die städtischen Würdenträger geschwungen hatte, bis diese ihre Würde vergessen und sich in heulende Wölfe verwandelt hatten. La Fiorentinas Bett aber war leer, das Laken unberührt, und Agos Herz machte vor dümmlicher Freude einen kleinen Satz. *Sie hat keinen Liebsten, sie wartet auf mich.* Doch die göttliche Alessandra dachte nicht an Sex. Sie lag lang ausgestreckt auf dem ungenutzten Bett, mit nichts als ihrem goldenen Haar bekleidet, aß Trauben aus einer Schüssel und gab nur mit winzigster Geste zu verstehen, dass sie die Ankunft der beiden im Boudoir wahrgenommen hatte. Sie blieben neben der *ruffiana*, ihrem Wachhund, stehen und warteten. Nach einigen Augenblicken begann La Fiorentina zu reden, so leise, als erzählte sie sich selbst eine Gutenachtgeschichte.

«Am Anfang», begann sie gedankenverloren, «waren drei Freunde: Niccolò ‹Il Machia›, Agostino Vespucci und Antonio Argalia. Die Welt ihrer Kindheit war ein Zauberwald. Dann wurden Ninos Eltern von der Pest dahingerafft. Er ging, um sein Glück zu suchen, und sie haben ihn nie wieder gesehen.»

Als sie diese Worte hörten, vergaßen beide Männer die Gegenwart und versanken in Erinnerungen. Niccolòs Mutter Bartolomea de' Nelli, die Krankheit mit Grießbrei heilen konnte, war plötzlich gestorben, nur kurz nachdem die neunjährige Waise Argalia in Richtung Genua aufgebrochen war, um in die Dienste der mit Arkebusen bewaffneten Miliz des *condottiere* Andrea Doria einzutreten. Niccolòs Vater Bernardo hatte sich größte Mühe gegeben, eine Polentakur anzurühren, aber Bartolomea hatte trotzdem das Zeitliche gesegnet, fieberheiß und vor Kälte zitternd. Seither war Bernardo nicht mehr derselbe. Er lebte jetzt meist draußen auf dem Hof in Percussina, hielt sich irgendwie über Wasser und gab sich die Schuld daran, dass es ihm an jenen Kochkünsten fehlte, die seiner Frau geholfen hätten, am Leben zu bleiben. «Hätte ich bloß aufgepasst», sagte er wohl hundertmal am Tag, «dann hätte ich das richtige Rezept gekannt. Stattdessen habe ich ihr nur die Arme mit nutzlosem heißem Brei beschmiert, weshalb sie angeekelt von mir ging.» Und während Il Machia an seine verstorbene Mutter und seinen ruinierten Vater dachte, erinnerte sich Ago daran, wie Argalia sie verlassen hatte, ein zerlumpter Streuner, an einem Stock über der Schulter ein Bündel mit seiner Habe. «An dem Tag, an dem er von uns ging», sagte er laut, «haben wir aufgehört, Kinder zu sein.» Doch das war nicht, was er dachte, zumindest nicht alles. «Und es war der Tag, an dem wir die Alraune fanden», fügte er stumm hinzu, und ein Gedanke begann in seinem Kopf Gestalt anzunehmen, ein Plan, der Alessandra Fiorentina zu seiner lebenslangen Liebessklavin machen sollte.

Es irritierte Alessandra, dass sie so abgelenkt wirkten, doch war sie viel zu vornehm, um sich etwas anmerken zu lassen. «Was seid ihr doch für zwei kaltherzige Nichtsnutze», schalt die Kurtisane, ohne ihre tiefe, rauchige, gleichgültig klingende Stimme auch nur um einen Ton anzuheben. «Bedeutet er euch denn gar nichts, der Name eures verlorenen besten Freundes, von dem ihr neunzehn Jahre lang kein Wort gehört habt?»

Ago war zu sprachlos, um etwas zu erwidern, doch waren neunzehn Jahre in Wahrheit eine lange Zeit. Sie hatten Argalia geliebt, hatten ihn verloren und Monate, gar Jahre gehofft, von ihm zu hören. Schließlich erwähnten sie seinen Namen nicht mehr, da sie beide überzeugt waren, Argalias Schweigen müsse bedeuten, dass ihr Freund tot sei, auch wenn sie es sich nicht eingestehen wollten. Also hatten sie die Erinnerung an Argalia in sich vergraben, denn solange sein Name tabu blieb, lebte er vielleicht noch. Dann aber wuchsen sie heran, und sie verloren ihn irgendwo tief in sich, die Erinnerung verblasste, bis sie nur noch ein verschwiegener Name war. Es fiel schwer, ihn sich ins Leben zurückzurufen.

Am Anfang waren drei Freunde, die jeder für sich auf Reisen gingen. Ago hasste das Reisen, doch war es ihm vorherbestimmt, den steinigen Weg der Liebe einzuschlagen. Il Machia sah besser aus, interessierte sich aber mehr für das Streben nach Macht, einem weit verlässlicheren Aphrodisiakum als jede Zauberwurzel. Und Argalia, Argalia war am Himmel verschollen, er war ihr Zugvogel ... «Sind es schlechte Neuigkeiten?», fragte Niccolò. «Verzeiht. Wir haben uns fast ein Leben lang vor diesem Moment gefürchtet.»

Alessandra deutete auf eine Nebentür. «Bring die beiden zu ihr», sagte sie zu Giulietta Veronese. «Ich bin zu müde, um jetzt Fragen zu beantworten.» Mit diesen Worten legte sie den Kopf auf den rechten Arm und versank in Schlaf, während ihrer vollkommenen Nase die fast lautlose Ahnung eines leisen Schnarchens entwich. «Ihr habt sie gehört», sagte die Zwergin Giulietta barsch, «Zeit, zu gehen.» Doch dann bewies sie ein wenig Mitleid und fügte hinzu: «Ihr werdet all Eure Antworten hier drinnen finden.»

Hinter der Tür befand sich ein weiteres Schlafgemach, doch die Frau da drinnen schlief nicht und war auch nicht nackt. Das Zimmer wurde nur spärlich erleuchtet – eine einzelne Kerze in ihrem Halter an der Wand war schon fast herabgebrannt –, und als sich die Augen ans Dämmerlicht gewöhnten, sahen sie vor sich eine stolze Odaliske in engem Mieder, weiten Hosen, die Taille entblößt, die Hände vor der Brust gefaltet. «Blöde Kuh», sagte Giulietta Veronese, «vielleicht glaubt sie, immer noch im Harem zu sein, und kann sich mit den Tatsachen nicht abfinden.» Sie trat dicht an die Odaliske heran, die beinahe doppelt so groß war wie sie selbst, und rief ihr von der Höhe ihres Bauchnabels zu: «Du bist von Piraten gefangen genommen worden! Von *Piraten*! Schon vor zwei Wochen – *il y a déjà deux semaines* –, und du wurdest auf einem Sklavenmarkt in Venedig verkauft! *Un marché aux esclaves!* Verstehst du? Begreifst du, was ich dir sage? *Est-ce que tu comprends ce que je te dis?*» Sie wandte sich wieder an Ago und Il Machia. «Ihr Besitzer will sie uns verkaufen, wenn sie uns gefällt, aber wir haben uns noch nicht entschieden. Sie sieht verdammt gut aus, Brüste, Hintern, alles bestens» – lüstern befummelte die Zwergin die regungslose Frau –, «aber sie ist ein verdammt komischer Vogel.»

«Wie heißt sie?», fragte Ago. «Warum redet Ihr sie auf Französisch an? Und warum sieht sie aus, als wäre sie in Stein verwandelt?»

«Wir haben eine Geschichte über eine französische Prinzessin gehört, die von Türken gefangen genommen wurde», erzählte Giulietta Veronese, während sie wie ein Raubtier um die stumme Frau schlich. «Erst hielten wir sie bloß für ein Märchen. Nun, vielleicht ist dies hier die Prinzessin, vielleicht auch nicht. Jedenfalls spricht sie Französisch, so viel steht fest. Allerdings verrät sie uns keinen richtigen Namen. Fragt man sie, wie sie heißt, sagt sie: *Ich bin der Gedächtnispalast.* Fragt sie selbst. Nur zu. Warum nicht? Habt Ihr etwa Angst?»

«Qui êtes-vous, mademoiselle?», fragte Il Machia mit seiner sanftesten Stimme, und die Steinfrau erwiderte: *«Je suis le palais des souvenirs.»*

«Seht Ihr?», krähte Giulietta triumphierend. «Als wäre sie kein Mensch, sondern eine Art Ort.»

«Was hat sie mit Argalia zu tun?», wollte Ago wissen. Die Odaliske regte sich, als ob sie zu sprechen ansetzen wollte, verfiel dann aber wieder in Reglosigkeit.

«Damit verhält es sich folgendermaßen», sagte Giulietta Veronese. «Als sie gebracht wurde, gab sie keinen Ton von sich. Ein Palast mit verschlossenen Türen und Fenstern, das war sie. Dann fragte meine Herrin: ‹Wisst Ihr, wo Ihr seid?› Ich habe es natürlich auf Französisch wiederholt: *‹Est-ce que tu sais où tu es?›*, und als meine Herrin ergänzte: ‹Ihr seid in der Stadt Florenz›, war es, als hätte sie einen Schlüssel umgedreht. ‹Es gibt einen Raum in diesem Palast mit dem Namen Florenz›, sagte sie und machte so kleine, unverständliche Bewegungen wie ein Mensch, der geht, ohne einen Fuß vor den anderen zu setzen, so als liefe sie in ihrem Kopf irgendwohin. Und dann sagte sie jene Worte, die meine Herrin veranlassten, Euch zu ihr zu bringen.»

«Aber was hat sie denn gesagt?», wollte Ago wissen.

«Hört selbst», erwiderte Giulietta Veronese. Daraufhin drehte sie sich zur verschleierten Frau um und sagte: *«Qu'est-ce que tu connais de Florence? Qu'est-ce que se trouve dans cette chambre du palais?»* Sogleich begann das Sklavenmädchen, sich zu bewegen, als eilte sie über Flure, böge um Ecken und käme an Türen vorbei, ohne sich jedoch vom Fleck zu rühren. Endlich hob sie zu reden an: «Am Anfang», sagte sie in makellosem Italienisch, «waren drei Freunde: Niccolò ‹Il Machia›, Agostino Vespucci und Antonio Argalia. Die Welt ihrer Kindheit war ein Zauberwald.»

Ago begann zu zittern. «Woher weiß sie das? Wie kann sie nur davon gehört haben?», fragte er verblüfft, doch Il Machia erriet die Antwort. Teilweise hatte die Lösung des Rätsels etwas mit den Büchern zu tun, die in der kleinen, hochgeschätzten Bibliothek seines Vaters standen. (Bernardo war kein reicher Mann, und Bücher waren nur schwer zu bekommen, weshalb die Entscheidung, ein Werk zu kaufen, nie leichtfertig getroffen wurde.) Neben Niccolòs Lieblingsbuch *Ab Urbe Condita* von Titus Livius stand Ciceros *De Oratore* und daneben wiederum ein Band mit dem Titel *Rhetorica ad Herennium*, ein schmales Buch von einem anonymen Autor. «Laut Cicero», erinnerte sich Niccolò, «wurde diese Technik von einem Griechen namens Simonides von Ceos entwickelt, der gerade ein Abendessen mit wichtigen Leuten verlassen hatte, als hinter ihm das Dach einstürzte und sämtliche Gäste unter sich begrub. Als er gefragt wurde, wer außer ihm dort gewesen sei, konnte er sich an die Namen der Toten erinnern, wenn er sich vorstellte, welchen Platz sie am Tisch eingenommen hatten.»

«Was für eine Technik?», fragte Ago.

«In der *Rhetorica* hat sie ebendiesen Namen und heißt Gedächtnispalast», antwortete Il Machia. «Man errichtet in seinem Kopf ein Gebäude, lernt, sich darin zu bewegen, und beginnt dann, Erinnerungen an die Einrichtung zu heften, an die Möbel, die Dekoration, was auch immer. Verbindet man so eine Information mit einem bestimmten Ort, kann man ungeheure Mengen davon speichern, indem man sich einfach nur durch dieses Haus im eigenen Kopf bewegt.»

«Aber diese Frau nennt sich selbst einen Palast», warf Ago ein. «Als wäre ihr Körper das Bauwerk, dem Erinnerungen anvertraut wurden.»

«Dann hat sich jemand ziemlich viel Mühe gemacht», sagte Il Machia, «einen Gedächtnispalast, groß wie ein menschliches Hirn, zu schaffen. Die Erinnerung dieser jungen Frau wurde gelöscht oder in eine Dachkammer in jenem Palast verbannt, den man in ihrem Geist errichtet hat, damit er als Aufbewahrungsstätte all dessen diene, woran sich ihr Herr erinnern wollte. Was wissen wir schon über das Osmanische Reich? Vielleicht ist das unter Türken gang und gäbe? Vielleicht ist sie auch nur Resultat einer Laune eines bestimmten Potentaten? Oder eines seiner Favoriten? Einmal angenommen, Argalia ist so ein Favorit – einmal angenommen, er selbst war der Architekt des Palastes oder doch zumindest dieser einen Kammer –, oder der Architekt war jemand, der ihn gut kannte. In jedem Fall müssen wir zu dem Schluss kommen, dass unser geliebter Jugendfreund noch lebt oder doch bis vor kurzem noch quicklebendig war.»

«Schau nur», sagte Ago, «sie fängt wieder an zu reden.»

«Es war einmal ein Fürst namens Arcalia», verkündete der Gedächtnispalast, «ein großer Krieger, der Zauberwaffen sein Eigen nannte und zu dessen Gefolge vier schreckliche Riesen gehörten. Er war zudem der attraktivste Mann der Welt.»

«Arcalia oder Argalia», entfuhr es Il Machia in heller Aufregung. «Das hört sich ganz nach unserem Freund an.»

«Arcalia, der Türke», setzte der Gedächtnispalast fort. «Träger der Verwunschenen Lanze.»

«Dieser verfluchte Tausendsassa», rief Ago Vespucci bewundernd. «Er hat getan, was er tun wollte. Er hat sich der anderen Seite angeschlossen.»

12.

An der Straße nach Genua stand ein leerer Gasthof …

An der Straße nach Genua stand ein leerer Gasthof mit verdunkelten Fenstern und offenen Türen, vom Wirt, seiner Frau, den Kindern und sämtlichen Gästen wegen eines teiltoten Riesen verlassen, der kürzlich oben eingezogen war. Der Riese war teilweise tot, weil er tagsüber vollständig tot war, nachts aber zu furchterregendem Leben erwachte. «Wer in dem Haus eine Nacht verbringt, wird bestimmt aufgefressen», warnten die Nachbarn den jungen Argalia, als er des Weges kam, doch Argalia kannte keine Angst, ging ins Haus und gönnte sich ganz allein ein herzhaftes Mahl. Kaum war der Riese in jener Nacht zum Leben erwacht, sah er Argalia und rief: «Aha, was für ein Leckerchen! Ausgezeichnet!» Argalia aber erwiderte: «Wenn du mich frisst, erfährst du nie mein Geheimnis.» Der Riese war ebenso neugierig wie dumm, was bei Riesen ja oft der Fall ist, also sagte er: «Verrat mir dein Geheimnis, kleines Leckerchen, und ich verspreche dir, dich erst zu fressen, wenn ich es weiß.» Argalia machte eine tiefe Verbeugung und begann: «Mein Geheimnis steckt in dem Kamin dort», sagte er, «und wer es zuerst entdeckt, wird der reichste Junge auf der ganzen Welt sein.» – «Oder der reichste Riese», rief der teiltote Riese. «Oder der reichste Riese», gab ihm Argalia recht, klang aber nicht sonderlich überzeugt. «Du bist viel zu breit, du passt nicht in den Kamin.» – «Ist es ein großer Schatz?», fragte der Riese. «Der größte auf Erden», erwiderte Argalia. «Deshalb hat ihn der kluge Prinz, der ihn einst zusammengerafft hat, im Kamin eines einfachen Gasthofs versteckt, da niemand vermuten würde, dass sich ein so mächtiger Monarch ein so dämliches Versteck aussuchen könnte.» – «Prinzen sind blöd», sagte der teiltote Riese. «Ganz im Gegensatz zu Riesen», setzte Argalia nachdenklich hinzu. «Genau», erwiderte der Riese und versuchte, sich in den Kamin zu zwängen. «Zu breit», seufzte Argalia. «Wie ich schon befürchtet habe. Jammerschade.» Der Riese rief: «Bei den Göttern, noch gebe ich nicht auf», und riss sich einen Arm ab. «Jetzt bin ich doch schon ein bisschen schmaler, nicht wahr?», sagte er, passte aber immer noch nicht in den Schornstein. «Vielleicht solltest du auch vom anderen Arm ein Stück abbeißen?», riet ihm Argalia, und gleich schlug der Riese seine mächtigen Zähne in den verbliebenen Arm, als wäre es ein Lammkotelett. Doch das gewaltige Ungeheuer war immer noch nicht schmal genug. «Ich habe eine Idee», sagte Argalia. «Wie wäre es, wenn du deinen Kopf schon mal vorschickst, um nachzusehen, was es oben im Kamin zu sehen gibt?» – «Ich hab bloß keine Arme mehr, mein Leckerchen», sagte der Riese bekümmert, «die Idee ist ausgezeichnet, aber ich kann meinen Kopf schließlich nicht einfach abschütteln.» – «Lass mich helfen», rief Argalia eifrig, griff nach dem Küchenbeil, sprang auf den Tisch und hieb dem Koloss mit einem einzigen wuchtigen Schlag – *ruckedizuck* – den Kopf ab. Als der Wirt, seine Frau, seine Familie und alle Gäste (die in einem nahen Graben die Nacht verbracht hatten) erfuhren, dass Argalia den teiltoten Riesen erschlagen hatte, sodass der jetzt bei Tage wie bei Nacht vollständig kopflos war, fragten sie Argalia, ob er ihnen nicht noch einmal helfen und auch den habgierigen Herzog im nahen U. köpfen könne, der ihnen das Leben zur Hölle machte. «Das geht mich nichts an», antwortete Argalia. «Löst eure Probleme selbst. Ich wollte nur ein Bett für die Nacht. Jetzt mache ich mich wieder auf den Weg zu Admiral Andrea Doria, um an seiner Seite mein Glück zu suchen.» Und mit diesen Worten ließ er die Leute einfach stehen und zog davon, seinem Schicksal entgegen ...

Die Geschichte war natürlich vollständig erlogen, aber erlogene Geschichten können in der wahren Welt manchmal sehr hilfreich sein, und es waren Geschichten dieser Art – improvisierte Versionen aus dem schier endlosen Strom an Geschichten, die ihm sein Freund Ago Vespucci erzählt hatte –, die den Kopf des kleinen Nino Argalia retteten, als man den Jungen auf dem Vordeck des Flaggschiffes von Andrea Dorias Flotte unter einer Koje fand. Ninos Informationen waren überholt gewesen – die Goldbande hatte die Franzosen bereits vor einer ganzen Weile vertrieben –, weshalb ihm klar wurde, dass der Zeitpunkt für extreme Maßnahmen gekommen war, als man ihm sagte, Doria wolle in See stechen, um gegen die Türken zu kämpfen. Die acht Trieren voll grimmiger, bis an die Zähne mit Arkebusen, Entermessern, Pistolen, Garotten, Dolchen, Peitschen und übelsten Schimpfworten bewaffneter Söldner waren schon fünf Tage auf See, als man den blinden Passagier, diesen halbverhungerten Wurm, am Ohr vor den großen *condottiere* höchstpersönlich zerrte. Argalia sah wie eine schmuddelige Lumpenpuppe aus, hatte Lumpen am Leib und presste ein Lumpenbündel an die Brust. Andrea Doria war gewiss kein Mann von gutem Charakter. Er kannte nicht die geringsten Skrupel, war eitel, ein Tyrann und zu Taten äußerster Brutalität fähig. Seine blutrünstige Armee von Glücksrittern hätte längst gegen ihn aufbegehrt, wäre er nicht auch so ein großartiger Befehlshaber, ein souveräner Meister der Strategie und absolut furchtlos gewesen. Kurz, der Mann war ein wahres Ungeheuer, und wenn ihm etwas missfiel, sah er mindestens so gefährlich wie ein Riese aus, ob nun teilweise tot oder nicht.

«Du hast zwei Minuten», sagte er zu dem Jungen, «um mir einen Grund zu nennen, warum ich dich nicht auf der Stelle über Bord werfen lassen sollte.»

Argalia sah ihm offen ins Gesicht. «Das wäre höchst unklug von Euch», log er, «denn ich verfüge über einen Schatz äußerst seltener und vielseitiger Erfahrungen. Weit und breit habe ich mein Glück gesucht und auf meinen Reisen einen Riesen geköpft –

ruckedizuck! –, den seelenlosen Zauberer erschlagen, nachdem ich ihm zuvor die Geheimnisse seiner Kunst entlocken konnte, und ich beherrsche die Schlangensprache. Ich habe den König der Fische getroffen und im Haus einer Frau mit siebzig Söhnen, aber nur einem einzigen Wasserkessel gelebt. Ich kann mich nach Belieben in einen Löwen verwandeln, in einen Adler, einen Hund oder eine Ameise, weshalb ich Euch mit der Kraft eines Löwen dienen, mit dem Auge eines Adlers für Euch spionieren, Euch treu wie ein Hund und mich klein und unscheinbar wie eine Ameise machen könnte, sodass Ihr nie den Attentäter seht, der in Euer Ohr krabbelt, um Euch zu vergiften. Kurz und gut, mit mir ist nicht zu spaßen. Ich mag klein sein, aber ich bin es allemal wert, von Euch aufgenommen zu werden, denn ich lebe mein Leben nach demselben Grundprinzip wie Ihr.»

«Und was wäre das für ein Grundprinzip, wenn ich fragen darf?», wollte Andrea Doria leicht amüsiert wissen. Er hatte einen seltsam abstehenden Bart, einen sardonisch verzogenen Mund und glitzernde Augen, denen nicht das Geringste entging.

«Dass der Zweck die Mittel heiligt», erwiderte Argalia, ein Satz, den Il Machia gern in jenen ethischen Debatten zum Besten gegeben hatte, in denen es darum gegangen war, ob man die Alraune einsetzen dürfe, um andernfalls unerreichbare Frauen zu verführen.

«Der Zweck heiligt die Mittel», wiederholte Doria überrascht. «Nun, das ist verdammt gut ausgedrückt.»

«Der Satz stammt von mir», sagte Argalia, «denn wie Ihr bin ich eine Waise, hatte wie Ihr in meiner Jugend keinen Heller und musste wie Ihr notgedrungen unser Handwerk erlernen. Waisen wissen außerdem: Wenn sie überleben wollen, müssen sie tun, was immer nötig ist. Da gibt es keine Grenzen.» Was hatte Il Machia nochmal gesagt, als der Erzbischof gehängt wurde? «Nur der Stärkere überlebt.»

«Nur der Stärkere überlebt», sinnierte Andrea Doria. «Noch so eine höllisch gefährliche Idee. Bist du da ebenfalls von allein drauf gekommen?» In bescheidenem Stolz senkte Argalia den Kopf. «Da auch Ihr eine Waise seid», hob er erneut an, «wisst Ihr, dass ich zwar wie ein Kind aussehen mag, deshalb aber noch lange kein hilfloser Säugling bin. Ein ‹Kind› ist behütet und umsorgt, wird vor der wahren Welt geschützt und darf Jahre in bloßem Spiel verbringen – es ist zudem ein Wesen, das glaubt, Weisheit lasse sich in der Schule erwerben. ‹Kindheit› aber ist ein Luxus, den ich mir nicht leisten kann, ebenso wenig wie Ihr es konntet, denn die Wahrheit über die ‹Kindheit› liegt in den verlogensten Geschichten dieser Welt verborgen. Kinder nehmen es mit Ungeheuern und Dämonen auf und überleben nur, wenn sie keine Furcht kennen. Kinder verhungern, wenn sie den Zauberfisch nicht befreien, der ihnen drei Wünsche gewährt. Kinder werden bei lebendigem Leib von Trollen gefressen, falls es ihnen nicht gelingt, diese Unholde bis zum Sonnenaufgang aufzuhalten, da sie sich dann wieder in Steine verwandeln. Ein Kind muss lernen, wie man Bohnen wirft, um daraus die Zukunft abzulesen, wie man auch Bohnen wirft, um sich Männer und Frauen gefügig zu machen, und wie man die Bohnenstängel wachsen lässt, an denen sich die Zauberbohnen finden. Waisen sind gleichsam zur Potenz erhobene Kinder, die ein ebenso märchenhaftes wie extremes Leben führen.»

«Gebt diesem großmäuligen Philosophen zu essen», befahl Admiral Doria seinem Bootsmann, einem furchterregenden Ochsen von Matrosen namens Ceva. «Vielleicht ist er uns noch von Nutzen, ehe die Reise zu Ende geht, und bis dahin werden mich seine koboldhaften Lügengeschichten gewiss unterhalten.»

Der Bootsmann hielt Argalia immer noch fest am Ohr gepackt, als er ihn aus der Kajüte des Kapitäns führte. «Glaub bloß nicht, dein blödes Gequatsche hätte dich gerettet», sagte er. «Du bist nur aus einem einzigen Grund noch am Leben.»

«Aua», rief Argalia, «und was wäre das für ein Grund?»

Ceva zog noch fester an seinem Ohr. Auf die rechte Wange hatte er sich einen Skorpion tätowieren lassen, und er besaß die toten Augen eines Mannes, der niemals lachte. «Der Grund ist der, dass du irgendwie den Mumm oder die Unverschämtheit aufgebracht hast, ihm direkt ins Gesicht zu sehen, denn wenn ein Kerl ihm nicht in die Augen sieht, reißt er ihm die Leber raus und verfüttert sie an die Möwen.»

«Über kurz oder lang», erwiderte Argalia, «werde ich der Kommandant sein und solche Urteile fällen. Und du? Du solltest besser *mir* in die Augen sehen, sonst kannst du was erleben.»

Ohne die geringste Spur von Zuneigung verpasste Ceva ihm eine Kopfnuss. «Du wirst warten müssen, bis es so weit ist, Zwerg», sagte er, «denn wenn du deinen Schädel nicht in den Nacken legst, kannst du mir nicht in die Augen, sondern höchstens auf meinen Schwanz sehen.»

Im Gegensatz zu dem, was ihm Ceva der Skorpion sagte, mussten Argalias verrückte Geschichten doch etwas mit seinem Überleben zu tun gehabt haben, denn nur allzu bald stellte sich heraus, dass der monströse Admiral Andrea wie jeder tumbe Riese eine Schwäche für derartige Erzählungen besaß. Wenn sich abends das Meer schwarz färbte und die Sterne Löcher ins Firmament brannten, pflegte sich der Admiral unter Deck eine Opiumpfeife anzuzünden und nach dem randvoll mit Geschichten gefüllten Jungen zu rufen. «Da Eure Genueser Schiffe alle Trieren sind», begann Argalia, «solltet Ihr auf dem ersten Deck Käse mit Euch führen, Brotkrumen auf dem zweiten und fauliges Fleisch auf dem dritten. Kommt Ihr dann zur Insel der Ratten, gebt ihnen den Käse, die Brotkrumen werden die Bewohner der Ameiseninsel erfreuen, und das faulige Fleisch, nun, das lieben die Vögel der Geierinsel. Danach habt Ihr mächtige Verbündete. Die Ratten nagen sich für Euch durch jedes Hindernis, sogar durch Berge, und die Ameisen leisten Euch all die Dienste, die für menschliche Hände zu delikat und fein sind. Wenn Ihr die Geier aber nett bittet, fliegen sie Euch sogar auf den Gipfel des Berges, auf dem der Quell ewiger Jugend entspringt.»

Andrea Doria grunzte. «Aber wo finde ich diese verdammten Inseln?», wollte er wissen.

«Admiral», erwiderte der Junge, «Ihr gebt den Kurs an, nicht ich. Sie werden schon irgendwo auf Euren Karten eingetragen sein.» Trotz dieser frechen Antwort lebte er noch am nächsten Tag, um eine weitere Geschichte zu erzählen – *Es waren einmal drei Apfelsinen, und in jeder steckte ein wunderschönes Mädchen, das sterben musste, wenn es nicht auf der Stelle Wasser bekam, sobald es die Apfelsine verließ* –, und der in Rauchwolken gehüllte Admiral murmelte ihm im Austausch Vertraulichkeiten zu.

Das Meer war voller Mord und Totschlag. In diesen Gewässern marodierten, plünderten und kidnappten die Berberpiraten, und seit dem Fall von Konstantinopel war hier gleichfalls die osmanische Marine aktiv, die Galeerenflotte der Osmanli-Türken. Diesen maritimen Ungläubigen hielt Admiral Andrea Doria nun sein pockennarbiges Gesicht entgegen. «Ich vertreibe sie vom *Mare Nostrum* und mache Genua zur Herrin der Wellen», prahlte er, und Argalia wagte keinen Widerspruch und kein skeptisches Wort. Andrea Doria beugte sich zu dem still gewordenen Jungen vor, die Augen milchig vor lauter *afim*. «Was du weißt und was ich weiß, das weiß auch der Feind», flüsterte er ihm traumverloren in seinem Opiumrausch zu. «Sogar der Feind folgt dem Gesetz eines Waisenkindes.»

«Wen meint Ihr?», fragte Argalia. «Mahomet», erwiderte Andrea Doria. «Mahomet, ihren Waisengott.»

Argalia hatte nicht gewusst, dass er seinen Waisenstatus mit dem Propheten des Islam teilte. «Der Zweck heiligt die Mittel», fuhr Andrea Doria mit träger, schwerer Stimme fort. «Verstehst du? Sie leben nach derselben Regel wie wir. Das eine und einzige Gebot. *Wir tun, was nötig ist*. Ihre Religion ist also dieselbe wie unsere.»

Argalia holte tief Luft und stellte gefährliche Fragen. «Wenn das stimmt», sagte er, «sind sie dann wirklich unsere Feinde? Steht der wahre Gegner nicht immer im Gegensatz zu uns? Kann das Gesicht, das wir im Spiegel sehen, unser Feind sein?»

Admiral Doria versank schon fast in Bewusstlosigkeit. «Ganz recht», murmelte er noch, ehe er in den Sessel zurückfiel und zu schnarchen begann. «Außerdem gibt es da einen Feind, den ich noch stärker hasse als dieses mohammedanische Piratengesindel.»

«Und der wäre?», fragte Argalia.

«Venedig», sagte Doria. «Diese venezianischen Gecken mache ich auch noch fertig.»

Während die acht Genueser Trieren in Kampfformation über das Meer fuhren und ihre Beute jagten, begriff Argalia, dass die Religion bei alldem keine Rolle spielte. Die Korsaren der Berberstaaten dachten gar nicht daran, irgendwas zu erobern oder ihren Glauben zu verbreiten. Sie interessierten sich ausschließlich für Lösegeld, für Gewalt und Erpressung. Und was die Osmanen betraf, so wussten sie, wenn die neue Hauptstadt Stambul überleben wollte, mussten Lebensmittel von andernorts in den Hafen gelangen und die Schifffahrtsrinnen offen bleiben. Zudem wurden sie allmählich raffgierig und schickten Schiffe aus, um Hafenstädte, aber auch Städte abseits der Ufer des Ägäischen Meeres anzugreifen; und für Venezianer hatten sie erst recht nichts übrig. Macht, Reichtum, Besitz, Reichtum und Macht. Argalia kamen nachts jetzt ebenfalls Träume, in denen es vor exotischen Juwelen nur so wimmelte. Allein in seiner Koje auf dem Vorderdeck, schwor er sich: «Niemals werde ich als armer Mensch nach Florenz zurückkehren, nur als ein mit Reichtümern beladener Prinz.» Sein Vorhaben war wirklich sehr einfach. Die Natur der Welt hatte sich offenbart.

Wenn die Dinge am einfachsten scheinen, erweisen sie sich unweigerlich auch als höchst tückisch. Nach einer siegreichen Begegnung mit den Piratenschiffen der Barbarossa-Brüder von Mytilene troff der Admiral auf höchst befriedigende Weise vor Sarazenenblut und verfolgte selben Tags noch die Hinrichtung der gefangenen Piraten – sie wurden geteert und bei lebendigem Leib auf dem Marktplatz ihrer Heimatstadt verbrannt –, als ihm der tollkühne Einfall kam, in die Ägäis vorzudringen und die Osmanen in ihren heimischen Gewässern anzugreifen. Doch kaum befuhr die Goldbande das sagenumwogte Meer, um sich den osmanischen Galeeren zu stellen, da stieg ein seltsamer Nebel auf, beinahe so, als wäre olympischer Unfug am Werk oder als hätten die alten Götter dieser Gegend, frustriert von der langen Tristesse eines Zeitalters, in dem es ihnen an unmittelbarem Einfluss auf die Gefühle und Treuepflichten der Menschen mangelte, beschlossen, mit ihnen zu spielen und allein um der alten Zeiten willen ihre Pläne zu durchkreuzen. Die acht Genueser Trieren bemühten sich, die Kampfformation zu halten, doch zu verwirrend war der mit dem Geheul von Ghulen, dem Gekreisch von Hexen, dem Gejammer Ertrunkener und dem Gestank der Pestilenz durchsetzte Nebel, weshalb selbst die abgebrühtesten Söldner bald in Panik gerieten. Das System von Nebelhornsignalen, das Admiral Doria sich eigens für einen solchen Tag ersonnen hatte, erwies sich nur allzu bald als völlig wertlos. Jedem Schiff war eine Abfolge kurzer und langer Hornstöße zugeordnet worden, doch angesichts eines derartigen Miasmas des Todes und des Aberglaubens verloren die Kommunikationsversuche der verstörten Söldner rasch an Eindeutigkeit, ganz wie die Nebelhornsignale der Osmanen, sodass schließlich niemand mehr wusste, wer Freund und wer Feind war.

Abrupt begannen die Kanonen der Trieren zu feuern, ebenso die mächtigen Drehbassen an Deck der osmanischen Galeeren, sodass die roten Mündungsflammen und hellen Blitze der mächtigen Geschütze inmitten dieses gestaltlosen Nebelinfernos wie kleine Ausblicke auf das Höllenfeuer wirkten. Überall erblühte Gewehrfeuer, ein flackernder Garten roter, tödlicher Blumen. Niemand wusste, wer auf wen schoss oder wie man sich am besten verhielt; eine große Katastrophe schien unvermeidlich. Doch dann, so plötzlich, als hätten beide Seiten in genau demselben Moment die Gefahr erkannt, wurde es still. Kein Schuss war mehr zu hören, keine rufende Stimme ertönte, kein Nebelhorn. Überall in der weißen Leere begannen leise, verstohlene Bewegungen. Argalia, der allein auf dem Deck des Flaggschiffes stand, spürte, wie ihm das Schicksal die Hand auf die Schulter legte, und merkte überrascht, dass diese Hand vor Angst zitterte. Er wandte sich um. Nein, kein Schicksal stand hinter ihm, sondern Ceva, der Bootsmann, nicht länger grimmig und furchteinflößend, sondern so mutlos wie ein geschlagener Köter. «Der Admiral braucht dich», flüsterte er dem Jungen zu und führte ihn unter Deck, wo Andrea Doria ihn erwartete, in der Hand das große Nebelhorn des Flaggschiffs. «Heute ist dein Tag, mein kleiner Mann und Geschichtenerzähler», verkündete der Admiral leise. «Heute wirst du mit Taten und nicht mit Worten wahre Größe erlangen.»

Der Plan sah vor, dass Argalia in einer kleinen Jolle ins Wasser gelassen wurde, um dann so rasch wie möglich vom Flaggschiff fortzurudern. «Nach jedem hundertsten Ruderschlag», sagte der Admiral, «stößt du in dieses Horn. Der Feind wird meine Raffinesse für Arroganz halten und die Herausforderung von Andrea Dorias *cornetto* annehmen, wird dich mit seinen Schiffen verfolgen und glauben, große Beute zu machen – soll heißen, mich höchstpersönlich gefangen zu nehmen! –, doch unterdessen bietet sich mir ein Vorteil, und ich werde ihn vernichtend von einer Seite schlagen, aus der er mich nicht erwartet.»

Argalia schien es ein schlechter Plan zu sein. «Und ich?», fragte er mit Blick auf das Horn in seiner Hand. «Wenn die Schiffe der

Ungläubigen meinem kleinen Boot nachjagen, was soll ich dann tun?» Ceva der Skorpion packte ihn, hob ihn hoch und warf ihn in die Jolle. «Rudere», zischte er, «kleiner Held, rudere um dein verdammtes Leben.»

«Wenn sich der Nebel lichtet und der Feind besiegt ist», so das ein wenig vage Versprechen des Admirals, «holen wir dich wieder an Bord.» Ceva gab der Jolle einen kräftigen Stoß. «Genau», zischte er, «das machen wir.»

Dann waren da nur noch der weiße Nebel und das Meer, Land und Himmel kaum mehr als uralte Fabeln. Das ganze Universum bestand aus nichts als diesem blinden Dahintreiben. Eine Weile tat er, was man ihm aufgetragen hatte, hundert Ruderschläge, dann ein Stoß ins Horn, zweimal, dreimal, doch hörte er nie eine Antwort. Die Welt blieb stumm und lebensgefährlich. Bald würde der Tod in einer lautlosen Woge über ihn hereinbrechen. Die Schiffe der Osmanen würden auf ihn zusteuern und ihn wie einen Käfer zerdrücken. Er hörte auf, ins Horn zu blasen, denn er sah ein, dass den Admiral sein Schicksal nicht interessierte, dass er seinen «kleinen Geschichtenerzähler» so beiläufig geopfert hatte, wie andere Männer über die Reling ins Meer spuckten. Für ihn war er nicht mehr als ein Klecks Rotz, der eine Weile auf den Wellen tanzte, ehe er unterging. Argalia versuchte, sich Geschichten zu erzählen, um sich bei Laune zu halten, doch wollten ihm nur Gruselgeschichten einfallen, ein aus der Tiefe aufsteigender Leviathan, der das Boot mit seinen gigantischen Kiefern zermalmte, sich windende Tiefseewürmer, Drachen, die unter Wasser ihren feurigen Atem ausstießen. Bald versiegten auch diese Geschichten, und er blieb wehrlos und schutzlos zurück, eine einsame menschliche Seele, die auf unbestimmtem Kurs ins Weiß steuerte. Das war, was von einem Menschen blieb, wenn man ihm sein Heim nahm, Familie, Freunde, seine Stadt, sein Land, seine Welt: ein Wesen ohne Zusammenhänge, dessen Vergangenheit verblasst, dessen Zukunft trostlos war, ein seines Namens, seiner Bedeutung, seines Lebenssinns beraubtes Wesen, nichts mehr als nur ein zeitweilig schlagendes Herz. «Ich bin absurd», sagte er sich. «Ein Kakerlak in einem dampfenden Haufen Scheiße ist bedeutsamer als ich.» Als er viele Jahre später Qara Köz traf, die verschwiegene Mogulprinzessin, und sein Leben endlich jene Bedeutung gewann, die das Schicksal für ihn bereitgehalten hatte, entdeckte er in ihren Augen den unermesslichen Zweifel des Verlassenseins und begriff, dass auch sie sich der völligen Absurdität des menschlichen Daseins gestellt hatte. Allein aus diesem Grund hätte er sie geliebt, doch gab es dafür auch noch andere Gründe.

Der Nebel verdichtete sich, drang ihm in Augen, Nase und Hals. Er spürte, wie er nach Luft rang. Vielleicht sterbe ich jetzt, dachte er. Sein Lebenswille war gebrochen. Was ihm das Schicksal auch bringen mochte, er würde sich damit abfinden. So lag er in dem kleinen Boot und dachte an Florenz, sah seine Eltern, ehe die Pest sie entstellt hatte, erinnerte sich an Kindertage, an Ausflüge in den Wald mit seinen Freunden Ago und Il Machia und spürte, wie ihn angesichts dieser Erinnerung die Liebe überkam. Gleich darauf verlor er das Bewusstsein.

Als er aufwachte, hatte der Nebel sich gelichtet, und auch die acht Trieren des Admirals Andrea Doria waren verschwunden. Der große *condottiere* von Genua hatte den Schwanz eingekniffen und war geflohen, das Nebelhorn in der Jolle war bloß ein einfaches Ablenkungsmanöver gewesen. Hilflos schaukelte Argalia in seinem kleinen Boot direkt vor der versammelten osmanischen Marine wie eine von einem halben Dutzend hungriger Katzen umstellte Maus. Argalia richtete sich auf, winkte seinen Bezwingern zu und blies, so laut er konnte, ins Nebelhorn des Admirals.

«Ich ergebe mich», schrie er. «Kommt doch und holt mich, ihr gottlosen türkischen Schweine.»

13.

Im Kinderlager in Usküb …

Im Kinderlager in Usküb *(so der Gedächtnispalast)* wurden viele Sprachen gesprochen, doch gab es nur einen Gott. Jedes Jahr streifte die Presspatrouille durch das wachsende Reich, um die *devshirmé*-Steuer zu erheben, den Knabenzins. Die stärksten, klügsten, hübschesten Jungen machte man zu Sklaven und verwandelte sie in Organe des herrschaftlichen Willens. Grundsatz des Sultanats war nämlich die Macht durch Metamorphose. *Wir nehmen die Besten aus eurem Nachwuchs, um sie vollständig umzuwandeln. Wir sorgen dafür, dass sie euch vergessen, und formen aus ihnen die Macht, die euch unter unserer Knute hält. Von euren eigenen verlorenen Kindern werdet ihr regiert werden.* In Usküb, wo der Prozess der Umwandlung begann, wurden viele Sprachen gesprochen, doch gab es nur eine Uniform, die Pluderhosenkluft der osmanischen Rekruten. Unserem Helden wurden die Lumpen abgenommen, er wurde gewaschen, bekam zu essen, und man gab ihm klares Wasser. Dann nahm man ihm auch sein Christentum und nötigte ihn, den Islam überzustreifen wie einen neuen Pyjama. Es gab Griechen in Usküb und Albanier, Bosnier und Kroaten und Serben, auch Mamelucken, weiße Sklaven von überall aus dem Kaukasus, Georgier und Mingrelier, Tscherkessen und Abchasen, und es gab auch Armenier und Syrier. Unser Held war der einzige Italiener. Florenz zahlte keinen Knabenzins, doch würde sich das nach Ansicht der Osmanen im Laufe der Zeit gewiss ändern. Die neuen Herren taten, als hätten sie Mühe, seinen Namen auszusprechen; *al-ghazi*, der Eroberer, wurde er scherzhaft genannt, auch *al-khali*, die Leere, das Gefäß. Sein Name aber war unwichtig. Argalia, Arcalia, Arqalia, Al-Khaliya. Sinnlose Laute, darauf kam es nicht an. Es war seine Seele, die, genau wie die Seelen aller anderen Jungen, eine neue Führung brauchte. Auf dem Paradeplatz ordneten sich mürrisch die neu eingekleideten Kinder in Reih und Glied vor einem Mann in langer Kutte, dessen weißer Hut so hoch war wie sein Bart lang, drei Fuß weit ragte der eine über seinen Brauen auf, der andere fiel gleich tief von seinem Kinn herab, was den Eindruck erweckte, er besäße einen immens langen Kopf. Er war ein heiliger Mann, ein Derwisch vom Orden der Bektaschi, und er sollte sie zum Islam bekehren. Mit ihren vielen verschiedenen Akzenten plapperten die wütenden, verängstigten Jungen den notwendigen arabischen Satz über den einen Gott und seinen Propheten nach. Ihre Metamorphose hatte begonnen.

Selbst während er im Dienste der Republik unterwegs war, konnte Il Machia nicht aufhören, an den Gedächtnispalast zu denken. Im Juli galoppierte er in Richtung Ravenna nach Forlì, um Gräfin Caterina Sforza Riario zu überreden, ihren Sohn Ottaviano für weitaus weniger Geld an der Seite der Florentiner kämpfen zu lassen, als sie gefordert hatte, denn sollte sie sich weigern, würde sie den Schutz der Stadt Florenz verlieren und folglich der Gnade des grausamen Herzogs Cesare Borgia der Romagna ausgeliefert sein, des Sohnes von Papst Alexander VI. Die «Madonna von Forlì» war so außerordentlich schön, dass selbst Il Machias Freund Biagio Buonaccorsi für eine Weile aufhörte, sich mit Andrea di Romolo zu verlustieren, um Niccolò zu bitten, ihm ein Bild von ihr mitzubringen. Doch Niccolò dachte nur an die namenlose Französin, die wie eine Marmorstatue im Boudoir des Hauses Mars von Alessandra Fiorentina stand. «He, Machia», schrieb Ago Vespucci, «komm schnell zurück, denn ohne Dich organisiert niemand unsere Kneipen- und Kartenabende; außerdem steckt Deine Kanzlei bis oben hin voll mit den blödesten Arschlöchern Italiens, die uns alle ohne

Ausnahme feuern wollen – also ist Deine ewige Herumreiterei auch schlecht fürs Geschäft.» Aber Niccolò hatte keinerlei Gedanken übrig für Ränkespiele oder Dolce Vita, gab es für ihn doch nur eine einzige Frau, die er verführen wollte, falls er denn je den Schlüssel fand, der ihm ihr geheimes Innerstes aufschloss, ihre unter dem Gedächtnispalast verborgene Persönlichkeit.

Manchmal sah Il Machia die Welt allzu analog, sah eine Situation analog zu einem gänzlich anderen Geschehen. Als Caterina seinen Vorschlag ablehnte, hielt Il Machia dies daher für ein schlechtes Omen. Vielleicht würde er beim Gedächtnispalast ebenfalls versagen. Als Cesare Borgia dann bald darauf – wie von Niccolò vorhergesagt – die Stadt Forlì attackierte und eroberte, stellte sich Caterina hoch oben auf die Stadtmauern, hielt dem Herzog von Romagna ihr Genital hin und rief, er könne sie mal. Sie endete als Gefangene des Papstes im Castel Sant'Angelo, doch hielt Il Machia, der die Welt manchmal ein wenig zu analog sah, ihr Schicksal für ein gutes Zeichen. Als Gefangene in Papst Alexanders Burg schien ihm Caterina Sforza Riario ein Spiegelbild jener Frau zu sein, die in einem verdunkelten Zimmer in Königin Alessandras Haus Mars verwahrt wurde. Und dass sie sich vor Borgia entblößt hatte, bedeutete möglicherweise, dass der Gedächtnispalast einwilligte, selbiges vor ihm zu tun.

Also kehrte er zum Haus Mars zurück, und die Kupplerin Giulietta erklärte sich widerstrebend bereit, ihm uneingeschränkten Zugang zum Gedächtnispalast zu gewähren, da auch sie hoffte, es gelänge ihm, die somnambule Dame aufzuwecken, damit sie sich endlich wie eine normale Kurtisane und nicht länger wie eine redende Statue benahm. Il Machia hatte die Omen korrekt gedeutet. Kaum war er mit ihr allein im Boudoir, nahm er sie bei der Hand und hieß sie sanft, sich auf das Himmelbett zu legen, das passenderweise mit französischen, blassblauen Seidendraperien verhängt war, bestickt mit den goldenen Lilien der Bourbonen. Sie war eine hochgewachsene Frau, es würde einfacher sein, wenn sie lag. Dann legte er sich neben sie, streichelte ihr das Haar, wisperte ihr Fragen ins Ohr und knöpfte unterdessen das Serailmieder auf. Ihre Brüste waren klein. Das war in Ordnung. Sie verschränkte die Finger über der Taille und ließ seine Hände widerstandslos gewähren, während sie Erinnerungen von sich gab, die tief in ihr vergraben gewesen waren. Das schien sie zu erleichtern, und je mehr Ballast sie ablud, desto leichter wurde ihr auch ums Herz. «Erzähl mir alles», flüsterte ihr Il Machia ins Ohr und küsste dabei die frisch aufgedeckte Brust, «dann wirst du frei sein.»

*

Nachdem man den Knabenzins eingetrieben hatte *(erzählte der Gedächtnispalast)*, wurden die Jungen nach Stambul gebracht und unter angesehenen türkischen Familien aufgeteilt, damit sie ihnen dienten und die türkische Sprache sowie die Feinheiten des muslimischen Glaubens lernten. Danach folgte die militärische Ausbildung. Später dann traten die Jungen entweder als Pagen unter dem Titel eines *Ich-Oghlán* dem herrschaftlichen Serail bei, oder sie kamen als *Ajém-Oghlán*, als einfache Rekruten, zum Korps der Janitscharen. Im Alter von elf Jahren wurde der Held, der mächtige Krieger, Träger der Verwunschenen Lanze und attraktivster Mann der Welt, ein Janitschar, Gott sei gelobt, und darüber hinaus wurde er zum größten Kämpfer der Janitscharen in der Geschichte des Korps. Ach, die gefürchteten Janitscharen des Osmanli-Sultans, möge ihr Ruhm sich über die gesamte Welt verbreiten! Sie waren keine Türken, aber dennoch die Säulen des türkischen Imperiums. Juden wurden nicht zugelassen, deren Glaube war zu stark, um geändert werden zu können, auch keine Zigeuner, die waren Abschaum, selbst bei den Moldawiern und den Walachen Rumäniens führte man keine Knabenlese durch.

Zur Dienstzeit des Helden kämpfte man sogar gegen die Walachen und deren König Vlad Dracula, den Pfähler.

Während ihm der Gedächtnispalast von den Janitscharen erzählte, richtete sich Il Machias ganzes Augenmerk auf ihre Lippen. Sie erklärte, wie man die Kadetten bei der Ankunft in Stambul nackt inspizierte, doch erfreute ihn nur, wie schön ihr Mund aussah, wenn sie das französische Wort *nus* aussprach. Sie redete davon, wie man die Knaben zu Metzgern und Gärtnern ausbildete, er aber fuhr nur mit dem Zeigefinger ihre Lippen nach. Sie sagte, man tilgte ihre Vor- und Familiennamen; sie wurden zu Abdullahs, Abdulmomins oder bekamen andere Namen, die mit Abd begannen, denn das bedeutete Sklave und verriet ihren Status in der Welt. Doch statt bekümmert zuzuhören, wie diese jungen Leben verformt wurden, dachte er nur daran, dass ihm missfiel, wie sie die Lippen spitzte, wenn sie die orientalischen Silben aussprach. Er küsste ihre Mundwinkel, als sie ihm vom Obersten Weißen Eunuchen und vom Obersten Schwarzen Eunuchen erzählte, die für die Ausbildung der Knaben verantwortlich waren, und davon, dass der Held, sein Freund, als oberster Falkner angefangen habe, ein beispiellos hoher Rang für einen Kadetten. Er wusste, sein verlorener Freund, der Junge ohne Kindheit, würde im Laufe ihrer Geschichte heranwachsen, er würde mit jedem Satz älter werden, den sie erzählte, und er wusste auch, dass Argalia hatte, was immer Kinder haben, denen die Kindheit fehlt, dass er zu einem Mann wurde oder was immer Kinder ohne Kindheit werden, wenn sie aufwachsen, vielleicht zu einem Mann ohne Mannheit. Ja, Argalia erwarb kriegerische Fähigkeiten, die Furcht und Bewunderung in anderen Männern weckten, und er sammelte einen Kreis junger Krieger um sich, Knabenzinskadetten aus fernen Ländern Europas, aber auch die vier Schweizer Albino-Riesen Otho, Botho, Clotho und d'Artagnan, Söldner, die in Schlachten gefangen genommen und auf dem Sklavenmarkt von Tanger verkauft worden waren, dazu noch einen wilden Serben namens Konstantin, den man bei der Belagerung von Novo Brdo aufgegriffen hatte. Doch obwohl diese Informationen wichtig waren, verfiel Il Machia in einen Tagtraum, als er die kleinen Zuckungen betrachtete, die beim Reden über das Gesicht des Gedächtnispalastes huschten. Ja, Argalia war irgendwo aufgewachsen und hatte diverse Taten vollbracht, und all das waren Informationen, über die er verfügen sollte, gewiss, aber vor allem waren da diese sanft sich regenden Rundungen ihrer Lippen und Wangen, die präzisen Bewegungen von Zunge und Kiefer, der Schimmer ihrer Alabasterhaut.

Manchmal lag er in Percussina unweit vom Hof auf der blätterweichen Erde im Wald und lauschte dem Zweitongesang der Vögel: hoch tief hoch, hoch tief hoch tief, hoch tief hoch tief hoch. Dann wieder sah er einem Waldbach zu, sah das Wasser übers Kieselbett plätschern und betrachtete die winzigen Modulationen von Welle und Strom. So war der Körper einer Frau. Beobachtete man ihn aufmerksam, konnte man sehen, wie er sich im Takt der Welt bewegte, erkannte einen tiefer liegenden Rhythmus, die Musik unterhalb der Musik, die Wahrheit unterhalb der Wahrheit. Er glaubte an diese verborgene Wahrheit, wie andere Menschen an Gott oder an die Liebe glauben, glaubte, dass die Wahrheit eigentlich immer verborgen blieb, dass das Offensichtliche, das Augenscheinliche unweigerlich eine Lüge sein musste. Und da er jemand war, der das Präzise liebte, wollte er die verborgene Wahrheit möglichst genau erfassen, wollte sie deutlich sehen und festschreiben, die Wahrheit jenseits unserer Vorstellungen von Gut und Böse, von Wahr und Falsch, Schön und Hässlich, die alle nur Aspekte der oberflächlichen Beschreibung unserer Welt sind und wenig mit dem zu tun haben, wie die Dinge tatsächlich funktionieren, losgelöst von der Wesenheit, den geheimen Codes, den verborgenen Formen, den Mysterien.

Hier, am Körper dieser Frau, ließ sich das eigentliche Mysterium erkennen, an diesem scheinbar reglosen Wesen, dessen Persönlichkeit ausgelöscht worden war oder unter einer schier unendlichen Geschichte begraben lag, in labyrinthischen Geschichtenräumen, in denen man mehr Erzählungen verborgen hatte, als er hören wollte. Eine delikate Schlafwandlerin war sie, eine Leerstelle. Während er sie betrachtete, während er aufknöpfte und streichelte, strömten die auswendig gelernten Worte aus ihr heraus. Ohne alle Gewissensbisse entblößte er ihre Nacktheit, berührte sie ohne jedes Schamgefühl, streichelte sie ohne Reue. Er war der Wissenschaftler ihrer Seele. Aus den kleinsten Bewegungen einer Braue, dem Zucken eines Oberschenkelmuskels, einer plötzlichen Bewegung im linken Winkel der Oberlippe schloss er, dass sie lebte. Ihre Persönlichkeit, dieser allerhöchste Schatz, war unversehrt. Die Frau schlief nur und konnte geweckt werden. Er flüsterte ihr ins Ohr: *«Dieses Mal erzählst du deine Geschichte ein letztes Mal. Lass sie los, während du sie erzählst.»* Langsam, Satz um Satz, Episode um Episode, würde er den Gedächtnispalast abtragen und ein menschliches Wesen befreien. Er knabberte an ihrem Ohr und sah wie zur Antwort ein winziges Neigen ihres Kopfes. Er massierte ihren Fuß, und grazil bewegte sich ein Zeh. Er streichelte ihre Brust, und schwach, so schwach, dass es nur jemand sehen konnte, der nach der tieferen Wahrheit suchte, krümmte sie den Rücken. Was er tat, war nicht falsch. Er war ihr Erlöser. Sie würde ihm danken, wenn die Zeit gekommen war.

Bei der Belagerung von Trapezunt regnete es Tag um Tag. Tataren und andere Heiden lauerten in den Bergen. Der Weg von den Hügeln herab wurde zum Schlammbad, das den Pferden bis an den Bauch reichte. Man zerstörte die Vorratswagen und bettete ihre Ladung auf Kamelrücken um. Ein Kamel stürzte, eine Schatztruhe zerbrach; sechzigtausend Goldstücke fielen auf den Abhang und lagen für jedermann sichtbar da. Sogleich zogen der Held, die Schweizer Riesen und der Serbe ihre Säbel, um den Reichtum zu bewachen, bis der Herrscher eintraf. Danach vertraute der Sultan dem Helden mehr, als er seinen eigenen Verwandten traute.

Endlich schwand die Steifheit aus ihren Gliedern, und sie lag locker und einladend auf seidenem Laken. Die Geschichten, die sie jetzt erzählte, waren neueren Datums. Argalia war mittlerweile erwachsen und beinahe ebenso alt wie Il Machia und Ago. Ihre Chronologien hatten sich wieder angeglichen. Bald würde sie zum Ende kommen, und dann wollte er sie wecken. Giulietta, die *ruffiana*, ein ungeduldiger Mensch, beschwor ihn, sie zu nehmen, solange sie noch schlief. «Steckt ihn rein. Macht schon. Ihr braucht nicht vorsichtig zu sein. Besorgt es ihr nur ordentlich. Das wird ihr schon die Augen öffnen.» Doch er hatte beschlossen, sie nicht zu schänden, sondern zu warten, bis sie von allein erwachte, und Alessandra Fiorentina gab ihm recht. Der Gedächtnispalast war eine außergewöhnliche Schönheit und wollte mit Feingefühl genommen werden. So viel Respekt hatte sie verdient, auch wenn sie nur Sklavin im Haus einer Kurtisane war.

Gegen Vlad III., Kazikli Bey, den Woiwoden der Walachei, gegen Vlad «Dracula», den «Drachen-Teufel», den Pfähler-Fürsten, konnte keine sterbliche Macht bestehen. Über Fürst Vlad erzählte man sich, er trinke das Blut seiner aufgespießten Opfer, noch während sie sich in Todesqualen am Pfahl wanden, und dieses Blut lebendiger Männer und Frauen verleihe ihm eine seltsame Macht über den Tod, weshalb er nicht getötet werden, nicht sterben könne. Er sei die Bestie der Bestien. Er schnitt getöteten Männern die Nasen ab und schickte sie dem Fürsten von Ungarn, um mit seiner Tapferkeit zu prahlen. Solche Geschichten versetzten die Armee in Angst und Schrecken, weshalb sie sich nicht gerade auf den Marsch zur Walachei freute. Um die Janitscharen anzufeuern, ließ der Sultan daher dreißigtausend Goldstücke unter ihnen verteilen und sagte seinen Männern, wenn sie siegten, erhielten sie Anspruch auf Besitz sowie das

Recht, wieder ihre ursprünglichen Namen tragen zu dürfen. Vlad, der Teufel, hatte schon ganz Bulgarien gebrandschatzt und fünfundzwanzigtausend Menschen auf hölzerne Pfähle gespießt, dabei besaß er weniger Soldaten als die osmanische Armee. Wenn er sich zurückzog, hinterließ er verbrannte Erde, vergiftete Brunnen und geschlachtetes Vieh. Als das Heer des Sultans folglich ohne Wasser und Lebensmittel festsaß, befahl der Teufelskönig Überraschungsangriffe. Viele Soldaten verloren ihr Leben, und ihre Leichen wurden auf gespitzte Pfähle gespießt. Dann wich Dracula nach Targoviste aus, und der Sultan verkündete, hier müsse sich der Teufel zur letzten Schlacht stellen.

Doch in Targoviste erwartete sie ein schrecklicher Anblick. Zwanzigtausend Männer, Frauen und Kinder waren vom Teufel auf einem Palisadenzaun rund um die Stadt aufgespießt worden, nur um der herannahenden Armee zu zeigen, was sie erwartete. Säuglinge klammerten sich an ihre gepfählten Mütter, in deren faulenden Brüsten Krähen ihre Nester bauten. Von diesem Anblick, diesem Wald aufgespießter Menschen, war der Sultan derart angewidert, dass er seinen entsetzten Truppen den Rückzug befahl. Anscheinend sollte der Feldzug mit einer Katastrophe enden, doch da trat der Held mit seinen Getreuen vor. «Wir tun, was getan werden muss», sagte er, und einen Monat später kehrte der Held nach Stambul zurück, in seinem Gepäck ein Krug Honig mit dem eingelegten Kopf des Teufels. Wie sich herausstellte, war Dracula trotz aller gegenteiligen Gerüchte doch sterblich gewesen. Seinen Leichnam hatte man aufgespießt, wie er selbst so viele Menschen aufgespießt hatte, und man überließ ihn den Mönchen des Klosters Snagov, auf dass sie ihn beerdigten, wann immer sie es für angemessen hielten. In diesem Augenblick begriff der Sultan endlich, dass es sich bei dem Helden um ein übermenschliches Wesen handelte, dem verzauberte Waffen gehörten und dessen Gefährten ebenfalls mehr als bloß menschlich waren. Man erkannte ihm die höchste Ehre des osmanischen Sultanats zu, den Rang des Trägers der Verwunschenen Lanze. Außerdem wurde er zum freien Mann erklärt. «Von jetzt an», sagte der Sultan, «bist du so sehr meine rechte Hand, wie es mir meine eigene Hand ist, und du sollst auch keinen Sklavennamen mehr tragen, denn du bist nicht länger irgendeines Mannes Mameluck oder Abd; dein Name sei Pascha Arcalia, der Türke.»

Welch schönes Ende, kommentierte Il Machia trocken in Gedanken. Hat unser alter Freund also doch sein Glück gemacht. Hier konnte der Gedächtnispalast den Bericht ebenso gut beenden wie an irgendeiner anderen Stelle. Also legte er sich zu ihr und stellte sich Nino Argalia als orientalischen Pascha vor, dem, umlagert von den Schönen des Harems, barbrüstige nubische Eunuchen frische Luft zufächelten. Er ekelte sich vor diesem Bild eines Renegaten, eines christlichen Konvertiten zum Islam, der sich an den Fleischtöpfen des verlorenen Konstantinopel gütlich tat, dem neuen Konstantiniyye, von den Türken auch Stambul genannt, der in der Moschee der Janitscharen betete, achtlos an der gefallenen, zerbrochenen Statue von Kaiser Justinian vorüberschritt und sich an der wachsenden Macht der Feinde des Westens erfreute. Solch eine verräterische Verwandlung mochte einen gutmütigen Naivling wie Ago Vespucci beeindrucken, der in Argalias Reise nur eines jener aufregenden Abenteuer sah, die er selbst nicht erleben wollte, doch für Niccolò sprengte sein Verhalten die Bande ihrer Freundschaft, weshalb sie sich, sollten sie einander je wieder begegnen, gewiss als Feinde gegenüberstünden, denn Argalias Abtrünnigkeit war ein Verbrechen gegen die tieferen Wahrheiten, gegen die ewigen Wahrhaftigkeiten von Macht und Verwandtschaft, diesen Triebkräften der menschlichen Geschichte. Argalia hatte sich gegen seinesgleichen gewandt, und der eigene Stamm zeigte sich gegenüber solchen Menschen niemals nachsichtig. Allerdings kam es Il Machia gar nicht in den Sinn – zumindest viele Jahre lang nicht –, dass er seinen Freund aus Kindertagen vielleicht niemals wiedersehen würde.

Die Zwergin Giulietta Veronese steckte den Kopf durch die Tür. «Nun?» Niccolò nickte besonnen. «Ich schätze, Signora, sie wird bald erwachen und wieder ganz sie selbst sein. Was mich und meine kleinen Handreichungen betrifft, die geholfen haben mögen, ihre Persönlichkeit wiederherzustellen – jene Würde, die, wie uns der große Pico sagt, das Zentrum unserer Menschlichkeit ausmacht –, so gestehe ich, durchaus ein wenig Stolz zu empfinden.»

Vor schierer Verzweiflung blies die *ruffiana* laut durch ihre Mundwinkel aus. «Wurde aber auch Zeit», sagte sie und zog sich wieder zurück.

Fast im selben Moment begann der Gedächtnispalast, im Schlaf zu murmeln. Die Stimme gewann an Kraft, und Niccolò begriff, dass die letzte Geschichte erzählt wurde, jene Geschichte, die das Hirn besetzt hielt, die beim Durchgang durch diese letzte Tür erzählt werden musste, damit die Schöne wieder zu normalem Leben erwachen konnte: die eigene Geschichte, rückwärtserzählt, so als liefe die Zeit in umgekehrter Richtung ab. Mit wachsendem Entsetzen sah er die Umstände ihrer Indoktrination vor sich Gestalt annehmen, sah den Nekromanten von Stambul, den langhütigen, langbärtigen Sufi-Mystiker des Bektaschi-Ordens, den Adepten der mesmerischen Künste und des Baus von Gedächtnispalästen, der im Auftrag eines frischgekürten Paschas handelte und dessen Heldentaten dem Gedächtnis dieser Gefangenen anvertraute, der ihr Leben löschte, um Platz für Argalias fraglos sehr selbstverherrlichende Version seiner Person zu schaffen. Der Sultan hatte ihm die versklavte Schöne geschenkt, und er hatte nichts Besseres damit anzufangen gewusst. Barbar! Verräter! Wäre er doch mit seinen Eltern an der Pest krepiert! Wäre er doch ersoffen, als Andrea Doria ihn im Ruderboot aussetzte! Selbst wenn ihn der walachische Vlad Dracula gepfählt hätte, wäre das für ihn keine zu harte Strafe gewesen.

Diese und andere wütende Gedanken tobten in Il Machias

Kopf, als wie aus dem Nichts ein ungewolltes Bild aus der Vergangenheit aufstieg: Argalia, der Junge, der ihn wegen der Grießbreikur seiner Mutter hänselte. «Nicht die Machiavelli, sondern die Polentini.» Und ihm war, als hörte er Argalias altes Lied über ein Grießbreimädchen. *Wäre sie eine Sünde, würd ich sie begehen, wäre sie tot, tät ich mich nach ihr sehnen.* Il Machia merkte, wie ihm Tränen über die Wangen rannen. Und er sang vor sich hin: *Wäre sie ein Bote, hätte ich sie gesandt*, sang aber so leise, dass er die Jungfer aus Fleisch und Blut nicht störte, die er aus dem Palast des Kummers zurückgeholt hatte. Er war allein mit seinen Gedanken an Argalia, mit seiner frischen Wut und der alten, süßen Erinnerung an die Kindheit, und er weinte.

Ich heiße Angélique, und ich bin die Tochter von Jacques Cœur de Bourges, Kaufmann aus Montpellier. Ich heiße Angélique, und ich bin die Tochter von Jacques Cœur. Mein Vater war ein Händler und brachte Nüsse, Seide und Teppiche aus Damaskus nach Narbonne. Man beschuldigte ihn fälschlicherweise, die Mätresse des Königs von Frankreich vergiftet zu haben, also floh er nach Rom. Ich heiße Angélique, und ich bin die Tochter von Jacques Cœur, den der Papst mit Ehren überhäufte. Man machte ihn zum Kapitän von sechzehn päpstlichen Galeeren und sandte ihn zum Entsatz nach Rhodos, doch erkrankte er unterwegs und starb. Ich heiße Angélique, und ich gehöre zur Familie von Jacques Cœur. Während meine Brüder und ich in Geschäften mit der Levante unterwegs waren, wurde ich von Piraten entführt und als Sklavin an den Sultan von Stambul verkauft. Ich heiße Angélique, und ich bin die Tochter von Jacques Cœur. Ich heiße Angélique, und ich bin die Tochter von Jacques. Ich heiße Angélique, und ich bin die Tochter. Ich heiße Angélique, und ich bin. Ich heiße Angélique.

In jener Nacht schlief er an ihrer Seite. Wenn sie erwachte, wollte er ihr erzählen, was geschehen war, wollte sanft und freundlich sein, und sie würde ihm danken, würde ganz die

Dame sein, die sie einst gewesen war, eine Frau aus wohlhabendem Kaufmannshaus. Ihn bedrückte, welch Unglück sie erlitten hatte. Zweimal war sie von den Berberpiraten gefangen genommen worden, erst von den Franzosen, dann von den Türken; wer weiß, welche Misshandlungen sie erdulden musste, wie viele Männer sie besessen hatten und woran sie sich erinnerte. Aber noch war sie nicht frei. Edel wie eine Aristokratin sah sie aus, aber sie war bloß eine Gespielin im Haus der Freuden. Falls ihre Brüder noch lebten, würden sie sich gewiss freuen, wenn sie zurückkehrte, ihre verschollene Schwester, ihre verlorene, geliebte Angélique. Sie würden sie Alessandra Fiorentina abkaufen, sodass sie nach Hause zurückkonnte, wo immer ihr Zuhause auch sein mochte, in Narbonne, in Montpellier oder in Bourges. Vielleicht durfte er sie vögeln, ehe es dazu kam. Er wollte das am Morgen mit der *ruffiana* besprechen. Schließlich war ihm das Haus Mars noch etwas schuldig, da er den Wert beschädigter Ware vervielfachen konnte. Herrliche Angélique, schmerzensreiche Angélique. Er hatte etwas Wunderbares und beinahe Selbstloses vollbracht.

In jener Nacht kam ihm ein seltsamer Traum. Ein orientalischer *padishah* saß bei Sonnenuntergang unter einer kleinen Kuppel hoch oben in einem fünfstöckigen, pyramidenförmigen Gebäude aus rotem Sandstein und blickte hinab auf einen goldenen See. Leibdiener schwangen hinter ihm mächtige Federfächer, und neben ihm stand ein europäisch aussehender Mann, vielleicht auch eine Frau, jedenfalls eine Gestalt mit langem gelbem Haar in einem Mantel aus bunten Lederflicken, und dieser Jemand erzählte eine Geschichte über eine verschwiegene Prinzessin. Der Träumer sah die gelbhaarige Gestalt nur von hinten, doch war der *padishah* klar zu erkennen, ein großer, hellhäutiger Mann mit gewaltigem Schnurrbart, attraktiv, schmuckbehängt, allerdings ein wenig zu fettleibig. Es waren fraglos Traumgestalten, die er da heraufbeschworen hatte, denn der Fürst konnte keinesfalls der türkische Sultan sein, und der gelbhaarige Höfling hörte sich ganz und gar nicht wie ein erst kürzlich ernannter italienische Pascha an.

«Ihr redet nur von der Liebe zweier Liebender», sagte der *padishah*, *«wir aber denken an die Liebe eines ganzen Volkes für seinen Herrn, denn wir haben ein großes Verlangen danach, geliebt zu werden.»*

«Die Liebe ist launisch», erwiderte der andere Mann. *«Heute liebt man Euch, morgen vielleicht schon nicht mehr.»*

«Was dann?», fragte der *padishah*. *«Sollen wir zum grausamen Tyrannen werden? Sollen wir so regieren, dass man uns zu hassen beginnt?»*

«Nicht zu hassen, aber zu fürchten», antwortete der Gelbhaarige. *«Denn allein die Furcht ist von Dauer.»*

«Seid kein Narr», entgegnete ihm der *padishah*. *«Jedermann weiß, dass Furcht sich sehr wohl mit Liebe verträgt.»*

*

Geschrei, Licht und offene Fenster weckten ihn, und überall hasteten Frauen umher, während die Zwergin Giulietta ihm ins Ohr schrie: *«Was habt Ihr mit ihr gemacht?»* Kurtisanen ohne den üblichen Schick, Haare zerzaust, Gesichter ungeschminkt und ungewaschen, die Nachtgewänder verrutscht, rannten kreischend von Zimmer zu Zimmer. Die Türen waren weit aufgerissen, und Tageslicht, das Gegengift jeden Zaubers, strömte mit brutaler Helligkeit durch das Haus Mars. Was für Drachen diese Weiber doch waren, welch elende, unflätige Nager mit Mundgeruch und hässlichen Stimmen! Er setzte sich auf und langte nach seinen Kleidern. *«Was habt Ihr getan?»* Nichts hatte er getan. Er hatte ihr geholfen, ihr den Kopf frei gemacht, ihren Geist erlöst und sie kaum angerührt. Der *ruffiana* schuldete er jedenfalls bestimmt kein Geld. Warum setzte sie ihm bloß so zu? Weshalb die ganze Aufregung? Am besten verließ er gleich das Haus. Er würde zu Ago, Biagio und di Romolo gehen und erst einmal frühstücken. Bestimmt gab es auch allerhand Arbeit zu erledigen. *«Ihr blöder Ochse»*, schrie Giulietta Veronese, *«mischt Euch in Dinge ein, von denen Ihr nichts versteht.»* Irgendetwas war geschehen. Er war jetzt anständig angezogen und eilte mit aller Würde, die er aufbringen konnte, durch das entzauberte Haus Mars. Kurtisanen verstummten, wenn er an ihnen vorüberkam. Manche zeigten mit dem Finger auf ihn; ein, zwei Frauen fauchten wütend. Im großen Salon war auf der Seite, die zum Arno ging, eines der Fenster zerschlagen. Er musste in Erfahrung bringen, was vorgefallen war. Doch plötzlich stand die Herrin des Hauses vor ihm, La Fiorentina, auch ohne jede kosmetische Hilfe immer noch schön. «Herr Sekretär», sagte sie mit eisiger Höflichkeit. «Ihr werdet in diesem Haus nie wieder willkommen sein.» Dann verschwand sie mit wehenden Unterröcken, und das Geschrei, das Wehklagen begann aufs Neue. «Gott verfluche Euch», sagte Giulietta, die kupplerische *ruffiana*. «Sie war einfach nicht aufzuhalten. Sie rannte aus dem Zimmer, in dem Ihr wie ein verwesender Leichnam geschlafen habt, und keiner konnte sich ihr in den Weg stellen.»

*

Solange du betäubt warst und von der Tragödie deines Lebens nichts ahntest, konntest du leben, doch als die Einsicht zurückkehrte, als sie gewissenhaft wiederhergestellt wurde, trieb sie dich in den Wahnsinn. Die wiedererwachte Erinnerung machte dich irre, die Erinnerung an Demütigungen, an so viele Aufdringlichkeiten, so viele Eindringlichkeiten, die Erinnerung an Männer. Kein Gedächtnispalast, sondern ein Bordell der Erinnerungen, und jenseits dieser Erinnerungen das Wissen darum, dass jene, die dich liebten, tot waren, dass es kein Entrinnen gab. Solches Wissen ließ dich aufspringen und davonrennen. Ranntest du nur schnell genug, gelang es vielleicht, der Vergangenheit zu entkommen, auch der Erinnerung an all das, was dir angetan worden war, selbst der Erinnerung an die Zukunft, an die drohende, unausweichliche Trostlosigkeit. Gab es Brüder, die dich retten konnten? Nein, deine Brüder waren tot. Vielleicht war die Welt selbst auch tot. Ja, richtig. Wollte man zur toten Welt gehören, musste man sterben. Man musste so schnell rennen, wie man konnte, bis man zur Grenze zwischen den Welten kam, nur hörte man dann nicht auf, man rannte über die Grenze, als gäbe es sie nicht, als wäre Glas bloß Luft und die Luft Glas, als zerstöbe die Luft wie Glas, wenn man fiel. Die Luft zerschlitzte einen, als bestünde sie aus lauter Messerklingen. Es tat gut zu fallen. Es tat gut, aus dem Leben zu fallen. Es war gut.

*

«Argalia, mein Freund», sagte Niccolò zum Phantombild des Verräters. «Du schuldest mir ein Leben.»

14.

Nachdem Tansen das Lied des Feuers gesungen hatte …

Nachdem Tansen das Lied des Feuers gesungen hatte, jenen *deepak raag*, der in dem vom Skelett und der Matratze geführten Haus Skanda allein durch die Macht der Musik sämtliche Lampen anzündete, litt der Meister an ernsthaften Verbrennungen. In der Ekstase seines Vortrags hatte er gar nicht bemerkt, wie er sich selbst versengte, als er sich im wilden Auflodern seines Genies erhitzte. In einer königlichen Sänfte schickte Akbar ihn heim nach Gwalior und bat ihn, sich auszuruhen und erst zurückzukehren, wenn seine Wunden verheilt wären. In Gwalior suchten ihn zwei Schwestern auf, Tana und Riri, die seine Verletzungen derart betrübten, dass sie *megh malhar* sangen, das Lied des Regens. Und obwohl Mian Tansen geschützt im Schatten lag, netzte ihn bald ein sanftes Nieseln. Es war kein gewöhnlicher Regen. Kaum begannen Riri und Tana zu singen, nahmen sie ihm die Verbände ab, damit die Tropfen die Wunden wuschen und seine Haut heilten. Ganz Gwalior war verblüfft von diesem Wunder des Regenliedes, und als Tansen nach Sikri zurückkehrte, erzählte er dem Herrscher von den herrlichen Mädchen. Gleich sandte Akbar Birbal aus, um die Schwestern an den Hof einzuladen, und er ließ ihnen zum Dank Schmuck und Gewänder überbringen. Doch als Tana und Riri sich mit Birbal trafen und hörten, was er ihnen zu sagen hatte, wurden ihre Mienen ernst; sie zogen sich zum Gespräch zurück und weigerten sich, die Geschenke des Herrschers anzunehmen. Erst einige Zeit später ließen sie sich wieder blicken und sagten Birbal, am nächsten Morgen würden sie ihm ihre Antwort geben. Birbal verbrachte die

Nacht als Gast des Maharadschas von Gwalior und feierte und trank in dessen prächtigem Schloss; als er aber am nächsten Tag zu Tana und Riri zurückkehrte, herrschte tiefe Trauer im ganzen Haus. Die Schwestern hatten sich in einem Brunnen ertränkt. Als strenggläubige Brahmaninnen hatten sie dem muslimischen Herrscher nicht dienen wollen, aber gefürchtet, er könne, wenn sie sich weigerten, Akbar zu Diensten zu sein, die Absage als Beleidigung verstehen und ihre Familie darunter leiden lassen. Um dies zu verhindern, hatten sie lieber ihr Leben geopfert.

Die Neuigkeit vom Selbstmord der Schwestern mit den verzauberten Stimmen stürzte den Herrscher in tiefe Depressionen, und wenn der Herrscher deprimiert war, hielt die ganze Stadt den Atem an. Im Zelt des Neuen Kults fanden die Wassertrinker und Weinliebhaber es unmöglich, ihre Dispute fortzusetzen; sogar die königlichen Frauen und Konkubinen hörten auf, sich zu zanken. Als die Tageshitze nachließ, wartete Niccolò Vespucci, der sich Mogor dell'Amore nannte, vor den königlichen Gemächern, wie es ihm aufgetragen worden war, doch hatte der Herrscher an diesem Tag nichts für seine Geschichten übrig. Erst kurz vor Sonnenuntergang stürmte er in Begleitung seiner Wachen und Fächerwedler aus seinem Gelass und strebte dem Panch Mahal zu. «Ach, Ihr», rief er beim Anblick Mogors im Tone eines Mannes, der die Existenz seines Besuchers vergessen hatte, und sagte dann, während er sich bereits wieder von ihm abwandte: «Na schön, kommt mit.» Der Ring der Leiber, die den Herrscher schützten, öffnete sich, und Mogor wurde in den Kreis der Macht eingelassen. Er musste rasch ausschreiten. Der Herrscher hatte es eilig.

Unter dem Dach der kleinen Kuppel hoch oben auf dem Panch Mahal blickte der Herrscher von Hindustan über Sikris goldenen See. Hinter ihm schwangen Leibdiener große Federfächer, und neben ihm stand der gelbhaarige Europäer, der ihm eine Geschichte über eine verschwiegene Prinzessin erzählen wollte. «Ihr redet nur von der Liebe zweier Liebender», sagte der Herrscher, «wir aber denken an die Liebe eines ganzen Volkes für seinen Herrn, nach der uns verlangt, wie wir gestehen müssen. Diese Mädchen starben, weil sie die Teilung der Einheit vorzogen, ihre Götter unseren Göttern, den Hass der Liebe. Wir folgern daraus, dass die Liebe des Volkes launisch ist. Und was folgt aus diesem Schluss? Sollen wir zum grausamen Tyrannen werden? Sollen wir so regieren, dass alle Welt uns fürchtet? Ist nur die Furcht von Dauer?»

«Als der große Krieger Argalia die überirdisch schöne Qara Köz traf», erwiderte Mogor dell'Amore, «begann eine Geschichte, die den Glauben aller Menschen erneuerte – Euren Glauben, Großer Mogul, Gatte aller Gatten, Liebhaber aller Liebhaber, König aller Könige, Mann aller Männer! –, an die unsterbliche Macht und außergewöhnliche Kraft des menschlichen Herzens zur Liebe.»

Als der Herrscher schließlich vom Panch Mahal herabstieg, um sich zur Nachtruhe zu begeben, war der Mantel der Traurigkeit von seinen Schultern geglitten. Der Stadt entfuhr ein kollektiver Seufzer, und die Sterne am Himmel leuchteten ein wenig heller. Wie jedermann weiß, gefährdet die Trauer eines Herrschers die Sicherheit der Welt, da ihr die Fähigkeit zur Metamorphose eignet, zur Verwandlung in Schwäche oder in Gewalt – oder in beides. Die gute Laune des Herrschers aber ist die beste Garantie für ein ereignisloses Leben, und falls der Fremde Akbars Stimmung gebessert hatte, gebührte ihm großer Dank; er hätte sich das Recht verdient, als Freund in der Not angesehen zu werden. Der Fremde, und vielleicht auch die Heldin seiner Geschichte, die Dame Schwarzauge, Prinzessin Qara Köz.

*

In jener Nacht träumte der Herrscher von der Liebe. Wieder einmal war er in seinem Traum der Kalif Harun al-Rashid, der unerkannt durch die Straßen einer Stadt wandelte, diesmal durch Isbanir. Plötzlich überfiel ihn, den Herrscher, ein Juckreiz, den niemand zu heilen vermochte. Unverzüglich kehrte er in seinen Palast nach Bagdad zurück und kratzte sich pausenlos auf der zwanzig Meilen langen Reise. Kaum daheim, badete er in Eselsmilch und bat seine Lieblingskonkubinen, ihn am ganzen Körper mit Honig einzureiben. Dennoch trieb ihn der Juckreiz schier in den Wahnsinn, und die Ärzte vermochten kein Heilmittel zu finden, obwohl sie ihn schröpften und Blutegel ansetzten, bis sich die Pforten des Todes vor ihm auftaten. Also entließ er die Quacksalber, und sobald er wieder bei Kräften war, entschied er, wenn er schon nicht geheilt werden konnte, bliebe ihm wohl nichts anderes übrig, als sich derart gründlich abzulenken, dass er den Juckreiz nicht mehr spürte.

Er rief die berühmtesten Narren seines Reiches zu sich, damit sie ihn zum Lachen brachten, außerdem die weisesten Philosophen, damit sie seine Verstandeskraft herausforderten. Liebestänzerinnen weckten sein Verlangen, das die geschicktesten Kurtisanen stillten. Er baute Paläste, Straßen, Schulen und Rennbahnen, und all dies war wohlgefällig, doch linderte es den Juckreiz nicht im Mindesten. Er ließ über ganz Isbanir Quarantäne verhängen und die Gossen ausräuchern, um die Juckplage an ihrer Wurzel zu packen, doch gab es in Wahrheit nur wenige Leute, die so schlimm wie er unter der Juckqual litten. Als er dann eines Nachts heimlich und verstohlen durch die Straßen Bagdads lief, sah er hoch oben in einem Fenster eine Laterne, und während er aufblickte, erhaschte er das Gesicht einer Frau, von einer Kerze erhellt, weshalb es ihm wie aus Gold erschien. Für diesen einen kurzen Moment hörte der Juckreiz vollständig auf, in derselben Sekunde aber, da sie die Läden schloss und die Kerze ausblies, meldete er sich mit verdoppelter Stärke zurück. Erst jetzt begriff der Kalif, warum er diese Qualen litt. In Isbanir nämlich hatte er ebendieses Gesicht einen gleich kurzen Moment lang aus einem anderen Fenster blicken sehen, und danach begann das Jucken. «Finde sie», sagte er seinem Wesir, «denn sie ist die Hexe, die mich verzaubert hat.»

Leichter gesagt als getan. Die Männer des Kalifen brachten ihm an jedem der nächsten sieben Tage jeweils sieben Frauen, doch wenn er ihnen befahl, ihm ihr Gesicht zu zeigen, sah er sogleich, dass die Gesuchte nicht darunter war. Am achten Tag jedoch kam eine verschleierte Frau ungebeten an seinen Hof, verlangte eine Audienz und behauptete, diejenige zu sein, die den Kalifen heilen könne. Harun al-Rashid bat sie gleich zu sich. «Ihr seid also die Hexe!», rief er. «Ich bin nichts dergleichen», antwortete sie. «Doch seit ich in den Straßen von Isbanir einen Blick auf das von einer Kapuze verdeckte Gesicht eines Mannes geworfen habe, hat mich ein unerträgliches Jucken überfallen. Ich verließ sogar meine Heimatstadt und zog hierher nach Bagdad, in der Hoffnung, der Umzug würde mein Leid lindern, doch nichts hat geholfen. Ich habe versucht, mich abzulenken, mich zu beschäftigen, habe große Teppiche gewebt und viele Gedichte geschrieben, aber genützt hat es nichts. Dann hörte ich, dass der Kalif von Bagdad nach einer Frau sucht, deren Anblick einen Juckreiz bei ihm ausgelöst hatte, und da kannte ich die Antwort auf dieses Rätsel.»

Mit diesen Worten schlug sie kühn den Schleier zurück, und auf der Stelle legte sich der Juckreiz des Kalifen und wurde von einem völlig anderen Gefühl verdrängt. «Bei dir auch?», fragte er, und sie nickte. «Kein Jucken mehr. Stattdessen etwas anderes.» — «Auch eine Empfindung, die kein Mann heilen kann», sagte Harun al-Rashid. «Und in meinem Fall keine Frau», erwiderte sie. Der Kalif klatschte in die Hände und kündete seine bevorstehende Hochzeit an; und er und die Begum lebten glücklich bis, ja bis der Tod kam, das Ende aller Tage.

Dies war der Traum des Herrschers.

*

Kaum verbreitete sich in den edlen Villen Sikris und den gemeinen Gassen der Stadt die Geschichte der verschwiegenen Prinzessin, erfasste die Hauptstadt ein träges Delirium. Ohne Unterlass begann man, von der Schönen zu träumen, Frauen wie Männer, Höflinge wie Straßengören, *sadhus* wie Huren. Die verschwundene Mogulzauberin aus dem fernen Herat, das Argalia, ihr Geliebter, später einmal das «Florenz des Ostens» nennen sollte, bewies, dass ihre Macht weder vom Lauf der Jahre noch gar von ihrem höchstwahrscheinlichen Tod geschmälert worden war. Sie verzauberte selbst die Königinmutter Hamida Bano, die gewöhnlich gar keine Zeit für Träume hatte, jene Qara Köz aber, die Hamida Bano im Schlaf sah, war der wahre Inbegriff muslimischer Hingabe und züchtigen Benehmens. Keinem fremden Ritter wurde es gestattet, ihre Reinheit zu beschmutzen; die Trennung von ihrem Volk bereitete der Prinzessin großen Kummer, obwohl daran, das muss hier gesagt werden, ihre ältere Schwester die Schuld trug. Die alte Prinzessin Gulbadan hingegen erträumte sich eine gänzlich andere Qara Köz, eine freigeistige Abenteurerin, deren ungenierte, gar gotteslästerliche Fröhlichkeit ein wenig schockierend, doch stets höchst unterhaltsam war, und die Geschichte ihrer Liaison mit dem attraktivsten Mann der Welt war so köstlich, dass Prinzessin Gulbadan sie beneidet hätte, wäre sie dazu in der Lage gewesen, genoss sie es doch viel zu sehr, mehrere Nächte die Woche diese Liebe gleichsam stellvertretend zu erleben. Für das Skelett dagegen, die Herrin von Haus Skanda am See, wurde Qara Köz zur Verkörperung weiblicher Sexualität schlechthin, zu einer Frau, die allnächtlich schier unglaubliche gymnastische Verrenkungen zum voyeuristischen Vergnügen der Kurtisane vollbrachte. Allerdings bescherte die verschwiegene Prinzessin nicht nur angenehme Träume. Dame Man Bai, die Geliebte des Thronfolgers, fand, das absurde Theater um die verschwundene Frau lenke nur von ihr selbst ab, der künftigen Königin Hindustans, die schon aufgrund ihrer Jugend und ihrer Bestimmung Mittelpunkt der Phantasien ihrer Untergebenen sein sollte. Und Jodha, Königin Jodha, die allein in ihren Gemächern saß, unbesucht von ihrem Schöpfer und König, begriff, dass ihr die Ankunft der verschwiegenen Prinzessin eine imaginäre Rivalin bescherte, deren Macht sie vielleicht nicht standhalten konnte.

Offenbar bedeutete Dame Schwarzauge vielen Menschen alles Mögliche, sei sie ein Beispiel, eine Geliebte, Widersacherin oder Muse; in ihrer Abwesenheit wurde sie wie ein Behältnis genutzt, in das die Menschen ihre Vorlieben schütteten, ihre Abneigungen, Vorurteile, Eigenarten, Geheimnisse, Bedenken und Freuden, aber auch die nicht verwirklichten Seiten ihrer Persönlichkeit, ihre Schatten, ihre Unschuld und Schuld, ihre Zweifel und Gewissheiten, die großzügigsten und widerwilligsten Reaktionen auf ihrem Weg durch die Welt. Und ihr Erzähler, Niccolò Vespucci, der «Mogul der Liebe», der neue Günstling des Herrschers, wurde rasch zum gefragtesten Gast der Stadt. Am Tage standen ihm sämtliche Türen offen, und bei Nacht war die begehrteste aller nur erdenklichen Auszeichnungen eine Einladung zu seinem bevorzugten Refugium, dem Haus Skanda, dessen beiden Königinnen, der dürren und der dicken Doppelgottheit, es längst freistand, unter Sikris Großen und Mächtigen zu wählen. Vespuccis monogame Beziehung zum knochigen, unermüdlichen Skelett Mohini fand man allgemein bewundernswert. «Die Hälfte der Damen Sikris würde Euch die Hintertür öffnen», gestand sie ihm erstaunt. «Kann ich denn wirklich alles sein, was Ihr begehrt?»

Beschwichtigend schloss er sie in seine Arme. «Du solltest wissen», sagte er, «dass ich den weiten Weg nicht gekommen bin, um hier herumzuvögeln.»

Warum aber war er gekommen? Das war eine Frage, die viele der klügsten Köpfe der Stadt wie auch einige ihrer gehässigsten Geister beschäftigte. Das wachsende Interesse der Bürgerschaft an des fernen Florenz' Trinkgelage bei Tage und seinem sexbesessenen Nachtleben, das Mogor dell'Amore während lang andauernder Bankette in aristokratischen Villen und nach einigen Gläsern Rum in den Feierabendspelunken der niederen Stände schilderte, weckte in manch einem den Verdacht, es handele sich dabei um eine hedonistische Verschwörung, die jegliche moralische Widerstandskraft des Volkes schwächen sowie die moralische Autorität des Einen Wahren Gottes untergraben sollte. Badauni, der puritanische Anführer der Wassertrinker und Mentor des immer rebellischer werdenden Kronprinzen Salim, hasste Vespucci, seit er mit dem Fremden im Zelt des Neuen Kultes aneinandergeraten war. Inzwischen hielt er ihn für ein Werkzeug des Teufels. «Als hätte Euer zunehmend gottloser Vater diesen satanischen Homunkulus heraufbeschworen, damit er ihm helfe, das Volk zu verderben», sagte er zu Salim und fügte mit drohendem Unterton hinzu: «Es muss etwas getan werden, falls denn jemand Manns genug ist, es zu tun.»

Prinz Salims Gründe für seine Allianz mit Badauni waren allerdings bloß jugendlicher Natur, hatte er sich doch mit Abul Fazls Gegner allein deshalb verbündet, weil Abul Fazl der engste Vertraute seines Vaters war. Puritanismus lag ihm fern, schließlich war er Sybarit in einem Maße, das Badauni entsetzt hätte, wäre dem dünnen Mann denn gestattet worden, darüber Bescheid zu wissen. Folglich blieb Salim unbeeindruckt von Badaunis Theorie, der Herrscher könnte aus der Hölle einen Dämon der Lust heraufbeschworen haben. Er mochte Vespucci nicht, weil der Fremde als einziger Kunde des Hauses Skanda frei über Madame Skelett verfügen konnte; und trotz der immer hektischer werdenden Gefälligkeiten von Dame Man Bai war des Kronprinzen Sehnsucht nach Mohini im Laufe der Jahre noch gewachsen. «Ich bin der nächste Herrscher», sagte er sich wütend, «und dennoch verweigert man mir in diesem arroganten Lusthaus die einzige Frau, nach der es mich verlangt.» Die Dame Man Bai reagierte äußerst ungehalten, als sie erfuhr, dass ihr Verlobter sich noch immer sehnlichst wünschte, die einstige Sklavin zu vögeln. Ihre Wut paarte sich mit dem Hass auf jene Traumprinzessin, die Vespucci heimlich in die Träume all ihrer Bekannten geschmuggelt hatte, und schwoll zur suppenden Eiterbeule ihrer Psyche an, die irgendwie, vermutlich mit Gewalt, aufgestochen werden musste.

Als sich Salim das nächste Mal dazu herabließ, ihr einen Besuch abzustatten, gab sie sich so verführerisch, wie sie nur konnte; sie steckte sich eine Traube zwischen die Zähne, damit er mit der Zunge danach angelte. «Wisst Ihr eigentlich, mein Lieber, welche Folgen, welche weitreichenden und gefährlichen Folgen es für Euch hat, wenn dieser Mogor den Herrscher von seiner Abstammung zu überzeugen vermag», murmelte sie ihrem Geliebten fragend ins Ohr, «oder, was noch wahrscheinlicher ist, wenn der Herrscher aus Gründen, die nur er selbst kennt, an diese Abstammung zu glauben vorgibt?» Prinz Salim war für gewöhnlich darauf angewiesen, dass andere Menschen ihm derart Komplexes wie die weitreichenden Folgen eines Sachverhalts darlegten, weshalb er Dame Man Bai bat, sie ihm zu erläutern. «Versteht Ihr denn nicht, o künftiger König von Hindustan», schnurrte sie, «dass Eurem Vater dadurch die Behauptung ermöglicht würde, ein anderer habe größeres Anrecht auf den Thron als Ihr? Und was wäre – sollte das zu weit hergeholt klingen –, wenn er diesen Speichellecker als seinen Sohn adoptierte? Ist Euch der Thron etwa nicht mehr wichtig? Oder werdet Ihr darum kämpfen, mein Lieber? Als die Frau, die sich nichts sehnlicher wünscht, als künftig Königin an Eurer Seite zu sein, täte es mir leid, wenn ich erfahren sollte, dass Ihr kein König in spe mehr seid, sondern nur noch ein Käfer ohne Rückgrat.»

Sogar die engsten Vertrauten des Herrschers reagierten mit zunehmender Skepsis und wachsendem Misstrauen gegenüber Mogor dell'Amores wahren Absichten und seiner Anwesenheit am Hofe. Die Königinmutter Hamida Bano hielt ihn für einen Agenten des ungläubigen Westens, der geschickt worden war, ihr heiliges Königreich zu schwächen und in Verwirrung zu stürzen. Nach Ansicht von Birbal und Abul Fazl war er zweifellos ein übler Schurke, der wegen einer grausigen Tat von daheim geflohen war, ein Betrüger, der sich in ein neues Leben drängte, da ihm das alte nicht länger lebenswert schien. Vielleicht wollte man ihn verbrennen, ihn aufhängen, vierteilen oder doch zumindest foltern und einsperren, falls er dorthin zurückkehrte, woher er kam. «Wir sollten uns nicht wie die ahnungslosen, leichtgläubigen Menschen aus dem Osten benehmen, für die er uns offenbar hält», sagte Abul Fazl. «Was zum Beispiel den Tod von Lord Hauksbank betrifft, so habe ich nie an seiner Schuld gezweifelt.»

Birbals Sorge galt dem Herrscher selbst. «Ich glaube nicht, dass er Euch ein Leid zufügen will», sagte er, «doch hat er Euch mit einem Zauber belegt, der Euch letzten Endes schaden mag, da er Euch von jenen wichtigen Dingen ablenkt, denen Euer Augenmerk eigentlich gelten sollte.»

Der Herrscher war keineswegs überzeugt und neigte zu Mitgefühl. «Er ist ein Heimatloser, der einen Platz in der Welt sucht», sagte er zu seinen Vertrauten. «Am Fuße des Hügels hat er sich im Haus Skanda, einer Stätte des Vergnügens, eine Art Heim geschaffen und lebt unter eheähnlichen Umständen mit einer klapperdürren Hure zusammen. Wie sehr muss es ihn da nach Liebe verlangen! Einsamkeit ist des Wanderers Los; er ist ein Fremdling, wohin er auch geht, und überlebt allein durch pure Willenskraft. Wann hat ihn zuletzt eine Frau gelobt und ihn ihren Schatz genannt? Wann hat er sich zuletzt geliebt, geehrt oder auch nur geachtet gefühlt? Wenn einen nicht nach einem anderen Menschen verlangt, beginnt etwas zu sterben. Der Optimismus versiegt, o weiser Birbal. Abul Fazl, o behutsamer Beschützer, eines Menschen Kraft ist nicht unerschöpflich. Ein Mann braucht des Tags einen Mann, der sich ihm zuwendet, und eine Frau, die sich des Nachts in seine Arme schmiegt. Wir glauben, unser Mogor hat eine solche Stärkung schon lange nicht mehr erfahren. Es glühte ein Licht in ihm, als wir ihn trafen, das war schon fast erloschen, doch leuchtet es in unserer – oder in ihrer, der mageren Mohini – Gesellschaft von Tag zu Tag heller. Vielleicht rettet sie ihm das Leben. Falls es stimmt, wissen wir nicht, wie dieses Leben gewesen ist. Sein Name, erzählte uns Pater Acquaviva, ist in seiner Stadt berühmt; sollte dem wirklich so sein, fehlt ihm heute die entsprechende Protektion. Wer weiß schon, warum er verstoßen wurde? Wir finden jedenfalls, dass er uns erfreut, und vorläufig liegt uns nichts daran, seine Geheimnisse zu ergründen. Mag sein, er ist ein Verbrecher, vielleicht sogar ein Mörder, das können wir nicht sagen. Wir wissen nur, dass er um die halbe Welt reiste, um eine Geschichte hinter sich zu lassen und eine andere zu erzählen, dass die Geschichte, die er uns brachte, sein ganzes Gepäck war und dass sein innerstes Verlangen jenem von Dashwanth gleicht – soll heißen, er will in die Geschichte eindringen, die er erzählt, und darin ein neues Leben beginnen. Kurz und gut, er ist wie ein Geschöpf der Fabelwelt, und ein gutes *afsanah*, ein Abenteuer, hat noch nie jemandem geschadet.»

«Mein Herr, ich hoffe, wir müssen zu unseren Lebzeiten nicht mehr am eigenen Leibe erfahren, wie töricht diese Bemerkung ist», erwiderte Birbal mit ernster Miene.

Der Ruf der verstorbenen Khanzada Begum, der älteren Schwester der verschwiegenen Prinzessin, verschlechterte sich in ebendem Maße, in dem die Schwärmerei der Stadt für die jüngere Schwester zunahm. Jene große Dame, die nach ihrer triumphalen Rückkehr aus Jahren der Gefangenschaft bei Shaibani Khan zur Heldin am Hof von Akbars Vater Babar avanciert war, um in der Folge eine starke Machtstellung im Mogulhaushalt einzunehmen, eine Frau, die man in allen Staatsangelegenheiten zu

Rate zog, wurde nun zum Inbegriff aller grausamen Schwestern, und ihr einst so verehrter Name verkam zu einer Beleidigung, die Frauen sich wütend an den Kopf warfen, wenn sie gegeneinander Vorwürfe der Eitelkeit, Eifersucht, Engstirnigkeit oder des Verrats erhoben. Viele Menschen begannen den Verdacht zu hegen, dass die verschwiegene Prinzessin sich ebenso wegen der Behandlung, die ihrer Schwester in den Händen von Khanzada widerfahren war, wie wegen ihrer Vernarrtheit in einen ausländischen Pascha aus dem Hause getrieben fühlte, eine Wahl übrigens, die auf rätselhaften, unbekannten Wegen in völlige Vergessenheit geraten war. Der öffentliche Widerwille gegen die «böse Schwester» sollte im Laufe der Zeit aber noch schlimme Folgen haben. Etwas Garstiges stieg aus der Geschichte auf, ein grünliches, pestilentes Wölkchen der Zwietracht schwebte aus der Geschichte empor und infizierte die Frauen von Sikri, weshalb dem Palast Berichte über bittere Streitigkeiten zwischen zuvor sich liebenden Schwestern zu Ohren kamen, über Unterstellungen und Klagen, unüberbrückbare Brüche und extreme Entfremdungen, über Gezänk und gar über Messerstechereien, über das Aufbrodeln von Unmut und einen Groll, von dem die fraglichen Frauen kaum etwas geahnt hatten, ehe Khanzada Begum vom Fremden mit dem gelben Haar die Maske vom Gesicht gezogen worden war. Dann breiteten sich die Unruhen immer weiter aus, bis schließlich sogar Vettern und Cousinen betroffen waren, danach entferntere Verwandte und schließlich alle Frauen, ob nun verwandt oder nicht; und selbst im Harem des Herrschers schwoll ein feindseliger Tumult in bislang ungekanntem und schlichtweg inakzeptablem Maße an.

«Frauen haben von jeher über Männer geklagt», sagte Birbal, «die haben sie schließlich schon immer für launisch, verräterisch und schwach gehalten, doch jetzt erheben sie auch gegeneinander die schlimmsten Vorwürfe. Das eigene Geschlecht beurteilen sie nach strengeren Maßstäben, erwarten mehr von ihresgleichen – Treue, Verständnis, Glaubwürdigkeit und Liebe –, nur haben sie plötzlich offenbar alle gemeinsam entschieden, dass diese Erwartungen enttäuscht worden sind.» Mit höhnischem Unterton fügte Abul Fazl noch hinzu, dass des Herrschers Glaube an die Harmlosigkeit von Geschichten immer stärker ins Wanken gerate. Alle drei, die beiden Höflinge und der Herrscher, wussten, dass die Männer diesen Krieg der Frauen nicht beenden konnten. Also wurden die Königinmutter Hamida Bano und die alte Prinzessin Gulbadan zum Palast der Träume gebeten. Bei ihrer Ankunft stießen und schubsten sie sich, und jede der alten Damen klagte lauthals über die gehässige Tücke der anderen, was offensichtlich machte, wie sehr die Krise bereits außer Kontrolle geraten war.

Haus Skanda war einer der wenigen Orte in Sikri, der gegen dieses Phänomen immun geblieben war, weshalb Matratze und Skelett schließlich den Hügel hinanstiegen und eine Audienz beim Herrscher begehrten, kannten sie doch die Lösung des Problems. Selbsterhaltung war die mächtige Triebfeder für diese unerhörte Tat. «Wir müssen handeln», hatte Skelett Mogor nachts im Bett ins Ohr geflüstert, «sonst dauert es keine fünf Minuten mehr, bis jemand behauptet, die ganze Aufregung sei Euer Verschulden, und dann sind wir erledigt.» Den Herrscher amüsierte der Wagemut der Huren, doch war er zugleich so besorgt, dass er ihrer Bitte nach einer Audienz nachkam und sie zu sich an den Rand des Besten aller Möglichen Becken kommen ließ. Er ruhte auf einem *takht*-Bett mitten auf dem Wasser in kissenweicher Behaglichkeit und bat die Kurtisanen, gleich zur Sache zu kommen. «*Jahanpanah*, Schirmherr der Welt», sagte das Skelett, «Ihr müsst allen Frauen Sikris befehlen, die Kleider abzulegen.» Der Herrscher fuhr auf. Das wurde interessant. «*Alle* Kleider?», fragte er, nur um sich zu vergewissern, dass er sie auch richtig verstanden hatte. «Jedes Fitzelchen», sagte die Matratze mit tödlichem Ernst. «Unterwäsche, Socken, sogar die Bänder im Haar. Lasst sie für einen Tag splitternackt durch die Stadt laufen, und mit diesem ganzen Unsinn ist es im Handumdrehen vorbei.»

«Der Ärger hat sich nur deshalb nicht auf das Bordell ausgedehnt», erklärte das Skelett, «weil wir Damen der Nacht keine Geheimnisse voreinander haben. Wir waschen uns gegenseitig die Geschlechtsteile und wissen genau, welche Hure die Syph hat und welche sauber ist. Wenn die Frauen der Stadt einander nackt in den Straßen sehen, nackt in der Küche, nackt im Basar, nackt überall, aus jedem Blickwinkel, wenn all ihre Makel und geheimen Haarigkeiten erkennbar sind, müssen sie über sich selbst lachen und werden begreifen, wie närrisch die Annahme war, diese merkwürdigen, komischen Figuren könnten ihre Widersacherinnen sein.»

«Was nun die Männer betrifft», ergänzte Mohini, das Skelett, «müsst Ihr ihnen befehlen, sich die Augen zu verbinden, und Ihr müsst es ihnen gleichtun. Einen Tag lang darf kein Mann in Sikri eine Frau anschauen, während die Frauen, die sich gleichsam unverborgen sehen, wieder miteinander auszukommen lernen.»

«Falls Ihr glaubt, ich würde da mitmachen», sagte Hamida Bano, «hat Euch der Fremde wirklich das Hirn aufgeweicht.» Akbar schaute seiner Mutter in die Augen. «Wenn der Herrscher etwas befiehlt», sagte er, «ist der Tod die Strafe für Ungehorsam.»

*

Der Himmel zeigte sich gnädig am Tag der nackten Frauen. Die Sonne blieb immerzu hinter Wolken verborgen, und es wehte ein kühler Wind. An diesem Tag ließen die Männer von Sikri ihre Arbeit ruhen, kein Geschäft wurde geöffnet, niemand ging aufs Feld, die Türen der Künstlerateliers und Werkstätten waren geschlossen. Edelleute blieben im Bett, Musiker wie Höflinge wandten das Gesicht zur Wand. Und in der Abwesenheit der Männer lernten die Frauen der Hauptstadt aufs Neue, dass sie nicht aus Lügen und Verrat, sondern bloß aus Haar, Haut und Fleisch bestanden, dass sie alle gleichermaßen unvollkommen waren und nichts Besonderes voreinander verbargen, keine Gifte und Intrigen, ja, dass letzten Endes sogar Schwestern eine Möglichkeit finden konnten, sich miteinander zu vertragen. Als die Sonne unterging, zogen die Frauen sich wieder an; die Männer nahmen ihre Augenbinde ab, und ein Mahl ähnlich den Speisen am Ende der Fastenzeit wurde aufgetischt, ein Abendbrot aus Wasser und Früchten. Von jenem Tage an war das Haus von Skelett und Matratze das einzige Nachtetablissement, das des Herrschers Siegel der Anerkennung trug, und die Hausdamen selbst wurden zu Akbars Ehrenratgeberinnen ernannt. Es gab nur zwei schlechte Neuigkeiten; die erste betraf den Kronprinzen Salim. Beim Zechen am Abend prahlte er vor allen, die ihm zuhören wollten, er habe die Anweisung seines Vaters missachtet, die Augenbinde abgenommen und stundenlang die nackte Frauenschar angestiert. Kaum erfuhr Akbar davon, befahl er, seinen Sohn zu verhaften. Abul Fazl schlug für des Prinzen Vergehen die angemessenste Strafe vor. Am nächsten Morgen wurde Salim auf einem großen Platz vor dem Harem nackt ausgezogen und von den Haremswachen verprügelt, sowohl von Eunuchen als auch von Frauen mit Ringerinnenfigur. Sie schlugen ihn mit Stöcken und bewarfen ihn mit kleinen Steinen und mit Erdklumpen, bis er um Gnade und Vergebung winselte. So blieb es nicht aus, dass sich der trunksüchtige, opiumverwirrte Prinz eines Tages an Abul Fazl und auch dem Herrscher von Hindustan rächen wollte.

Ein zweites, trauriges Ergebnis des Tages der Nackten war, dass sich die alte Prinzessin Gulbadan eine Erkältung zuzog, und von da an ging es rasch mit ihr bergab. Kurz vor ihrem

Ende bat sie den Herrscher zu sich und versuchte, den Ruf der verstorbenen Khanzada Begum zu retten. «Als Euer Vater aus den langen Jahren des persischen Exils heimkehrte und Euch endlich wiedersah», sagte sie, «war es Khanzada Begum, die sich um Euch kümmerte, denn Hamida Bano war natürlich nicht da. Vergesst nie, wie sehr Khanzada Euch geliebt hat. Sie hat Eure Hände und Füße geküsst und gesagt, sie erinnerten sie an die Hände und Füße Eures Großvaters. Was immer also mit Qara Köz gewesen sein mag, vergesst nicht, was Khanzada für Euch getan hat. Eine schlechte Schwester kann eine liebevolle Großtante sein.» Gulbadan hatte sich stets bemüht, Klarheit in die Vergangenheit zu bringen, doch jetzt begann sie, verwirrt zu werden, und sprach Akbar manchmal mit «Humayun» an, dem Namen seines Vaters, manchmal sogar mit dem seines Großvaters. Es war, als versammelten sich in Gestalt Akbars alle drei Mogulherrscher an ihrem Bett, um Wache zu halten, wenn ihre Seele diese Welt verließ. Nach Gulbadans Tod packte Hamida Bano schreckliche Reue. «Ich habe sie geschubst», sagte sie. «Habe sie so gestoßen, dass sie beinahe hingefallen wäre, dabei war sie von uns beiden die Ältere. Ich habe sie nicht geehrt, und jetzt lebt sie nicht mehr.»

Akbar tröstete seine Mutter. «Sie weiß, wie sehr Ihr sie geliebt habt», sagte er. «Sie wusste, dass eine Frau eine schlechte Schubserin, aber eine gute Freundin sein kann.»

Doch die Königinmutter blieb untröstlich. «Sie hat immer so jung gewirkt», sagte sie. «Dem Engel ist ein Fehler unterlaufen. Ich bin diejenige, die nur darauf wartet, sterben zu können.»

Sobald die vierzig Tage der Trauer für Gulbadan vorüber waren, rief der Herrscher den Fremdling zum Palast der Träume. «Ihr braucht zu lange», sagte er zu Mogor dell'Amore. «Ihr könnt das nicht ewig hinziehen, wisst Ihr. Höchste Zeit, dass der Bericht zum Ende kommt. Erzählt einfach die ganze verdammte

Geschichte, so schnell Ihr könnt – und bitte, bringt nicht wieder die ganze Frauenwelt gegen Euch auf.»

«Schirmherr der Welt», erwiderte Mogor mit einer tiefen Verbeugung, «nichts täte ich lieber, als meine ganze Geschichte zu erzählen, denn nach nichts verlangt den Menschen mehr als eben danach. Doch um Dame Schwarzauge in die Arme von Argalia, dem Türken, zu führen, muss ich erst gewisse militärische Entwicklungen bei den mächtigsten Machthabern zwischen dem Land Italien und jenem von Hindustan erklären, womit natürlich Wurmholz Khan, der Kriegsherr der Usbeken, Schah Ishmael oder Ismail, der Safawidenkönig Persiens und der Sultan des Osmanischen Reiches gemeint sind.»

«Ach, verflucht seien alle Geschichtenerzähler», rief Akbar verärgert und nahm einen kräftigen Schluck aus dem rotgoldenen Pokal. «Und die Pest über Eure Kinder.»

15.

Die alten Kartoffelhexen am Kaspischen Meer …

Die alten Kartoffelhexen am Kaspischen Meer setzten sich hin und weinten. Laut schluchzten sie und stießen wilde Klagelaute aus. Ganz Transoxanien trauerte, denn der große Shaibani Khan, der mächtige Lord Wurmholz, Herrscher über das wilde Chorasan, Herr über Samarkand, Herat und Buchara, Spross jenes einzigen wahren Stammes, dem Dschingis Khan entsprang, Überwinder von Babar, dem Emporkömmling unter den Moguln ...

«Es ist vielleicht keine so gute Idee», sagte der Herrscher leise, «in unserer Gegenwart die Prahlereien dieses Schurken über meinen Großvater zu wiederholen.»

... Shaibani, der Verächtliche, der primitive Gauner, gefallen in der Schlacht von Marv, erschlagen von Persiens Schah Ismail, der seinen Schädel in Gold fassen ließ, um einen Pokal daraus zu machen, und Gliedmaßen des besiegten Feindes in alle Welt versandte, um seinen Tod zu beweisen. So endete der erfahrene, aber auch entsetzliche, ungebildete und barbarische Krieger von gut sechzig Jahren: angemessen und zugleich beschämend, enthauptet und zerstückelt von einem noch unreifen, kaum vierundzwanzigjährigen Jüngelchen.

«So ist es viel besser», sagte der Herrscher und ließ den Blick zufrieden auf seinem eigenen Pokal ruhen. «Denn man kann niemanden einen fähigen Regenten nennen, der die eigenen Untertanen tötet, Freunde betrügt, kei-

nen Glauben kennt, keine Gnade, keine Religion; so mag man Macht erringen, doch gewiss keinen Ruhm.»

«Niccolò Machiavelli von Florenz hätte es nicht schöner formulieren können», pflichtete ihm der Geschichtenerzähler bei.

*

In Astrachan an den Ufern der Atil, später Wolga genannt, wurde die Kartoffelhexerei geboren, zur Welt gebracht von der apokryphen Hexenmutter Olga der Ersten, doch waren ihre Anhänger längst zerstritten, wie auch die Welt zerstritten war, weshalb an der Westküste des Kaspischen Meeres, die man die chasarische nannte, unweit von Ardabil, wo Schah Ismails Safawidendynastie im Mystizismus der Sufis wurzelte, die Hexen nun zu den Schiiten gehörten und sich an den Triumphen des neuen Zwölferschiitenreiches Persiens erfreuten, während jene, die bei den Usbeken an der Ostküste lebten, die wenigen armen, fehlgeleiteten Kreaturen, aufseiten von Wurmholz Khan standen. Später dann, als Schah Ismail durch die osmanische Armee eine Niederlage hinnehmen musste, behaupteten diese sunnitischen Kartoffelhexen des östlichen Chasarenmeeres, ihre Flüche seien stärker gewesen als die Magie ihrer schiitischen Schwestern im Westen. *Denn die chorasanische Kartoffel ist allmächtig*, riefen sie viele Male die Worte ihres heiligsten Glaubensbekenntnisses, *durch sie ist alles möglich.*

Bei richtiger Anwendung sunnitisch-usbekischer Kartoffelflüche ließ sich ein passender Gatte finden, eine hübschere Rivalin vertreiben oder der Sturz eines Schiitenherrschers herbeiführen. Schah Ismail war das Opfer des selten ausgeführten Großen-Usbekischen-Anti-Schiiten-Kartoffel-und-Störfisch-Zaubers, für den Kartoffeln und Kaviar in rauen Mengen nötig waren, die sich nur schwerlich auftreiben ließen, der aber auch ein einhelliges Vorgehen aller Sunni-Hexen voraussetzte, das nicht weniger schwer erlangt werden konnte. Als die östlichen Kartoffelhexen schließlich die Nachricht von Ismails vernichtender Niederlage vernahmen, wischten sie sich die Tränen aus den Augen, hörten zu jammern auf und tanzten. Eine Pirouetten drehende chorasanische Hexe ist ein wahrhaft seltener Anblick, und nur wenige, die diesen Tanz zu Gesicht bekamen, sollten ihn je wieder vergessen. Außerdem riss der Kaviar-und-Kartoffel-Fluch eine Kluft in die Schwesternschaft der Kartoffelhexen, die sich bis heute nicht wieder geschlossen hat.

Allerdings mag es noch den ein oder anderen prosaischeren Grund für den Ausgang der Schlacht von Chaldiran gegeben haben, etwa jenen, dass die osmanische Armee der persischen zahlenmäßig weit überlegen war oder dass die Osmanen Gewehre trugen, Waffen also, die in den Augen der Perser nichts für echte Männer waren, weshalb sie sich weigerten, sie zu tragen, und folglich in großer Zahl einen zweifellos höchst männlichen Tod starben, oder auch jenen Grund, dass der Anführer der osmanischen Streitkräfte ein unbesiegbarer Janitscharengeneral war, der Schlächter von Vlad, der Pfähler, der Drachendämon der Walachei, Argalia nämlich, der florentinische Türke. Für wie groß Schah Ismail sich auch hielt – und niemand konnte ihm in seiner hohen Meinung von sich selbst das Wasser reichen –, vermochte er dem Träger der Verwunschenen Lanze doch nicht lange standzuhalten.

Schah Ismail von Persien, dem selbsternannten Stellvertreter des Zwölften Imams auf Erden, sagte man nach, dass er arrogant sei, egoistisch und ein fanatischer Konvertit des *Ithna Ashari*, also des Zwölferschiitentums. «Ich breche die Poloschläger meiner Gegner», prahlte er mit den Worten des Sufi-Heiligen Shaykh Zahid, «und dann gehört mir das Feld.» Gleich darauf erhob er mit eigenen Worten einen noch weit größeren Anspruch. «Ich bin der wahre Gott aus wahrem Gott! Kommt, o ihr Blindäugigen, die ihr den rechten Pfad verloren habt, vernehmt die Wahrheit! Ich bin der Absolute Vollbringer, von dem die Menschheit spricht.» Man nannte ihn *Vali Allah*, den Vikar Gottes, und für seine «rothaarigen» Kizilbasch-Soldaten war er tatsächlich ein Gott. Bescheidenheit, Großzügigkeit, Freundlichkeit: Diese Tugenden gehörten nicht gerade zu seinen Charaktereigenschaften. Doch als er das Schlachtfeld von Marv in südlicher Richtung verließ, im Gepäck ein Honigglas mit dem Kopf von Shaibani Khan, um im Triumph in Herat einzuziehen, wurde er mit ebendiesen Worten von jener Prinzessin beschrieben, die die Geschichte vergessen hatte, von Dame Schwarzauge, von Qara Köz. Schah Ismail war ihr erster Schwarm. Sie war siebzehn Jahre alt.

«Also stimmt es doch», rief der Herrscher. «Der Fremde, um dessentwillen sie sich weigerte, mit Khanzada an den Hof meines Großvaters zurückzukehren, der Grund also, warum sie mein edler Ahn aus den Annalen der Geschichte getilgt hatte – der Verführer, von dem unsere geliebte Tante Gulbadan sprach –, es war nicht Euer Arcalia oder Argalia, sondern der Schah von Persien höchstpersönlich.»

«Sie beide waren Kapitel in ihrer Geschichte, o Schirmherr der Welt», erwiderte der Geschichtenerzähler. «Eines nach dem anderen, erst der Sieger, dann des Siegers Bezwinger. Frauen sind nicht vollkommen, das wird man zugeben müssen, und wie es scheint, hatte die junge Dame eine Schwäche für Gewinner.»

Herat, die Perle von Chorasan, Heimstatt des Künstlers Behzad, des Malers unvergleichlicher Miniaturen, sowie des Dichters Jami, des unsterblichen Philosophen der Liebe und letzter Ruheplatz der Patronin der Schönheit, der großen Königin Gauhar Shad, was so viel bedeutet wie Glückliches oder Leuchtendes Juwel. «Ihr alle gehört jetzt Persien», rief Schah Ismail laut, als er durch die eroberten Straßen ritt. «Eure Geschichte, die Oasen, Bäder, Brücken, Kanäle und Minarette gehören jetzt alle mir.» Zwei gefangene Prinzessinnen aus dem Herrscherhaus der Moguln beobachteten ihn von einem hohen Palastfenster aus. «Heute werden wir sterben oder die Freiheit gewinnen», sagte Khanzada und unterdrückte dabei ein Zittern in der Stimme. Shaibani Khan hatte sie zu seiner Frau gemacht, und sie hatte ihm einen Sohn geboren. Ihr fiel das versiegelte Gefäß auf, das gleich hinter dem Pferd des Eroberers an einem gewöhnlichen Speer hing, und sie wusste, was sich darin befand. «Wenn der Vater tot ist», sagte sie, «ist auch das Schicksal meines Sohnes besiegelt.» Ihre Analyse war korrekt, und als Schah Ismail an die Tür der Prinzessin klopfte, hatte man den Jungen bereits zu seinem Vater gesandt. Der persische König verbeugte sich tief vor Prinzessin Khanzada. «Ihr seid die Schwester eines großen Bruders», sagte er, «also lasse ich Euch frei. Ich gedenke, Euch mit vielen Geschenken der Freundschaft zu König Babar zurückzusenden, der sich zurzeit in Kundus aufhält; und Ihr, meine Damen, werdet das größte aller Geschenke sein.»

«Bis gerade eben», erwiderte Khanzada, «war ich nicht bloß Schwester, sondern auch Mutter und Eheweib. Da Ihr mir zwei Drittel meiner selbst genommen habt, könnt Ihr den Rest auch heimkehren lassen.» Nach neun Jahren als Wurmholz Khans Königin und acht Jahren als Mutter eines Prinzen wurde ihr das Herz in Stücke gerissen. Doch nicht einen Moment lang ließ sie zu, dass Herz oder Stimme ihre wahren Gefühle verrieten, weshalb Schah Ismail sie kalt und gefühllos fand. Angeblich war Khanzada mit neunundzwanzig noch eine große Schönheit, und der Perser fühlte sich sehr versucht, hinter ihren Schleier zu schauen, doch zügelte er seine Begierde und wandte sich stattdessen an das jüngere Mädchen. «Und Ihr, Gnädigste», sagte er mit aller Höflichkeit, die er aufzubringen vermochte, «was habt Ihr Eurem Befreier zu sagen?»

Khanzada Begum nahm ihre Schwester am Arm, als wollte sie mit ihr fortgehen. «Danke, aber meine Schwester und ich sind einer Meinung», sagte sie; Qara Köz schüttelte jedoch ihre Hand ab, riss den Schleier fort und schaute dem jungen König direkt ins Gesicht.

«Ich möchte lieber bleiben», sagte sie.

Es gibt eine Schwäche, die Männer am Ende einer Schlacht überfällt, die sie spüren lässt, wie leicht Leben vernichtet wird, weshalb sie es wie eine Kristallschale an die Brust drücken und seine Kostbarkeit ihnen allen Mut nimmt. In solchen Momenten ist jeder Mann ein Feigling, der an nichts anderes denken kann als an die Umarmung einer Frau, an nichts anderes als die heilenden Worte, die allein eine Frau zu flüstern vermag, an das Vergnügen, sich in den fatalen Labyrinthen der Liebe zu verlieren. Im Banne dieser Schwäche kann ein Mann tun, was seine besten Pläne durchkreuzt; er kann Versprechen geben, die seine Zukunft ändern. Und so geschah es, dass Schah Ismail von Persien in den schwarzen Augen einer siebzehnjährigen Prinzessin ertrank.

«Dann bleibt», sagte er.

«Der Drang nach einer Frau, die uns von der Einsamkeit nach dem Morden befreit», sagte der Herrscher erinnerungsschwer, «die das schlechte Gewissen nach dem Sieg lindert, den Dünkel nach der Niederlage, das Zittern in den Knochen. Die uns in ihren Armen hält, wenn wir spüren, wie der Hass verebbt und einer höheren Form von Verlegenheit weicht. Die uns mit Lavendelduft netzt, um den Blutgeruch an unseren Fingerspitzen zu überdecken, den Schlachtgestank unseres Bartes. Der Drang nach einer Frau, die uns sagt, dass wir ihr allein gehören, und die unsere Gedanken vom Tod ablenkt. Die jene Neugierde darauf dämpft, wie es vor dem Stuhl des Jüngsten Gerichtes wohl sein mag, die uns den Neid auf jene nimmt, die vor uns dahingegangen sind, um dem Allmächtigen von Angesicht zu Angesicht gegenüberzutreten, und die alle Zweifel beschwich-

tigt, die uns den Magen umdrehen, Zweifel an einem Leben nach dem Tod oder gar an Gott selbst, wirkt doch der Geschlagene so vollkommen tot, und kein höherer Sinn scheint in Sicht.»

Später, als er sie bereits auf immer verloren hatte, redete Schah Ismail von Hexerei. Es habe ein Zauber in ihrem Blick gelegen, der nicht ganz menschlich gewesen sei, sagte er; eine Teufelin habe in ihr gesteckt und ihn in seinen Untergang geführt. «Dass eine derart schöne Frau keine Zärtlichkeit kennt», sagte er zu seinem taubstummen Leibdiener, «hatte ich nicht erwartet. Ich hatte auch nicht erwartet, dass sie sich so beiläufig von mir abkehrt, beinahe so, als wechselte sie bloß die Schuhe. Ich hatte erwartet, der Geliebte zu sein, nicht aber, *majnun-Layla* zu sein, liebestoll. Und ich hatte nicht erwartet, dass sie mir das Herz bricht.»

Als Khanzada Begum ohne ihre Schwester zu Babar nach Kundus kam, wurde ihre Ankunft mit großen Paraden und vielen Tänzen gefeiert, mit Trompetenschall und Gesängen; Babar selbst kam ihr gar zu Fuß entgegen, als sie der Sänfte entstieg. Doch insgeheim kochte er vor Wut, und es geschah in jener Zeit, dass er befahl, Qara Köz aus den Annalen der Geschichte zu tilgen. Eine Weile ließ er Schah Ismail noch in dem Glauben, dass sie beide Freunde seien. Zum Beweis prägte er Münzen mit Ismails Antlitz, und Ismail entsandte Truppen, mit deren Hilfe er die Usbeken aus Samarkand vertrieb. Dann aber konnte er Ismail plötzlich nicht länger ertragen, und er befahl ihm, seine Truppen zu nehmen und nach Hause zu verschwinden.

«Das ist interessant», sagte der Herrscher. «Der Entschluss unseres Großvaters, die Safawidenarmee nach der Rückeroberung Samarkands heimzuschicken, ist uns nämlich stets ein Rätsel geblieben. Damals hatte er übrigens auch aufgehört, an seinem Lebensbuch zu schreiben, das er erst elf

Jahre später wieder zur Hand nehmen sollte, weshalb von ihm persönlich zu dieser Angelegenheit nichts überliefert ist. Kaum waren die Perser abgezogen, verlor er Samarkand wieder und musste nach Osten fliehen. Wir hatten stets geglaubt, er habe persische Hilfe abgelehnt, weil ihm Schah Ismails religiöser Bombast zuwider war: die endlosen Proklamationen seiner eigenen Göttlichkeit, die Zwölferschiiten-Verherrlichung. Wenn der wahre Grund aber Babars schwelender Ärger über die verschwiegene Prinzessin war, zog ihre Entscheidung wahrlich viele große Entwicklungen nach sich! Denn nur weil er Samarkand verlor, kam Babar nach Hindustan und errichtete hier seine Dynastie, und wir selbst sind der dritte Herrscher in seiner Nachfolge. Wenn die Geschichte also stimmt, dann lässt sich der Beginn unseres Reiches unmittelbar auf den Eigensinn von Qara Köz zurückführen. Sollten wir sie nun verdammen oder sie loben? War sie eine Verräterin, die auf immer verachtet gehört? Oder unsere genetrix, *unsere Gebärerin, die unsere Zukunft formte?*

«Sie war ein schönes, eigensinniges Mädchen», erwiderte Mogor dell'Amore, «und ihre Macht über Männer derart groß, dass sie selbst anfänglich wohl nicht wusste, wie groß ihr Zauber tatsächlich war.»

Qara Köz: Man stelle sie sich in Täbris vor, der Hauptstadt der Safawiden, umschmeichelt von den feinsten Teppichen des Schahs, darauf hingestreckt wie Kleopatra auf Cäsars Persern. In Täbris waren sogar die Berge mit Geknüpftem ausgelegt, da auf ihren Flanken die Teppiche zum Trocknen ausgebreitet wurden. In den königlichen Gemächern wälzte sich Dame Schwarzauge auf Perserteppichen, als wären sie die Leiber ihrer Geliebten. Und immer stand in einer Ecke ein dampfender Samowar. Gierig schlang sie mit Pflaumen und Knoblauch gefülltes Huhn in sich hinein, aß Garnelen mit Tamarindenpaste oder Kebab mit Duftreis, doch blieb sie rank und schlank. Mit Spiegel, ihrer Leibdienerin, spielte sie Backgammon und wurde zur besten Spielerin am persischen Hof, allerdings vergnügte sie sich mit Spiegel auch noch bei anderen Spielen, kicherten und gluckten die beiden Mädchen doch hinter den verschlossenen Türen ihres Schlafgemachs, weshalb nicht wenige Höflinge sie für ein Liebespaar hielten, auch wenn kein Mensch, weder Frau noch Mann, dergleichen laut zu sagen wagte, da ein solches Gerücht den Kopf gekostet hätte. Wenn Qara Köz dem jungen König beim Polo zusah, stieß sie Seufzer erotischer Ekstase aus, sooft er seinen Schläger schwang, und das Volk begann zu glauben, ihr Stöhnen und Juchzen verzaubere den Ball, der unweigerlich ins Tor traf, während die Schläger der Verteidiger harmlos durch die Luft schnitten. Sie badete in Milch. Sie sang wie ein Engel. Sie las keine Bücher. Sie war einundzwanzig Jahre alt und wurde nicht schwanger. Eines Tages, als Ismail davon sprach, dass sein Gegner im Westen, der Osmanensultan Bayezid II., immer mächtiger werde, murmelte sie ihm tödlichen Rat ins Ohr.

«Schickt ihm einfach Euren Pokal», sagte sie, «jenen, der aus dem Schädel von Shaibani Khan gefertigt wurde, gleichsam zur Warnung, damit er weiß, was ihm blüht, wenn er vergisst, welcher Platz ihm gebührt.»

Sie fand seine Eitelkeit verführerisch und war in seine Schwächen verliebt. Ein Mann, der sich für einen Gott hielt, schien ihr genau der richtige Mann zu sein. Gut möglich, dass ihr ein König nicht genügte. «Wahrhaftiger Gott!», rief sie, wenn er sie nahm. «Mein absoluter Vollbringer!» Das gefiel ihm natürlich, und da er für Lob anfällig war, bedachte er nie die Autonomie großer Schönheit, die keinem Menschen gehört, die nur sich selbst gehört und dahin treibt, wohin der Wind sie weht. Obwohl Qara Köz alles für ihn aufgegeben hatte und ihre Welt mit einem einzigen Blick veränderte, ihre Schwester, ihren Bruder und ihre übrige Familie verließ, um in Gesellschaft eines hübschen Fremden gen Westen zu reisen, hielt Schah Ismail in seiner ungeheuren Selbstverliebtheit solch radikalen Entschluss für ganz natürlich, tat sie es doch um seinetwillen. Folglich konnte er das Wandernde in ihr nicht sehen, das Entwurzelte. Löst sich aber eine Frau so leichthin aus allen Zusammenhängen, kann sie derlei jederzeit wieder tun.

Es gab Tage, da wollte sie Bosheit: seine und ihre. Im Bett flüsterte sie, sie habe eine böse Seite, ein böses Ich, und wenn diese Seite die Oberhand gewinne, sei sie für ihre Handlungen nicht länger verantwortlich, dann könne sie alles tun, einfach alles. Das erregte ihn aufs äußerste. In der Liebe war sie ihm mehr als ebenbürtig, da war sie seine Königin. Nach vier Jahren hatte sie ihm noch keinen Sohn geboren. Egal. Sie war ein Fest für die Sinne, eine Frau, für die Männer töteten. Er lechzte nach ihr und war zugleich ihr Lehrer. «Ihr wollt also, dass ich Bayezid den Shaibani-Pokal schicke?», raunte er mit belegter Stimme wie im Rausch. «Dass ich ihm den Schädel eines anderen Mannes schicke?»

«Trinkt Ihr aus dem Schädel Eures Feindes, ist das für Euch ein großer Triumph», wisperte sie, «trinkt aber Bayezid aus dem Schädel Eures besiegten Gegners, wird Furcht sein Herz erfüllen.» Da begriff er, dass sie den Becher mit einem Angstzauber belegt hatte. «Also schön», sagte er. «Wir werden tun, was Ihr empfehlt.»

*

Der fünfundvierzigste Geburtstag Argalias war gekommen und vergangen. Er war ein großgewachsener, blassgesichtiger Mann, dessen Haut trotz der vielen Kriegsjahre noch weiß wie die eines Weibes schimmerte, Frauen wie Männer staunten, wie weich sie war. Er liebte Tulpen und ließ sie sich auf seine Tuniken und Mäntel sticken, da er die Blumen für Glücksbringer hielt, und von den fünfzehnhundert verschiedenen Tulpensorten Konstantinopels füllten vor allem sechs seine Palastgemächer: Paradieslicht, Unvergleichliche Perle, Lustmehrerin, Passionsstillerin, Diamantenneid und Rose der Morgenröte. Sie waren seine Lieblingsblumen, und sie verrieten, welch sinnlicher Mensch im Kriegerpanzer steckte, ein in der Haut eines Mörders verborgenes Lustgeschöpf, Weibliches im Männlichen. Zudem besaß er die Vorliebe einer Frau für äußere Pracht: Trug er keine Rüstung, behängte er sich mit Seide und Juwelen; außerdem hegte er eine große Schwäche für exotische Pelze, für den schwarzen Fuchs und Luchs aus dem Moskowiterland, die über Theodosia auf der Krim geliefert wurden. Sein Haar war lang und schwarz wie das Böse, die Lippen voll und so rot wie Blut.

Um Blut und Blutvergießen drehte sich sein Leben. Bei mindestens einem Dutzend Feldzügen hatte er Sultan Mehmed II. gedient und jede Schlacht gewonnen, in der er seine Arkebuse in Anschlag brachte, sein Schwert aus der Scheide zog. Wie einen Schild hatte er einen Zug Janitscharen um sich geschart, darunter als seine Leutnants die Schweizer Riesen Otho, Botho, Clotho und d'Artagnan, und obwohl am osmanischen Hof eine Intrige die andere jagte, hatte er sieben Attentate unbeschadet überstanden. Nach Mehmeds Tod geriet das Reich an den Rand eines Bürgerkriegs zwischen den beiden Söhnen Bayezid und Cem. Als Argalia erfuhr, dass sich der Großwesir entgegen aller muslimischen Tradition drei Tage lang weigerte, den Leichnam des verstorbenen Sultans zu beerdigen, damit Cem nach Stambul gelangen und den Thron an sich reißen konnte, eilte er mit den Schweizer Riesen zu den Gemächern des Wesirs und brachte ihn um. Dann führte er Bayezids Armee gegen den Möchtegern-Usurpator und trieb ihn ins Exil. Bald darauf wurde er zum Oberbefehlshaber des neuen Sultans ernannt. Er focht gegen die Mamelucken Ägyptens zu Lande und zu Wasser, und als er die Allianz aus Venedig, Ungarn und dem Vatikan bezwang, kam sein Ruf als Admiral nur noch seinem Ruhm als Krieger zu Lande gleich.

Danach bereiteten ihm die Kizilbasch aus Anatolien die größten Probleme. Sie trugen rote Kopfbedeckungen mit zwölf Zwickeln, um ihre Vorliebe für die Zwölferschiiten kundzutun, weshalb sie schließlich auch von Schah Ismail von Persien angegriffen wurden, dem selbsternannten Wahrhaftigen Gott. Bayezids dritter Sohn, Selim der Grimmige, wollte sie restlos vernichten, aber sein Vater war zurückhaltender. Daraufhin begann Selim der Grimmige seinen Vater für einen Schwächling und Zauderer zu halten. Als der Pokal von Schah Ismail aus Stambul eintraf, fasste Selim ihn als tödliche Beleidigung auf. «Diesem Ungläubigen, der sich selbst Gott nennt, werden wir Manieren beibringen», verkündete er und nahm das Gefäß entgegen, wie ein Duellant einen Handschuh annimmt, mit dem ihm ins Gesicht geschlagen wurde. «Aus diesem Pokal trinke ich das Blut des Safawiden», versprach er seinem Vater. Argalia, der Türke, trat vor: «Und ich werde ihm den Trank einschenken», sagte er.

Als Bayezid diesem Krieg die Genehmigung verweigerte, änderte sich die Lage für Argalia. Nur wenige Tage später schloss er sich mit seinen Janitscharen Selim dem Grimmigen an, und Bayezid wurde vom Thron gejagt. Man versetzte den alten Sultan in den vorzeitigen Ruhestand und schickte ihn zurück nach Didymoticho in Thrakien, seinem Geburtsort, doch starb er unterwegs zum Glück an gebrochenem Herzen, denn für Männer, die die Nerven verloren haben, hat die Welt keinen Platz. Mit Argalia an der Seite spürte Selim seine Brüder Ahmed, Korkud und Shahinshah auf und tötete sie ebenso wie all deren Söhne. So war die Ordnung wiederhergestellt und die Gefahr eines Staatsstreichs gebannt. (Als Argalia viele Jahre später Il Machia von diesen Taten erzählte, rechtfertigte er sich mit den Worten: «Wenn ein Fürst die Macht an sich reißt, sollte er die schlimmsten Taten gleich zu Beginn begehen, denn seinen Untertanen wird danach jedes weitere Vorgehen wie eine Besserung vorkommen.»

Als Il Machia dies hörte, schwieg er eine Weile nachdenklich und nickte dann versonnen. «Schrecklich», antwortete er Argalia, «aber wahr.») Dann wurde es Zeit, gegen Schah Ismail vorzugehen. Argalia und seine Janitscharen wurden nach Rum in Nordanatolien gesandt, um Tausende Kizilbaschs zu verhaften und noch weit mehr niederzumetzeln, auf dass die Bastarde Ruhe gaben, wenn die Armee durch ihr Land zog, um Schah Ismail den Brief Selims des Grimmigen zu überbringen. In seiner Botschaft hatte Selim geschrieben: «Ihr haltet Euch nicht länger an die Gebote und Verbote göttlicher Gesetze. Ihr habt Eure abscheuliche Schiitengemeinde zu unduldbaren sexuellen Ungeheuerlichkeiten aufgehetzt und unschuldiges Blut vergossen.» Einhunderttausend Soldaten der Osmanen schlugen ihr Lager in Ostanatolien am Van-See auf, um Schah Ismail diese Worte in seinen blasphemischen Rachen zu stopfen. Zu ihnen gehörten zwölftausend Arkebusiere der Janitscharen unter Argalias Kommando. Außerdem hatten sie fünfhundert miteinander verkettete Kanonen dabei, eine schier unüberwindbare Barriere.

Die persischen Truppen stellten sich ihnen bei Chaldiran am nordöstlichen Ufer des Van-Sees. Schah Ismails Armee zählte nur vierzigtausend Mann, fast ausnahmslos Reiter, doch wusste Argalia, der ihre Schlachtordnung musterte, dass eine zahlenmäßige Überlegenheit durchaus nicht immer die Schlacht entschied. Wie Vlad Dracula in der Walachei hatte Ismail die Strategie der verbrannten Erde angewandt. Anatolien war verkohlt und leer geräumt; die über Sivas nach Arzinjan vorrückende Armee der Osmanen fand nur wenig zu essen und zu trinken. Selims Soldaten waren folglich müde und hungrig, als sie nach langem Marsch am See rasteten, und eine solche Armee ist immer besiegbar. Als Argalia sich mit der verschwiegenen Prinzessin später über diesen Tag unterhielt, erklärte sie ihm, warum ihr früherer Geliebter bezwungen worden war.

«Ritterlichkeit», sagte sie. «Trottelige Ritterlichkeit – und weil er auf einen dummen Neffen statt auf mich gehört hat.»

Unwahrscheinlich, wie es klingen mag, ist es doch wahr, dass die Zauberin Persiens mit Spiegel, ihrer Sklavin, auf dem Feldherrnhügel über dem Schlachtfeld zugegen war; eine Brise wehte ihr den dünnen Gewandschleier ins Gesicht und derart aufreizend gegen die Brüste, dass ihre Schönheit, so wie sie dort vor des Königs Zelt stand, alle Gedanken der Soldaten an Krieg verdrängte. «Er muss verrückt gewesen sein, als er Euch herbrachte», sagte ein blutverdreckter und des Schlachtens müder Argalia, sobald er sie am Ende eines totenreichen Tages fand. «Ja», erwiderte sie in sachlichem Ton. «Ich habe ihn verrückt vor Liebe gemacht.»

Was allerdings strategische Fragen betraf, konnten all ihre Zauberkünste nicht bewirken, dass er ihr Gehör schenkte. «Seht», rief sie, «noch arbeiten sie an ihren Verteidigungsanlagen. Greift jetzt an, solange sie nicht bereit sind.» Und: «Seht», rief sie, «sie haben fünfhundert Kanonen aneinandergekettet; dahinter stehen zwölftausend Gewehrschützen. Galoppiert nicht einfach drauflos, sonst mähen sie Euch nieder.» Und: «Habt Ihr keine Gewehre? Ihr wisst doch, was Gewehre sind? Um Himmels willen, warum habt Ihr keine Gewehre mitgebracht?» Worauf Durmish Khan, der Narr, der Neffe des Schahs, antwortete: «Es wäre aber nicht fair, wenn wir angriffen, solange sie noch nicht kampfbereit sind.» Und: «Es wäre auch nicht edel, wenn unsere Männer sie von hinten überfielen.» Und: «Das Gewehr ist keine Waffe für einen Mann. Das Gewehr ist für Feiglinge, die sich vor dem Nahkampf fürchten. Wie viele Gewehre sie aber auch immer haben mögen, wir werden den Kampf zu ihnen tragen, bis sie sich im Handgemenge verteidigen müssen. Heute entscheidet der Mut, nicht diese – ha! – diese *Arkebusen*.» Mit einem verzweifelten Lachen wandte sie sich zu Schah Ismail um. «Sagt diesem Mann, er ist ein Trottel», befahl sie ihm, doch Schah Ismail von Persien antwortete: «Ich bin kein Karawanendieb, der sich im Schatten verkriecht. Gottes Wille wird geschehen.»

Sie weigerte sich, der Schlacht zuzusehen, und blieb im königlichen Zelt sitzen, das Gesicht vom Eingang abgewandt. Spiegel saß neben ihr und hielt ihre Hand. Schah Ismail führte den Angriff über den rechten Flügel, der den linken der Osmanen zermalmte, doch hielt die Zauberin auch weiterhin ihr Gesicht abgewandt. Beide Armeen erlitten schreckliche Verluste. Die persische Kavallerie mähte die Blüte der osmanischen Reiterei nieder, die Illyrer, Mazedonier, Serben, Epiroten, die Thessalier und Thraker. Auf der Seite der Safawiden sank ein Befehlshaber nach dem anderen nieder, und sobald sie starben, murmelte die Zauberin im Zelt ihre Namen. *Muhammad Khan Ustajlu, Husain Beg Lala Ustajlu, Saru Pira Ustajlu* und so weiter. Als könnte sie sehen, ohne zu sehen. Und Spiegel warf ihre Worte zurück, sodass die Namen der Toten durch das königliche Zelt widerzuhallen schienen. *Amir Nizam al-Din Abd al-Baqi ... al-Baqi ...*, der Name des Schahs aber, der sich für Gott hielt, wurde nicht ausgesprochen. Die Mitte der Osmanen hielt, nur war die türkische Kavallerie kurz davor, in Panik auszubrechen, als Argalia endlich die Artillerie nach vorn befahl. «Ihr Bastarde», schrie er seine eigenen Janitscharen an, «sehe ich auch nur einen davonlaufen, lasse ich die Kanonen auf euch richten.» Die Schweizer Riesen liefen bis an die Zähne bewaffnet neben der Gefechtslinie her, um Argalias Drohungen Nachdruck zu verleihen. Dann setzte der Donner der Geschütze ein. «Der Sturm beginnt», sagte die im Zelt sitzende Zauberin. «Der Sturm», wiederholte Spiegel. Es war unnötig, die persische Armee in ihrem Todeskampf zu sehen, doch wurde es Zeit, ein trauriges Lied anzustimmen. Schah Ismaïl lebte, der Tag aber war verloren.

Er war vom Schlachtfeld geflohen, verwundet, ohne sie zu holen. Das wusste sie. «Er ist fort», sagte sie zu Spiegel. «Ja, er ist fort», stimmte die Sklavin zu. «Wir sind der Gnade des Feindes ausgeliefert», sagte die Zauberin. «Gnade», wiederholte Spiegel.

Die vor dem Zelt postierten Wachen waren ebenfalls geflohen. Zurück blieben zwei Frauen, allein auf einem grauenhaften Blutfeld. So fand Argalia sie: Unverschleiert, den Blick vom Eingang des königlichen Zeltes abgewandt, saßen sie allein, hoch aufgerichtet, am Ende der Schlacht von Chaldiran, und sie sangen ein trauriges Lied. Prinzessin Qara Köz wandte sich zu ihm um, ohne sich auch nur zu bemühen, ihr nacktes Antlitz vor seinen Blicken zu verbergen, und von diesem Moment an hatten sie bloß noch Augen füreinander und waren für den Rest der Welt verloren.

Er sah aus wie eine Frau, dachte sie, wie eine große, blasshäutige, schwarzhaarige Frau, die sich mit Tod vollgestopft hat. Wie weiß er war, weiß wie eine Maske. Darauf, gleich einem Blutfleck, diese roten, so roten Lippen. Ein Schwert in der Rechten, in der Linken ein Gewehr. Er war beides, Schwertkämpfer und Schütze, Mann und Frau, er selbst und sein Schatten. Sie verließ Schah Ismail, so wie er sie verlassen hatte, und wählte erneut. Diesen fahlgesichtigen Fraumann. Später würde er sie und Spiegel als Kriegsbeute beanspruchen, und Selim der Grimmige würde einverstanden sein, doch da hatte sie ihn längst gewählt, und es war ihr Wille, der in Gang setzte, was folgte.

«Habt keine Angst», sagte er auf Persisch.

«Niemand hier kennt die wahre Bedeutung von Angst», erwiderte sie, erst auf Persisch, dann noch einmal auf Tschagatai, ihrer turkmenischen Muttersprache.

Und unhörbar unter diesen Worten die eigentlichen Worte: *Wollt Ihr der Meine sein? Ja, ich gehöre Euch.*

*

Nach der Plünderung von Täbris wollte Selim bleiben, um in der Hauptstadt der Safawiden zu überwintern und das übrige Persien im Frühjahr zu erobern, doch Argalia sagte ihm, falls er darauf bestehe, würde die Armee meutern. Sie hatten gesiegt und einen Großteil von Ostanatolien und Kurdistan eingenommen, hatten die Größe des Osmanischen Reiches fast verdoppelt, jetzt war es genug. Man möge das mit der Schlacht von Chaldiran eroberte Gebiet als neues Grenzland zwischen den Osmanen und den Safawiden anerkennen. Täbris sei außerdem leer. Weder für seine Männer noch für die Pferde der Reiterei oder für die Lastkamele finde sich Nahrung. Die Armee wollte heim. Selim begriff, dass ein Ende erreicht war. Acht Tage nach dem Einmarsch der osmanischen Armee in Täbris führte Selim seine Männer aus der Stadt und schlug den Weg nach Westen ein.

Ein besiegter Gott ist kein Gott mehr. Und ein Mann, der seine Gefährtin auf dem Schlachtfeld zurücklässt, ist kein Mann mehr. Innerlich gebrochen, kehrte Schah Ismail in seine besiegte Stadt zurück und gab sich während der letzten zehn Jahre seines Lebens dem Suff und der Melancholie hin. Er trug schwarze Kleider und einen schwarzen Turban, sogar die Standarten der Safawiden wurden schwarz gefärbt. Nie wieder ritt er in eine Schlacht und schwankte unablässig zwischen hemmungslosen Ausschweifungen und tiefster Trauer, sodass jedermann seine Schwäche und das Ausmaß seiner Verzweiflung erriet. War er betrunken, rannte er durch die Räume seines Palastes und suchte sie, die nicht mehr dort war, die nie wieder zurückkehren würde. Als er starb, zählte er keine siebenunddreißig Jahre. Dreiundzwanzig Jahre lang war er der Schah von Persien gewesen, doch hatte er alles verloren, was ihm wichtig gewesen war.

*

Als sie Argalia entkleidete und sah, dass seine Unterwäsche mit Tulpen bestickt war, begriff sie, wie sehr er an seinem Aberglauben hing und dass er wie jeder Mann, der einer todbringenden Arbeit nachging, alles nur erdenklich Mögliche tat, um seinen letzten Tag hinauszuzögern. Als sie ihm die Unterwäsche auszog und Tulpentätowierungen auf seinen Schultern entdeckte, auf den Hinterbacken und gar auf dem dicken Penisschaft, da wusste sie mit letzter Gewissheit, dass sie die Liebe ihres Lebens gefunden hatte. «Ihr braucht diese Blumen nicht mehr», sagte sie und streichelte seine Tulpen. «Jetzt habt Ihr ja mich als Euren Glücksbringer.»

Er dachte: *Ja, ich habe Euch, doch nur, bis ich Euch nicht mehr habe, nur, bis Ihr beschließt, mich zu verlassen, so wie Ihr Eure Schwester verlassen habt, bis Ihr erneut das Pferd wechselt, wie Ihr von Schah Ismail zu mir gewechselt seid.* Ein Pferd ist schließlich nur ein Pferd. Sie las seine Gedanken, und da sie spürte, dass er weitere Zusicherungen brauchte, klatschte sie in die Hände. Spiegel kam ins blumenvolle Schlafgemach. «Sag ihm, wer ich bin», befahl sie. «Sie ist die Frau, die Euch liebt», sagte Spiegel. «Mit ihrem Zauber kann sie die Schlangen aus ihren Erdlöchern locken, die Vögel aus den Bäumen, und die Tiere verlieben sich in Euch, doch nun hat sie sich selbst in Euch verliebt, weshalb Ihr alles haben könnt, was Ihr begehrt.» Als die Zauberin leicht mit der Augenbraue zuckte, ließ Spiegel ihre Kleider zu Boden fallen und schlüpfte ins Bett. «Sie ist mein Spiegel», sagte die Zauberin. «Sie ist der schimmernde Schatten. Wer mich gewinnt, bekommt auch sie.» In diesem Moment gab Argalia, der große Krieger, sich geschlagen. Angesichts einer solchen Umfassungsbewegung bleibt einem Mann nur die bedingungslose Kapitulation.

Er war es, der sie in «Angelica» umbenannte. Bezwungen vom Namen Qara Köz, seinem glottalen Schlusslaut und der ungewohnten Klangfolge, verlieh er ihr jenen seraphischen Namen, unter dem ihre neuen Welten sie kennenlernen sollten. Und sie wiederum gab diesen Namen an ihren Spiegel weiter. «Wenn ich Angelica sein muss», sagte sie, «wird mein Schutzengel auch eine Angelica sein.»

Seit vielen Jahren schon kam ihm als Günstling des Sultans die Ehre zu, in der Wohnstätte der Glückseligkeit residieren zu dürfen, im Topkapi, statt mit den spartanischen Behausungen der Janitscharen-Kasernen vorliebnehmen zu müssen. Doch erst seit seinen Gemächern der Zauber einer weiblichen Hand anzumerken war, fühlte er sich hier wahrhaft daheim. Für Männer wie Argalia ist der Glaube an ein Zuhause allerdings schon immer eine beunruhigende, gefährliche Idee gewesen. Wie in einer Schlinge konnten sie sich darin verfangen. Selim der Grimmige war nicht Bayezid und nicht Mehmed, er hielt Argalia nicht für seine unverzichtbare rechte Hand, sondern für einen möglicherweise gefährlichen Rivalen im Kampf um die Macht, für einen beliebten General, der seine Janitscharen durchaus ins innerste Allerheiligste des Palastes führen mochte, wie er dies bereits einmal getan hatte, damals, als er den Großwesir ermordete. Ein Mann, der den Großwesir auf dem Gewissen hatte, war auch zum Königsmord fähig. Bei einem solchen Mann überwog die Gefahr möglicherweise den Nutzen. Kaum waren sie zurück in Samarkand, begann der Sultan, der seinen italienischen Oberbefehlshaber in der Öffentlichkeit mit Lob überschüttete, insgeheim Argalias Untergang zu planen.

Die Neuigkeit, dass seine Stellung am Hofe gefährdet war, kam Argalia zu Ohren, weil Qara Köz beschloss, ihm auch weiterhin mit Tulpen eine Freude zu bereiten. Überall in der Wohnstätte der Glückseligkeit gab es Gärten, ummauerte Gärten, versunkene Gärten, bewaldete Bereiche, in denen sich das Rotwild ungehindert bewegte, aber auch Uferrasenflächen, die sich hinab bis zum Goldenen Horn erstreckten. Die Tulpenbeete fanden sich im vierten Hof, nahe dem flachen Hügel am Nordende des Topkapi-Serails, dem höchsten Punkt des gesamten Anwesens, wo überall kleine hölzerne, Kiosk genannte Lustpavillons standen. Dort wuchsen die Tulpen in großer Zahl und schufen eine Atmosphäre duftender Heiterkeit und tiefen Friedens. Prinzessin Qara Köz und ihr züchtig verhüllter Spiegel gingen oft in diesen Gärten spazieren, ruhten sich in einem der Kioske aus, tranken süße Säfte und unterhielten sich in leisen, sanften Tönen mit den vielen Palast-*bostancis*, den Gärtnern, die Blumen für Herrn Argalia sammeln sollten; und so müßig, wie Frauen dies gern tun, schwatzten und tratschten sie mit ihnen über den arglosen Klatsch des Tages. Bald war das gesamte Gartenpersonal, vom einfachsten Unkrautzupfer bis zum *bostanci-basha*, dem Obergärtner, in die beiden Damen verschossen, und so lösten sich die Zungen, wie dies bei wahrhaft Liebenden oft geschieht. Viele wunderten sich, wie rasch die beiden ausländischen Damen doch die türkische Sprache erlernt hatten, beinahe über Nacht, zumindest kam es ihnen so vor. Wie durch Zauberei, sagten die Gärtner.

Qara Köz' wahre Absichten waren jedoch alles andere als arglos. Sie wusste, wie dies alle neuen Bewohner der Wohnstätte der Glückseligkeit nur allzu bald wussten, dass die tausendundeinen *bostancis* nicht bloß die Gärtner des Sultans, sondern auch dessen offizielle Scharfrichter waren. Wurde eine Frau eines Vergehens überführt, war es ein *bostanci*, der sie lebend in einen mit Steinen beschwerten Sack einnähte und in den Bosporus warf. Und sollte ein Mann getötet werden, packte ihn eine Gruppe Gärtner und unterzog ihn einer rituellen Strangulation. So also wurde Qara Köz die Freundin der *bostancis* und lernte kennen, was die Gärtner mit schwarzem Humor die Tulpennachrichten nannten. Schon bald verdrängte der Gestank des Verrates den zarten Duft der Blumen. Man warnte sie, dass ihr Herr, der große General, der Diener dreier Sultane, Gefahr laufe, sich falschen Beschuldigungen ausgesetzt zu sehen und zum Tode verurteilt zu werden. Der Obergärtner selbst teilte ihr dies mit. Der *bostanci-basha* der Wohnstätte der Glückseligkeit war auch des Sultans oberster Scharfrichter, der nicht allein seiner hortikulturellen Fähigkeiten wegen, sondern auch wegen seines Lauftempos ausgewählt wurde, denn wenn man einen Günstling des Hofes zum Tode verurteilte, bekam er eine Chance, die keinem gewöhnlichen Sterblichen gewährt wurde. Lief er schneller als der *bostanci-basha*, durfte er weiterleben, die Strafe würde in Verbannung umgewandelt. Nur war der *bostanci-basha* berühmt dafür, dass er schnell lief wie der Wind, weshalb die Chance eigentlich keine war. Diesmal allerdings stimmte den Gärtner der Gedanke an das, was er zu tun haben würde, nicht froh. «Ich müsste mich schämen, einen so großen Mann umzubringen», sagte er. «Dann», erwiderte die Zauberin, «sollten wir möglichst einen Weg aus diesem Dilemma finden.»

«Gerüchte schwirren durch den Garten», erzählte sie Argalia bei der Ankunft daheim. «Er wird Euch bald umbringen.» Mit ernster Miene fragte Argalia: «Unter welchem Vorwand?» Die Prinzessin nahm sein blasses Gesicht in beide Hände. «Ich bin der Vorwand», sagte sie. «Ihr habt Euch eine Mogulprinzessin als Kriegsbeute erkoren. Das wusste er nicht, als er Euch ziehen ließ, aber jetzt weiß er es. Die Gefangennahme einer Mogulprinzessin ist eine kriegerische Handlung gegen den Herrscher, weshalb er behaupten wird, Ihr hättet, da Ihr das Osmanenreich in eine solche Lage brachtet, Hochverrat begangen und müsstet folglich den Preis dafür zahlen. Das jedenfalls verkünden die Nachrichten der Tulpen.»

Derart gewarnt, hatte Argalia Zeit, sich vorzubereiten, und an dem Tag, an dem sie kamen, ihn zu holen, waren Qara Köz und Spiegel bereits im Schutze der Nacht mit vielen Truhen voller Schätze, die er in manch erfolgreichem Feldzug angesammelt hatte, sowie in Begleitung der vier Schweizer Riesen und darüber hinaus der gesamten Schar seiner treuesten Janitscharen, insgesamt einigen hundert Mann, nach Bursa vorausgeschickt worden, damit sie südlich der Hauptstadt auf ihn warteten. «Wenn ich mit euch fliehe», hatte er gesagt, «wird Selim uns jagen und wie tollwütige Hunde niedermetzeln. Also muss ich den Prozess über mich ergehen lassen und nach meiner Verurteilung das Rennen gegen den Gärtner gewinnen.» Qara Köz hatte gewusst, dass er dies sagen würde. «Wenn Ihr so fest zum Sterben entschlossen seid», sagte sie, «werde ich Euch wohl gewähren lassen müssen.» Womit sie meinte, sie wolle ihm das Leben retten, auch wenn es nicht einfach werden würde, da sie beim großen Rennen nicht dabei sein konnte.

Kaum hatte Selim der Grimmige im Thronsaal der Wohnstätte der Glückseligkeit über den Verräter das Todesurteil verhängt, machte Argalia, der die Regeln kannte, auf dem Absatz kehrt und lief um sein Leben. Vom Thronsaal bis zum Angelhaustor ist es durch den Palastgarten knapp einen Kilometer, und er musste dort vor dem nacktbrüstigen *bostanci-basha* mit seiner roten Schädelkappe und den weißen Musselinpluderhosen ankommen, der ihm bereits dicht auf den Fersen war und mit jedem Schritt aufholte. Sollte er gefangen genommen werden, würde er am Angelhaus sterben und in den Bosporus geworfen werden, in den man alle Leichen warf. Wie er an den Blumenbeeten vorbeirannte, sah er vor sich das Angelhaustor, hörte die Schritte des *bostanci-basha* näher kommen und wusste, er würde es nicht schaffen. «Das Leben ist absurd», dachte er. «Da überlebt man so viele Kriege und wird am Ende von einem Gärtner erwürgt. Zu Recht heißt es, es gebe keinen Helden, der nicht vor seinem Tod die Sinnlosigkeit allen Heldentums erkenne.» Und ihm fiel ein, wie ihm als kleinem Jungen zum ersten Mal die Absurdität des Lebens aufgegangen war, damals, allein in einem Ruderboot inmitten einer Seeschlacht und bei dichtem Nebel. «All die Jahre später», dachte er, «muss ich dieselbe Lektion noch einmal lernen.»

Nie wurde eine befriedigende Erklärung dafür gegeben, warum der schnellfüßige Obergärtner Sultan Selims des Grimmigen nur dreißig Meter vor dem Ende des Gärtnerrennens urplötzlich zu Boden stürzte oder warum er sich den Bauch hielt und einen Anfall übelster Darmwinde erlitt, die je ein Mensch gerochen hat, warum er Fürze laut wie Kanonenschläge von sich gab und vor Schmerz wie eine entwurzelte Alraune schrie, während Argalia am Zielpfosten des Angelhauses vorbeilief, ein dort wartendes Pferd bestieg und ins Exil davongaloppierte. «Habt Ihr da etwa Eure Hand im Spiel gehabt?», fragte Argalia seine Geliebte, als sie sich in Bursa wiedersahen.

«Aber was hätte ich meinem lieben kleinen *basha* denn antun sollen?», antwortete sie mit weit aufgerissenen Augen. «Ihm einen Brief zuschicken, in dem ich ihn im Voraus dafür danke, Euch, meinen entsetzlichen Entführer, ermordet zu haben, und ihm als Zeichen meiner Dankbarkeit einen Krug anatolischen Weins zukommen lassen, das ist eine Sache, ganz recht, aber genau zu berechnen, wie lange ein dem Wein beigemischtes Gift bräuchte, bis es die gewünschte Wirkung zeigte, nun, das ist natürlich völlig unmöglich.»

Er schaute ihr in die Augen, konnte darin aber nicht die geringste Andeutung auf Lug und Trug entdecken, keinen Hinweis darauf, dass sie oder ihr Spiegel oder beide gemeinsam irgendetwas getan haben mochten, das den Gärtner dazu verführt haben könnte, seine Pflicht zu versäumen, im Voraus zu einer bestimmten Stunde vom anatolischen Wein zu kosten, gar zum Ausgleich für einen Moment der Freuden, der für einen Mann wie ihn ein Leben lang vorhalten würde. Nein, sagte sich Argalia, während ihn die Blicke von Qara Köz in ihren Bann zogen, nichts dergleichen konnte geschehen sein. Seht die Augen meiner

Geliebten, wie arglos sie schauen, wie voll der Liebe und der Wahrheit.

*

Admiral Andrea Doria, Kapitän der genuesischen Flotte, wohnte, so er denn er an Land weilte, in der Vorstadt Fassolo vor dem San-Tommaso-Tor gleich außerhalb der Stadtmauern am nordwestlichen Eingang zum Hafen. Von einem Edelmann aus Genua mit Namen Jacobo Lomellino hatte er sich dort eine Villa gekauft, da er sich darin wie einer der alten, Toga tragenden, mit Lorbeerkranz geschmückten Römer fühlte, die ehedem in prächtigen Strandvillen wie etwa jener in Laurentinum gewohnt hatten, beschrieben vom jüngeren Plinius, aber auch wegen des Ausblicks auf den Hafen, der es ihm ermöglichte, genau im Auge zu behalten, wer zu welcher Zeit in die Stadt kam oder wer sie verließ. Für den Fall, dass rasches Handeln vonnöten sein sollte, ankerten seine Galeeren unmittelbar vor dem Haus. Und so kam es, dass er zu den Ersten zählte, die jenes Schiff aus Rhodos erspähten, das Argalia zurück nach Italien brachte, und mit Hilfe seines Fernglases machte er an Bord eine große Anzahl schwerbewaffneter Männer in der Uniform osmanischer Janitscharen aus. Vier von ihnen waren offenbar Albino-Riesen. Von seinem Platz auf der Terrasse schickte er einen Boten zu seinem Leutnant Ceva und wies ihn an, dem Schiff aus Rhodos entgegenzusegeln und herauszufinden, was die Besucher im Schilde führten. So also geschah es, dass Ceva der Skorpion aufs Neue dem Menschen gegenübertrat, den er einst in feindlichem Gewässer zurückgelassen hatte.

Der Mann, in dem der Skorpion Argalia noch nicht wiedererkannt hatte, trug, wie er da vor dem Mast des rhodischen Schiffes saß, einen gewaltigen Turban sowie die weiten, fließenden

Brokatgewänder eines wohlhabenden osmanischen Prinzen. Hinter ihm standen seine Janitscharen, kampfbereit und bis an die Zähne bewaffnet, und an seiner Seite harrten die zwei schönsten Frauen, die Ceva je gesehen hatte, ihr Liebreiz unverschleiert und für jedermann sichtbar, das schwarze Haar offen im Wind wie die Locken einer Göttin; jegliches Sonnenlicht schien allein auf sie gerichtet, sodass die übrige Welt dagegen kalt und dunkel wirkte. Sobald Ceva an Bord des rhodischen Transportschiffes kam, eine Abteilung der Goldbande im Rücken, wandten sich die Frauen zu ihm um, und er fühlte, wie ihm das Schwert aus der Hand glitt. Ein sanfter, doch unerbittlicher Druck auf beide Schultern, ein Druck, dem zu widerstehen er zu seinem eigenen Erstaunen nicht die geringste Lust verspürte, zwang ihn zu Boden, und plötzlich kniete er mit all seinen Männern zu Füßen der Besucher, und über seine Lippen sprudelten ungewohnte Worte der Begrüßung: *Seid willkommen, edle Damen, und all jene, die über Euch wachen.*

«Vorsicht, Skorpion», sagte der osmanische Prinz in perfektem florentinischem Italienisch und wiederholte dann Cevas eigene Worte, «denn wenn ein Kerl mir nicht in die Augen sieht, reiß ich ihm die Leber raus und verfüttere sie an die Möwen.»

Da wusste Ceva, wen er vor sich hatte. Er wollte aufspringen und nach seiner Waffe greifen, merkte aber, dass er wie auch all seine Männer aus irgendeinem Grund am Boden zu haften schien. «Andererseits», fügte Argalia nachdenklich hinzu, «könnt Ihr mir gar nicht in die Augen, sondern höchstens auf meinen verdammten Schwanz sehen.»

Der große *condottiere* Doria, dem der Bart in mächtigen Wellen vom Kinn herabfloss, posierte gerade für den Bildhauer Bronzino als Meeresgott Neptun und stand nackt auf der Terrasse seiner Villa, einen Dreizack in der Rechten, während der Künstler eine Skizze seiner Blöße anfertigte, als zu seiner nicht unbeachtlichen Bestürzung ein schwerbewaffneter Schurkentrupp den privaten Anlegesteg zu seinem Haus heraufkam. Wundersamerweise marschierte Ceva allen voran, sein eigener Mann, und führte sich wie ein kriecherischer Speichellecker auf, während sich inmitten der Gruppe offenbar zwei weibliche, Kapuzen tragende Personen befanden, deren Identität und Eigenart er nicht zu bestimmen wusste. «Wenn ihr glaubt, eine Bande Briganten mitsamt ihren Huren genüge, Andrea Doria kampflos gefangen zu nehmen», brüllte er, packte mit der einen Hand sein Schwert, mit der anderen den Dreizack, «dann wollen wir doch einmal sehen, wer hier mit dem Leben davonkommt.»

Im selben Augenblick schlugen die Zauberin und ihre Sklavin die Kapuzen zurück, und Admiral Doria brachte mit einem Mal nur noch ein rotgesichtiges Gestammel zustande. Seine Hose suchend, wich er vor der herannahenden Gruppe zurück, doch schienen die Frauen seiner Blöße nicht die geringste Beachtung zu schenken, was die Schande irgendwie noch mehrte. «Ein Junge, den Ihr für tot zurückgelassen habt, kehrt zurück, um einzufordern, was ihm zusteht», sagte Qara Köz. Sie sprach akzentfrei Italienisch, das hörte Doria, doch war sie offenkundig keine Italienerin. Sie war eine Besucherin, für die ein Mann sein Leben opfern konnte, eine Königin, die man anbeten musste, und ihre Gefährtin, die der königlichen Dame wie ein Spiegelbild glich, dem Original in Schönheit und Charme nur unwesentlich unterlegen, war ebenfalls von anbetungswürdiger Wohlgestalt. Im Beisein solcher Wunder konnte man unmöglich ans Kämpfen denken. Admiral Doria warf sich einen Mantel über und stand mit offenem Munde da, während sich die Fremden näherten, ein Meeresgott im Banne der dem Wasser entstiegenen Nymphen.

«Wie versprochen», sagte Qara Köz, «ist er als wohlhabender Prinz zurückgekehrt. Den Wunsch nach Rache hat er überwunden, für Eure Sicherheit ist also garantiert, doch fordert er jene Belohnung ein, die ihm angesichts der in der Vergangenheit geleisteten Dienste und seines gegenwärtigen Gnadenerweises wohl auch fraglos zusteht.»

«Und was genau wäre das?», wollte Andrea Doria wissen.

«Eure Freundschaft», erwiderte die Zauberin, «sowie ein gutes Mahl und sicheres Geleit durch diese Gewässer.»

«Sicheres Geleit wohin?», fragte der Admiral. «Wohin will er mit solch einer blutrünstigen Schar?»

«Nach Hause heißt es für den Seemann, Andrea», sagte Argalia, der Türke. «Nach Hause für den Krieger. Ich habe die Welt gesehen, habe mein Scherflein Blut vergossen und auch mein Glück gemacht; jetzt will ich es genießen.»

«Ihr seid ein Kind geblieben», erwiderte Andrea Doria. «Ihr glaubt immer noch, Euer Zuhause am Ende einer langen Reise sei ein Ort, an dem ein Mensch seinen Frieden finden kann.»

Teil drei

16.

Als wären alle Florentiner Kardinäle ...

Als wären alle Florentiner Kardinäle, kamen die verachteten Armen der Stadt den rotgewandeten Eminenzen zuvor, die in der Sixtinischen Kapelle in Klausur saßen, und zündeten vor lauter Begeisterung über die Wahl eines Medici zum Papst Freudenfeuer an. Die Stadt war so voller Flammen und Rauch, dass man aus der Ferne meinen konnte, sie würde niedergebrannt. Ein Reisender, der diesen Weg bei Sonnenuntergang entlangkam – ebenjener Reisende, der jetzt diesen Weg entlangkommt, den Weg vom Meer hierher, dessen zusammengekniffene Augen, weiße Haut und das schwarze lange Haar ihn nicht wie einen zurückkehrenden Landsmann, sondern wie ein exotisches Geschöpf aus einer fernöstlichen Legende aussehen ließen, wie einen *Samurai* von der Insel Cipangu oder Zipangu vielleicht, will sagen von Japan, einen Nachfahren der furchterregenden Kiushu-Krieger, die einst die einfallenden Horden des chinesischen Herrschers Kubilai Khan besiegten –, ein solcher Reisender könnte meinen, sich dem Schauplatz einer Katastrophe zu nähern, und innehalten, das Pferd zügeln und gleich einem General gebieterisch die Hand heben – wie jemand eben, der es gewohnt ist, dass ihm gehorcht wird –, um sich einen Überblick zu verschaffen. Argalia sollte sich in den folgenden Monaten noch oft an diesen Augenblick erinnern. Die Freudenfeuer waren entzündet worden, noch ehe die Entscheidung der Kardinäle gefallen war, doch erwies sich ihre Prophezeiung als zutreffend, und ein Medici, Kardinal Giovanni de' Medici, wurde in jener Nacht tatsächlich zum Papst gewählt, Papst Leo X., um seine Macht mit der seines Bruders Herzog Giuliano in Florenz zu vereinen. «Hätte ich gewusst, dass diese Bastarde wieder im Sattel sitzen, wäre ich in Genua geblieben, um mit Doria auf seinen Kampfschiffen zu segeln, bis die Welt wieder zur Vernunft kommt», sagte er Il Machia bei ihrem Wiedersehen, «in Wahrheit aber wollte ich mit ihr angeben.»

*

«Die Liebe macht einen Mann zum Narren», gestand der Herrscher Mogor dell'Amore. «Der Welt das unverhüllte Gesicht der Geliebten zu zeigen ist der erste Schritt auf dem Weg, sie zu verlieren.»

«Kein Mensch befiehlt Qara Köz, ihr Gesicht zu enthüllen», sagte der Reisende. «Auch hat sie es ihrer Sklavin nicht befohlen. Sie traf ihre Entscheidung aus freien Stücken, ebenso wie ihr Spiegel.»

Der Herrscher verstummte. Über Zeit und Raum hinweg begann er, sich zu verlieben.

*

Im Alter von vierundvierzig Jahren spielte Niccolò «Il Machia» an einem späten Nachmittag in der Taverne von Percussina Karten mit Frosino Uno, dem Müller, mit dem Metzger Gabburra und dem Schankwirt Vettori, die sich Beleidigungen an den Kopf warfen, aber sorgsam darauf achteten, den Dorfherrn dabei auszusparen, auch wenn er trunken im Lärm an ihrem Tisch hockte und sich wie jemand ihresgleichen benahm, zweimal mit der Faust auf den Tisch schlug, sooft er ein Blatt verlor, dreimal, wenn er gewann, der fluchte wie sie alle, es im Trinken mit jedem aufnahm und sie seine geliebten Scheißkerle nannte, als Gaglioffo, der unflätige, nichtsnutzige Holzfäller, in ungewohnter Hast angelaufen kam, die Augen weit aufgerissen, und außer Atem hinter sich zeigte. «Hundert Männer oder mehr», japste er, wies auf die Tür und rang nach Luft. «Fickt mich zweimal in den Arsch, wenn ich lüge. Schwer bewaffnet, dazu berittene Riesen, und sie kommen hierher!»

Niccolò erhob sich, die Karten noch in der Hand. «Dann, meine Freunde, bin ich ein toter Mann», sagte er. «Der große Herzog Giuliano hat also doch beschlossen, mich erledigen zu lassen. Ich danke euch für die vergnüglichen Abende, die mir halfen, am Ende harter Arbeitstage den Schimmel von meinen Hirnwänden zu kratzen, aber jetzt muss ich gehen und mich von meiner Frau verabschieden.»

Gaglioffo krümmte sich keuchend und presste sich vor Seitenstechen die Hände in den Leib. «Nein, mein Herr», keuchte er, «vielleicht nicht. Sie tragen eine andere Livree. Verdammte Ausländer, Herr, kommen bestimmt aus Ligurien oder von noch weiter her. Und Frauen sind auch dabei. Frauen, ausländische Frauen, Herr, wenn man die beiden Hexen ansieht, packt einen das Fickverlangen wie die Schweinepest. Fickt mich, Herr, wenn ich lüge.»

Diese Leute waren gute Leute, dachte Il Machia, diese wenigen Leute, seine Leute, aber im Allgemeinen waren die Florentiner Verräter. Sie waren es, die die Republik verraten und die Medici zurückgeholt hatten. Leute hatten ihn verraten, denen er als wahrhafter Republikaner zu Diensten gewesen war, als Sekretär der Zweiten Kanzlei, reisender Diplomat und Gründer der florentinischen Miliz. Nach dem Sturz der Republik und der Entlassung des Gonfaloniere Piero Soderini, des Vorsitzenden des Regierungsrates der Republik, war auch Il Machia entlassen worden. Nach vierzehn Jahren treuer Dienste bewies das Volk, dass es nichts auf Treue gab. Die Leute waren närrisch nach Macht. Sie hatten zugelassen, dass man Il Machia in die Eingeweide der Stadt zu den wartenden Folterknechten schleppte. Solchen Leuten kam es nicht zu, dass man sich um sie sorgte. Sie verdienten keine Republik. Solche Leute verdienten einen Despoten. Vielleicht waren alle Menschen so, überall, nur seine Bauern nicht, mit denen er trank, Karten und Tricktrack spielte, ein paar alte Freunde vielleicht auch nicht, Agostino Vespucci zum Beispiel; zum Glück hatten sie Ago nicht gefoltert, er war nicht stark und hätte alles und jedes gestanden, und dann hätte man ihn umgebracht, natürlich nur, falls er nicht schon unter der Folter gestorben wäre. Doch von Ago, der jünger als Il Machia war, hatten sie nichts gewollt. Il Machia war es, den sie töten wollten.

Sie hatten ihn nicht verdient. Seine Bauern verdienten ihn, doch im Allgemeinen verdiente das Volk seine grausamen, seine geliebten Fürsten. Der Schmerz, der ihm durch den Leib fuhr, war kein bloßer Schmerz, sondern eine Erkenntnis. Es war ein erzieherischer Schmerz, der die letzten Bruchstücke seines Vertrauens ins Volk tilgte. Er hatte dem Volk gedient, und er hatte mit Schmerzen gezahlt, dort, an jenem lichtlosen, unterirdischen Ort, einem Ort ohne Namen, an dem namenlose Menschen Leibern, die ebenfalls keinen Namen besaßen, namenlose Dinge antaten, da Namen dort nicht zählten, nur der Schmerz zählte, Schmerz, dem das Geständnis folgte, dann der Tod. Die Leute wollten seinen Tod, zumindest kümmerte es sie nicht, ob er lebte oder starb. In der Stadt, die der Welt die Idee vom hohen Wert und von der Freiheit der individuellen Menschenseele schenkte, gab man nichts auf ihn und scherte sich die Bohne um die Freiheit seiner Seele, ebenso wenig wie um seine Unverletzlichkeit. Vierzehn Jahre seiner ehrlichen und achtbaren Dienste hatte er ihnen gewidmet, doch sie hatte sein Leben keinen Deut gekümmert, sein Recht, am Leben bleiben zu dürfen. Solche Leute musste man einfach übersehen. Zu Liebe oder Gerechtigkeit waren sie nicht fähig, und deshalb waren sie auch nicht weiter von Bedeutung. Auf solche Leute kam es nicht an. Sie waren weder primär noch sekundär, nur Despoten zählten. Die Liebe des Volkes war launisch und unbeständig, nach solcher Liebe zu streben war dumm. Es gab keine Liebe. Es gab nur die Macht.

Nach und nach war ihm alle Würde genommen worden. Man verbot ihm, den Stadtbezirk von Florenz zu verlassen, dabei war er ein Mensch, der gern reiste. Man verbot ihm, den Palazzo Vecchio zu betreten, in dem er doch so viele Jahre gearbeitet hatte, in den er gehörte. Von seinem Nachfolger, einem gewissen Michelozzi, Speichellecker der Medici und widerlicher Kriecher, wurde er wegen möglicher Veruntreuung verhört, doch war er ein ehrlicher Diener der Republik gewesen, weshalb man kein Anzeichen irgendeiner Missetat entdecken konnte. Dann fand man seinen Namen auf einem Stück Papier in der Tasche eines Mannes, den er nicht kannte; also wurde er eingesperrt und an den namenlosen Ort gebracht. Der Mann hieß Boscoli, ein Idiot, einer von vier Idioten, dessen Komplott gegen die Medici so überaus idiotisch war, dass es aufflog, ehe sie damit auch nur begonnen hatten. In Boscolis Tasche steckte eine Liste mit zweihundert Namen: Feinde der Medici in den Augen eines Idioten. Einer der Namen lautete: *Machiavelli.*

Wer einmal in einer Folterkammer war, dessen Sinne können gewisse Dinge nie mehr vergessen: die klamme Dunkelheit, den abgestandenen Gestank menschlicher Exkremente, die Ratten, die Schreie. Wer einmal gefoltert wurde, in dem hört ein Teil nie auf, Schmerz zu fühlen. Die unter dem Namen *strappado* bekannte Strafe gehört zu den quälendsten Foltern, die man einen Menschen erleiden lassen kann, ohne ihn gleich zu töten. Die Handgelenke waren hinter seinem Rücken gefesselt, und das Seil führte über einen an der Decke hängenden Flaschenzug. Wenn er daran hochgezogen wurde, war der Schmerz in seinen Schultern die ganze Welt. Nicht bloß die Stadt Florenz und ihr Fluss, nicht bloß Italien, nein, Gottes gesamte Schöpfung wurde durch diesen Schmerz ausgelöscht. Schmerz war die neue Welt. Kurz ehe er aufhörte, an irgendwas zu denken, und um nicht daran denken zu müssen, was danach geschehen würde, dachte Il Machia an die Neue Welt und an Agos Vetter Amerigo, an Gonfaloniere Soderinis Freund, an Amerigo, den Wilden, den Wanderer, der mit Kolumbus bewiesen hatte, dass im Ozean keine Ungeheuer lebten, welche ein Schiff mit einem einzigen Bissen zerteilen konnten, dass die Schiffe nicht in Flammen aufgingen, wenn sie den Äquator erreichten, dass sie nicht im Morast stecken blieben, wenn sie zu weit nach Westen segelten, und der, wichtiger noch als alles andere, so klug war zu begreifen, was dieser Trottel von Kolumbus nicht kapierte, nämlich dass die Landmasse auf der anderen Seite des Ozeans keine indischen Inseln waren, dass sie mit Indien nichts zu tun hatte, sondern eine gänzlich neue Welt darstellten. Würde diese Neue Welt nun auf Befehl der Medici geleugnet werden, würde sie per Erlass ausgelöscht und nur zu einem dieser unglückseligen Hirngespinste werden – so wie Liebe, Rechtschaffenheit oder Freiheit –, um mit der Republik unterzugehen, von Soderini und all den übrigen Verlierern in die Tiefe gezerrt, ihn selbst eingeschlossen? Der glückliche alte Seebär, dachte Il Machia, steckt wohlbehalten in Sevilla, wo ihm sogar der Arm der Medici nichts anhaben kann. Amerigo mochte alt und krank sein, aber er war in Sicherheit und durfte nach seinen vielen Reisen immerhin in Frieden sterben, dachte Il Machia; und dann wurde das Seil zum ersten Mal angezogen, und Amerigo verschwand, dann die Alte Welt und schließlich auch die Neue.

Sechs Mal zog man mich hoch, aber ich habe nichts gestanden, weil ich nichts zu gestehen hatte. Nach der Folter wurde er wieder in die Zelle gesperrt, und man tat, als wolle man ihn dort vergessen und langsam im rattigen Dunkel krepieren lassen. Dann aber, ganz unverhofft, die Freilassung, in die Schmach entlassen, ins Vergessen, ins Eheleben. Frei, um nach Percussina zurückzukehren. Mit Ago Vespucci spazierte er durch die Wälder und suchte nach Alraunen, aber sie waren keine Kinder mehr. Ihre Hoffnungen lagen aufgegeben hinter ihnen, schimmerten nicht länger leuchtend in der Zukunft. Die Zeit für Alraunen war vorbei. Einmal hatte Ago versucht, La Fiorentinas Liebe zu erringen, indem er Alraunenpulver in ihr Glas schüttete, doch die gewiefte Alessandra war nicht so leicht zu erobern, sie zeigte sich immun gegen Alraunenzauber und ersann für Ago eine schreckliche Strafe. In der Nacht, nach der sie das Alraunenelixier getrunken hatte, wich sie von ihren sonst so peinlich genau eingehaltenen Lebensgewohnheiten ab und ließ Ago, diesen unbedeutenden Tropf, hochmütig in ihr Bett, doch kaum hatte er fünfundvierzig Minuten lang das ungetrübte Glück des Paradieses genossen, stieß sie ihn ohne weitere Umstände wieder hinaus, allerdings nicht ohne ihn zuvor an den geheimen Fluch der Alraune zu erinnern, dass nämlich jeder Mann, der eine im Banne der Alraune stehende Frau geliebt hatte, innerhalb von acht Tagen sterben müsse, falls sie nicht sein Leben rettete, indem sie ihm gestattete, eine ganze Nacht mit ihr zu verbringen, «und darauf, mein Lieber», sagte sie, «kannst du lange warten». Ago, der abergläubische Schisshase, der wie alle Welt felsenfest an die Magie glaubte, verbrachte acht Tage in der Gewissheit, dass sein Ende nahe war, fühlte den Tod die Glieder hinaufkriechen, spürte, wie kalte Finger ihn liebkosten und seine Hände langsam, ganz langsam Hoden und Herz mit eisernem Griff umklammerten. Als er am neunten Morgen lebend erwachte, war er keineswegs erleichtert. «Ein lebender Tod», erklärte er Il Machia, «ist schlimmer als ein toter Tod, denn im lebenden Tod kann man immer noch den Schmerz eines gebrochenen Herzens fühlen.»

Niccolò wusste Bescheid über den lebenden Tod, denn obwohl er selber nur knapp dem Tod der Toten entronnen war, war er jetzt doch ein toter Hund, ein ebenso toter Hund wie der arme

Ago, da sie beide aus dem Leben entlassen worden waren, aus ihren Stellungen, aus den *grands salons* wie jenem von Alessandra Fiorentina, obwohl sie doch allen Grund gehabt hatten, dies für ihr wahres Leben zu halten. Ja, sie waren Hunde mit gebrochenem Herzen, weniger noch, sie waren verheiratete Hunde. Abend für Abend starrte er seine Frau über den Esstisch an und merkte, dass er ihr nichts zu sagen hatte. Marietta, das war ihr Name, und hier saßen auch seine Kinder, ihre Kinder, ihre vielen, vielen Kinder, also hatte er sie gewisslich geheiratet und wie ein richtiger Mann Kinder mit ihr gezeugt, doch das war zu einer anderen Zeit gewesen, der Zeit pflichtvergessener Grandeur, als er noch jeden Tag ein anderes Mädchen vögelte, um vital und agil zu bleiben, und seiner Frau hatte er es auch besorgt, mindestens sechs Mal. Marietta Corsini, sein Weib, die ihm die Unterhosen und Handtücher stopfte und nichts über nichts wusste, die seine Philosophie nicht verstand und auch nicht über seine Scherze lachen konnte. Jedermann hielt ihn für witzig, doch sie nahm ihn stets wörtlich, sie glaubte, ein Mann meine, was er sagte, und Anspielungen und Metaphern setzten Männer nur ein, um Frauen zu täuschen, um sie denken zu lassen, sie wüssten nicht, was gespielt würde. Er liebte sie, gewiss. Er liebte sie wie ein Mitglied seiner Familie. Wie eine Verwandte. Wenn er mit ihr schlief, fühlte es sich sogar irgendwie *falsch* an. Es kam ihm *inzestuös* vor, als vögelte er seine Schwester. Genau genommen war es allein diese Vorstellung, die ihn erregen konnte, wenn er bei ihr lag. *Ich ficke meine Schwester*, sagte er sich und kam.

Sie kannte seine Gedanken, wie jede Frau die Gedanken ihres Mannes kennt, und sie litt darunter. Niccolò war zuvorkommend und hatte auf seine Weise viel für sie übrig. Madonna Marietta und ihre sechs Kinder, Münder, die es zu stopfen galt. Die absurd fruchtbare Marietta, einmal angefasst, schon blähte ein Kind sie auf und purzelte bald darauf aus ihr heraus, ein Bernardo, ein Guido, eine Bartolomea, ein Totto, eine Primavera und noch ein Junge, wie hieß er gleich, Lodovico, die Vaterschaft wollte offenbar nie enden, dabei war dieser Tage das Geld so knapp. Signora Machiavelli. Da kam sie auch schon in die Taverne gestürzt und sah aus, als stünde ihr Haus in Flammen. Sie trug eine Rüschenhaube, das Haar hing ihr wirr in ungebändigten Löckchen ums eiförmige Gesicht mit dem kleinen Mund, den vollen Lippen, und sie flatterte mit den Händen wie eine flügelschlagende Ente, ja, doch da er schon einmal beim Thema Enten war, musste auch zugegeben werden, dass sie ein wenig watschelte. Seine Frau watschelte. Er war mit einer watschelnden Frau verheiratet. Unvorstellbar, dass er je wieder ihr Geschlecht berühren würde. Es konnte einfach keinen Grund geben, sie jemals wieder anzufassen.

«Niccolò mio», rief sie mit einer Stimme, die, nun ja, wirklich ein wenig quakte, «hast du gesehen, was da auf der Straße zu uns kommt?»

«Was denn, geliebtes Weib?», fragte er beflissen.

«Was Schlimmes für die ganze Gegend», sagte sie. «Sieht aus wie der leibhaftige Tod zu Pferde mitsamt riesigen Unholden und in Begleitung grausiger Teufelsköniginnen.»

*

Die Ankunft jener Frau in Sant'Andrea in Percussina, die dereinst als *l'ammaliatrice Angelica* berühmt, wenn nicht gar berüchtigt werden sollte, der sogenannten Zauberin von Florenz, ließ die Männer von den Feldern herbeieilen, während die Frauen aus den Küchen liefen und sich die teigverklebten Finger an ihren Schürzen abwischten. Holzfäller kamen aus den Wäldern, der Sohn des Metzgers Gabburra rannte mit blutigen Händen aus dem Schlachthaus, und die Töpfer ließen ihre Brennöfen im Stich. Frosino Uno, der Zwillingsbruder des Müllers Frosino Due, trat mehlbestäubt aus der Mühle. Die lederhäutigen, wundnarbigen Janitscharen von Stambul boten allerdings einen überwältigenden Anblick, und auch ein Quartett Schweizer Albino-Riesen auf weißen Pferden sah man in diesem Krähenwinkel nicht gerade alle Tage, während die imposante Gestalt an der Spitze der Kavalkade mit der so überaus weißen Haut und dem so überaus schwarzen Haar, der bleiche Anführer, in dem Signora Machiavelli den Sensenmann höchstpersönlich zu erkennen gemeint hatte, zweifellos ziemlich erschreckend wirkte, weshalb die Kinder auch vor ihm zurückwichen, denn ob nun Todesengel oder nicht, hatte er doch eindeutig mehr Menschen sterben sehen, als gut für ihn oder sonst irgendjemanden sein konnte. Doch auch wenn er wirklich der Todesengel war, wirkte er zugleich seltsam vertraut, und er sprach den Dialekt der Gegend, weshalb sich manch einer fragte, ob der Tod gleichsam immer regionale Gestalt annahm, die eigene Mundart sprach, die innersten Geheimnisse kannte und noch über die ureigensten Witze lachte, während man von ihm bereits in die Schattenwelt gekarrt wurde.

Allerdings waren es die beiden Frauen, Marietta Corsini Machiavellis «Teufelsköniginnen», die jedermanns Aufmerksamkeit am stärksten erregten. Sie ritten, wie Männer reiten, saßen rittlings auf ihren Rössern, was ihr weibliches Publikum aus einem und die zuschauenden Männer aus ganz anderem Grund aufkeuchen ließ, und in ihren Gesichtern leuchtete das Licht der Offenbarung, als ob sie in jenen frühen Tagen ihres Unverschleiertseins fähig gewesen wären, das Licht aus allen Augen, die sie anschauten, aufzusaugen, um es dann als ihr eigenes Leuchten mit mesmerischer, Phantasien weckender Wirkung zurückzuwerfen. Die Gebrüder Frosino, selbst Zwillinge, musterten sie mit entrückten Mienen und dachten an eine Doppelhochzeit in nicht allzu ferner Zukunft. Trotz dieser Wahnvorstellungen aber erkannten sie scharfen Blickes, dass diese erstaunlichen Damen nicht ganz identisch, ja vermutlich nicht einmal miteinander verwandt waren. «Erstere ist die Herrin, Letztere die Dienerin», sagte der mehlbestäubte Frosino Due und setzte dann, da er der poetischere der beiden Brüder war, noch hinzu: «Sie sind wie Sonne und Mond, wie Klang und Echo, wie der Himmel und sein Spiegelbild im See.» Sein Bruder gehörte eher zur direkten Sorte. «Also nehme ich mir die Erste, und du kannst die Zweite haben», sagte Frosino Uno. «Denn die Zweite ist zwar auch schön, keine Frage, mit der machst du einen guten Fang, aber neben meiner wirkt sie fast unsichtbar. Man muss schon ein Auge schließen, um mein Mädchen auszublenden, wenn man sehen will, dass deines auch ganz passabel ist.» Da er der um elf Minuten ältere Bruder war, gestand er sich das Recht der freien Auswahl zu. Frosino Due wollte bereits aufbegehren, als die erste Dame, die Herrin, sich direkt zu den Brüdern umwandte und ihrer Gefährtin in vollendetem Italienisch zumurmelte:

«Was meinst du, meine Angelica?»

«Sie haben durchaus einen gewissen simplen Charme, meine Angelica.»

«Natürlich ist es verboten, meine Angelica.»

«Natürlich, meine Angelica, aber vielleicht kommen wir ja in ihren Träumen zu ihnen.»

«Wir beide, kommen wir beide zu ihnen, meine Angelica?»

«Dann, meine Angelica, werden die Träume schöner.»

Also waren sie Engel. Keine Teufelinnen, sondern Gedanken lesende Engel, die ihre Flügel zweifellos ordentlich gefaltet unter ihren Kleidern verbargen. Die Gebrüder Frosino zuckten zusammen, wurden rot und warfen wilde Blicke um sich, doch hatte außer ihnen offenbar niemand vernommen, was ihnen die Engel auf Pferdesrücken anvertraut hatten. Das war natürlich unmöglich und ein weiterer Beweis dafür, dass etwas gleichsam Göttliches geschehen sein musste. Etwas Göttliches oder Übersinnliches. Dies hier waren jedenfalls Engel, wahre Engel. Angelica, der Name, den sie miteinander teilten, war kein Name für Dämonen. Sie waren Traumengel, die den Müllern Freuden versprochen hatten, von denen Männer wie sie wahrlich nur träumen konnten. Die Freuden des Paradieses. Ein Kichern quoll urplötzlich aus ihrem Mund, als die Brüder sich umdrehten und, so rasch ihre Beine sie tragen konnten, zurück in die Mühle rannten. «Wo wollt ihr hin?», rief ihnen Gabburra nach, der Metzger, doch wie hätten sie ihm erklären können, dass sie sich ganz dringend hinlegen und die Augen schließen mussten? Wie erklären, weshalb es so wichtig war, weshalb es nie zuvor so wichtig gewesen war zu schlafen?

Vor Vettoris Taverne verharrte die Prozession. Stille breitete sich aus, die nur vom leisen Wiehern müder Pferde unterbrochen wurde. Wie jedermann, so starrte auch Il Machia die Frauen an, weshalb es ihm, als er Argalias Stimme aus dem Mund des bleichen Kriegers dringen hörte, vorkam, als zerrte man ihn vom Altar der Schönheit in eine stinkende Jauchegrube. «Was ist, Niccolò», sagte die Stimme, «weißt du nicht mehr, dass es heißt, man würde sich selbst vergessen, wenn man seine Freunde vergisst?» Marietta klammerte sich angsterfüllt an ihren Gatten. «Wenn der Tod sich heute dein Freund nennt», zischte sie ihm ins Ohr, «sind deine Kinder noch vor Nachteinbruch Waisenkinder.» Il Machia schüttelte sich, als müsste er sich von der Nachwirkung berauschender Getränke befreien. Dann blickte er dem Reiter fest, doch ohne einen Funken Wärme in die Augen. «Am Anfang waren drei Freunde: Niccolò ‹Il Machia›, Agostino Vespucci und Antonio Argalia. Die Welt ihrer Kindheit war ein Zauberwald. Dann wurden Ninos Eltern von der Pest dahingerafft. Er ging, um sein Glück zu suchen, und sie haben ihn nie wieder gesehen.» Marietta blickte zwischen ihrem Mann und dem Fremden hin und her, und allmählich ging ihr ein Licht auf.

«Dann», schloss Niccolò, «nach langen Jahren verräterischer Taten gegen sein Land und gegen seinen Gott, die seine Seele zur Hölle verdammten und seinem Leib das Streckbett verdienten, kehrte Argalia, der Pascha – Arcalia, Arqalia, Al-Ghaliya, selbst der Name war zur Lüge geworden –, an jenen Ort zurück, der nicht länger seine Heimat war.»

Il Machia war kein besonders religiöser Mensch, aber er war ein Christ. Er mied sonntags die Messe, hielt aber alle anderen Religionen für falsch. Er fand, dass die Päpste für die meisten Kriege seiner Zeit verantwortlich waren, und hielt viele Bischöfe und Kardinäle für Kriminelle, nur gefiel den Kardinälen und Päpsten besser als den Fürsten, was er über die Natur der Welt zu sagen hatte. Vor seinen Saufkumpanen schimpfte er darüber, wie sehr die Korruption der Kurie dem Glauben der Italiener schadete, doch war er kein Ketzer, ganz gewiss nicht, und auch wenn er bereitwillig das ein oder andere von der Herrschaft des muselmanischen Sultans lernte, sie sogar lobte, wurde ihm doch schon von dem Gedanken übel, man könne freiwillig in die Dienste eines solchen Potentaten treten.

Und dann war da noch die Sache mit dem Gedächtnispalast, dieser schönen Frau, Angélique Cœur de Bourges, Herz eines Engels, deren Geist und Körper so malträtiert worden waren, dass sie keinen anderen Ausweg gesehen hatte, als durch ein Fenster in den Tod zu springen. Aus naheliegendem Grund konnte diese Angelegenheit nicht in Anwesenheit seines Weibes zur Sprache gebracht werden, denn Marietta neigte zur Eifersucht, eine Charakterschwäche, an der er nicht unschuldig war, war er doch ein alter Mann voller Liebe, nur eben nicht für seine Frau, die er jedenfalls nicht auf diese Weise liebte, sondern für das Mädchen

Barbera Raffacani Salutati, eine Altistin, die so herrlich sang und auch sonst manches gar wundervoll anzustellen wusste, und dies nicht bloß auf der Bühne, ja, Barbera, Barbera, ach! Nicht mehr so jung wie einst, doch immer noch jünger als er selbst und unerklärlicherweise bereit, in Zeiten ihrer blühenden Schönheit einen grauhaarigen Alten zu lieben ... Kurz und gut, wollte er derlei zur Sprache bringen, schien es ihm angesichts der möglichen Konsequenzen besser, sich vorläufig auf die Fragen von Blasphemie und Verrat zu konzentrieren.

«Edler Pascha», grüßte er seinen Jugendfreund, die buschigen Augenbrauen zu spitzer Missbilligung hochgezogen, «was führt einen Heiden hierher in dieses christliche Land?»

«Ich möchte um einen Gefallen bitten», erwiderte Argalia, «doch nicht für mich.»

*

Über eine Stunde saßen die beiden Jugendfreunde allein in Il Machias Schreibstube, umgeben von Büchern und Papierstapeln. Es wurde bereits dunkel. Viele Dorfbewohner zogen sich zurück, da sie sich um ihre eigenen Angelegenheiten kümmern mussten, viele aber blieben auch. Reglos saßen die Janitscharen auf ihren Rössern, ebenso die beiden Damen, die nur eine Schale Wasser von der Magd der Machiavelli entgegennahmen. Als schließlich die Nacht anbrach, traten die beiden Männer aus dem Haus, und es war nicht zu übersehen, dass sie eine Art Waffenstillstand geschlossen hatten. Auf ein Zeichen von Argalia saßen die Janitscharen ab, und Argalia half Qara Köz und Spiegel eigenhändig von den Pferden. Die Soldaten kampierten für die Nacht auf dem Grundstück, einige auf einem kleinen Feld bei Greve, andere in den *poderi* von Fontalla, Il Poggio und Monte Pagliano. Die vier Schweizer Riesen blieben in der Villa La Strada, schlugen auf dem Hof ihre Zelte auf und wachten über die Sicherheit der Bewohner. Sobald sich die Männer ausgeruht und frischgemacht hatten, wollte der Trupp weiterziehen, nicht ohne jedoch etwas von großem Wert zurückzulassen.

Die Damen würden bleiben, ließ Niccolò seine Frau wissen, die ausländischen Damen, die *Mogor*-Prinzessin mit ihrer Dienerin. Wie ein Todesurteil nahm Marietta diese Neuigkeit hin. Schönheit würde sie umbringen, auf dem Scheiterhaufen der endlosen Lüsternheit ihres Gatten würde sie verbrennen. Die schönsten und begehrenswertesten Frauen, die man je in Percussina gesehen hatte – die Teufelsköniginnen –, sie sollten unter ihrem Dach wohnen, und durch ihre Anwesenheit würde sie, Marietta, einfach aufhören zu existieren. Nur die beiden Damen würde es noch geben, und sie selbst wurde die unsichtbare Frau ihres Mannes. Das Essen stünde zu den Mahlzeiten auf dem Tisch, die Wäsche würde gewaschen und das Haus sauber gehalten werden, doch ihr Mann würde gar nicht bemerken, wer dafür verantwortlich war, würde er doch in den Augen dieser ausländischen Hexen ertrinken, deren überwältigende Begehrlichkeit sie, Marietta, schlichtweg aus dem Leben löschte. Die Kinder müssten umziehen, vielleicht ins Haus an den acht Kanälen unweit der Römischen Straße, und sie konnte ihr Leben dann aufteilen zwischen dem Haus und La Strada, aber das wäre unmöglich, das durfte nicht geschehen, sie wollte es nicht zulassen.

Sie holte Luft, um ihn auszuschimpfen, gleich hier in aller Öffentlichkeit, vor den Augen und Ohren des ganzen Dorfes, der Albino-Riesen und der Schreckensgestalt, die der von den Toten zurückgekehrte Argalia war, doch Il Machia hob eine Hand, und einen Moment lang schien er wieder einer jener Granden von Florenz zu sein, zu denen er bis vor kurzem noch gezählt hatte. Da sie aber sah, wie ernst es ihm war, blieb sie stumm.

«Na gut», sagte sie dann. «Wir können den Damen nicht gerade einen Prinzessinnenpalast bieten, also sollten sie lieber keine Beschwerden vorbringen, das ist alles.»

Nach elf Jahren Ehe mit diesem Schürzenjäger war es um Signora Mariettas Laune nicht gerade zum Besten bestellt, außerdem behauptete er seit kurzem auch noch schamlos, ihre gereizte Stimmung treibe ihn fort, zum Beispiel ins Boudoir der Metze Barbera. Diese kreischende Salutati, die nichts anderes plante, als Marietta Corsini zu überleben, um dann ihr Königreich an sich zu reißen, ihren Platz im elterlichen Schlafzimmer in der Villa La Strada einzunehmen, in der La Corsini die Herrin und Mutter von Niccolòs Kindern war. Folglich war Marietta fest entschlossen, mindestens einhundertelf Jahre alt zu werden, nur um noch zu erleben, wie ihre Rivalin beerdigt wurde, um dann nackt unter fast vollem Mond auf ihrem Armengrab zu tanzen. Die Vehemenz ihrer Träume erschreckte Marietta, doch hatte sie längst aufgehört, ihre Wahrheit zu leugnen. Sie war fähig, sich über den Tod einer anderen Frau zu freuen. Vielleicht war sie sogar fähig, für dessen frühzeitiges Eintreten zu sorgen. Das könnte Mord bedeuten, sinnierte sie, da sie nur wenig über Hexerei wusste und ihre Zaubersprüche meist versagten. Einmal hatte sie sich am ganzen Leib mit heiliger Salbe eingerieben, ehe sie mit ihrem Mann ins Bett ging, vielmehr, ehe sie ihn zu Sex mit ihr zwang, und wäre sie eine bessere Hexe gewesen, hätte sie ihn so auf immer an sich gebunden. Stattdessen machte er sich am nächsten Nachmittag wie gewöhnlich zu Barbera auf den Weg, und sie schickte seinem sich entfernenden Rücken Flüche hinterher, nannte ihren Mann einen gottlosen Hurenbock, der nicht einmal die Heiligkeit des gesalbten Öls respektierte.

Er hatte sie natürlich nicht gehört, doch die Kinder hörten ihre Worte, ihre Augen waren überall, ihre Ohren hörten alles, sie waren das wispernde Gewissen des Hauses. Marietta hätte sie für die heiligen Geister halten können, nur musste sie die Kleinen füttern, ihre Kleider ausbessern und ihnen kalte Kompressen auf die Stirn legen, wenn sie unter Fieber litten. Sie waren also durchaus real, doch Mariettas Wut, ihre Eifersucht war stärker, und so drängte sie die eigenen Kinder in den Hintergrund ihrer Gedanken. Die Kleinen waren Augen, Ohren, Münder und süßer Atem in der Nacht. Sie waren nebensächlich. Sie hatte allein ihren Mann im Blick, ihren Gatten, den Mann im Exil, der immer noch nicht verstand, was im Leben wirklich zählte, den selbst das *strappado* den wahren Wert der Liebe und der Einfachheit nicht lehren konnte, ja, nicht einmal die Verleumdung seines ganzen Lebens und Wirkens durch die Bürgerschaft, deren Dienst er sich verschrieben hatte, konnte ihn lehren, dass es besser war, Liebe und Treue jenen zukommen zu lassen, die einem nahestanden, als sie an die allgemeine Öffentlichkeit zu verschwenden. Er hatte eine gute Frau, sie war ihm ein liebendes Weib, und doch musste er einem billigen jungen Flittchen nachsteigen. Er war würdevoll und gebildet, ihm gehörte ein kleines, zum Leben ausreichendes Landgut, doch schrieb er weiterhin jeden Tag entwürdigende Briefe an den Hof der Medici, bettelte unterwürfig um eine öffentliche Anstellung. Es waren kriecherische Briefe, die diesem düsteren, skeptischen Genie nicht geziemten, seelenschmälernde Worte. Er verachtete, was er schätzen sollte: das bescheidene väterliche Erbteil, den Grund und Boden, die Häuser, diese Wälder und Felder sowie seine Frau, die züchtige Göttin seines Erdenwinkels.

Die einfachen Dinge. Die schlagende Drossel vor dem Morgengrauen, die schwer tragenden Weinreben, die Tiere, der Hof. Hier fand er Zeit, zu lesen und zu schreiben, konnte die Kraft seines Geistes mit der eines jeden Fürsten messen. Sein Verstand war das Beste an ihm, damit vermochte er alles Bedeutsame zu erfassen, doch schien er in seiner verzweifelten Enttäuschung, seiner schmerzlich empfundenen Verbannung nur an neue Herbergen für seinen Schwanz denken zu können. Zumindest daran, ihn in jener besonderen Herberge unterzubringen, in der von Barbera nämlich, dieser singenden Kokotte. Wurde sein neues Theaterstück über die Alraune in dieser oder jener Stadt aufgeführt, sorgte er dafür, dass Barbera in den Pausen singen durfte, damit sie dem Publikum die Wartezeit verkürzte. Es war ein Wunder, dass es nicht angewidert und mit zugehaltenen Ohren den Saal verließ. Ein Wunder war es auch, dass seine treue Frau ihm noch kein Gift in den Wein geschüttet hatte, so wie es ein Wunder war, dass Gott solch schamlose Dirnen wie Barbera gedeihen ließ, während gute Frauen darbten und alt wurden.

«Aber», sagte sich Marietta, «vielleicht haben diese jaulende Kuh und ich nun etwas gemeinsam. Vielleicht müssen wir jetzt über dieses neue Problem reden, über die Hexen, die zu uns gekommen sind, um unsere glückliche Florentiner Lebensart zu stören.»

*

Es zählte zu Niccolòs Angewohnheiten, Abend für Abend mit den mächtigen Toten in ebendiesem Raum Zwiesprache zu halten, in dem er nun seinem Jugendfreund von Angesicht zu Angesicht gegenüberstand, um zu sehen, ob er die Feindseligkeit, die er in sich aufkommen spürte, zu bezwingen vermochte oder ob es ihr Schicksal war, für den Rest ihres Lebens Gegner zu bleiben. Lautlos bat er die Toten um Rat. Mit den meisten Helden und Bösewichten der Alten Welt, den Philosophen wie den Männern der Tat, stand er auf vertrautem Fuß. War er allein, umdrängten sie ihn, argumentierten, erklärten oder nahmen ihn auf einen ihrer unsterblichen Feldzüge mit. Wenn er Nabis vor sich sah, Anführer der Spartaner, wie er die Stadt gegen Rom und auch das übrige Griechenland verteidigte, wenn er den Aufstieg des Sizilianers Agathokles verfolgte, Sohn des Töpfers, der allein durch seine Verschlagenheit zum König von Syrakus wurde, oder wenn er mit Alexander von Mazedonien gegen Darius den Großen von Persien ritt, dann spürte er, wie sich die Vorhänge seines Geistes teilten und die Welt klarer wurde. Die Vergangenheit war ein Licht, das, entsprechend ausgerichtet, die Gegenwart heller erleuchtete als jede moderne Lampe. Wie die heilige olympische Flamme wurde Größe von Großem zu Großem weitergereicht. Alexander nahm sich Achilles zum Vorbild, Caesar folgte Alexanders Fußspuren – und so weiter. Verständnis war auch eine solche Flamme. Wissen entsprang nie einfach nur dem menschlichen Geist; stets wurde es wiedergeboren. Die Weitergabe der Weisheit von einem Zeitalter ans nächste, ein Zyklus der Wiedergeburt: Das war Weisheit. Alles andere war Barbarei.

Nur waren die Barbaren überall, und überall waren sie siegreich. Die Schweizer, die Franzosen, die Spanier, die Deutschen, sie alle trampelten in diesem Zeitalter unaufhörlicher Kriege durch Italien. Die Franzosen marschierten auf italienischem Boden gegen den Papst, die Venezianer, die Spanier und die Deutschen. Dann, bloß einen Lidschlag später, waren es die Franzosen, der Papst, die Venezianer und die Florentiner gegen die Mailänder. Dann der Papst, Frankreich, Spanien und die Deutschen gegen Venedig. Dann der Papst, Venedig, Spanien und die Deutschen gegen Frankreich. Dann die Schweizer in der Lombardei. Italien war zu einem Kriegskarussell geworden; der Krieg spielte zum Tanz mit ständig wechselnden Partnern auf, oder er spielte «Reise nach Jerusalem». Und während all dieser vielen Kriege hatte es keine rein italienische Armee je vermocht, sich gegen die von jenseits der Grenzen anstürmenden Horden zu behaupten.

Dies war es letzten Endes auch, was ihn mit seinem heimgekehrten Freund versöhnte. Wenn die Barbaren aus Italien vertrieben werden sollten, brauchte es dazu vielleicht selbst einen

Barbaren. Argalia, der lange unter Barbaren gelebt hatte und zu einem so wilden Barbarenkrieger geworden war, dass er wie die Verkörperung des Todes aussah, war vielleicht ebenjener Erlöser, den das Land jetzt benötigte. Sein Hemd war mit Tulpen bestickt. «Tod inmitten von Tulpen», flüsterten die großen Toten Il Machia billigend ins Ohr. «Vielleicht wird dieser florentinische Osmane die Glücksblume Eurer Stadt.»

Zögerlich und erst nach langem Nachdenken hielt Il Machia ihm zum Willkommensgruß die Hand hin. «Wer weiß, solltest du Italien erlösen können», sagte er, «erweist sich deine lange Reise vielleicht doch noch als ein Akt der Vorsehung.»

Argalia wehrte sich gegen die religiösen Untertöne in Il Machias Hypothese. «Na gut», gab sein Freund bereitwillig nach, «du hast recht, ‹Erlöser› ist wohl der falsche Titel für dich. Nennen wir dich stattdessen einfach einen ‹Hurensohn›.»

Am Ende hatte Andrea Doria Argalia schließlich doch noch davon überzeugen können, dass der Traum sinnlos war, nach Hause zurückzukehren und die Füße hochzulegen. «Was glaubt Ihr denn, was Herzog Giuliano sagen wird», fragte ihn der ältere *condottiere*. «*‹Willkommen daheim, Signor Bis-an-die-Zähne-bewaffneter-Pirat, Verräter, Christenmörder und Janitschar, Ihr mit Euren einhunderteinen schlachterprobten Kämpfern und den vier Albino-Riesen. Ich glaube Euch aufs Wort, wenn Ihr mir sagt, dass Ihr in Frieden kommt. Denn all diese Herren an Eurer Seite werden von nun an vermutlich als Gärtner arbeiten, als Diener, Zimmerleute und Anstreicher, nicht wahr?›* Nur ein Säugling könnte solch ein Märchen glauben. Fünf Minuten nachdem Ihr derart kriegsbereit auftaucht, schickt er Euch seine gesamte Miliz auf den Hals. Also seid Ihr ein toter Mann, wenn Ihr nach Florenz geht, es sei denn ...» Es sei denn was, musste Argalia ihn fragen. «Es sei denn, ich sage ihm, er soll Euch als seinen militärischen Oberbefehlshaber einstellen, denn den braucht er dringend. Eine große Wahl bleibt Euch allerdings nicht», sagte der ältere Freund. «Für Männer wie uns kommt der Ruhestand nämlich nicht in Frage.»

«Ich habe kein Vertrauen zum Herzog», sagte Argalia zu Il Machia. «Und was das angeht, traue ich auch Doria nicht recht über den Weg. Er war schon immer ein Schurke, und ich fürchte, sein Charakter ist im Laufe der Jahre nicht gerade besser geworden. Vielleicht hat er Giuliano die Nachricht zukommen lassen, er solle mich umbringen, sobald ich auch nur einen Fuß in die Stadt setze. Kaltblütig genug ist er allemal. Aber vielleicht war er auch in großmütiger Laune und hat mich um der alten Zeiten willen tatsächlich empfohlen. Jedenfalls will ich die Frauen nicht mit in die Stadt nehmen, bis ich weiß, wie die Dinge stehen.»

«Ich kann dir genau sagen, wie sie stehen», erwiderte Niccolò verbittert. «Der absolute Herrscher der Stadt ist ein Medici. Der Papst ist ein Medici. Und die Leute hier behaupten, dass Gott vermutlich auch ein Medici ist, der Teufel ist es jedenfalls ganz bestimmt. Allein wegen der Medici sitze ich hier fest, züchte mein Vieh für einen Hungerlohn, bestelle diesen Flecken Land und verkaufe Brennholz, um über die Runden zu kommen; und unser Freund Ago wurde ebenfalls kaltgestellt. Das also ist die Belohnung dafür, dass wir in der Stadt geblieben sind und ihr all die Jahre treu gedient haben. Jetzt tauchst du nach einem Leben voller Blasphemie und Verrat auf, und weil der Herzog in deinen kalten Augen sehen kann, was dort jeder sieht, dass du nämlich gut im Menschenmorden bist, wird er dir aller Voraussicht nach das Kommando über jene Miliz geben, die ich aufgebaut habe, über die Miliz, die erst möglich wurde, nachdem ich die geizigen Pfeffersäcke unserer reichen Stadt davon überzeugen konnte, dass es sich lohnt, für ein stehendes Heer zu zahlen, jene Miliz, die ich ausgebildet und die ich bei der großen Belagerung und Wiedereroberung der Stadt Pisa, unseres alten Besitztums, zum Sieg geführt habe, diese Miliz, meine Miliz, sie wird deine Belohnung für ein verkommenes, profitsüchtiges und zügelloses Leben sein, weshalb es mir, vielleicht verständlicherweise, schwerfällt, an das zu glauben, was die Bibel uns lehrt, dass nämlich die Tugend unweigerlich belohnt und die Sünde unweigerlich bestraft wird.»

«Kümmere dich um die beiden Frauen, bis ich nach ihnen schicke», sagte Argalia, «und wenn ich Glück habe und ein Amt bekomme, werde ich sehen, was ich für dich und den kleinen Ago tun kann.»

«Na prima», sagte Il Machia, «jetzt tust *du* mir also einen Gefallen?»

*

Das Leben hatte Agostino Vespucci arg gebeutelt, und er war dieser Tage irgendwie anders, niedergeschlagener und nicht mehr so fröhlich wie sonst, allerdings auch nicht mehr so unflätig. Im Gegensatz zu Il Machia war er nicht der Stadt verwiesen worden, weshalb er weiterhin in dem Haus in Ognissanti wohnte oder im Öl-, Wolle-, Wein- und Seidegeschäft arbeitete, sosehr er es auch verabscheute, doch trieb es ihn immer wieder hinaus nach Sant'Andrea in Percussina, um allein im Alraunenwald zu liegen und den Vögeln und dem Rauschen der Blätter zu lauschen, bis es Zeit wurde, zu Niccolò in die Taverne zu gehen, zu trinken und Tricktrack zu spielen. Sein schimmerndes Goldhaar war vorzeitig weiß und schütter geworden, weshalb er älter aussah, als er war. Er hatte nicht geheiratet und frequentierte die Bordelle auch nicht mehr so oft und mit der gleichen Begeisterung wie früher. Der Verlust seines Amtes hatte ihn den Ehrgeiz gekostet, und die durch Alessandra Fiorentina erlittene Erniedrigung dämpfte sein Verlangen nach Sex. Er kleidete sich schäbig und wurde sogar geizig, gänzlich unnötigerweise, denn obwohl ihm kein Gehalt mehr gezahlt wurde, waren die Vespuccis noch reich genug. An dem Abend, ehe Il Machia Florenz verließ, um nach Percussina zu ziehen, hatte Ago ein Essen gegeben, an dessen Ende er jedem Gast, auch Niccolò, eine Rechnung über vierzehn Soldi vorlegte. Il Machia hatte nicht genug Geld dabei und gab ihm nur elf, weshalb Ago seinen Freund immer wieder mit unziemlicher Häufigkeit daran erinnerte, dass er ihm noch drei Soldi schulde.

Il Machia machte seinem Freund die neue Knauserigkeit jedoch nicht zum Vorwurf, da er das Gefühl hatte, Ago leide noch schlimmer als er selbst darunter, dass die Stadt ihre jahrelange Arbeit nicht zu schätzen wusste; außerdem konnte der Verlust einer Geliebten allerlei seltsame Symptome in einem verschmähten Mann auslösen. Von den drei Freunden war Ago derjenige gewesen, der nie zu reisen brauchte, derjenige, dem die Stadt alles bot, wonach ihn verlangte. Wenn also Il Machia eine Stadt verloren hatte, dann war Ago an der Welt gescheitert. Manchmal sprach er sogar davon, Florenz auf immer den Rücken zu kehren, Amerigo nach Spanien zu folgen und über den Ozean zu segeln, doch sooft er von solchen Reisen auch redete, tat er es stets ohne Vorfreude. Es war, als beschreibe er den Übergang vom Leben zum Tod. Die Nachricht, dass Amerigo gestorben war, verstärkte seinen Trübsinn noch. Bereitwillig wie nie schien Ago nun über einen Tod unter fremdem Himmel nachzudenken.

Andere alte Freunde hatten sich zerstritten, auch Biagio Buonaccorsi und Andrea di Romolo, die zudem mit Ago und Il Machia gebrochen hatten; nur Vespucci und Machiavelli standen sich noch nah, weshalb Ago eines Tages vor dem Morgengrauen zu Il Machia ritt, um mit ihm auf Vogeljagd zu gehen, und vor Schreck fast gestorben wäre, als vier riesige Kerle aus dem Morgennebel auftauchten und nach seinem Begehr fragten. Doch kaum war Il Machia, in einen langen Mantel gehüllt, aus dem

Haus getreten und hatte die Identität seines Freundes bestätigt, zeigten sich die Riesen von ihrer leutseligen Seite. Wie Argalia sehr wohl wusste, waren die vier Schweizer Janitscharen nämlich wahrhafte Klatschmäuler, mit Zungen so flink wie die von Fischweibern am Markttag, und während sie auf Il Machia warteten, der wieder ins Haus gegangen war, um Ulmenzweige in kleinen Käfigen mit Vogelleim zu bestreichen, versorgten Otho, Botho, Clotho und D'Artagnan seinen Freund derart lebhaft mit Informationen, dass er spürte, wie sich nach langer, geschlechtsloser Zeit zum ersten Mal wieder sexuelles Verlangen in ihm regte. Offenbar waren diese Frauen wirklich einen Blick wert. Endlich kam Niccolò; mit seinen leeren, auf den Rücken geschnallten Käfigen sah er fast wie ein bankrotter Hausierer aus, als die beiden Freunde sich auf den Weg in den Wald machten.

Der Nebel hob sich. «Wenn der Zug der Drosseln erst vorüber ist», sagte Il Machia, «können wir beide uns nicht einmal mehr auf die Vogeljagd freuen.» Dann aber schimmerte ein Licht in seinen Augen, das darin schon eine ganze Weile nicht mehr zu sehen gewesen war, und Ago erwiderte: «Sie sind also wirklich so toll, wie?»

Sogar Il Machias Grinsen war wieder da. «Weißt du, was seltsam ist?», sagte er. «Selbst meine Frau hat aufgehört, ständig an mir herumzunörgeln.»

In dem Augenblick, in dem Prinzessin Qara Köz und ihr Spiegel das Haus der Machiavelli betraten, fing Marietta Corsini an, sich töricht vorzukommen. Ein köstlicher, bittersüßer Duft zog vor den beiden ausländischen Frauen her durch das Haus und verbreitete sich rasch über alle Flure, wehte die Treppe hinauf, drang in jeden Winkel, und als Marietta diesen schweren Duft einatmete, fand sie plötzlich, dass ihr Leben eigentlich gar nicht so beschwerlich war, wie sie irrigerweise bislang geglaubt hatte, da ihr Mann sie doch liebte, ihre Kinder gute Kinder und die Besucherinnen gewiss die vornehmsten Gäste waren, die zu empfangen sie je die Ehre gehabt hatte. Argalia, der darum gebeten hatte, vor dem Ritt in die Stadt eine Nacht im Haus ruhen zu dürfen, sollte in Il Machias Arbeitsstube auf dem Sofa schlafen; Marietta zeigte der Prinzessin das Gästezimmer und fragte ein wenig verlegen, ob ihre Dienerin die Nacht in eine der Kinderkammern zu verbringen wünsche. Qara Köz legte ihrer Wirtin einen Finger auf die Lippen und murmelte ihr ins Ohr: «Dieses Zimmer reicht für uns beide.» In eigenartig glückseliger Verfassung ging Marietta darauf zu Bett, und als ihr Mann sich zu ihr legte, erzählte sie ihm vom Entschluss der beiden Damen, gemeinsam in einem Bett zu schlafen, und klang dabei gar nicht mal sonderlich schockiert. «Denk nicht weiter an diese Frauen», sagte ihr Mann, und Mariettas Herz hüpfte vor Freude. «Die Frau, die ich will, ist gleich hier an meiner Seite.» Das ganze Zimmer war erfüllt vom bittersüßen Duft der Prinzessin.

Kaum aber waren die beiden Frauen in ihrem Zimmer und hatten die Tür geschlossen, spürte Qara Köz, wie sie völlig unerwartet in einer Flut existentieller Angst zu ertrinken drohte. Von Zeit zu Zeit überfiel sie eine solche Traurigkeit, doch hatte sie nie gelernt, sich dagegen zu wappnen. Ihr Leben war eine Abfolge freier Willensentscheidungen gewesen, manchmal aber geriet sie ins Wanken und fürchtete zu versinken. Sie hatte ihr Leben darauf gebaut, dass sie von Männern geliebt wurde, darauf, dass es ihr stets gelang, diese Liebe zu wecken, wann immer sie es wollte, doch wenn sich ihr die allerdunkelsten Fragen stellten, wenn sie ihre Seele schaudern spürte, wenn sie unter dem Gewicht ihrer Isolation und ihres Verlustes zu zerbrechen meinte, dann konnte ihr die Liebe keines Mannes helfen. Und so begriff sie, dass das Schicksal sie unvermeidlich vor die Wahl zwischen ihrer Liebe und ihrem Leben stellen würde, und wenn eine solche Krise anbrach, durfte sie keinesfalls die Liebe wählen. Tat sie das, brachte sie sich in tödliche Gefahr. Das Überleben aber stand an erster Stelle.

Dies war die unvermeidliche Folge jenes Schrittes, mit dem sie damals ihre natürliche Umgebung verlassen hatte. An dem Tag, an dem sie sich weigerte, mit ihrer Schwester Khanzada an den Hof der Moguln zurückzukehren, hatte sie nicht nur gelernt, dass eine Frau ihren eigenen Weg zu wählen vermag, sondern auch, dass eine solche Wahl Folgen nach sich zieht, die nie wieder aus dem Buch des Lebens zu tilgen sind. Sie hatte ihre Wahl getroffen, und was daraus folgte, das folgte eben daraus; sie empfand keinerlei Bedauern, nur litt sie hin und wieder unter schrecklichen Angstattacken. Diese Angst schüttelte und beutelte sie wie der Sturm einen Baum, doch Spiegel nahm sie in die Arme, bis das Unwetter vorüber war. Sie sank aufs Bett, und Spiegel lag an ihrer Seite und hielt sie, umklammerte Qara Köz' Bizeps, hielt sie nicht wie eine Frau eine Frau, sondern wie ein Mann. Qara Köz hatte gelernt, dass es ihre Macht über Männer war, die es ihr erlaubte, die Reise ihres Lebens selbst zu bestimmen, nur wusste sie auch, dass sie diesen Akt der Selbstbestimmung mit einem großen Verlust bezahlte. Die Kunst der Verzauberung hatte sie zur Vollendung gebracht, sie hatte die Sprachen der Welt gelernt, war Zeugin der größten Ereignisse ihrer Zeit geworden, aber sie war ohne Familie, ohne Verwandtschaft, ohne jenen Trost, der ihr geblieben wäre, hätte sie gegebene Grenzen nicht überschritten, um in der Obhut des Bruders zu bleiben, dort, wo man ihre Sprache sprach. Es war, als schwebte sie hoch über dem Boden, schwebte durch reine Willenskraft, müsste zugleich aber fürchten, der Zauber könne jederzeit gebrochen werden, und sie würde zurück zur Erde stürzen.

Die wenigen Neuigkeiten, die sie über ihre Familie erfuhr, verwahrte sie in ihrem Herzen und mühte sich, mehr Bedeutung aus ihnen herauszupressen, als sie enthielten. Schah Ismail war der Freund ihres Bruders Babar gewesen, und die Osmanen besaßen eigene Wege, auf denen sie erfuhren, was in der Welt geschah. Daher wusste sie, dass ihr Bruder lebte, dass ihre Schwester zu ihm gefunden hatte und dass ein Kind – Nasiruddin Humayun – geboren worden war. Doch ansonsten schien nichts gewiss. Ferghana, das Königreich ihrer Vorfahren, galt als verloren und würde vielleicht nie zurückgewonnen werden. Babar hatte sein Herz an Samarkand gehängt, aber obwohl Shaibani Khan, Lord Wurmholz, besiegt und tot war, schienen die Truppen der Moguln jene fabelhafte Stadt nie für längere Zeit halten zu können. Also war auch Babar heimatlos, Khanzada war heimatlos, und nirgendwo auf Gottes weiter Welt besaß die Familie eine dauerhafte Bleibe. Vielleicht war es das, was es hieß, Mogul zu sein, herumzuziehen, zu plündern, erfolglos zu kämpfen, auf andere angewiesen und verloren zu sein. Einen Moment lang packte sie die Mutlosigkeit, doch gleich darauf schüttelte sie dies Gefühl auch schon wieder ab. Moguln waren keine Opfer der Geschichte, sondern ihre Macher. Ihr Bruder, dessen Sohn und der Sohn, der nach ihm kam: Welch Königreich würden sie dereinst zum Ruhm der ganzen Welt errichten! Sie wünschte es sich, sah es voraus, ließ das Reich allein durch ihr Drängen Wirklichkeit werden. Und sie würde es genauso halten, würde gegen unglaubliche Widerstände in dieser fremden Welt ihr eigenes Königreich errichten, denn auch sie war zum Herrschen geboren. Sie war eine Mogulin und daher ebenso furchterregend wie nur irgendein Mann. Ihr Wille war der Aufgabe gewachsen. Leise, nur so vor sich hin, sagte sie auf Tschagatai die Verse Ali-Shir Nava'is. Tschagatai war ihre Muttersprache, ihr Geheimnis, ihre Verbindung zu dem wahren, im Stich gelassenen Ich, ersetzt durch ein selbstgeschaffenes Ich, das aber natürlich Teil des neuen Ichs sein würde, das Grundgestein, sein Schwert und Schild. Nava'i, der «Klagende», der einstmals in einem fernen Land für sie gesungen hatte: *Qara ko'zum, kelu mardumlug' emdi fan qilg'il. Kommt, Qara Köz, und erweist mir*

Eure Liebenswürdigkeit. Eines Tages würde ihr Bruder über ein Weltreich herrschen, und sie kehrte im Triumph als eine Königin heim. Oder die Kinder ihres Bruders begrüßten ihre eigenen Kinder. Blutsbande ließen sich nicht durchtrennen. Sie hatte sich neu geschaffen, doch was sie gewesen war, würde sie bleiben, und sie und ihre Kinder würden auch in Zukunft Anspruch auf ihr Erbe stellen können.

Die Tür öffnete sich. Der Mann kam herein, ihr Tulpenprinz. Er hatte gewartet, bis nächtliche Ruhe ins Haus einkehrte, und jetzt kam er zu ihr, zu ihnen. Die Dunkelheit wich nicht von ihr, rutschte aber beiseite und machte im Bett Platz für ihren Geliebten. Spiegel, die spürte, wie sie sich entspannte, gab sie frei und kümmerte sich um Argalias Kleider. Morgen würde er in die Stadt reiten, und bald, sagte er, bald würde alles arrangiert sein. Sie ließ sich nicht täuschen. Sie wusste, morgen würde es entweder gut oder, wenn nicht gut, sehr schlecht ausgehen. Morgen Abend könnte er schon tot sein, und dann würde sie als Überlebende ein weiteres Mal wählen müssen. Doch heute Nacht war er am Leben. Mit Liebkosungen und Ölen bereitete Spiegel ihn für sie vor. Bei Mondlicht sah sie, wie sein fahler Körper unter den Berührungen ihrer Dienerin erblühte. Fast glich er mit seinem langen Haar selbst einer Frau, die Hände so lang, die Finger so schlank, die Haut so unglaublich weich. Sie schloss die Augen und hätte nicht sagen können, wer von den beiden sie berührte, seine Hände so sanft wie die ihres Spiegels, das Haar beinahe gleich lang, die Zunge ebenso erfahren. Er wusste wie eine Frau zu lieben. Und Spiegel konnte mit ihren brutalen Fingern hart zustechen wie ein Mann. So sehnig, so geduldig, seine Berührungen so leicht, das war es, weshalb sie ihn liebte. Die Schatten waren jetzt in eine Ecke gedrängt, und der Mond schien herab auf drei sich windende Leiber. Sie liebte ihn, und sie diente ihm. Sie liebte Spiegel, diente ihr aber nicht. Spiegel liebte sie und diente ihnen beiden. Heute Abend kam es nur auf die Liebe an. Morgen war vielleicht etwas anderes wichtiger, aber morgen war morgen.

«Meine Angelica», sagte er. «Hier ist Angelica, Angelica ist hier», erwiderten die beiden Frauen. Dann leises Lachen, Stöhnen, ein überlauter Schrei und kurzes Glucksen.

Sie erwachte vor dem Morgengrauen. Er lag in tiefem Schlaf, im schweren Schlaf eines Mannes, dem viel abverlangt wird, sobald er erwacht, und sie sah zu, wie er atmete. Spiegel schlief ebenfalls noch. Qara Köz lächelte. Meine Angelica, flüsterte sie auf Italienisch. Die Liebe zwischen den beiden Frauen war von größerer Dauer als diese Sache zwischen Mann und Frau. Sie streichelte über die Haare der beiden, so lang, so schwarz. Dann drang von draußen Lärm herein. Ein Besucher. Die Schweizer Riesen stellten sich ihm in den Weg. Sie hörte den Herrn des Hauses vortreten und die Lage erklären. Sie konnte ihn vor sich sehen, diesen Niccolò, diesen großen Mann in der Stunde seiner Niederlage. Vielleicht würde er dereinst wieder aufsteigen, wieder ein bedeutsamer Mann werden, doch im Haus der Niederlage hatte sie nichts verloren. Die Größe des bezwungenen Mannes war auf Anhieb zu erkennen, Größe des Intellekts und vielleicht auch der Seele, doch hatte er seinen Kampf verloren, folglich war er nichts für sie, konnte er nichts für sie sein. Sie baute jetzt vollständig auf Argalia, zählte auf seinen Erfolg, und wenn er erfolgreich war, würde sie mit ihm aufsteigen, sich mit ihm emporschwingen. Wenn sie ihn aber verlor, würde sie herzerreißend um ihn trauern, würde untröstlich sein und dann tun, was getan werden musste. Sie würde ihren Weg gehen. Was immer heute auch geschehen mochte, sie würde bald genug ihre Reise zum Palast antreten, denn sie war eine Frau für Paläste – und für Könige.

*

Die Vögel hüpften in die Käfige und blieben an den mit Leim überzogenen Ulmenzweigen kleben. Ago und Il Machia griffen sie sich und brachen ihnen die kleinen Hälse. Später würden sie einen köstlichen Singvogeleintopf essen. Das Leben konnte ihnen doch noch einiges Vergnügen bieten, zumindest bis zum Ende des Drosselzugs. Mit zwei Säcken voller Vögel kehrten sie ins La Strada zurück zu einer glücklichen Marietta, die sie mit zwei Glas guten Rotweins erwartete. Argalia war mit seinen Männern bereits fortgeritten, hatte aber den Serben Konstantin und ein Dutzend seiner Janitscharen für den Fall zurückgelassen, dass die Damen verteidigt werden mussten; folglich würde es also noch eine Weile dauern, bis Ago den Wanderer wiedersehen würde. Kurz spürte er einen Stich des Bedauerns. Niccolò hatte die Verwandlung ihres alten Freundes in eine fast weibische, doch höchst grimmige, orientalische Verkörperung des Todes beschrieben – «Argalia, der Türke», wie ihn die Dorfbewohner bereits nannten, gerade so, wie er es vor langer Zeit an jenem Tag prophezeit hatte, an dem er als junger Mann aufgebrochen war, sein Glück zu suchen –, und Ago hatte sich auf diesen exotischen Anblick gefreut. Dass Argalia tatsächlich mit den vier Schweizer Riesen aus seinem Traum heimgekehrt war, fand er schließlich schon unglaublich genug.

Dann hörte Ago Vespucci Schritte auf der Treppe; er blickte auf, und es war, als existierte Argalia nicht länger. Er hatte sich selbst sagen hören, dass es bis zu diesem Augenblick nie wahrhaft schöne Frauen auf der Welt gegeben habe, dass Simonetta Vespucci und Alessandra Fiorentina nur blasse Mauerblümchen seien, doch die Frauen, die ihm entgegenkamen, waren schöner als die Schönheit selbst, sie waren so schön, dass sie die Bedeutung des Wortes neu definierten und das, was Männer bislang für schön gehalten hatten, auf den Platz fadester Gewöhnlichkeit verwiesen. Ein Duft wehte vor ihnen her die Treppe herab und umhüllte sein Herz. Die erste Frau war einen Hauch lieblicher als die zweite, wenn man aber ein Auge schloss und die erste Gestalt ausblendete, war die zweite die größte Schönheit auf Erden. Warum nur sollte man das tun? Warum das Außergewöhnliche fortblenden, bloß damit das Herausragende besser zur Geltung kam?

«Verdammt, Machia», flüsterte er leicht schwitzend. Der Überdruck seiner Gefühle presste diesen ersten Fluch nach einer langen Zeit über die Lippen, in der er dem Fluchen völlig abgeschworen hatte; der Sack mit den toten Drosseln fiel ihm aus der Hand. «Ich glaube, ich habe gerade den Sinn des Lebens wiederentdeckt.»

17.

Der Herzog hatte seinen Palast verschlossen …

Der Herzog hatte seinen Palast verschlossen, weil er eine Invasion der zügellosen Menge fürchtete, denn die Stadt war in jenen Tagen nach der Wahl des ersten Medici zum Papst einem Taumel anheimgefallen, der einer Gewaltorgie glich. «Wie die Narren führten sich die Menschen auf», sollte Argalia später Il Machia erzählen, «ohne jeden Respekt vor Alter oder Geschlecht.» Unaufhörlich und ohrenbetäubend ertönte der Lärm der *Gloria* schlagenden Kirchenglocken, und die Freudenfeuer drohten, ganze Stadtviertel zu vernichten. «Im Mercato Nuovo», berichtete Argalia, «rissen junge Halbstarke Bretter und Planken von Seidengeschäften und Banken. Und als die Behörden endlich einschritten, hatte man selbst das Dach des Hauses der Tuchzunft, der alten Calimala, abgerissen und verbrannt. Sogar oben auf dem Campanile von Santa Maria del Fiore soll ein Freudenfeuer geleuchtet haben. Dieser Unsinn währte drei Tage.» Lärm und Rauch erfüllten die Straßen. In jeder Gasse wurde auf natürliche wie widernatürliche Weise Unzucht getrieben, doch nahm niemand daran Anstoß. Abend für Abend zogen Ochsen einen mit Girlanden geschmückten Siegeskarren von den Gärten der Medici an der Piazza San Marco zum Palazzo Medici in der Via Larga. Vor dem verrammelten Palast sang die Bürgerschaft Lieder zum Lobe von Papst Leo X. und setzte dann den Karren mitsamt Blumen in Brand. Aus den oberen Fenstern des Medici-Palastes warfen die neuen Herrscher Gaben unters Volk, an die zehntausend Golddukaten sowie zwölf große Silbertuchservietten, die von den Florentinern in Stücke gerissen wurden. In den Straßen der Stadt gab es für jedermann volle Weinfässer und Brotkörbe. Gefangene wurden begnadigt, Huren wurden reich, und männliche Nachkommen wurden nach Herzog Giuliano und seinem Neffen Lorenzo oder nach Giovanni benannt, der zu Leo geworden war; weibliche Kinder taufte man nach den hohen Frauen der Familie auf die Namen Laodamia oder Semiramide.

Zu diesem Zeitpunkt war es unmöglich, die Stadt mit hundert Bewaffneten zu betreten, um eine Audienz bei Herzog Giuliano wahrzunehmen, denn in den Straßen wurde immer noch gefeiert, Brandstifter trieben ihr Unwesen. Argalia zeigte den Wachen am Stadttor seine Papiere und vernahm mit Erleichterung, dass seine Ankunft erwartet worden sei. «Ja, der Herzog wird Euch empfangen», sagten sie, «aber bitte, habt Verständnis dafür, dass es nicht gleich sofort sein kann.» Bis zum vierten Tag, an dem das Fest der Florentiner für den Papst langsam an Schwung verlor, kampierten daher die Janitscharen vor den Stadtmauern. Doch selbst dann durfte Argalia die Stadt noch nicht betreten. «Rechnet heute Abend», sagte der Anführer der Wache, «nach Einbruch der Dunkelheit mit hochstehendem Besuch.»

Argalia wusste wie eine Frau zu lieben und wie ein Mann zu morden, doch war er nie zuvor einem Herzog der Medici in all seinem Pomp gegenübergetreten. Als aber Giuliano de' Medici an jenem Abend mit einer Kapuze über dem Kopf in sein Lager ritt, wurde Argalia auf Anhieb klar, dass der neue Herrscher von Florenz ein Schwächling war, übrigens ebenso wie der junge Neffe, der an seiner Seite ritt. Papst Leo war bekannt als ein Mann der Macht, als ein Medici der alten Schule, Erbe der Autorität von Lorenzo dem Prächtigen, seinem Vater. Wie musste es ihn bekümmern, dass er Florenz der Obhut dieser zweitklassigen Knallchargen anvertraut hatte! Kein wahrer Medici-Herzog wäre wie ein Dieb aus der eigenen Stadt geschlichen, bloß um jemanden zu treffen, den man vielleicht in die eigenen Dienste aufnehmen wollte. Dass Herzog Giuliano sich trotzdem dafür entschieden hatte, bewies, wie sehr er einen starken Mann an seiner Seite brauchte, jemanden, der ihm Selbstvertrauen schenkte. Einen Mann des Militärs. Einen Tulpengeneral für die Verteidigung der Blumenstadt. Höchste Zeit, dass die Stelle besetzt wurde.

Bei flackerndem gelbem Lampenlicht nahm Argalia in seinem Zelt die Edelleute genauer in Augenschein. Herzog Giuliano, diese blasse Brut von Lorenzo de' Medici, war Mitte dreißig, hatte ein langes, trauriges Gesicht und wirkte ein wenig kränklich. Er würde wohl kaum ein hohes Alter erreichen. Zweifellos war er ein Liebhaber von Literatur und Kunst, zweifellos ein Mann von Geist und Kultur, also eine Belastung im Kampf. Es wäre besser, er bliebe daheim und überließe das Kämpfen jenen, die es konnten, jenen, für die das Kämpfen Kultur und Töten eine Kunst war. Der Neffe, ebenfalls ein Lorenzo, zog ein grimmiges Gesicht und war ein Mann von dunkler Haut und großspurigem Gehabe, einer von diesen vielen tausend zwanzigjährigen Großmäulern in Florenz, sagte sich Argalia. Ein junger Bursche, voll im Saft stehend und von sich selbst überzeugt. Kein Mann, auf den man sich im Handgemenge verlassen durfte.

Argalia hatte alle Argumente parat. Am Ende seiner langen Reisen, sagte er, habe er Folgendes eingesehen: dass Florenz überall und überall Florenz sei. Überall auf der Welt gebe es omnipotente Fürsten, Medici, die führten, weil sie schon immer Führer gewesen waren, und die einfach bestimmten, was als Wahrheit zu gelten hatte. Überall gebe es auch Jammerer (Argalia hatte die Zeit der Jammerer in Florenz verpasst, doch hatten sich die Neuigkeiten über den Mönch Savonarola und dessen Anhänger rasch verbreitet), Jammerer, die führen wollten, weil sie glaubten, eine höhere Macht habe ihnen verraten, was tatsächlich die Wahrheit sei. Und überall gebe es Menschen, die zu führen meinten, obwohl sie es nicht taten, und diese letzte Gruppe war so groß, dass man sie fast eine eigene gesellschaftliche Klasse nennen konnte, vielleicht die Klasse der Machias, der Diener, die sich für die Herren hielten, bis man sie mit der Nase auf die bittere Wahrheit stieß. Dieser Klasse sei nicht zu trauen, denn die größte Bedrohung für den Fürsten gehe unweigerlich von ihr aus. Deshalb müsse der Fürst sich in der Lage wissen, die Aufstände der Diener ebenso wie die Rebellionen ausländischer Armeen niederschlagen zu können, die Angriffe innerer Feinde wie jeglichen Angriff von außen. Überall auf der Welt sei ein Staat, der diesen beiden Drohungen standzuhalten wünsche, auf einen mächtigen Kriegsherrn angewiesen. Und er, Argalia, präsentiere in geradezu idealer Weise die Union von Florenz mit dem Rest der Schöpfung, war er doch ebenjener Kriegsherr, der in dieser, seiner eigenen Stadt für Ruhe und Ordnung sorgen konnte, wie er es bereits in anderen Städten im Dienste anderer, ferner Herren getan hatte.

Einige Monate zuvor waren die Medici mit Hilfe spanischer Söldner an die Macht zurückgelangt, «weißer Mauren» unter dem Kommando eines gewissen Generals Cardona. Vor der schönen Stadt Prato hatte er sich Il Machias ganzem Stolz gestellt, der florentinischen Miliz, die zahlenmäßig zwar überlegen gewesen war, der es aber an Mut und Führungskraft gefehlt hatte. Die florentinische Miliz war in Panik geraten und geflüchtet, weshalb die Stadt schon am ersten Tag nach kaum mehr als der bloßen Andeutung eines Kampfes fiel. Danach plünderten die «weißen Mauren» die Stadt auf derart grausige Weise, dass Florenz voller Entsetzen die Republik abschaffte, in die Knie sank und die Medici anflehte, doch zurückzukehren. Die Plünderung Pratos dauerte an, drei Wochen lang. Viertausend Männer, Frauen und Kinder starben, verbrannt, vergewaltigt, gevierteilt. Nicht einmal die Klöster waren vor den lüsternen Mannen Cardonas gefeit. In Florenz fuhr ein Blitz ins Prato-Tor, ein Omen, das sich nicht übersehen ließ. Allerdings – und da saß der Haken in Argalias Argumentation – waren die Spanier mittlerweile bei allen Italienern derart verhasst, dass es für die Medici äußerst unklug gewesen wäre, noch einmal ihre Dienste in Anspruch zu nehmen. Also brauchte die Stadt einen Trupp kriegserprobter Männer, der in der florentinischen Miliz die Führung übernahm und ihr zu Rückgrat und Ordnung verhalf, woran es so offensichtlich gemangelt hatte, zu Kampfesgeist, den Niccolò, der von Natur aus Bürokrat und kein Mann des Krieges war, ihnen so gar nicht hatte vermitteln können.

Indem er sich so sorgsam von seinem in Ungnade gefallenen alten Freund distanzierte, erstritt sich Argalia, der Türke, die Stelle eines *condottiere* von Florenz. Er war angenehm überrascht, als er hörte, dass er auf Dauer bestallt wurde statt nur für einen begrenzten Zeitraum von wenigen Monaten. Manche seiner Kriegskameraden wurden in jener Zeit, in der es mit den *condottieri* bereits zu Ende ging, für gerade mal drei Monate angeheuert, und die Bezahlung war an ihren militärischen Erfolg geknüpft. Argalia dagegen erhielt nach damaligen Maßstäben ein ganz ordentliches Gehalt, und darüber hinaus schenkte Herzog Giuliano seinem Oberbefehlshaber eine prächtige Residenz an der Via Porta Rossa samt Personal und großzügig bemessenem Wirtschaftsgeld. «Admiral Doria muss mich ja wirklich in den höchsten Tönen gelobt haben», sagte Argalia zu Herzog Giuliano, als er diese vorteilhaften Bedingungen annahm.

«Er sagte, Ihr wäret das einzige barbarische Arschloch, dem er weder an Land noch auf See begegnen möchte, auch wenn Ihr nackt wie ein unbeschnittener Säugling wärt und nur ein Küchenmesser in der Hand hieltet», erwiderte der Herzog charmant.

*

Legenden zufolge besaß die Familie Medici einen Zauberspiegel, der dem jeweils herrschenden Herzog das Bild der begehrenswertesten Frau der bekannten Welt zeigte, und in ebendiesem Spiegel hatte der am Tag der Pazzi-Verschwörung ermordete Giuliano de' Medici, der Onkel des jetzigen Herrschers, zum ersten Mal das Gesicht von Simonetta Vespucci gesehen. Nach ihrem Tod jedoch war der Spiegel erblindet, als weigerte er sich, die Erinnerung an Simonetta mit dem Bild einer geringeren Schönheit zu beflecken. In jenen Zeiten, in denen die Familie außerhalb der Stadt Florenz im Exil weilte, blieb der Spiegel noch eine Weile an seinem Platz in dem Raum hängen, der im alten Haus an der Via Larga einmal Onkel Giulianos Schlafgemach gewesen war, doch da sich das Glas standhaft weigerte, weder als ein Werkzeug der Offenbarung noch als gewöhnlicher Spiegel zu funktionieren, wurde es schließlich abgehängt und in einen kleinen Putzschrank gestellt, kaum mehr als eine hinter der Schlafzimmerwand verborgene Besenkammer. Nach der Wahl von Papst Leo aber begann der Spiegel plötzlich wieder zu glühen, und es hieß, eine Dienstmagd sei vor Schreck ohnmächtig geworden, als sie die Kammertür öffnete und ihr das Gesicht einer Frau aus spinnenwebverhangener Ecke entgegenblickte, einer Fremden, die wie eine Besucherin aus einer anderen Welt aussah. «In ganz Florenz gibt es kein solches Gesicht», sagte der neue Herzog Giuliano, sobald ihm das Wunder gezeigt wurde, doch schien sich mit dem Blick in den Zauberspiegel ebenso seine Gesundheit wie auch seine Haltung deutlich zu verbessern. «Hängt den Spiegel wieder an die Wand, und ein Golddukaten soll dem gezahlt werden, der die Trägerin dieses lieblichen Antlitzes zu mir bringen kann.»

Der Maler Andrea del Sarto wurde geholt, um einen Blick in den Zauberspiegel zu werfen und das Bildnis der darin sichtbaren Schönen zu malen, doch ließ sich der Spiegel nicht so leicht übertölpeln, denn jeder Zauberspiegel, der zuließe, dass man seine magischen Bilder reproduzierte, wäre nur allzu bald außer Diensten, weshalb del Sarto, als er ins Glas schaute, niemanden erblickte als sich selbst. «Egal», sagte Giuliano enttäuscht. «Sie kann Euch Modell stehen, sobald ich sie finde.» Kaum war del Sarto fort, fragte sich der Herzog, ob das Problem nicht vielleicht darin bestehe, dass der Spiegel keine allzu hohe Meinung vom Genie des Künstlers hegte, doch schien del Sarto der Beste, der zur Verfügung stand, denn Sanzio war in Rom, um sich mit Buonarroti im Vatikan zu streiten, und der alte Filipepi, dem es die verstorbene Simonetta so angetan hatte, dass er zu ihren Füßen begraben werden wollte – was man natürlich nicht zulassen konnte –, war mittlerweile selbst tot, und lange, ehe er starb, war er arm und nutzlos geworden, da er ohne die Hilfe von zwei Krückstöcken nicht mehr aufrecht hatte stehen können. Filipepis Schüler Filippino Lippi war bei den *festaiuoli* beliebt, den Organisatoren des Straßenkarnevals und aller festlichen Paraden, ein Liebling der Massen, für jene Aufgabe aber völlig ungeeignet, die Herzog Giuliano vorschwebte. Also blieb nur del Sarto, doch war es letztlich müßig, darüber zu spekulieren, denn von nun an zeigte der Zauberspiegel sein Bild nur noch, wenn sich Giuliano allein im Zimmer aufhielt. Während der nächsten Tage fand er daher immer häufiger einen Vorwand, sich mehrmals am Tag in sein Schlafgemach zurückzuziehen, um die überirdische Schönheit zu betrachten, und seine Höflinge, die sich längst um seine angeschlagene Gesundheit und seine neurasthenischen Launen sorgten, begannen, da sie eine Verschlechterung seines Zustandes fürchteten, sich mit wachsendem Grausen und zunehmender Unterwürfigkeit Lorenzo anzudienen, dem mutmaßlichen Nachfolger. Dann aber ritt eines Tages dieses bezaubernde Geschöpf an der Seite von Argalia, dem Türken, in die Stadt, und die Zeit der *ammaliatrice* begann.

*

Sie war gerade mal zweiundzwanzig Jahre alt, fast ein Vierteljahrhundert jünger als Il Machia, doch als sie ihn fragte, ob er mit ihr in seinem Wald spazieren gehen wolle, sprang er mit der Gelenkigkeit eines bis über beide Ohren vernarrten Jünglings von seinem Platz auf. Ago Vespucci erhob sich ebenfalls, wie Niccolò irritiert bemerkte; was denn, war dieser indolente Kerl immer noch da? Und rechnete er etwa damit, sie auf dem Ausflug begleiten zu dürfen? Lästig, überaus lästig, doch unter den gegebenen Umständen wohl unvermeidlich. Dann folgte der erste Hinweis darauf, dass die Prinzessin über außergewöhnliche Gaben verfügte. Niccolòs Frau Marietta, sonst die Eifersucht in Person, unterstützte den Vorschlag bereitwillig und in einem Ton, der ihren Mann in Erstaunen versetzte. «Ja, natürlich musst du ihr die Gegend zeigen», flötete sie, stellte rasch einen Picknickkorb zusammen und legte noch eine Flasche Wein dazu, auf dass ihnen der Ausflug desto besser gefalle. Der erstaunte Il Machia war auf der Stelle davon überzeugt, dass seine Frau im Banne eines Zaubers gefangen sein musste, und merkte, wie ihm die Worte «ausländische Hexen» in den Sinn kamen, doch dann erinnerte er sich an das Sprichwort vom geschenkten Gaul, verdrängte alle weiteren Überlegungen und erfreute sich seines Glücks. Mit Ago im Schlepptau machte er sich in der nächsten halben Stunde auf den Weg, vom Serben Konstantin und einer Abteilung Wachen in diskretem Abstand gefolgt, um die junge Prinzessin und ihre Dienerin in den Eichenwald seiner Kindheit zu begleiten. «Hier», erzählte Ago, und Il Machia sah ihm an, dass er sie auf seine erbärmliche Weise zu beeindrucken suchte, «habe ich einmal eine Alraune gefunden, diese magische, sagenumwobene Wurzel, jawohl, die habe ich gefunden. Da drüben irgendwo!» Schwungvoll blickte er sich um, wusste aber nicht, in welche Richtung er zeigen sollte. «Ach nein, eine Alraune?», erwiderte Qara Köz in ihrem makellosen florentinischen Italienisch. «Seht doch, dort drüben scheint mir ein ganzes Beet dieser lieblichen kleinen Dinger zu sein.»

Und ehe man sie aufhalten konnte, ehe man ihnen warnend zurufen konnte, dass sie sich die Ohren mit Erde zustopfen mussten, bevor sie derlei versuchen konnten, eilten die beiden Damen zu dem Gewirr dieser unmöglichen Pflanzen und zogen sie mitsamt den Wurzeln heraus. «Ihr Geschrei», kreischte Ago aufgeregt mit nutzlos flatternden Händen. «Hört auf! Hört auf! Davon wird man verrückt! Oder taub! Oder wir müssen alle ...» – «Sterben» hatte er sagen wollen, doch schauten die beiden Frauen ihn nur verwirrt an, eine entwurzelte Alraune in jeder Hand, und kein tödliches Geschrei war zu hören.

«In Übermaßen genossen, sind sie natürlich giftig», sagte Qara Köz nachdenklich, «doch braucht man deshalb keine Angst zu haben.»

Als die beiden Männer begriffen, dass sie in Gegenwart von Frauen waren, für die Alraunen klaglos ihr Leben gaben, staunten sie nicht schlecht. «Tja, nur probiert sie bitte nicht an mir aus», stammelte Ago in dem Versuch, die gerade gezeigte Furcht vergessen zu machen, «sonst werde ich Euch auf immer lieben – oder doch so lange, bis einer von uns beiden stirbt.» Mit diesen Worten stieg eine tiefe Röte in ihm auf, zog sich bis hinab unter den Hemdkragen und tauchte selbst jenseits der Manschetten wieder auf, weshalb sich sogar die Farbe seiner Hände änderte, was natürlich nur bewies, dass er längst hoffnungslos und auf immer den beiden Damen ergeben war. Es brauchte keine magische Pflanzenkraft mehr, um seine Liebe zu entfachen.

*

Als Argalia schließlich mit seinen Schweizer Riesen zurückkehrte, um Qara Köz in ihr neues Heim, den Palazzo Cocchi del Nero, zu geleiten, hatte sie bereits das gesamte Dorf Sant'Andrea in Percussina bis auf den letzten Mann, die letzte Frau, das letzte Kind in ihren Bann gezogen. Selbst die Hühner schienen glücklicher zu sein als zuvor, jedenfalls legten sie mehr Eier. Dabei hatte die Prinzessin eigentlich nichts getan, um die Bewunderung in solchem Maße wachsen zu lassen, doch sie wuchs. Während der sechs Tage ihres Aufenthalts im Haus der Machiavelli ging sie mit Spiegel im Wald spazieren, las Lyrik in diversen Sprachen, lernte die Kinder der Familie kennen, freundete sich mit ihnen an und war sich auch nicht zu fein, ihre Hilfe in der Küche anzubieten, ein Angebot, das Marietta allerdings ausschlug. Am Abend gefiel es ihr, mit Il Machia in der Bibliothek zu sitzen und sich von Niccolò einzelne Abschnitte aus den Werken von Pico della Mirandola und Dante Alighieri vorlesen zu lassen, auch manch einen *Canto* des epischen Gedichtes *Orlando innamorato* von Matteo Boiardo aus Scandiano. «Ach!», rief sie, als sie von den vielen Schicksalsschlägen der Heldin erfuhr. «Die arme Angelica! So viele Verehrer und so wenig Macht, sich ihnen zu widersetzen oder auch nur ihren Willen aufzuzwingen.»

Längst sang das ganze Dorf unisono ihr Lob. Der Holzfäller Gaglioffo bedachte Qara Köz und ihren Spiegel nicht länger mit solch einem groben Ausdruck wie «Hexen» und sprach auch nicht mehr davon, sie «vögeln» zu wollen, sondern redete über sie nur mit einer großäugigen, respektvollen Ehrfurcht, die es ihm offenkundig nicht gestattete, von einer fleischlichen Beziehung mit den beiden hohen Frauen auch nur zu träumen. Die Gebrüder Frosino, die Dorfgigolos, erklärten kühn, um Angelicas Hand anhalten zu wollen, da niemand genau wusste, ob sie mit Argalia dem Türken wirklich ordnungsgemäß verheiratet war – sollte sich dies allerdings bewahrheiten, willigten die beiden Müller ein, ihm in dieser Angelegenheit keinesfalls in die Quere kommen zu wollen –, doch für den Fall, dass beide

Frauen noch ledig seien, bekundeten sie ihr Interesse und gingen mit ihrer brüderlichen Liebe gar so weit, sich bereit zu erklären, sie und ihre Dienerin untereinander in regelmäßigem Turnus zu tauschen, mal der eine, mal der andere. Niemand sonst war ganz so dämlich wie Frosino Uno und Due, doch stand Qara Köz allgemein in hohem Ansehen, und Frauen wie Männer erklärten, von ihr «verzaubert» zu sein.

Doch falls dies Zauberei war, war es Zauberei der behutsamsten Art. Alle Florentiner waren wohlvertraut mit den raffgierigen Prozeduren der dunklen Zauberinnen ihrer Zeit, den Anrufungen von Dämonen, um züchtige Männer zu unzüchtigen Taten anzustacheln, dem Gebrauch von langen Nadeln und lebensechten Puppen, um Widersacher zu quälen, der Fähigkeit, vernünftige Männer so weit zu bringen, dass sie Haus und Arbeit verließen, nur um ihre willigen Sklaven zu werden. Im Haus von Il Machia war weder Qara Köz noch ihrer Dienerin je anzumerken, dass die beiden Frauen Schwarze Künste praktizierten, zumindest wurden gewisse Anzeichen nie für problematisch gehalten. Hexen gingen gern in Wäldern spazieren, das war allgemein bekannt, doch die Streifzüge von Qara Köz und Spiegel durch die heimischen Haine war nach Ansicht der ehrenwerten Leute von Percussina kaum mehr als «charmant» zu nennen. Die Kunde vom Vorfall mit den Alraunen verbreitete sich kaum, und seltsamerweise fand Il Machia auch die entsprechende Stelle nie wieder, noch bekamen Niccolò und Aga die entwurzelten Pflanzen je wieder zu Gesicht, weshalb es ihnen leichtfiel, sich zu fragen, ob das Vorgefallene tatsächlich stattgefunden hatte.

Hexen wird allgemein nachgesagt, ausgeprägt sapphischen Neigungen anzuhängen, doch niemand, nicht einmal Marietta Corsini, fand die Entscheidung der beiden Damen, ein Bett miteinander zu teilen, sonderlich beunruhigend. «Ach was, sie wollen einfach nicht allein sein», erklärte Marietta ihrem Mann mit schwerfälliger Stimme, und der nickte bedächtig, als stünde er unter der einschläfernden Wirkung des am Nachmittag allzu reichlich genossenen Weins. Was die berüchtigte Lüsternheit betraf, die Hexen vorzugsweise mit dem Teufel selbst kopulieren ließ, nun, so waren in ganz Percussina einfach keine Teufel zu finden, es stiegen auch keine aus dem Höllenschlund auf, um im Kamin ein meckriges Gelächter anzustimmen, noch hockten sie wie Wasserspeier auf dem Dach der Taverne oder der Kirche. Dabei war es eine Zeit der Hexenjagd, und in der Stadt konnte man vor Gericht Frauen hören, die sich zu den schändlichsten Taten bekannten und gestanden, sich mit Hilfe von Wein, Weihrauch, Monatsblut und aus Totenschädeln getrunkenem Wasser Herz und Verstand braver Bürger gefügig gemacht zu haben. Doch obzwar es stimmte, dass jedermann in Percussina in Prinzessin Qara Köz verliebt schien, war die derart ausgelöste Verehrung gänzlich keuscher Natur – sah man vielleicht einmal von den übermäßig unter ihrem Geschlechtstrieb leidenden Brüdern Frosino ab. Nicht einmal Ago Vespucci, dieses romantische Mondkalb, der sie lieben wollte, bis, wie er gesagt hatte, einer von ihnen beiden starb, hegte zu jener Zeit auch nur die geringste Hoffnung, tatsächlich ihr Liebhaber werden zu wollen. Sie anzubeten war der Freude genug.

Jene, die später die Geschichte der Zauberin von Florenz aufzeichneten und analysierten, allen voran Gianfrancesco Pico della Mirandola, Neffe des großen Philosophen Giovanni und Autor von *La strega ovvero degli inganni de' demoni* («Die Hexe oder die Irreführung der Dämonen»), kamen zu dem Schluss, dass der Pesthauch der Faszination, den Qara Köz in Percussina verströmte und der sich rasch in der ganzen Gegend bis hin nach San Casciano und Val di Pesa ausbreitete, nach Impruneta und Bibione, Faltignano und Spedaletto, dass dieses Miasma also Folge eines absichtlich verhängten Zaubers von ungeheurer Macht war, verhängt in der Absicht, die eigenen Kräfte zu erproben – ebenjene Kräfte, die sie später mit solch außerordentlicher Wirkung in und um die Stadt Florenz selbst einsetzen sollte –, sowie um ihr den Weg in eine ansonsten vielleicht feindselig gesinnte Umgebung zu ebnen. Gian Francesco berichtet, als Argalia, der Türke, mit seinen vier Schweizer Riesen zurückkehrte, habe er eine beträchtliche Menschenmenge vor dem Anwesen der Machiavelli angetroffen, beinahe so, als wäre ein Wunder geschehen, als wäre die Madonna in Percussina erschienen und alles Volk wäre zusammengeströmt, um sie zu sehen. Kaum traten Qara Köz und ihr Spiegel aus dem Haus, angetan mit schönstem Brokat und edelstem Schmuck, fielen die Versammelten tatsächlich auf die Knie, als bäten sie um den Segen der Prinzessin, den diese ohne Worte, doch mit einem Lächeln und leicht erhobenem Arm auch zu erteilen schien. Dann war sie fort, und als erwachte Marietta Corsini aus einem Traum, schrie sie jeden an, der über ihr Land trampelte, er solle sich fortscheren. Gianfrancesco schrieb dazu: «Die Bauern kamen wieder zu Verstand und mussten mit Erstaunen feststellen, wo sie sich befanden. Sie kratzten sich verwundert am Kopf und kehrten dann nach Hause zurück, auf die Felder, zur Mühle, zum Wald oder zu den Brennöfen.»

Andrea Alciato, der die Auffassung vertrat, dass Hexen und ihre Adepten mit pflanzlichen Heilmitteln behandelt werden sollten, schrieb den geheimnisvollen «Percussina-Vorfall» jenen allzu schlechten Essgewohnheiten der Dorfbewohner zu, die sie anfällig für Phantastereien und Halluzinationen machten, während es sich bei der Andeutung von Bartolomeo Spina, Autor des ein Jahrzehnt nach den Ereignissen verfassten *De Strigibus*, Qara Köz könnte die Dorfbewohner in satanische Ekstase versetzt und mit ihnen eine große, orgiastische schwarze Messe veranstaltet haben, wohl um eine verleumderische Unterstellung handelt, für die sich in den historischen Unterlagen jener Zeit nicht der geringste Beleg finden lässt.

*

Als Antonino Argalia, genannt der Türke, neuer *condottiere* von Florenz und frischbestallter Kommandant der Miliz, in Florenz einzog, wurde seine Berufung mit ebenjenen ausschweifenden, hedonistischen Feierlichkeiten begangen, für die diese Stadt so bekannt war. Auf der Piazza della Signoria hatte man eine hölzerne Burg errichtet, die zum Schein mit dreihundert Mann bestürmt wurde, während hundert Soldaten das Gebäude verteidigten. Niemand trug eine Rüstung, doch wurde dermaßen hart gekämpft, mit Lanzen aufeinander eingedroschen und mit ungebrannten Ziegeln geworfen, dass manch ein Komparse zum Hospital von Santa Maria Nuova gebracht werden musste, wo einige von ihnen leider auch starben. Auf der Piazza veranstaltete man eine Stierhatz, und die Stiere schickten ebenfalls manch einen Festteilnehmer ins Hospital. Man ließ außerdem zwei Löwen gegen einen schwarzen Hengst kämpfen, doch reagierte das Pferd so kühn auf den Angriff des ersten Löwen, schlug nach ihm aus und trieb ihn von der Mercantantia, in der das Gericht der Kaufmannsgilde tagte, bis mitten auf die Piazza, sodass der König der Tiere schließlich Reißaus nahm und sich in einer dunklen Ecke des Platzes verkroch. Danach schien auch der zweite Löwe nicht mehr willens, sich in die Keilerei einzumischen. Man hielt das allgemein für ein gutes Omen, da das Pferd natürlich Florenz verkörperte und man in den Löwen die Feinde der Stadt sah, ob nun Frankreich, Mailand oder sonst eine schuftige Gegend.

Nach diesen Präliminarien erreichte die Prozession die Stadt. Zuerst kamen acht *'dfici*, Plattformen auf Rädern also, auf denen Schauspieler die Siegesposen eines großen Kriegers der Geschichte nachstellten, etwa von Marcus Furius Camillus, Zensor, Diktator und sogenannter zweiter Gründer von Rom, der gezeigt wurde, wie er nach der Belagerung von Veji vor fast zweitausend Jahren Gefangene nahm und eine enorme Beute an Waffen, Gewändern und Silber machte. Daran anschließend folgten Männer, die auf den Straßen tanzten und sangen, sowie vier Schwadronen schwerbewaffneter Kavalleristen mit angelegten Lanzen. (Die Schweizer Riesen Otho, Botho, Clotho und d'Artagnan hatten das Kommando über die Ausbildung an der Lanze gewählt, da alle Welt den geschickten Umgang der Schweizer Infanteristen mit der Lanze fürchtete. Und schon nach nur ein oder zwei vorläufigen Übungsstunden war für jedermann deutlich zu sehen, dass die Miliz ihre Lanzen deutlich besser zu handhaben wusste.) Endlich ritt auch Argalia durch das große Tor, flankiert von seinen vier Schweizer Klatschmäulern, gleich dahinter der Serbe Konstantin zwischen den beiden Ausländerinnen, danach die hundert Janitscharen, deren Aufmachung Entsetzen im Herzen aller Zuschauer weckte. *Jetzt ist unsere Stadt sicher*, hörte man jemanden rufen, *denn unsere unbesiegbaren Beschützer sind gekommen*. Dieser Name – die *Unbesiegbaren* – blieb an den neuen Wächtern der Stadt hängen. Herzog Giuliano, der vom Balkon des Palazzo Vecchio herabwinkte, schien es zu freuen, dass sein neuer Mitstreiter bei der Öffentlichkeit so gut ankam, wohingegen sein Neffe Lorenzo einen mürrischen und griesgrämigen Eindruck machte. Als Argalia zu den beiden mächtigen Medici aufsah, wurde ihm klar, dass er den Jüngeren besonders aufmerksam im Blick behalten musste.

Herzog Giuliano erkannte in Qara Köz auf Anhieb die Frau aus dem Zauberspiegel wieder, das Objekt seiner knospenden Begierde, und vor Freude hüpfte ihm das Herz im Leib. Lorenzo de' Medici sah sie ebenfalls, und mit lüsternem Verlangen träumte er davon, sie zu besitzen. Was Argalia betraf, so kannte er die Gefahr, seine Geliebte derart prächtig geschmückt in die Stadt zu bringen, und dies noch unter den Augen jenes Herzogs, dessen Namensvetter, sein Onkel, einst die große Schönheit der Stadt schamlos ihrem Mann gestohlen hatte, dem Gehörnten Marco Vespucci, woraufhin dem Armen sein Selbstwertgefühl so vollständig abhandenkam, dass er nach dem Tod seiner Frau all ihre Kleider und Gemälde in den Palazzo Medici schickte, damit der Herzog auch noch die letzten Reste dessen besäße, was von ihr geblieben war, um dann zum Ponte alle Grazie zu gehen und sich zu erhängen. Doch Argalia gehörte nicht zu denen, die zu Selbstmord neigen; er sagte sich, dass der Herzog kaum den starken Mann des Militärs gegen sich aufzubringen wünschte, den er eben erst eingestellt hatte und dessen Einzug in die Stadt er gerade feierte. Wenn er sie mir aber doch nehmen will, dachte Argalia, wird er sehen, dass ich ihn mit all meinen Männern erwarte. Und wollte er sie mir gegen solch einen Widerstand nehmen, müsste er schon Herkules oder Mars sein, was dieses Sensibelchen, wie für niemanden zu übersehen, ganz offenkundig nicht ist.

Vorläufig jedenfalls war er froh, sie herumzeigen zu können.

Als die Menge Qara Köz zu Gesicht bekam, breitete sich in der Stadt ein Flüstern aus, das gleich darauf zu einem Murmeln anschwoll, in dessen Folge der turbulente Lärm des Tages verstummte. Und so kam es, dass sich eine ungewohnte Stille über die ganze Stadt gelegt hatte; als Argalia mit den beiden Damen am Palazzo Cocchi del Nero anlangte, gedachten die Bürger von Florenz doch der Ankunft körperlicher Vollkommenheit in ihrer Mitte, einer dunklen Schönheit, die jene Leere füllte, welche seit Simonetta Vespuccis Tod in ihren Herzen klaffte. Schon wenige Augenblicke nach ihrem Eintreffen hatte die Stadt Qara Köz als ihr ureigenes Gesicht angenommen, als das neue Symbol ihrer selbst, als die menschliche Verkörperung ihrer eigenen unübertroffenen Lieblichkeit. Die dunkle Dame von Florenz: Dichter griffen zu ihren Stiften, Maler nach ihren Pinseln, Bildhauer nach ihren Meißeln. Das gemeine Volk, die wildesten, aufmüpfigsten vierzigtausend Seelen in ganz Italien, ehrte sie auf eigene Weise, indem es still wurde und verstummte, wo immer sie vorüberging. Folglich konnte jedermann hören, was geschah, als Herzog Giuliano und Lorenzo de' Medici der Gefolgschaft am Eingang zu Argalias neuem Haus entgegentraten, einem vierstöckigen Gebäude mit drei hohen Torgewölben in einer *pietra-forte*-Fassade. Über dem Eingang, im Mittelpunkt der Fassade, prangte das Wappen der Familie Cocchi del Nero, die in letzter Zeit ein wenig Pech gehabt hatte und deshalb den Palast an die Medici verkaufen musste. Es war das größte architektonische Meisterwerk in einer Straße voller Meisterwerke, zu denen auch die weitläufigen Residenzen einiger der ältesten Familien der Stadt gehörten, die der Soldanieri, der Monaldi, der Bostichi, der Cosi, der Bensi, der Bartolini, der Cambi, der Arnoldi und der Davizzi. Herzog Giuliano wollte Argalia und auch allen übrigen Anwesenden beweisen, wie großzügig sein Geschenk war, und richtete seine erste Bemerkung deshalb mit einer kleinen Verbeugung und allerhand schwungvollen Gesten nicht an Argalia, sondern an Qara Köz.

«Ich freue mich», sagte er, «einem solch exquisiten Juwel das passende Schmuckkästchen bieten zu können.»

Qara Köz erwiderte mit weithin schallender Stimme: «Ich bin kein billiger Tand, mein Herr, sondern eine Prinzessin aus dem königlichen Geblüt von Timur und Temüdschin – also von Genghis Qan, den ihr Dschingis Khan nennt –, und ich erwarte, meinem Rang gemäß angesprochen zu werden.»

Mongole! Mogor! Diese ruhmreichen, fremdländischen Worte durchliefen die Menge und weckten ein fast erotisches Gemenge aus Erregung und Schrecken. Es war Lorenzo de' Medici, rot im Gesicht vor lauter Aufgeblasenheit, der aussprach, was manch einer fürchtete, womit er Argalias Einschätzung bestätigte, dass es sich bei ihm nur um einen eitlen, zweitklassigen Jungen handeln konnte. «Was seid Ihr für ein Narr, Argalia», rief Lorenzo, «durch die Entführung dieser anmaßenden Tochter der Mogoren bringt Ihr die Goldene Horde über uns.» Mit ernster Miene erwiderte Argalia: «Das wäre wahrlich eine außerordentliche Tat, besonders da es die Horde nicht mehr gibt und ihre Macht auf immer vom Vorfahren ebendieser Prinzessin gebrochen wurde, von Tamerlan, und dies vor mehr als hundert Jahren. Außerdem, meine Herren, habe ich niemanden entführt. Die Prinzessin war die Gefangene des Schahs Ismail von Persien, und ich habe sie nach unserem Sieg in der Schlacht von Chaldiran befreit. Sie kam aus freien Stücken mit und in der Hoffnung, eine Brücke zwischen den großen Kulturen Europas und des Ostens schlagen zu können, wohl wissend, dass sie viel von uns lernen kann, aber auch in der Überzeugung, dass sie uns manches zu lehren vermag.»

Diese Erklärung fand das Wohlwollen der lauschenden Menge – die darüber hinaus mächtig von der Neuigkeit beeindruckt war, dass ihr neuer Beschützer in jener schon fast legendären Schlacht auf der Seite der Gewinner gestanden hatte –, und zahlreiche Jubelrufe zu Ehren der Prinzessin wurden laut, die weitere Einwände in ihrer Gegenwart unmöglich machten. Herzog Giuliano, der geschickt seine Überraschung und sein Unbehagen zu verbergen wusste, bat mit erhobener Hand um Ruhe. «Wenn solch bedeutsamer Gast nach Florenz kommt», rief er, «muss die Stadt sich von ihrer besten Seite zeigen – und das wird Florenz auch tun.»

*

Der Palazzo Cocchi del Nero barg einen der prächtigsten *grands salons* der Stadt, einen acht Meter breiten und nahezu zwanzig Meter langen Saal mit einer fast sieben Meter hohen Decke, erhellt von fünf riesigen Bleiglasfenstern, ein Saal, in dem es sich auf das fürstlichste feiern ließ. Das große Schlafzimmer, allgemein nur Brautgemach genannt, an dessen vier Wänden ein reliefbedeckter Fries mit Bildern aus einem romantischen Gedicht von Antonio Pucci prangte, welches seinerseits auf eine alte provenzalische Liebesgeschichte zurückging, war ein Raum, in dem sich zwei (oder drei) Liebende ganze Tage und Nächte vergnügen konnten, ohne je das Bedürfnis zu verspüren, aufstehen oder aus dem Haus gehen zu müssen. Dies war, mit anderen Worten, ein Herrensitz, an dem Qara Köz sich wie eine der großen Damen von Florenz hätte aufführen können, separat vom gemeinen Volk, zugänglich nur für die vornehmsten Familien der Stadt. Doch die Prinzessin hatte nicht vor, ihre Zeit auf diese Weise zu verbringen.

Es ließ sich nicht übersehen, dass sie und ihr Spiegel das unverschleierte Leben genossen. Tagsüber ging die Prinzessin durch die dicht bevölkerten Straßen zum Markt oder sah sich einfach die Sehenswürdigkeiten an und mengte sich, mit Spiegel als Begleiterin und einzig dem Serben Konstantin zum Schutz, auf eine Weise unter das Volk, wie es vor ihr keine hohe Dame von Florenz je getan hatte. Allein deshalb liebten sie die Florentiner. «Simonetta Due» wurde sie anfangs genannt, Simonetta die Zweite, doch als sich der Name verbreitete, den sie und Spiegel wahlweise füreinander benutzten, wurde sie zu «Angelica die Erste.» Man warf ihr Blumen vor die Füße, wo immer sie hinging. Und allmählich beschämte ihre Furchtlosigkeit die jungen Frauen aus gutem Hause so sehr, dass sie sich ebenfalls vor die Tür trauten. Im Bruch mit der Tradition kamen sie abends hervor, um zu zweit oder zu viert durch die Straßen zu flanieren, zum großen Entzücken der jungen Herren, die endlich guten Grund hatten, den Bordellen fernzubleiben. Die Hurenhäuser leerten sich, und es begann der sogenannte Untergang der Kurtisanen. Der Papst in Rom, der den plötzlichen Wandel in der öffentlichen Moral seiner Heimatstadt zu schätzen wusste, fragte sich gegenüber Herzog Giuliano, als der gerade einmal die Ewige Stadt besuchte, ob es sich bei der dunklen Prinzessin, die doch behauptete, keine Christin zu sein, nicht womöglich um die jüngste Heilige seiner Kirche handeln könne. Giuliano, ein religiöser Mann, kolportierte diese Anekdote im Beisein eines Höflings, und bald darauf verbreiteten sie die Flugblattschreiber der ganzen Stadt. Kaum aber hatte Leo X. auf diese Weise über Qara Köz' möglicherweise gesegnetes Wesen spekuliert, da tauchten erste Berichte über ihre Wunder auf.

Viele von denen, die sie durch die Straßen spazieren sahen, behaupteten, um sie herum die kristallene Musik der Sphären gehört zu haben, andere schworen, sie hätten einen Lichterkranz um ihren Kopf gesehen, breit genug, um auch bei hellstem Tageslicht erkennbar zu sein. Unfruchtbare Frauen kamen zu Qara Köz und baten sie, ihren Bauch zu berühren, um dann der Welt zu erzählen, dass sie noch in derselben Nacht empfangen hätten. Blinde lernten sehen, Lahme gehen, bloß eine nachweisbare Auferstehung von den Toten fehlte unter den Berichten von ihren Wundertaten. Selbst Ago Vespucci schloss sich den Reihen der Wundergläubigen an und behauptete, ihr Segen ruhe auf seinem Weinberg, der, seit sie ihn gnädigerweise besucht habe, den edelsten Tropfen hervorbringe, den seine Familie je ernten durfte; und er versprach, kostenlos einmal im Monat ein Fässchen zum Palazzo Cocchi del Nero zu bringen.

Kurz und gut, die als Angelica entschleierte Qara Köz war zur vollen Blüte ihrer weiblichen Fähigkeiten herangereift und übte sie nun in vollem Umfang aus, kühlte die Luft mit einem gütigen Hauch, der die Gedanken der Florentiner mit Bildern elterlicher, kindlicher, körperlicher und göttlicher Liebe füllte. Anonyme Flugblattschreiber erklärten sie zur Reinkarnation der Göttin

Venus. Sanfte Düfte der Versöhnung und Harmonie durchzogen die Luft, man arbeitete schwerer, aber auch produktiver, das Familienleben wurde besser, die Geburtenrate stieg, und die Kirchen waren voll. Sonntags hörten die Medici in der Basilika San Lorenzo Predigten, die nicht bloß die Tugenden der Oberhäupter aller mächtigen Familien rühmten, sondern auch jene ihres Gastes, *einer Prinzessin nicht allein im fernen Indien oder Cathay, sondern auch bei uns daheim in Florenz.* Das war die strahlend helle Zeit der Zauberin, die Dunkelheit aber ließ nicht lange auf sich warten.

In jenen Tagen steckten die Köpfe der Leute voller Bilder von imaginären Hexen, Bilder von Alcina zum Beispiel, der bösen Schwester von Morgana le Fay, mit der sie die dritte Schwester verfolgte, die gute Hexe Logistilla, eine Tochter der Liebe; sodann von Melissa, der Zauberin von Mantua; von Dragontina, die den Ritter Orlando gefangen nahm; von der uralten Circe, aber auch der namenlosen, jedoch furchterregenden Zauberin von Syrien. Die Hexe als hässliches Ungeheuer, als altes Weib, wich in der Vorstellungswelt der Florentiner jener hinreißenden Kreatur, deren offenes Haar eine lockere Moral verriet, deren Verführungskünste unwiderstehlich schienen, deren Magie manchmal im Dienste des Guten eingesetzt wurde, manchmal aber auch, um Schaden anzurichten. Nach der Ankunft von Angelica nahm die Idee der guten Zauberin schließlich feste Gestalt an als die eines wohlwollenden, übermenschlichen Wesens, das zugleich Göttin der Liebe und Beschützerin des Volkes war. Dort drüben ging sie schließlich über den Mercato Vecchio, lebensgroß – «Koste meine Birnen, Angelica!» – «Das sind ganz süße, saftige Pflaumen, Angelica!» –, kein Hirngespinst, sondern eine Frau aus Fleisch und Blut. Also wurde sie angehimmelt, und man glaubte, sie sei zu Großem fähig, doch trennt die Zauberin nur ein schmaler Grat von der Hexe. Es gab noch immer Stimmen, die andeuteten, diese neue Inkarnation einer Magierin, die alle okkulte

Macht der Frauen freisetzte, sei nichts als Maskerade, und die wahren Gesichter solcher Damen seien doch immer noch die gefürchteten Fratzen der Lamia, der alten Vettel.

Jene Skeptiker, die dank ihres griesgrämigen Naturells eine Abneigung gegen übernatürliche Erklärungen für geschichtliche Ereignisse hegen, ziehen es vermutlich auch vor, konventionellere Gründe für die goldene Zeit der allgemeinen Zufriedenheit und des materiellen Wohlstandes anzugeben, die Florenz in jenen Tagen genoss. Unter der gütig tyrannischen Regentschaft von Leo X., dem eigentlichen Herrn und Meister von Florenz, den man, je nach Blickwinkel, für ein Genie oder für einen aufgeblasenen Narren hielt, gedieh die Stadt, die Feinde zogen sich zurück usw., usw. Für Schwarzseher solch verbitterter Zunft würde natürlich das Treffen des Papstes mit dem König von Frankreich im Anschluss an die Schlacht von Marignano im Vordergrund stehen, ebenso seine Bündnisse und Verträge, die neuen Territorien, die er kaufte oder an sich riss und den Florentinern sehr zu ihrem Gewinn zur Verwaltung überließ, oder die Tatsache, dass er Lorenzo de' Medici zum Herzog von Urbino ernannte oder Giuliano de' Medici mit Prinzessin Filiberta von Savoyen verheiratete, woraufhin ihm François I., König von Frankreich, zum Dank das Herzogtum Nemours überließ und ihm überdies vielleicht noch ins Ohr flüsterte, dass ihm auch bald Neapel gehören würde ...

Diesen Korinthenkackern, die trockner als Staub sind, sei zugestanden: Ja, die Macht des Papstes war zweifellos enorm. Ebenso die Macht des Königs von Frankreich oder auch die des Königs von Spanien, der Schweizer Armee und des osmanischen Sultans, all diese Herrscher, die pausenlos miteinander im Krieg lagen, Hochzeiten abhielten, sich versöhnten, ihres Amtes enthoben wurden, Siege feierten, Niederlagen erlitten, Ränke schmiedeten, Diplomatie betrieben, Vergünstigungen kauften und verkauften, Steuern erhoben und Intrigen planten, die Kompromisse eingingen, in ihren Entschlüssen schwankten und die weiß der Teufel was sonst noch trieben. Zum Glück ist all dies völlig belanglos.

Nach einiger Zeit machten sich bei Qara Köz erste Anzeichen physischer wie spiritueller Erschöpfung bemerkbar. Ihr Spiegel stellte sie gewiss als Erste fest, beobachtete sie ihre Herrin doch zu jeder Minute jeden Tages: Also dürfte ihr die leichte Angespanntheit der sinnlichen Lippen aufgefallen sein, das über die Muskeln ihrer Tänzerinnenarme huschende Zucken, die Kopfschmerzen und die gereizten Augenblicke, die sie vermutlich ebenso klaglos erduldet hatte. Vielleicht war es aber auch Argalia, der Türke, der sich um sie sorgte, da sie zum ersten Mal seit dem Beginn ihrer Romanze seine Annäherungen abwehrte und Spiegel bat, ihn an ihrer statt zufriedenzustellen. *Mir ist nicht danach. Ich bin zu müde. Mein Verlangen hat nachgelassen. Nehmt es nicht persönlich. Warum versteht Ihr das nicht? Ihr seid schon, wer Ihr seid, ein mächtiger Kriegsherr, Ihr habt nichts mehr zu beweisen. Ich dagegen muss noch zu werden versuchen, was in mir steckt. Wie könnt Ihr mich lieben und das nicht verstehen? Das ist keine Liebe, das ist blanker Egoismus.* Der banale Verfall einer Liebe, der bis zum bitteren Ende zanken lässt. Argalia wollte nicht glauben, dass es mit ihrer Liebe zu Ende gehen könnte. Er wollte einfach nicht. Er verdrängte jeden Gedanken daran. Ihre Liebe war die Liebesgeschichte ihrer Zeit. Sie konnte nicht in Banalität und Kleinlichkeit versiegen.

Sogar Herzog Giuliano fiel auf, dass dem Zauberspiegel etwas fehlte, in den er zum großen Ärger seiner Frau, Filiberta von Savoyen, immer noch jeden Tag stierte. Die Verbindung mit Filiberta verdankte sich ausschließlich politischen Überlegungen. Die Dame aus Savoyen war nicht jung, sie war auch nicht schön. Und nach der Hochzeit fuhr Herzog Giuliano fort, Qara Köz aus der Ferne zu verehren, doch muss schon aus Fairness gegenüber dem gebrechlichen, gottesfürchtigen Mann gesagt werden, dass er nie versuchte, sie seinem großen General abspenstig zu machen, und dass er sich damit zufriedengab, ihr zu Ehren eine *festa* zu veranstalten, wie sie höchstens noch mit den Feierlichkeiten zum Besuch des Papstes in Florenz vergleichbar war. Als Filiberta bei ihrer Ankunft in Florenz vom legendären Fest für die Prinzessin der Moguln hörte und verlangte, ihr Mann solle seiner neuen Braut eine wenigstens gleichwertige Lustbarkeit ausrichten, erwiderte Giuliano, ein solcher Karneval sei doch wohl erst angemessen, wenn sie ihm einen Erben schenkte. Allerdings suchte er nur noch selten ihr Schlafgemach auf, und sein einziger Sohn würde ein Bastard sein, Ippolito, der einstmals Kardinal werden sollte, wie es Bastarden gelegentlich gelingt. Nach dieser Schmach begann Filiberta, die Prinzessin von Herzen zu hassen, und kaum erfuhr sie von der Existenz des Zauberspiegels, hasste sie den auch. Als sie dann eines Tages vernahm, wie Giuliano über das kränkliche Aussehen der dunklen Prinzessin klagte, hatte Filiberta die Nase voll. «Ihr geht es nicht gut», sagte Giuliano bekümmert, während er wie gewöhnlich in den Zauberspiegel stierte. «Sieh dir nur das arme Mädchen an. Sie leidet.» Da schrie Filiberta: «Ich gebe ihr allen Grund zu leiden», und warf die silberne Haarbürste mit solcher Wucht in den Zauberspiegel, dass das Glas zersprang. «*Mir* geht es nicht gut», sagte sie. «Ehrlich gesagt, ich habe mich in meinem ganzen Leben noch nicht so schrecklich gefühlt. Kümmere dich um meine Gesundheit mindestens so sehr wie um ihre.»

Die Wahrheit war, dass Qara Köz es übertrieb, dass keine Frau eine solch ungeheure Anstrengung über einen derart langen Zeitraum aufzubringen vermochte. Die Verzauberung von vierzigtausend Menschen, Monat um Monat, Jahr um Jahr, war selbst für sie zu viel. Nur noch selten gab es Berichte von Wundertaten, dann versiegten sie ganz. Der Papst verlor kein Wort mehr über eine Seligsprechung.

Und anders als Alanquwa, die Sonnengöttin, besaß Qara Köz keine Macht über Leben und Tod. Drei Jahre nach ihrer Ankunft in Florenz erkrankte Giuliano de' Medici und starb. Filiberta packte hastig ihr Hab und Gut zusammen, darunter auch die gesamte, ungeheuer wertvolle Aussteuer, und verschwand auf der Stelle und ohne alle weiteren Umstände wieder nach Savoyen. «Florenz ist unter die Fuchtel einer Sarazenenhure gefallen», sagte sie bei ihrer Heimkehr, «die Stadt ist kein Ort mehr für eine gläubige Christin.»

18.

Zu dem Vorfall mit den Löwen und dem Bären ...

Zu dem Vorfall mit den Löwen und dem Bären war es während der *festa* für Qara Köz gekommen. Am ersten Tag hatte der *palio* stattgefunden, ein Pferderennen, danach gab es ein Feuerwerk. Am zweiten Tag wurden auf der Piazza della Signoria wilde Tiere freigelassen: Bullen, Büffel, Hirsche, Bären, Leoparden und Löwen. Berittene, aber auch Lanzenträger zu Fuß und in einer riesigen Holzschildkröte sowie einem hölzernen Stachelschwein versteckte Männer kämpften mit den Tieren. Ein Mann wurde von einem Büffel getötet.

Irgendwann packte der größte Löwe einen Bären bei der Kehle, um ihn zu töten, als sich zum allgemeinen Erstaunen eine Löwin zugunsten des Bären einmischte und den Löwen so fest biss, dass er den Bären freilassen musste. Der Bär erholte sich, doch die übrigen Löwen schnitten die Löwin, die den Bären gerettet hatte, sodass sie betrübt den viereckigen Platz ablief, niemanden angriff und – allem Anschein nach untröstlich – nicht einmal den Spott und das Geschrei der Jäger beachtete. In den folgenden Tagen und Monaten wurde vielerorts über die Bedeutung dieses merkwürdigen Vorfalls diskutiert. Man war allgemein der Auffassung, dass die Löwin Qara Köz verkörperte, wer aber war dann der Bär und wer der Löwe? Die Erklärung, die sich schließlich durchsetzte und als Wahrheit etablierte, stammte aus einem anonymen Pamphlet, dessen Autor – was nur wenige Florentiner wussten – Niccolò Machiavelli hieß, ein beliebter Theaterschriftsteller und in Ungnade gefallener Politiker. Die Löwin sei bereit gewesen, sich um des Friedens willen zwischen ihre eigene und eine fremde Spezies zu stellen. Auf gleiche Weise sei Qara Köz zu ihnen gekommen, um Mächte miteinander zu versöhnen, die unversöhnlich schienen, auch wenn sie sich dabei gegen ihr eigenes Volk wenden musste. «Im Gegensatz zu der Löwin auf der Piazza aber war diese menschliche Löwin nicht allein. Sie hat und wird immer wahre Freunde unter den Bären finden.»

So wurde Qara Köz für viele Menschen zum Symbol des Friedens, der Selbstaufopferung im Namen des Friedens. Es wurde auch allerhand über die «Weisheit des Ostens» geredet, doch tat sie derlei stets verächtlich ab, sooft es ihr zu Ohren kam. «Es gibt keine besondere östliche Weisheit», sagte sie zu Argalia. «Die Menschen sind überall im selben Maße töricht.»

*

Kaum hatten Qara Köz und ihr Spiegel Il Machias Haus verlassen, spürte er, wie ihn eine bittere Traurigkeit überkam, eine Traurigkeit, die ihn die restlichen dreizehn Jahre seines Lebens nicht wieder verlassen sollte. Als ihn die Macht aus ihren Gemächern vertrieb, hatte er Freunde verloren, und Ruhm war nur noch eine blasse Erinnerung, doch der Abzug großer Schönheit aus seinem Leben machte das Maß voll. Jetzt, da kein Bann der Zauberin mehr über Percussina lag, hielt er seine Frau wieder für eine watschelnde Ente und seine Kinder für eine finanzielle Last. Gelegentlich machte er zwar noch einen kleinen Abstecher zu anderen Frauen, nicht allein zur singenden Barbera, auch zu einer Dame in der Nachbarschaft, deren Mann ohne ein Wort des Abschieds einfach davongelaufen war, doch munterten ihn diese Besuche nicht mehr auf. Voller Neid dachte er des Öfteren an den fortgelaufenen Gatten und überlegte ernsthaft, eines Nachts selbst zu verschwinden. Seine Familie könnte er glauben lassen, er sei tot, und wenn er auch nur die geringste Ahnung gehabt hätte, was er danach mit seinem Leben anfangen sollte, hätte er diesen Plan vielleicht sogar in die Tat umgesetzt. Stattdessen brachte er untertänigst die Überlegungen und Einsichten seines Lebens in jenem kurzen Buch zu Papier, das er in der Hoffnung schrieb, damit die Gunst des Hofes wiedererlangen zu können, sein kleines Fürstenspiegelstück, ein derart düsterer Spiegel allerdings, dass er selbst fürchtete, es würde keinerlei Gefallen finden. Aber sollte Weisheit nicht höher geschätzt werden als Leichtfertigkeit, Klarheit nicht höher als Lobhudelei? Er widmete das Buch Giuliano de' Medici und schrieb den gesamten Text von eigener Hand; als aber Giuliano starb, schrieb er das Buch noch einmal, diesmal für Lorenzo. In seinem Herzen wusste er jedoch, dass ihn die Schönheit auf immer verlassen hatte, dass kein Schmetterling sich auf einer verwelkten Blume niederlässt, und das machte ihm mehr zu schaffen als alles andere. Er hatte in ihre Augen geschaut, und sie hatte ihn welken sehen und sich von ihm abgewandt. Es war, als hätte man ihn zum Tode verurteilt.

Als Argalia kam, seine Frau zu holen, verbrachte Il Machia mit dem neuen General von Florenz zwanzig Minuten allein in seiner Bibliothek. «Mein Leben lang», erzählte Argalia, «schon seit ich ein kleiner Junge war, hat mein Motto gelautet: Tu, was du zu tun hast, um dahin zu kommen, wohin du willst. Ich habe überlebt, weil ich herausfand, was mir am meisten nützte, und diesem Stern bin ich stets gefolgt, über jedes Treuebündnis, über allen Patriotismus, über die Grenzen der bekannten Welt hinaus. Ich, ich, immer nur ich. Das ist das Motto der Überlebenden. Sie aber hat mich gezähmt, Machia. Ich weiß, wie sie ist, denn sie ist immer noch so, wie ich einmal war. Sie liebt mich, bis es ihr nicht länger nützt, mich zu lieben. Sie betet mich an, bis die Zeit kommt, in der sie mich nicht mehr anbetet. Also mache ich es mir zur Aufgabe, diesen Zeitpunkt möglichst lange hinauszuzögern. Denn ich liebe sie nicht auf diese Weise. Die Liebe, die ich für sie hege, weiß, das Wohl des Geliebten ist wichtiger als das des Liebenden, wahre Liebe ist Selbstlosigkeit. Qara Köz weiß das nicht, glaube ich. Ich würde für sie sterben, sie aber nicht für mich.»

«Dann will ich nur hoffen, dass du nicht für sie sterben musst», sagte Niccolò, «denn das wäre eine Verschwendung deines guten Herzens.»

Einen Moment lang war er auch mit ihr allein, mit ihr und ihrem Spiegel, von dem sie unzertrennlich war und dem, wie Il Machia annahm, wohl ihre wahre Liebe galt. Er redete mit ihr nicht über Herzensdinge. Das wäre unangemessen gewesen, unhöflich. Stattdessen sagte er: «Dies ist Florenz, werte Dame, und Ihr werdet hier ein gutes Leben führen, denn die Florentiner wissen, wie man gut lebt. Doch wenn Ihr weise seid, haltet Ihr Euch immer ein Hintertürchen offen. Ihr plant Euren Fluchtweg und achtet stets darauf, dass er Euch nicht verstellt wird. Denn wenn der Arno über die Ufer tritt, dann ertrinkt, wer kein Boot besitzt.»

Er schaute aus dem Fenster und konnte über dem Feld, das sein Lehnsbauer beackerte, die rote Kuppel des Doms sehen. Auf einer niedrigen Umfassungsmauer sonnte sich eine Eidechse. Er hörte das *wii-la-wii-lo* eines goldenen Pirols. Eichen und Kastanien, Zypressen und Nusskiefern unterbrachen und ordneten den Blick. In der Ferne, hoch am Himmel, kreiste ein Bussard. Die Schönheit der Natur blieb bestehen, das ließ sich nicht leugnen, doch ihn erinnerte diese bukolische Szene eher an einen Gefängnishof. «Für mich», sagte er Qara Köz, «gibt es leider kein Entkommen.»

*

Nach diesem Tag schrieb er ihr oft, gab die Briefe aber nie auf, und ehe er starb, sah er die Angebetete nur noch ein einziges Mal. Ago dagegen – Ago, der immer noch die Stadtfreiheit besaß – suchte sie jeden Monat im Palazzo Cocchi del Nero auf, und sie tat ihm den Gefallen, ihn gleich neben dem *grand salon* im Pirolsaal zu empfangen, so benannt nach den Vogelbildern, die sämtliche mit dichtem Wald bemalten Wände zierten. Den Karren mit dem Wein schickte er zum Lieferanteneingang in der engen Gasse gleich hinter dem Haus, er selbst aber betrat den Palast nicht als Händler. Er legte seine besten Kleider an, das Hofgewand, für das er in letzter Zeit nur noch selten Verwendung fand, und stolzierte wie ein alternder Beau, der seine Liebste besucht, die Via Porta Rossa entlang, das einst gelbe Haar jetzt weiß und schütter an den Kopf geklatscht, Blumen in der Hand. Er wirkte ein wenig lächerlich, das sah er ihren allzu ehrlichen Augen an, doch sie bat ihn um etwas, vertraute ihm ein Geheimnis an. «Wollt Ihr das für mich tun?», fragte sie, und er antwortete: «Wann immer Ihr wollt.» Nur der Spiegel und die Pirole wussten, was sonst noch gesagt worden war.

Giuliano de' Medici starb, Lorenzo de' Medici wurde als Lorenzo II. Herrscher von Florenz, und die Dinge änderten sich. Drei Jahre lang war von diesen Änderungen allerdings nur wenig zu spüren. Lorenzo brauchte Argalia so dringend, wie ihn sein Onkel gebraucht hatte, denn es war Argalia, der die Männer von Florenz in die Schlacht gegen Francesco Maria führte, jenen Herzog von Urbino, den Leo X. gerade betrog. Als sich die Medici im Exil befanden, hatte Francesco Maria ihnen Zuflucht gewährt, nun aber wandten sich die Medici gegen ihn, um ihm sein Herzogtum zu rauben. Er war ein mächtiger Mann mit einem gut ausgebildeten Heer, weshalb selbst Argalias Janitscharen drei Wochen brauchten, um ihn zu besiegen. Am Ende dann waren neun der kampferprobten osmanischen Krieger tot. Auch d'Artagnan, einer der vier Schweizer Riesen, befand sich unter den Gefallenen, und das Wehklagen von Otho, Botho und Clotho war schrecklich anzuhören. Anschließend schlug Argalia in den Sümpfen um Ancona die Revolten einiger Barone nieder, die Francesco Maria treu ergeben waren, und spätestens jetzt war Argalia, der Türke, für Lorenzo einfach zu mächtig, um offen gegen ihn vorgehen zu können.

Während dieser Zeit übergab Il Machia sein Büchlein Lorenzos Hof. Er sollte nie ein Wort des Dankes, des Lobes, der Kritik hören oder auch nur eine schlichte Empfangsbestätigung bekommen, noch fand man nach Lorenzos Tod ein Exemplar des Buches unter seinen Besitztümern. Kurz machte die Geschichte die Runde, wie verächtlich Lorenzo gelacht haben soll, als ihm das Buch gegeben wurde und er es gleich beiseitewarf. «Der Versager maßt sich an, den Fürsten zu belehren, wie der Fürst erfolgreich sein könne», sagte er mit vor Sarkasmus triefender Stimme. «Ein solches Buch muss ich mir natürlich gleich zu Herzen nehmen.» Kaum war das unterwürfige Gelächter der Höflinge verklungen, sorgte er für eine zweite Welle beflissenen Gejohles. «Eines dürfen wir allerdings mit Gewissheit behaupten. Sollte man den Namen von Niccolò Alraune in Erinnerung behalten, dann gewiss als den eines Komödianten und nicht als eines Philosophen.» Diese Geschichte kam auch Ago zu Ohren, doch war er rücksichtsvoll genug, sie seinem Freund nicht weiterzuerzählen. Folglich hoffte Niccolò viele Monate lang auf eine Antwort. Als ihm klar wurde, dass er keine bekam, ging es mit ihm noch rascher bergab. Das Büchlein aber legte Il Machia beiseite und sollte es zu seinen Lebzeiten auch nie in Druck geben.

Im Frühling des Jahres 1519 machte Lorenzo dann seinen Zug. Er sandte Argalia aus, die Franzosen durch die Lombardei zu treiben, woraufhin der Türke von Florenz sich mit den Truppen von François I. an mehreren Orten der Provinz Bergamo Scharmützel lieferte. Während seiner Abwesenheit aber richtete Lorenzo auf der Piazza Santa Croce ein großes Turnier aus, ein Ereignis, jenem Turnier zu Ehren von Simonetta Vespucci nachempfunden, auf dem vom älteren Giuliano de' Medici ein Banner entfaltet worden war, das den Liebreiz von *la sans pareille* rühmte. Qara Köz wurde gebeten, auf den königlichen Rängen den Ehrenplatz einzunehmen, gleich unter einem blauen, mit goldenen Lilien verzierten Baldachin. Als Lorenzo auf sie zuritt, rollte er ein neues Banner aus, eines, auf dem das von del Sarto gemalte Antlitz von Qara Köz prangte, doch waren die Worte gleich: *la sans pareille*. «Ich widme diese Spiele der Schönheitskönigin unserer Stadt, Angelica von Florenz und Cathai», rief Lorenzo. Qara Köz aber verharrte regungslos und weigerte sich, ihm ein Zeichen ihrer Gunst zuzuwerfen, einen Schal oder ein Halstuch, woraufhin die sich dunkel verfärbenden Wangen des Herzogs seine Demütigung verrieten, seine Wut. Es gab sechzehn Turnierkämpfer, Soldaten, die zur Bewachung der Stadt zurückgelassen worden waren, und zwei Preise, einen *palio* aus Goldbrokat sowie einen aus Silber. Der Herzog selbst trat nicht zum Kampf an, sondern setzte sich neben Qara Köz, richtete das Wort aber erst an sie, als die Preise gewonnen waren.

Nach den Spielen wurde im Palazzo Medici ein Bankett veranstaltet, bei dem es *zuppa pavese* als Vorgericht und Pfauen sowie Fasane aus Chiavenna gab, außerdem toskanische Wachteln und Austern aus Venedig. Man servierte Pasta nach arabischer Art mit reichlich Zucker und Zimt, doch mied man aus Rücksicht auf die Empfindlichkeiten des Ehrengastes alle Köstlichkeiten mit Schweinefleisch, so etwa *fagioli* mit Schweinskruste. Es gab Quittenmarmelade aus Reggio, Marzipan aus Siena und guten Florentiner Märzkäse, *cacio marzolino*. Berge aus Tomaten bildeten die schönste Tischdekoration. Nach dem Festmahl lauschte man Vorträgen von Dichtern und Intellektuellen zum Thema Liebe, so wie einstmals bei Agathons Fest, von dem uns Plato im *Gastmahl* berichtet. Lorenzo schloss diesen Teil der Feierlichkeiten, indem er selbst einige Zeilen aus dem *Gastmahl* zitierte: «Die

Liebe erkühnt uns, für den Geliebten zu sterben – die Liebe allein», deklamierte er, «Frauen ebenso wie Männer. Dafür ist Alcestis, die Tochter des Pelias, ganz Hellas ein Mahnmal, denn sie war willens, ihr Leben für ihren Mann herzugeben, als niemand sonst dazu bereit war.» Als er mit einem Plumps wieder auf seinen Platz fiel, fragte ihn Qara Köz, warum er gerade diese Stelle ausgesucht habe. «Warum vom Tode reden», sagte sie, «wo wir doch ein höchst vergnügliches Leben führen?»

Lorenzo schockierte sie, als er ihr mit brutaler Offenheit antwortete. Er hatte viel getrunken, obwohl allgemein bekannt war, dass er nichts vertrug. «Der Tod, edle Dame, ist nie so weit fort, wie man glaubt», sagte er. «Und wer weiß schon, was einem in Kürze abverlangt wird.» Daraufhin wurde Qara Köz sehr still, denn sie begriff, dass das Schicksal aus dem Mund dieses rüpelhaften Jünglings zu ihr sprach. «Ehe die Blume stirbt», sagte er, «vergeht ihr Duft. Und Euer Aroma, edle Dame, hat bereits beträchtlich nachgelassen, nicht wahr.» Das war keine Frage. «Man redet nur noch selten von Sphärenklängen, die in Eurer Nähe zu hören seien, von wundersamen Heilungen und unverhofften Leibesfrüchten in unfruchtbaren Schößen. Nicht einmal unsere leichtgläubigsten Bürger, nicht einmal die Hungernden, die ihr Brot mit Kräutern essen, damit Halluzinationen sie vom ewigen Magenknurren ablenken, nicht einmal die Bettler, die so oft Verfaultes oder giftige Pflanzen essen, dass sie jeden Abend Dämonen sehen, nicht einmal die reden noch von Euren magischen Kräften. Wo sind Eure Zaubersprüche hin, edle Dame, wohin Eure berauschenden Düfte, die in allen Männern verliebte Gedanken wecken? Mir scheint, auch der Zauber der schönsten Frau lässt – wie soll ich es sagen – mit dem Alter deutlich nach.»

Qara Köz war achtundzwanzig Jahre alt, doch litt sie unter einer Mattigkeit, die ihre Ausstrahlung dämpfte, unter einer Angespanntheit, für die auch private Gründe verantwortlich waren, wie Lorenzo zu Recht und mit aller Brutalität feststellte. «Sogar daheim», flüsterte er hämisch, «steht nicht alles zum Besten, stimmt's? Sechs Jahre zusammen in Florenz, davor auch schon eine Weile, und Ihr habt immer noch kein Kind. Man wundert sich über Eure eigene Unfruchtbarkeit. Arzt, heilt Euch selbst.» Qara Köz wollte aufstehen, doch Lorenzo packte sie fest am Arm und drückte sie zurück auf den Stuhl. «Wie lange wird Euch Euer Beschützer noch beschützen, wenn Ihr ihm keinen Sohn gebärt?», fragte er. «Falls er denn überhaupt lebend aus den Kriegen zurückkehren sollte.»

Im selben Moment begriff sie, dass hier Verrat im Spiel war, dass sich ein Mann unter Argalias Kommando, vielleicht auch eine ganze Gruppe von Männern, bereit erklärt hatte, ihn für eine in Aussicht gestellte Beförderung zu verraten, was nur heißen konnte, dass ihm insgeheim ein Messer zwischen die Rippen gestoßen werden sollte oder aber dass ihm eine öffentliche Hinrichtung drohte. Ein Verrat zog oft einen anderen nach sich. «Ihr werdet ihn niemals töten, solange seine Männer ihn umgeben», sagte sie leise, nur um im selben Moment das Gesicht des Serben Konstantin wie eine Prophezeiung vor ihren Augen auftauchen zu sehen. «Was habt Ihr ihm versprochen», fragte sie, «dass er sich nach all den Jahren der Freundschaft zu einer solch gemeinen Tat bereit erklärt hat?» Lorenzo beugte sich vor und flüsterte ihr ins Ohr. «Alles, was er sich nur vorstellen konnte», lautete die grausame Antwort. Also war sie selbst der Köder gewesen, und Konstantin, der so lange so aufmerksam über sie gewacht hatte, war durch diese Nähe dazu verleitet worden, sich nach noch größerer Nähe zu sehnen, mehr war nicht nötig gewesen. Sie war Argalias Untergang. «Er wird es nicht tun», sagte sie. Lorenzos Griff um ihren Arm verstärkte sich. «Nun, sollte er es doch tun, Prinzessin», sagte er, «heißt das noch lange nicht, dass der Täter auch seine Belohnung bekommt.» Ja, sie begriff. Das war es also, ihr Schicksal. «Nehmen wir nur einmal an, die Männer kehrten aus der Schlacht zurück, ihren toten Kommandanten auf dem Schild», murmelte der Mann an ihrer Seite. «Schreckliche Tragödie, gewiss, ein Grab neben den Gräbern der Helden unserer Stadt und mindestens einen Monat offizielle Trauer. Nehmen wir darüber hinaus einmal an, dass man Euch und Eure Dienerin sowie all Eure Habe vor seiner Rückkehr von der Via Porta Rossa zur Via Larga gebracht hätte. Nehmen wir an, Ihr wärt dort als mein Gast, da Ihr Trost in Eurem entsetzlichen Kummer suchtet. Stellt Euch vor, was mit dem Feigling geschähe, der den Helden von Florenz ermordet hat, Euren Geliebten, meinen Freund. Ihr dürft Euch jede erdenkliche Folter ausmalen, die wir anwenden sollen, und ich würde Euch garantieren, dass er am Leben bliebe, bis er alle Qualen bis aufs äußerste genossen hat.»

Musik setzte ein. Man bat zum Tanz. Sie sollte eine *pavana* mit dem Mörder ihrer Hoffnungen tanzen. «Ich muss nachdenken», sagte sie, und er verbeugte sich. «Natürlich», sagte er, «aber denkt rasch, und ehe Ihr nachdenkt, wird man Euch heute Abend in meine Privatgemächer bringen, damit Ihr versteht, worüber Ihr nachzudenken habt.» Sie blieb auf dem Tanzboden stehen und schaute ihn an. «Bitte, edle Dame», schalt er sie und hielt ihre Hand, bis sie sich erneut im Takt bewegte. «Ihr seid eine Prinzessin aus dem königlichen Hause von Tamerlan und Dschingis Khan. Ihr wisst, wie es in der Welt zugeht.»

An jenem Abend kehrte sie mit Spiegel heim, nachdem sie bewiesen hatte, dass sie wirklich wusste, wie es in der Welt zugeht. «Es wurde getan, was getan werden musste, Angelica», sagte sie. «Machen wir uns nun zum Sterben bereit, Angelica», erwiderte ihr Spiegel. Dies war der Code, auf den sie und die Prinzessin sich vor langem geeinigt hatten, und er bedeutete, dass es Zeit wurde, weiterzuziehen, ein Leben abzustreifen und das nächste zu suchen, den Fluchtplan umzusetzen und zu verschwinden. Damit der Plan funktionierte, würde Spiegel, sobald sich die Stadt zur Ruhe begab, in einem langen Kapuzengewand durch den Lieferanteneingang schlüpfen, durch die schmale Gasse hinter dem Palazzo Cocchi del Nero laufen und sich ihren Weg in das Viertel Ognissanti und zur Haustür von Ago Vespucci suchen. Doch zu ihrer Überraschung schüttelte Qara Köz den Kopf. «Wir werden nicht gehen», sagte sie, «ehe mein Mann nicht lebend zurückgekehrt ist.» Sie besaß keine Macht über Leben und Tod, und so verließ sie sich nun auf eine Macht, der sie nie zuvor getraut hatte, auf die Macht der Liebe.

*

Am nächsten Tag führte der Fluss kein Wasser mehr. Wie ein Lauffeuer verbreitete sich in der Stadt die Nachricht, dass Lorenzo de' Medici todkrank sei, und obwohl es niemand laut aussprach, war doch allgemein bekannt, dass er am grässlichen *morbo gallico* litt, an der Syphilis. Dass der Arno kein Wasser mehr führte, hielt man für ein schlimmes Omen. Lorenzos Ärzte kümmerten sich rund um die Uhr um ihren Herrscher, doch seit die Krankheit zum ersten Mal vor dreiundzwanzig Jahren in Italien aufgetaucht war, hatten schon so viele Florentiner an ihr sterben müssen, dass nur wenige Leute mit einem Überleben des Herzogs rechneten. Wie immer lastete die eine Hälfte der Stadt diese Krankheit den französischen Soldaten an, während die andere Hälfte behauptete, die Matrosen des Christoph Kolumbus hätten sie von ihren Reisen mitgebracht, doch hatte Qara Köz für solches Geschwätz nichts übrig. «Das ging schneller, als ich erwartet habe», sagte sie zu Spiegel, «was bedeutet, dass es nur noch eine Frage der Zeit sein dürfte, bis ein Verdacht auf mich fällt.» Manch einer hätte dies für eine seltsame Bemerkung gehalten, da Qara Köz nicht an Syphilis litt, was eine medizinische Untersuchung unschwer bewiesen hätte, auch sollte sie in ihrem späteren Leben nie an Syphilis erkranken. Tatsache aber war zudem, dass niemand auch nur vermutet hatte, dass sich Lorenzo II. angesteckt haben könnte, was es besonders unverständlich machte, dass er plötzlich unter dieser Krankheit in ihrer schlimmsten Form litt. Der Fall war also höchst verdächtig, und in solchen Fällen musste rasch ein Verdächtiger – oder doch ein Sündenbock – gefunden werden. Wer weiß, welche Wende die Ereignisse noch genommen hätten, wäre Argalia der Türke nicht lebend heimgekehrt.

In der Nacht vor seiner Rückkehr konnte Qara Köz erst nicht einschlafen, als sie dann aber doch schlief, träumte sie von ihrer Schwester. Auf einem blauen Teppich mit rotgoldenem Rand, in der Mitte ein rotgoldener Diamant, saß Khanzada Begum in einem geräumigen Zeltpavillon aus rotgoldenem Tuch und starrte einen Mann an, den sie nicht kannte, einen Mann in cremefarbenen Seidengewändern mit rosagrünem Schal um die Schultern, auf dem Kopf ein Turban in Blassblau, Weiß und ein wenig Gold. Ich bin dein Bruder Babar, sagte der Fremde. Sie schaute ihm ins Gesicht, konnte ihren Bruder aber nicht erkennen. Das glaube ich nicht, sagte sie. Der Mann wandte sich an einen zweiten Mann, der ein wenig abseits saß. Kukultash, sagte er, wer bin ich? Ihr, antwortete der zweite Mann, seid ebenso gewiss Zahiruddin Muhammad Babar, wie wir hier in Kundus sitzen. Khanzada Begum antwortete: Warum sollte ich ihm mehr als Euch glauben? Ich kenne keinen Kukultash. Bruder und Schwester blieben im Zelt, Dienerinnen warteten ihr auf, während er von Soldaten mit Speeren und Bogen bewacht wurde. Gefühle wurden keine gezeigt. Die Frau kannte ihren Bruder nicht. Sie hatte ihn seit zehn Jahren nicht mehr gesehen. Noch während Qara Köz träumte, begriff sie, dass sie selbst sämtliche Personen ihres Traums war. Sie war ihre Schwester, die, der Familie entrissen, den Weg der

Erinnerung und Liebe nicht finden konnte, auf dem ihr eine Rückkehr möglich gewesen wäre. Qara Köz war auch ihr Bruder Babar, der grausam und zugleich so poetisch war, der am selben Nachmittag Männern den Kopf abschlagen und die Schönheit eines bewaldeten Berghanges preisen konnte, der aber kein Land besaß, keinen Flecken Erde, den er sein Eigen nennen konnte, der unaufhörlich durch die Welt zog, um Raum kämpfte, Orte einnahm und wieder verlor, der jetzt im Triumph in Samarkand einmarschierte, jetzt in Kandahar, und gleich darauf wieder vertrieben wurde; Babar, der rannte und rannte, um ein Stückchen Erde zu finden, auf dem er verharren und bleiben konnte. Sie war auch Kukultash, Babars Freund, ebenso die Dienerinnen und die Soldaten, sie schwebte außerhalb ihrer selbst und sah ihrer Geschichte zu, als passierte sie jemand anderem, und sie fühlte nichts, erlaubte sich nicht, etwas zu fühlen.

Dann änderte sich der Traum. Baldachin und Zeltkuppel verwandelten sich in roten Stein. Was auf Zeit, tragbar, veränderbar gewesen war, wurde plötzlich dauerhaft und unveränderlich. Ein Palast aus Stein auf einem Hügel, und ihr Bruder Babar machte es sich auf einem steinernen Podest inmitten eines rechtwinklig angelegten Wasserbeckens bequem, eines schönen Beckens, dem Besten aller Möglichen Becken. Er war so reich, dass er in großzügiger Laune das Wasser aus dem Becken lassen und es stattdessen mit Gold füllen konnte, auf dass sein Volk kam und sich an seiner Freigebigkeit erfreute. Er war wohlhabend und entspannt, ihm gehörte nicht nur ein Wasserbecken, ihm gehörte ein Königreich. Nur war er nicht Babar. Er war nicht ihr Bruder. Sie erkannte ihn nicht. Dieser Mann war ihr fremd.

«Ich habe die Zukunft gesehen, Angelica», erzählte sie Spiegel nach dem Aufwachen. «Die Zukunft ist in Stein gesetzt und der Nachkomme meines Bruders ein beispiellos mächtiger Herrscher. Wir sind Wasser, wir können uns in Luft auflösen und wie Rauch verschwinden, doch die Zukunft ist Reichtum und Stein.» Sie wollte auf das Eintreffen der Zukunft warten. Und dann würde sie ihr altes Leben wiederaufnehmen, sich damit vereinen und wieder ganz sie selbst werden. Sie wollte es besser machen als Khanzada. Sie würde den König erkennen.

In ihrem Traum war eine Frau vorgekommen, die nur von hinten zu sehen gewesen war, eine Frau mit langem, gelbem, offen auf die Schultern fallendem Haar, die vor dem Herrscher saß, redete und ein langes Gewand aus bunten Lederflicken trug. Außerdem befand sich im Gebäude noch eine weitere Frau, die nie das Sonnenlicht sah, die wie ein Schatten durch die Palastkorridore wandelte und deren Bild mal schwächer wurde, mal stärker, dann wieder schwächer. Dieser Teil des Traumes blieb ihr unklar.

*

Qara Köz kannte sich aus mit dem Unterdrücken von Gefühlen. Seit sie in die Privatgemächer von Lorenzo II. gebracht worden war, hatte sie sich keine Gefühle mehr erlaubt. Er hatte getan, was er tun wollte, und sie hatte ebenso kaltblütig ihre Absicht in die Tat umgesetzt. Nach ihrer Rückkehr in den Palazzo Cocchi del Nero blieb sie ruhig und gefasst, während Spiegel aufgeregt hin und her huschte, um einige *cassoni* zu packen, jene großen Truhen, in denen Frauen gewöhnlich ihre Aussteuer verwahrten. Sie wollte alles für eine rasche Abreise vorbereiten, auch wenn ihre Herrin offenbar fest entschlossen war zu bleiben. Qara Köz wartete im *grand salon* am offenen Fenster und ließ sich von einer leichten Brise das Stadtgeschwätz zutragen. Es dauerte nicht lange, bis sie jenes Wort vernahm, von dem sie gewusst hatte, dass es ihr zu Ohren kommen würde, das Wort, das es für sie zu unsicher machte, noch länger zu bleiben. Dennoch dachte sie nicht an Aufbruch.

Hexe. Sie hat ihn verhext. Er lag bei der Hexe, wurde krank und starb. Vorher ist er nicht krank gewesen. Hexerei. Sie hat ihn mit des Teufels Krankheit angesteckt. Hexe. Hexe. Hexe.

Lorenzo II. war schon tot, als die Miliz von ihrem Sieg bei Cisano Bergamasco zurückkehrte, ordentlich in Reih und Glied trotz der Bestürzung, für die der mitten in der Schlacht unternommene Mordversuch des Serben Konstantin an General Argalia, ihrem *gran condottiere*, unter den Soldaten gesorgt hatte. Gemeinsam mit sechs weiteren Janitscharen, bewaffnet mit Luntenschlossflinten, Piken und Schwertern, hatte Konstantin feige von hinten angegriffen. Die erste Kugel traf Argalia in die Schulter und warf ihn aus dem Sattel, was ihm das Leben rettete, da der Kommandant am Boden von Pferden umringt war und die Verräter nicht zu ihm vordringen konnten. Die drei Schweizer Riesen kehrten sich von dem Feind vor ihnen ab, um sich den Verrätern in ihrem Rücken zuzuwenden, und nach heftigem Nahkampf wurde die Rebellion niedergeschlagen. Der Serbe Konstantin war tot, eine Schweizer Pike steckte in seinem Herzen, doch Botho hatte ebenfalls das Leben verloren. Bei Nachteinbruch war die Schlacht gegen die Franzosen gewonnen, aber der Sieg bereitete Argalia keine Freude. Von seiner ursprünglichen Mannschaft lebten nur noch siebzig Mann.

Als sie sich der Stadt näherten, sahen sie überall Flammen auflodern wie damals am Tag der Papstwahl, und Argalia schickte einen Reiter voraus, der Näheres in Erfahrung bringen sollte. Bei seiner Rückkehr meldete der Kundschafter, dass der Herzog gestorben sei und die führerlosen Bürger Qara Köz vorwarfen, sie habe ihren Herrscher mit einem mächtigen Zauber verhext, der seinen Leib wie ein hungriges Tier zerfressen habe, angefangen bei den Genitalien und von dort aus sich in alle Richtungen ausbreitend. Argalia wies Otho an, einen der beiden noch lebenden, untröstlichen Schweizer Brüder, die Miliz im Eilschritt zurück in die Kasernen zu führen. Darauf sammelte er Clotho und die verbliebenen Janitscharen um sich, achtete nicht weiter auf seinen verwundeten rechten Arm und galoppierte davon wie der Wind. Und es wehte ein mächtiger Wind in dieser Nacht! Sie sahen, wie er Olivenbäume ausriss, wie er Eichen beiseitefegte, als wären sie kleine Schösslinge, wie er Walnussbäume, Kirschbäume und Erlen entwurzelte, sodass die Männer meinten, um sie herum flöge ein Wald durch die Luft, während sie im Galopp dahinpreschten; und als sie sich der Stadt näherten, hörten sie einen großen Tumult, wie ihn nur das Volk von Florenz zu veranstalten weiß. Doch dies war kein Freudentumult, vielmehr schien es, als hätte sich jeder Bewohner der Stadt in einen Werwolf verwandelt und heulte nun den Mond an.

*

Was für ein kurzer Weg von *Zauberin* zu *Hexe*. Gestern noch war sie die inoffizielle Schutzheilige der Stadt gewesen, jetzt sammelte sich der Mob vor ihrem Haus. «Die Hintertür steht noch offen, Angelica», sagte der Spiegel. «Wir warten, Angelica», erwiderte Qara Köz. Sie saß auf einem Stuhl an einem Fenster des *grand salon* und sah seitwärts hinaus, sah, ohne gesehen werden zu können. Unsichtbarkeit war ihr Los. Sie blieb gefasst. Dann hörte sie Hufschläge und erhob sich. «Er ist da.» Und das war er auch.

Vor dem Palast Cocchi del Nero verbreiterte sich die Via Porta Rossa zu einem kleinen Platz, an dem auch der Palazzo Davizzi und die Wohntürme der Foresi standen. Als Argalia mit den Janitscharen den Platz erreichte, drohte sie die dichtgedrängte Menge der Hexenjäger aufzuhalten, doch waren sie wild entschlossen und schwer bewaffnet, weshalb man sie schließlich durchließ. Kaum hatten die Reiter den Palast erreicht, räumten die Janitscharen den Eingang frei und öffneten, sobald es sicher war, die Türen. Eine Stimme aus der Menge brüllte: «Warum beschützt Ihr die Hexe?» Argalia ignorierte den Ruf. Dann ertönte dieselbe Stimme erneut: «Wem dient Ihr, *condottiere*, dem Volk oder Eurer Lust? Dient Ihr der Stadt und ihrem verhexten Herzog, oder steht Ihr im Bann der Vettel, die ihn verhext hat?» Argalia riss sein Pferd herum und blickte über die Menge. «Ich diene ihr», rief er, «das habe ich immer getan und werde es immer tun.» Dann ritt er mit ungefähr dreißig Mann auf den Hof des Palastes und überließ es Clotho, sich um das Geschehen vor dem Haus zu kümmern. Die Reiter hielten am Brunnen mitten im Hof, und der zuvor so stille Palast war plötzlich mit Lärm erfüllt, dem Wiehern der Pferde, dem Klirren der Waffen und dem Gebrüll der Männer, die sich Befehle zuriefen. Die Bediensteten stürzten nach draußen, um Reitern und Rössern eine Stärkung anzubieten. Und wie eine Frau, die aus dem Schlaf erwacht, begriff auch Qara Köz plötzlich, in welcher Gefahr sie schwebte. Sie stand oben auf der Treppe, die in den Hof hinabführte; Argalia stand unten und schaute zu ihr auf, seine Haut weiß wie der Tod.

«Ich wusste, dass Ihr lebt», sagte sie, erwähnte aber mit keinem Wort seinen verletzten Arm.

«Und Ihr müsst auch leben», sagte er. «Die Menschenmenge wird immer größer.» Er sagte nichts von der Wunde in seiner rechten Schulter, auch nichts von den Flammen, die von dort durch seinen ganzen Körper loderten. Er sagte nichts davon, wie heftig sein Herz hämmerte, als er sie anschaute. Nach dem langen Ritt war er außer Atem. Seine weiße Haut fühlte sich heiß an. Er sprach das Wort «Liebe» nicht aus. Zum letzten Mal in seinem Leben fragte er sich, ob er seine Liebe nicht an eine Frau verschwendete, die ihre Liebe nur schenkte, bis es Zeit wurde, sie zurückzunehmen. Er schob den Gedanken beiseite. Er hatte dieses eine Mal in seinem Leben sein Herz hingegeben und fand, es sei ein Segen, dass ihm diese Gelegenheit gewährt worden war. Die Frage, ob sie seiner Liebe würdig war, hatte keinerlei Bedeutung. Sein Herz hatte diese Frage schon vor langer Zeit beantwortet.

«Ihr werdet mich beschützen», sagte sie.

«Mit meinem Leben», antwortete er und begann, ein wenig zu zittern. Als er auf dem Schlachtfeld von Cisano Bergamasco zu Boden stürzte, folgte dem Kummer über den Verrat des Serben Konstantin rasch die Einsicht in die eigene Dummheit. Konstantin hatte ihn erwischt, genau wie er in der Schlacht von Chaldiran einst Schah Ismail von Persien erwischt hatte. Der Schwertkämpfer würde stets dem Mann mit dem Gewehr unterliegen. Im Zeitalter der Luntenschlossflinte und der leichten, transportablen Feldkanone gab es keinen Platz mehr für Ritter in Rüstungen. Er gehörte der Vergangenheit an. Er hatte diese Kugel verdient, so wie es die Alten verdienten, von den Jungen beseitigt zu werden. Ihm war ein wenig schwindlig.

«Ich konnte nicht gehen», sagte sie, und ihrer Stimme war ein wenig Überraschung anzumerken, so als hätte sie etwas Außergewöhnliches über sich erfahren.

«Aber jetzt müsst Ihr gehen», erwiderte er ein wenig keuchend. Sie gingen nicht aufeinander zu. Sie umarmten sich nicht. Qara Köz trat auf Spiegel zu.

«Nun, Angelica, sollten wir uns zum Sterben bereit machen», sagte sie.

*

Die Nacht stand in Flammen. Überall loderten Feuer in den leuchtenden Himmel auf. Dicht über dem Horizont hing ein voller Mond, rot getönt, riesig groß. Wie Gottes kaltes, irres Auge blickte er herab. Der Herzog war tot, und allein das Gerücht regierte. Dem Gerücht zufolge hatte der Papst «Angelica» zur mordlüsternen Hure erklärt; er sandte einen Kardinal aus, der das Kommando übernehmen und dieser rasenden Hexe Einhalt gebieten sollte. Noch war die Erinnerung daran nicht verblasst, wie die drei Anführer der Jammerer – Girolamo Savonarola, Domenico Buonvicini und Silvestro Maruffi – auf der Piazza della Signoria verbrannt worden waren, und es gab den ein oder anderen in der Menge, der es kaum erwarten konnte, den Gestank brennenden Weiberfleisches zu riechen. Doch Ungeduld gehört zur Natur des Mobs. Gegen Mitternacht hatte sich die Menschenmenge verdreifacht, und die Stimmung wurde gewalttätig. Steine flogen auf den Palast Cocchi del Nero. Zwar hielt die Phalanx der Janitscharen unter Führung des Schweizers Clotho noch das Tor, doch sogar Janitscharen werden müde, und manch einer von ihnen musste sich um seine Wunden kümmern. In den frühen Morgenstunden dann erreichten den tobenden Mob fatale Neuigkeiten. Angestachelt von unbestätigten Berichten über den päpstlichen Erlass wider die Hexe Angelica, schloss sich die florentinische Miliz den aufgebrachten Massen an und marschierte in voller Bewaffnung zur Via Porta Rossa. Als Clotho dies hörte, wusste er, dass jetzt all seine drei Brüder tot waren, folglich sagte er sich, er sei nun bereit, die Dinge zu ihrem Ende zu bringen.

«Für die Schweizer», rief er und stürzte sich mit aller Macht auf die Menge, schwang in der einen Hand ein Schwert, in der anderen eine mit eisernen Dornen bestückte Kugel an einer Kette. Seine Janitscharen sahen ihm erstaunt nach, da die Menschen in der Menge kaum Gefährlicheres mit sich führten als Stöcke und Steine, doch Clotho war nicht aufzuhalten. Die Mordlust hatte ihn gepackt. Menschen stürzten unter die Hufe seines Pferdes und wurden zu Tode getrampelt. Die Menge war außer sich vor Wut und Angst, und anfangs wichen alle vor dem irren Albino-Riesen auf seinem Pferd zurück. Dann folgte ein seltsamer Augenblick, ein Augenblick jener Art, wie er das Schicksal von Nationen bestimmt, denn wenn eine Menge die Angst vor einer Armee verliert, ändert sich die Welt. Mit einem Mal wich niemand mehr zurück, und im selben Moment wusste Clotho, der auf seinem Pferd gerade das Schwert zum Schlag erhoben hatte, dass es um ihn geschehen war. «Janitscharen zu mir», brüllte er, doch da brandete die Menge wie eine Flut heran, tausend und abertausend kreischende Stimmen, grabschende Hände und hämmernde Fäuste, ein Steinregen ging auf die Soldaten nieder, Männer sprangen sie wie Katzen an, zerrten sie vom Pferd, starben unter den Hieben der Krieger, andere drängten dennoch weiter vor, krallten sich fest, zogen, klammerten, rissen, bis sie alle Soldaten von ihren Pferden geholt hatten, doch immer weiter voran trampelte die Menge, die erdrückende Macht der angeschwollenen, anschwellenden Menge, und die ganze Welt war Blut.

Noch ehe die Miliz eintraf und die Menge sich wie ein Meer teilte, um die bewaffneten Männer durchzulassen, gab es vor dem Palazzo Cocchi del Nero keine Janitscharen mehr; und mit den Äxten der gefallenen Krieger hieb die Menge auf die drei großen Holztore des Palastes ein. Im Hof hinter diesen Toren stiegen Argalia, der Türke, und die ihm verbliebenen Kämpen in voller Kriegsrüstung auf ihre Pferde, um zum letzten Gefecht anzutreten. Es gibt keine größere Schande, als durch die Hand jener Männer zu sterben, die man im Krieg angeführt hat, dachte Argalia, aber wenigstens sterben meine ältesten Gefährten an meiner Seite, und darin liegt doch auch ein wenig Ehre. Dann vergaß er alle Fragen der Schande und Ehre, da Qara Köz aufbrach und es Zeit für letzte Worte wurde.

«Zum Glück ist der Mob nicht besonders schlau», sagte sie, «sonst hätten Ago und Spiegel nicht durch die Hintertür auf die Gasse entweichen können. Und es ist ein Glück, dass ich auf den Rat Eures Freundes Niccolò gehört habe, denn sonst gäbe es keinen Plan, und niemand würde mit leeren Weinfässern auf uns warten, in denen wir uns verstecken können, niemand hätte einen Wagen und frische Pferde besorgt, um uns fortzubringen.»

«Am Anfang waren drei Freunde», sagte Argalia, der Türke, «Antonio Argalia, Niccolò ‹Il Machia› und Ago Vespucci. Und auch am Ende waren es drei. Il Machia wartet mit noch schnelleren Pferden auf Euch. Geht jetzt.» Das Fieber hatte ihn gepackt, der Wundschmerz war groß. Er begann zu zittern. Das Ende war nicht mehr weit. Es würde ihm schwerfallen, noch lange im Sattel zu bleiben.

Sie schwieg einen Moment. «Ich liebe dich», sagte sie dann. *Stirb für mich.*

«Und ich liebe dich», antwortete er. *Ich sterbe schon, aber ich sterbe für dich.*

«Ich liebe dich, wie ich noch keinen Mann geliebt habe», sagte sie. *Stirb für mich.*

«Du bist die Liebe meines Lebens», erwiderte er. *Mein Leben ist fast vorbei, doch was mir bleibt, opfere ich dir.*

«Lass mich bleiben», sagte sie. «Gib mich auf. Dann hat dies ein Ende.» Wieder war ihrer Stimme ein wenig Überraschung über das anzuhören, was sie ihm zu sagen, anzubieten und zu fühlen erlaubte.

«Dafür ist es zu spät.»

Der letzte Kampf der Unbesiegbaren von Florenz, ihre endgültige Niederlage und Vernichtung im Aufstand der Via Porta Rossa, fand im Hof jenes Hauses statt, das danach nur noch der Blutige Palast genannt wurde. Als die Schlacht zu Ende ging, waren die Hexe und ihre Dienerin längst fort, und kaum entdeckte das Volk von Florenz ihre Flucht, schien seine Wut sich in Luft aufzulösen; wie Menschen, die aus einem schrecklichen Traum erwachen, verloren sie jegliches Verlangen nach Mord und Tod. *Sie kamen zu sich* und waren kein Mob mehr, sondern wieder eine

Ansammlung souveräner Individuen, die nun brummelnd zurück in ihre Häuser gingen, betreten dreinsahen und sich wünschten, sie hätten kein Blut an den Händen. «Wenn sie geflohen ist», sagte jemand, «dann fort mit ihr und Schwamm drüber.» Man traf keine Anstalten, sie zu verfolgen. Man empfand nur Scham. Als der Regent des Papstes in Florenz eintraf, war der Palazzo Cocchi del Nero verriegelt und verrammelt und mit dem Siegel der Stadt versehen; länger als hundert Jahre sollte niemand mehr dort wohnen. Und in dem Moment, als Argalia, der Türke, fiel, niedergestreckt durch die Septhämie, die sich in seinem Körper ausbreitete und ihn das Bewusstsein verlieren ließ, als ihm die schändliche Pike eines Milizsoldaten in den Hals fuhr, während er dem Wundbrand erlag, fand das Zeitalter der großen *condottieri* ein Ende.

Wie von einer Hexe verflucht, führte der Arno ein Jahr und einen Tag kein Wasser.

*

«Sie hatte kein Kind», stellte der Herrscher fest. «Was sagt Ihr dazu?»

«Es geht ja noch weiter», erwiderte der andere.

*

Als die Morgendämmerung anbrach, sah Niccolò seinen Freund Ago in der Ferne, sah ihn einen Karren mit zwei geladenen Weinfässern lenken und gab den Plan auf, Drosseln fangen zu wollen. Er setzte die Vogelkäfige ab und ging selbst, die Pferde zu satteln. Eigentlich konnte er es sich nicht leisten, zwei Pferde zu verschenken, aber er würde sie trotzdem hergeben, und dies ohne Bedauern. Vielleicht würde man ihn so in Erinnerung behalten als den Mann, der einer *Mogulin* half, ihren Verfolgern zu entkommen, einer Prinzessin aus dem königlichen Hause von Tamerlan und Dshingis Khan, einst Zauberin von Florenz. Er rief nach oben zu seiner Frau, sie solle auf der Stelle etwas zu essen vorbereiten, Wein holen und mehr einpacken, als man für eine Reise benötige; und sie, die aus dem Klang seiner Stimme die Not heraushörte, sprang aus dem Bett, tat wie ihr geheißen und beschwerte sich nicht, obwohl es nicht sonderlich angenehm war, aus ungewöhnlich tiefem Schlaf geweckt zu werden und barsche Befehle befolgen zu müssen. Dann hielt Ago vor Machiavellis Haus, atemlos, verängstigt. Argalia war nicht bei ihm. Wortlos fragten Il Machias Augenbrauen, doch Ago Vespucci fuhr sich nur mit einem Finger über die Kehle und brach dann vor lauter Furcht, Aufregung und Trauer in Tränen aus. «Jetzt mach endlich die Fässer auf, Herrgott nochmal», rief Marietta Corsini, sobald sie aus der Tür kam. «Die müssen da drinnen ja halb zu Tode gerüttelt worden sein.»

Ago hatte die Fässer mit Polstern und Kissen ausgestopft, an den Seiten mit Scharnieren versehene Klappen angebracht und kleine Luftlöcher gebohrt, doch tauchten die beiden Frauen trotz seiner Mühen arg gebeutelt aus ihrem Versteck auf, schmerzverzerrt und außer Atem. Dankbar nahmen sie einen Schluck Wasser an, wollten aber nichts essen, da die Reise nicht ohne Wirkung auf ihre Mägen geblieben war. Ohne weitere Umstände baten sie gleich um ein Zimmer, in dem sie sich umziehen konnten, und Marietta führte sie ins Schlafgemach. Spiegel folgte Qara Köz, eine Tasche in der Hand, und als die beiden Frauen eine halbe Stunde später wieder auftauchten, sahen sie wie Männer aus, trugen kurze Jacken – eine rotgoldene für Qara Köz, eine grünweiße für Spiegel –, wollene Reithosen, Stiefel aus Sämischleder und einen Gürtel um die Hüfte. Das Haar hatten sie sich kurz geschnitten und unter eng ansitzenden Scheitelkäppchen verborgen. Marietta schnappte nach Luft, als sie ihre Beine in engen Hosen sah, sagte aber nichts. «Wollt Ihr nicht ein wenig essen, ehe Ihr weiterreist?», fragte sie, doch sie wollten nicht. Man dankte ihr für den Beutel mit Brot, Käse und kaltem Fleisch, den sie vorbereitet hatte. Dann gingen sie alle nach draußen, wo Il Machia und Ago warteten. Ago hockte immer noch auf seinem Karren. Die Fässer waren abgeladen worden, doch standen die beiden Truhen mit der Habe der Damen noch auf der Ladefläche sowie eine Tasche mit Agos Kleidern und allem Geld, das er hatte auftreiben können, darunter auch einige Zahlungsanweisungen über größere Summen. «Wenn wir erst in Genua sind, kann ich noch mehr besorgen», sagte er. «Ich habe einige Wechsel dabei.» Er schaute Qara Köz in die Augen. «Ihr Damen könnt schließlich nicht allein reisen», sagte er. Mit großen Augen schaute sie ihn daraufhin an. «Aha», erwiderte sie, «als Ihr um Hilfe gebeten wurdet und gesehen habt, in welch prekärer Lage wir uns befanden, wart Ihr also auf der Stelle bereit, Euer Haus, Eure Arbeit und Euer Leben hinter Euch zu lassen, um mit uns in eine unbekannte Zukunft zu fliehen, mit einer Gefahr hinter Euch und womöglich vielen neuen Gefahren vor Euch?» Ago Vespucci nickte. «Ja, das war ich.» Sie ging zu ihm und ergriff seine Hände. «Dann, mein Herr», sagte sie, «gehören wir jetzt zu Euch.»

Il Machia sagte seinem alten Gefährten Lebewohl. «Am Anfang waren drei Freunde», erklärte er, «Antonino Argalia, Niccolò ‹Il Machia› und Ago Vespucci. Zwei der drei reisten gern, der dritte blieb lieber daheim. Und von den zwei Reisenden ist nun einer auf immer davongegangen, der andere aber wird nie mehr fortgehen. Mein Horizont ist geschrumpft, ich kann nur noch Enden schreiben. Doch du, geliebter Ago, du, der Sesshafte, du brichst auf, um eine neue Welt zu suchen.» Dann streckte er den Arm aus und drückte Ago drei *soldi* in die Hand. «Die schulde ich dir noch», sagte er. Als einige Minuten später zwei Reiter und der Mann auf dem Karren um eine Wegbiegung verschwanden, küsste die frühe Morgensonne Ago Vespuccis Haar, das schon so schütter war, so weiß. Doch im gelben Licht der Frühe schien es, als habe er wieder das goldene Haar seiner Jugend, in der er mit Il Machia im Eichenhain von Caffagio auf Jagd gegangen war, im Gehölz der *vallata* von Santa Maria dell'Impruneta, aber auch in dem etwas weiter entfernt gelegenen Wald bei der Burg Bibione, damals, als sie gehofft hatten, eine Alraune zu finden.

19.

Er sei ein Nachfahre Adams, nicht Mohammeds …

Er sei ein Nachfahre Adams, nicht Mohammeds und nicht des Kalifen, sagte Abul Fazl; Legitimität und Autorität ergäben sich aus seiner Abstammung vom ersten Menschen, ihrer aller Vater. Kein Glaube sei ihm genug, auch kein geographisches Gebiet. Größer als der König der Könige, der über Persien herrschte, ehe die Muslime kamen, überlegen der alten Hindu-Vorstellung von Chakravartin – jenem König, dessen Streitwagen überallhin zu rollen vermochte, dessen Bewegungen durch nichts behindert wurden –, sei er der Herrscher des Universums, König einer Welt ohne Grenzen oder ideologische Beschränkungen. Woraus folgerte, dass die menschliche Natur und nicht der göttliche Wille die treibende Kraft der Geschichte sei. Er, Akbar, sei der vollkommene Mensch, die Antriebskraft der Zeit.

Die Sonne war noch nicht aufgegangen, aber der Herrscher bereits auf den Beinen. Das im Schatten liegende Sikri schien die großen Mysterien des Lebens darzustellen. Ihm kam die Stadt wie eine flüchtige Welt voller Fragen vor, auf die er eine Antwort finden musste. Dies war die der Meditation vorbehaltene Stunde des Tages. Er betete nicht. Hin und wieder ging er in die große Moschee, die er rund um Chishtis Schrein hatte errichten lassen, um den Schein zu wahren und das Gerede spitzer Zungen verstummen zu lassen. Badaunis Zunge. Die Zunge des Kronprinzen, der noch weniger an Gott glaubte als sein Vater, sich aber ihm zum Trotz mit den Frömmlern verbündete. Meist jedoch nutzte der Herrscher diese frühe Stunde, ehe die Sonne die Steine Sikris und die Gemüter ihrer Bewohner erhitzte, um über die hohen Dinge nachzudenken, nicht über so banale Ärgernisse wie Prinz Salim. Er meditierte erneut gegen Mittag sowie am Abend und um Mitternacht, doch die Meditation in der Frühe gefiel ihm am besten. Musiker kamen, um im Hintergrund leise religiöse Hymnen zu spielen, aber oft scheuchte er sie fort und ließ sich von der Stille umschmeicheln, einer Stille, die nur zur Dämmerung vom Singen der Vögel unterbrochen wurde.

Manchmal – denn er war ein Mann mit vielerlei Gelüsten – wurden seine hehren Betrachtungen von Frauenbildern gestört: Bildern von tanzenden Mädchen, von Konkubinen, sogar von seinen königlichen Gattinnen. Früher hatten ihn meist Gedanken an Jodha abgelenkt, an seine imaginäre Königin, ihre scharfe Zunge, ihre Schönheit, ihr sexuelles Geschick. Er war kein vollkommener Mensch, davon war er zutiefst überzeugt, doch hatte er sie lange für die vollkommene Frau gehalten. Gefährtin, Vertraute, im Bett eine Wildkatze, kein Mann konnte sich mehr wünschen. Sie war sein Meisterwerk, zumindest hatte er das geglaubt, ein Fleisch gewordener Traum, eine Reisende aus der Welt *khayals,* der Phantasie, die er über die Grenze in die Wirklichkeit gebracht hatte. In letzter Zeit jedoch änderten sich die Dinge. Jodha besaß nicht mehr die Macht, ihn in seinen Betrachtungen zu stören. Statt ihrer suchte ihn eine andere Frau auf. Qara Köz, Dame Schwarzauge, die verschwiegene Prinzessin: Lange weigerte er sich, sie wahrzunehmen, weigerte sich zu verstehen, in welche Richtung sein Herz gezogen wurde, denn es führte ihn zu etwas Unmöglichem, einer Leidenschaft, die niemals Erfüllung finden konnte, die – in jeder Hinsicht dieses Wortes – unschicklich war. Ihn verlangte es nach den Tönen der Zukunft, sie aber war ein Echo ferner Vergangenheit. Vielleicht war es das, was ihn verlockte, ihre nostalgische Schwerkraft, doch sollte dies tatsächlich der Fall sein, war sie wahrlich eine gefährliche Zauberin, die ihn zurück ins Gestrige zog und folglich auch in jeder anderen Hinsicht zurückwarf, in seinem Denken, seinem Glauben, seiner Hoffnung.

Sie wäre schlecht für ihn. Sie würde ihn ins Delirium einer unmöglichen Liebe locken, und stand er erst einmal in ihrem Bann, würde er sich abwenden von der Welt der Gesetze und der Tat, der Majestät und des Schicksals. Vielleicht war sie in genau dieser Absicht ausgesandt worden, und Niccolò Vespucci war ein Feind – die Königinmutter Hamida Bano hing dieser Theorie an –, ein Agent der christlichen Fremdwelt, aus der er schließlich stammte, ein Attentäter mit dem Auftrag, ihn zu vernichten, indem er dieses unzüchtige Weib in seine Gedanken pflanzte, diese entwurzelte Überläuferin. Niemand vermochte Sikri durch Waffengewalt einzunehmen, doch die verschwiegene Prinzessin könnte ihn womöglich von innen heraus besiegen. Sie war schlecht für ihn. Und doch war sie es, die immer häufiger zu ihm kam, und es gab Dinge, die sie verstand, Jodha aber nie begriffen hatte. Zum Beispiel verstand sie Stille. Wenn die verschwiegene Prinzessin zu ihm kam, sagte sie kein Wort. Es war nicht ihre Art, ihn zu schelten oder zu necken. Sie redete nicht, kicherte nicht, sang nicht. Sie brachte den Duft von Jasmin mit sich und setzte sich einfach neben ihn, ohne ihn zu berühren, und sie sah den Tag beginnen, bis der östliche Horizont sich rot ränderte und eine liebliche Brise aufkam. Im selben Moment wurden sie eins, vereinte er sich mit ihr, wie er sich nie zuvor mit einer Frau vereint hatte; danach erhob sie sich mit unendlichem Taktgefühl und ging, während er allein auf die erste, liebevolle Berührung der Dämmerung wartete.

Nein, sie war nicht schlecht für ihn, und er würde jedem widersprechen, der anderes behauptete. Er konnte an ihr kein Übel erkennen, auch nicht an dem Mann, der sie zu ihm brachte. Wie könnte ein solch abenteuerlicher Geist verdammt sein? Qara Köz war eine Frau, wie er sie nie zuvor kennengelernt hatte, eine Frau, die ihr eigenes Leben ohne Rücksicht auf Konventionen formte, allein durch die Kraft ihres Willens, eine Frau wie eine Königin. Dies war sein neuer Traum, eine ungeträumte Vision dessen, wie eine Frau sein konnte. Was er sah, erschreckte ihn, erregte ihn, berauschte ihn und nahm ihn gefangen. Ja, Qara Köz war außergewöhnlich, und das, davon zeigte sich der Herrscher überzeugt, war auch Vespucci oder Mogor dell'Amore. Der Herrscher hatte ihn auf die Probe gestellt und große Vorzüge entdeckt. Er war kein Feind, er war sein Günstling. Er verdiente es, gelobt und nicht getadelt zu werden.

Akbar zwang seine Gedanken wieder in angemessene Bahnen. Er war kein vollkommener Mensch, das war nur die Behauptung eines Schmeichlers, und Abul Fazls Schmeicheleien führten ihn in ebendas, was Mogor dell'Amore die Sümpfe der Paradoxa genannt hatte. Einen Menschen zu gottgleichem Status zu erheben und ihm absolute Macht zu verleihen, zugleich aber zu behaupten, dass der Mensch und nicht Gott sein Schicksal lenke, barg einen Widerspruch, der keiner näheren Betrachtung standhielt. Außerdem umgaben ihn auf allen Seiten Hinweise darauf, wie sehr sich die Religion in menschliche Angelegenheiten einmischte. Er hatte den Selbstmord der Engelsstimmen Tana und Riri nicht vergessen können, die lieber gestorben waren, als ihren Glauben zu kompromittieren. Ihm lag nichts daran, göttlich zu sein. Hätte es nie einen Gott gegeben, dachte der Herrscher, ließe sich vermutlich leichter sagen, was es hieß, gut zu sein. Diese Sache mit der Anbetung, der Selbstverleugnung im Angesicht des Allmächtigen, war eine Verirrung, eine falsche Fährte. Was auch immer es bedeuten mochte, gut zu sein, so hatte es doch gewiss nichts mit ritualisiertem, gedankenlosem Gehorsam gegenüber einer Gottheit zu tun, mehr dagegen schon mit dem langsamen, umständlichen, von Irrtümern behafteten Aufspüren eines individuellen oder kollektiven Weges.

Wieder verhedderte er sich sofort in Widersprüche. Ihm lag nichts daran, göttlich zu sein, doch glaubte er an die Gerechtigkeit der Macht, seiner absoluten Macht, und angesichts dieses Glaubens musste jene seltsame Idee von der Rechtschaffenheit des Ungehorsams, die ihm irgendwie in den Sinn gekommen war, geradezu als aufrührerisch gelten. Dank seiner Eroberungen besaß er Macht über das Leben der Menschen. Die unausweichliche Schlussfolgerung, zu der jeder realistisch gesinnte Fürst gelangen musste, lautete, dass Macht gerecht war, und bei allem Übrigen, dieser endlosen Meditation über die Tugend zum Beispiel, konnte es sich nur um schmückendes Beiwerk handeln. Der Sieger war der Mann der Tugend, mehr brauchte dazu nicht gesagt zu werden. Natürlich gab es Differenzen, es kam zu Exekutionen, zu Selbstmorden, doch ließ sich jeder Widerstand bezwingen, und es war seine Faust, die ihn bezwang. Was aber hatte es dann mit jener Stimme auf sich, die ihm Morgen für Morgen von Harmonie zuflüsterte, nicht von der Alle-Menschen-sind-eins-Quacksalberei der Mystiker, sondern von dieser seltsamen Idee, dass Unstimmigkeit, Ungehorsam, Differenz und Widerspruch, Respektlosigkeit, Bilderstürmerei und Anmaßung, gar Unverschämtheit der Quell alles Guten sein könnten? Solche Gedanken geziemten sich nicht für einen König.

Er dachte an die fernen Herzöge aus der Geschichte des Fremdlings. Sie behaupteten ebenfalls nicht, göttlichen Anspruch auf ihr Land zu haben, nur den Anspruch des Siegers. Und auch ihre Philosophen sahen den Menschen im Mittelpunkt seiner Zeit, seiner Stadt, seines Lebens, seiner Kirche, nur führten sie die Menschlichkeit des Menschen törichterweise auf Gott zurück und verlangten in dieser Angelegenheit, der höheren Angelegenheit des Menschen, göttliche Sanktion, obwohl sie in den niederen Angelegenheiten der Macht zugleich von der Notwendigkeit einer solchen Sanktion absahen. Wie verwirrt sie doch waren und wie unbedeutend, herrschten gerade mal über eine Stadt in der Toskana, vielleicht noch über ein römisches Bistum, dabei nahmen sie sich so wichtig. Er war der Herrscher über das grenzenlose Universum, und für ihn lagen die Dinge natürlich klarer. Nein, korrigierte er sich, das taten sie nicht, und er gab sich bloßer Bigotterie hin, wollte er anderes behaupten. Mogor hatte recht. *Es ist nicht der Fluch der menschlichen Rasse, dass wir uns so sehr voneinander unterscheiden, sondern dass wir uns so ähnlich sind.*

Tageslicht ergoss sich über die Teppiche, und er stand auf. Es wurde Zeit, sich am *jharokha*-Fenster zu zeigen und die Huldigung der Menge entgegenzunehmen. Das Volk war heute in Festtagslaune – auch dies hatte es mit der Bevölkerung jener anderen Stadt gemein, durch deren Straßen er in seinen Träumen wanderte, dieses Talent zum Feiern –, denn heute war der Sonnengeburtstag ihres Herrschers, der fünfzehnte Oktober, und seine Majestät würde sich wiegen lassen, zwölf Mal insgesamt, so in Gold, Seide, Parfüm, Kupfer, geseihter Butter, Eisen, Korn und Salz, und die Frauen seines Harems spendeten jedem Haushalt einen Anteil von diesem Überfluss. Die Viehzüchter erhielten jeder so viele Schafe, Ziegen und Hühner, wie ihr Herrscher an Jahren zählte. Eine gewisse Menge eigentlich für das Schlachthaus bestimmter Tiere würde freigelassen. Und später nahm er im Harem dann an jener Zeremonie teil, in deren Verlauf ein Knoten in den Faden seines Lebens geknüpft wurde, jenes Fadens, der die Anzahl der Jahre seines Lebens festhielt. Außerdem hatte er heute eine Entscheidung hinsichtlich jenes Fremdlings zu fällen, der von sich behauptete, ein «Mogul der Liebe» zu sein.

Dieses Individuum hatte für den Herrscher bereits eine Vielzahl von Gefühlen ausgelöst: Amüsement, Interesse, Enttäuschung, Ernüchterung, Überraschung, Erstaunen, Faszination, Irritation, Vergnügen, Verwirrung, Misstrauen, Wohlwollen, Langeweile und immer öfter auch, das musste er gestehen, Zuneigung und Bewunderung. Eines Tages begriff er, dass Eltern ähnlich für ihre Kinder empfinden, auch wenn er im Fall seiner eigenen Söhne nur wenige Augenblicke der Zuneigung erleben durfte, aber immer wieder Misstrauen, Enttäuschung und Ernüchterung hatte erfahren müssen. Fast schon seit seiner Geburt intrigierte der Kronprinz gegen ihn, und alle drei Jungen waren aus der Art geschlagen, doch der Mann, der die Geschichte von Qara Köz erzählte, benahm sich stets respektvoll, war zweifellos intelligent, furchtlos und konnte ein gewaltiges Garn spinnen. Seit einiger Zeit hegte Akbar einen nahezu skandalösen Gedanken hinsichtlich dieses so ausnahmslos liebenswürdigen Vespucci, der sich derart gut dem Leben am Hofe angepasst hatte, dass man ihn allgemein schon so behandelte, als würde er von Rechts wegen dazugehören. Prinz Salim hasste ihn, ebenso der religiöse Fanatiker Badauni, dessen geheimes Buch giftiger Anschläge auf den Herrscher von Tag zu Tag dicker und dicker, der Autor dagegen dünner und dünner wurde, doch gereichten dem Fremdling solche Animositäten eher zur Ehre. Des Herrschers Mutter sowie Königin Mariam-uz-Zamani, sein erstes, tatsächlich real existierendes Weib, konnten den Fremden gleichfalls nicht ausstehen, doch mangelte es den beiden an Phantasie, weshalb sie sich jeglichem Vordringen einer Traumwelt in die Wirklichkeit widersetzten.

Der beinahe skandalöse Gedanke hinsichtlich Vespucci machte Akbar nun schon seit geraumer Zeit zu schaffen, weshalb er ihm nachgehen wollte und begann, den Fremdling in diverse Staatsangelegenheiten einzubeziehen. Beinahe auf Anhieb meisterte der gelbhaarige «Mogul» die schwierigen Details des *mansabdari*-Systems, mit dessen Hilfe das Reich regiert wurde und von dem sein Fortbestand abhing, jene Pyramide der Würdenträger, die entsprechend ihrem Rang berittene Truppen befehligten und dafür Lehnsgüter erhielten, die ihren Reichtum ausmachten. Schon nach Tagen kannte er die Namen aller *mansabdars* im Reich auswendig – dabei gab es allein dreiunddreißig Offiziersränge, von königlichen Prinzen, die zehntausend Mann, bis hinunter zu den einfachen Befehlshabern, die nur zehn Mann kommandierten –, außerdem erkundigte er sich nach den Leistungen einzelner Würdenträger und war so in der Lage, dem Herrscher sagen zu können, welcher *mansabdar* eine Beförderung verdiente und wer seine Aufgaben vernachlässigte. Der Fremdling war es auch, der Akbar jene grundlegende Änderung in der Struktur des Systems vorgeschlagen hatte, mit der die Stabilität des Reiches für weitere einhundertfünfzig Jahre gesichert werden sollte. Ursprünglich waren die meisten *mansabs* Turani, also Zentralasiaten mogulischer Herkunft, die entweder selbst Perser waren oder deren Familien aus der Gegend von Ferghana und Andijon stammten. Auf Mogors Rat begann Akbar, eine größere Anzahl Abkömmlinge anderer Volksstämme aufzunehmen, der Rajputen, Afghanen und indischen Muslime, sodass keine Gruppe mehr die Übermacht besaß. Die Turani waren nach der Reform zwar immer noch die größte Gruppe, besetzten aber nur noch etwa ein Viertel aller Stellen. Folglich konnte keine Gruppierung den übrigen Würdenträgern Vorschriften machen, und alle waren gezwungen, miteinander auszukommen und zu kooperieren. *Sulh-i-kul.* Vollkommener Friede. Alles nur eine Frage der Organisation.

Er war also ein Mann, der mehr konnte, als nur einige Zaubertricks vorzuführen oder Geschichten zu erzählen. Der angenehm beeindruckte Herrscher begann, auch die athletischen und militärischen Fähigkeiten des jungen Mannes auf die Probe zu stellen, und fand heraus, dass er ein ungesatteltes Pferd zu reiten, mit dem Pfeil sein Ziel zu treffen und ein Schwert mit mehr als bloß passablem Geschick zu führen wusste. Außer für seine Fähigkeiten im Umgang mit den Waffen war er auch für seine Redekunst bekannt, und er wurde rasch ein Experte in den beliebtesten Hausspielen des Hofes, etwa dem Brettspiel *chandal mandal* oder dem Kartenspiel *ganjifa*, dem er eine besondere Note verlieh, indem er die Figuren der bunten Karten mit hohen Persönlichkeiten von Sikri gleichsetzte. *Ashwapati*, der Meister der Pferde, die höchste Karte im Spiel, war natürlich der Herrscher selbst. *Dhanpati*, der Schatzmeister, war selbstverständlich der Finanzminister Raja Todar Mal, und *Tiyapati*, die Königin der Damen, war natürlich Jodha Bai. Raja Man Singh war *Dalpati*, der Meister der Schlacht, und Birbal, der von allen Geliebte, der Erste unter seinesgleichen, musste wohl *Garhpati* sein, Herr der Burg. Akbar fand diese Zuordnungen höchst amüsant. «Und Ihr, mein Mogul der Liebe», sagte er, «Ihr seid bestimmt *Asrpati.*» Das war der Meister der Flaschengeister, der König der Zauberer und Magier. Woraufhin sich der Fremdling mit der Bemerkung vorwagte: «Und *Ahipati*, der Herr der Schlangen, *Jahanpanah* ... könnte das nicht der Kronprinz Salim sein?»

Kurz gesagt, dieser Mann war ein Mann mit vielen ehrenwerten Eigenschaften, was die erste Voraussetzung für jeden ehrenwerten Mann war. «Geschichten können warten», sagte der Herrscher. «Erst müsst Ihr Euer Wissen darüber mehren, wie es hier so zugeht.» Um in die Geheimnisse der Finanzen und der Regierungsgeschäfte eingeweiht zu werden, wurde Mogor dell'Amore daher erst Raja Todar Mal und dann Raja Man Singh zur Seite gestellt, und als Birbal gen Westen zu den Burgen von Chittorgarh und Mehrangarh ritt, nach Ajmer und Jaisalmer, um in jenen Teilen des Reiches bei Untertanen und Verbündeten nach dem Rechten zu sehen, begleitete ihn der Fremdling in der Rolle eines hohen Beraters und bewunderte staunenden Auges die Macht des Herrschers, als er jene unbezwingbaren Palastanlagen sah, deren Fürsten ausnahmslos ihr Knie vor dem König der Könige beugten. Die Monate wurden zu Jahren, und bald begriff jedermann, dass der großgewachsene, gelbhaarige Mann nicht mehr als Fremdling galt. Der «Mogul der Liebe» war zum Berater und Vertrauten des großen Moguls geworden.

«Behaltet den Herrn der Schlangen im Auge», wurde Mogor vom Herrscher gewarnt. «Das Messer, das er mir gern in den Rücken stoßen würde, könnte den Weg in Euren Rücken finden.»

Dann starb Birbal.

Der Herrscher machte sich Vorwürfe, da er dem Wunsch seines Freundes nach einem militärischen Kommando stattgegeben hatte. Doch Birbal hatte den Aufstand der Raushanai, der Illuminati der Afghanen, überraschend persönlich genommen – gleichsam stellvertretend für seinen Herrscher. Ihr Anführer, der Prophet Bayazid, hatte Hinduismus und Islam zu einem pantheistischen Eintopf ekelhafter Amoralität zusammengerührt. Birbal war empört. «Gott ist in jedem und allem, folglich sind alle Handlungen göttlich, weshalb es, da jegliches Tun und Treiben göttlich ist, keinen Unterschied mehr zwischen Falsch und Richtig gibt, Gut und Böse, und wir können tun, wonach immer uns der Sinn steht?», höhnte er. «*Jahanpanah*, vergebt mir, aber dieser unbedeutende Kriegsfürst macht sich über Euch lustig. Euer Verlangen, den einen Glauben in allen Religionen zu finden, verkehrt er Euch zum Spott ins Hässliche. Allein für diese Unverschämtheit gehört er bestraft, selbst wenn er nicht wie ein Barbar rauben und plündern würde. Plündern ist in seinen Augen natürlich erlaubt – ha! –, da die Raushanai das erwählte Volk sind, von Gott erkoren, die Welt zu erben. Wer wollte also etwas dagegen einwenden, wenn sie sich schon ein wenig vorzeitig von ihrem Erbe bedienen?»

Der Glaube, Plündern sei eine religiöse Pflicht, mittels deren die Erwählten sich aneigneten, was ihnen dank eines göttlichen Geschenks sowieso zustehe, fand bald Gefallen bei den verschiedenen Stämmen des afghanischen Berglandes, sodass die Zahl der Mitglieder dieser Sekte rasant anstieg. Dann aber starb Bayazid überraschend und wurde als Anführer der Raushanai vom sechzehnjährigen Jalaluddin ersetzt, seinem jüngsten Sohn. Birbal reagierte auf diese Entwicklung mit ungezügelter Wut, denn «Jalaluddin» war auch Akbars Geburtsname, ein Zufall, der die Unverschämtheit der Raushanai über die Maßen mehrte. «*Jahanpanah*, es ist an der Zeit, diesen Beleidigungen die Antwort zu erteilen, die sie verdienen», sagte er. Akbar, den diese so gänzlich unmilitärische Wut sehr amüsierte, willigte ein und gab Birbal freie Hand. Der Fremdling Mogor dell'Amore sollte Birbal diesmal aber nicht begleiten. «Für einen afghanischen Krieg ist er noch nicht bereit», verkündete der Herrscher unter allgemeinem Gelächter im Haus der privaten Anhörung. «Er soll bleiben, an unserem Hofe, um uns Gesellschaft zu leisten.»

Der Aufstand war jedoch kein Spaß. Die Bergstraßen galten als nahezu unpassierbar. Und kaum war Birbal eingetroffen, um den Illuminati eine Lektion zu erteilen, geriet er am Malandrai-Pass in einen Hinterhalt. Später kursierten fiese Gerüchte, die besagten, der Minister sei von der Truppe fortgelaufen, um die eigene Haut zu retten; andere Gerüchte aber, denen der Herrscher glaubte, sprachen von Verrat. Vermutlich hatte der Kronprinz bei alldem eine Rolle gespielt, doch konnte Akbar das nicht beweisen. Birbals Leiche sollte nie gefunden werden. Achttausend Mann wurden niedergemetzelt.

Nach der Katastrophe am Malandrai-Pass fühlte sich der Herrscher lange Zeit sehr elend und war vor Kummer derart von Sinnen, dass er nichts mehr trank und nichts mehr aß. Seinem gefallenen Freund zu Ehren schrieb er ein Gedicht. *Du gabst den Hilflosen, wann immer du konntest, Birbal. Jetzt bin ich der Hilflose, aber du hast nichts mehr, was du mir zu geben vermagst.* Zum ersten und einzigen Mal schrieb er in der ersten Person, nicht wie ein König, sondern wie jemand, der um einen geliebten Freund trauert. Und während er noch Birbals Tod beklagte, schickte er erst Todar Mal, dann Man Singh aus, um den Aufstand niederzuknüppeln und die Raushanai zu unterwerfen. Überall in den Palästen Sikris gähnte die Leere, leere Stellen, die drei seiner Neun Juwelen eingenommen hatten und die kein Geringer füllen konnte. Immer enger schloss er sich folglich Abul Fazl an, verließ sich immer stärker auf ihn. Und dann hatte er diesen Gedanken, diesen nahezu skandalösen Gedanken, den er auch acht Monate nach Birbals Tod noch sorgsam erwog, am Tag seines vierundvierzigsten Geburtstags, an dem er zur königlichen Waage ging, um selbst gewogen zu werden.

Dies war die Frage, auf die er eine Antwort zu finden versuchte: Sollte er den Fremdling Mogor dell'Amore, auch als Niccolò Vespucci bekannt, den Erzähler großartiger Geschichten, der so schamlos behauptete, sein Onkel zu sein, und der bewiesen hatte, welch fähiger Verwalter und Berater er war, sollte er jenen Mann also, an dem er solch unerwarteten Gefallen gefunden hatte, zu seinem Sohn ehrenhalber machen? Der Rang eines *farzand* gehörte zu den äußerst selten verliehenen, heftig begehrten Auszeichnungen des Reiches, und jeder, dem dieser Titel zugesprochen wurde, hatte von Stund an Zugang zum innersten Kreis des Herrschers. Hatte dieser junge Vagabund, der für ihn eher wie ein jüngerer Bruder als wie sein Kind (oder sein Onkel) war, eine derartige Ehrung verdient? Und – nicht weniger wichtig –, wie würde eine solche Lobeserhebung aufgenommen werden?

Er zeigte sich am *jharokha*, und die Menge brach in laute Jubelrufe aus. Dieser Mogul der Liebe, sinnierte Akbar, war beim Volk ebenfalls recht beliebt, doch nahm der Herrscher an, dass diese Popularität viel mit seinem Erfolg im Haus der Kurtisanen unten am See zu tun hatte, dem Hause Skanda, in dem Skelett und Matratze den Ton angaben, aber auch mit Qara Köz, ließ sich doch kaum leugnen, dass die Geschichte von der verschwiegenen Prinzessin Eingang in den Sagenschatz der Hauptstadt gefunden hatte und das Interesse der Menschen daran kaum nachließ. Außerdem wusste das Volk, welche Enttäuschung die Söhne des Königs für ihn waren. Die Zukunft des Herrscherhauses stellte also ein Problem dar. Der Legende zufolge zog Timur, der Vorfahre der Moguln, noch während seiner Zeit als kleiner Bandit in der Verkleidung eines Kameltreibers durch die Lande, als er von einem Bettelmönch angesprochen wurde, einem *faqir*, der ihn um ein wenig zu essen und einen Schluck zu trinken bat. «Gebt Ihr mir Nahrung, schenke ich Euch ein Königreich», versprach der *faqir*, der den Islam zugunsten des Hinduismus aufgegeben hatte. Timur gab dem Mönch, was er begehrte, woraufhin der *faqir* seinen Mantel über Timur warf und begann, ihn mit der flachen Hand auf den Hintern zu hauen. Nach elf Schlägen warf Timur wütend den Mantel ab. «Hättet Ihr länger ausgehalten», sagte der *faqir*, «hätte Eure Dynastie länger Bestand gehabt. So wird sie mit dem elften Nachfolger enden.» Akbar war der achte Nachfahre nach Timur dem Lahmen; falls man der Legende also Glauben schenken wollte, säßen die Moguln noch drei Generationen lang sicher auf dem Thron von Hindustan. Nur gab es mit der neunten Generation ein Problem. Die achtzehn, fünfzehn und vierzehn Jahre alten Söhne waren allesamt Trunkenbolde, einer von ihnen litt an der Fallsucht, und der Kronprinz, na ja, was wollte man schon über den Kronprinzen sagen: Er war ein entsetzliches Ärgernis, sonst nichts.

An seinem Geburtstag, in der Waagschale des Lebens hockend, um zwölf Mal gegen Reismilch aufgewogen zu werden, dachte der Herrscher über die Zukunft nach. Anschließend suchte er die Kunstwerkstätten auf, doch war er in Gedanken nicht bei der Sache. Sogar im Harem, in dem ihn seine Frauen umgaben, ihre Sanftheit ihn umhüllte, war er abgelenkt. Er spürte, dass er an einen Wendepunkt gelangt war und dass es dabei irgendwie um diese Entscheidung hinsichtlich des Fremden ging. Ihn in die Familie aufzunehmen wäre ein Zeichen dafür, dass er tatsächlich Abul Fazls Idee eines Weltenkönigs verfolgte, da er ins eigene Haus – in sich selbst – Personen, Orte, Erzählungen und Möglichkeiten noch unbekannter Länder aufnahm, Länder, die ihrerseits unterworfen werden konnten. Wenn ein Fremdling Mogul zu werden vermochte, dann würden dies über kurz oder lang alle Fremden werden können. Außerdem tat er damit einen weiteren Schritt auf dem Weg zur Schaffung einer Kultur der Einbeziehung, ebenjener Kultur, die von der Sekte der Raushanai allein durch ihre Existenz verspottet worden war: seine wahre, Gestalt gewordene Vision, der zufolge alle Rassen, Stämme, Clans, Glaubensrichtungen und Nationen Teil einer großen Mogul-Synthese werden würden, der einen großen Vermengung der Erde, ihrer Wissenschaften, ihrer Künste, ihrer Lieben, Differenzen, Probleme, Eitelkeiten, ihrer Philosophien, ihrer Spiele und Launen. All das brachte ihn zu dem Schluss, dass es ein Akt der Stärke wäre, Mogor dell'Amore mit dem Titel eines *farzand* zu ehren.

Doch könnte es nicht wie Schwäche wirken? Wie Sentimentalität, Selbstbetrug, Leichtgläubigkeit? Auf einen glattzüngigen Fremden hereinzufallen, von dem man nichts weiter wusste als das, was er selbst in seiner unvollständigen, chronologisch problematischen Geschichte von sich zum Besten gegeben hatte? Denn wollte man ihn offiziell anerkennen, wäre das, als wollte man sagen, die Wahrheit sei nicht länger bedeutsam und es käme nicht mehr darauf an, ob seine Geschichte bloß eine geschickt konstruierte Lüge war oder nicht. Sollte ein Fürst es nicht tunlichst vermeiden, seine Verachtung für die Wahrheit derart deutlich zu zeigen? Sollte er sie nicht verteidigen und erst unter dem Schutz dieses Vorwandes lügen, wann immer es ihm passte? Sollte ein Fürst also nicht gefühlloser sein? Kälter? Unempfänglicher für Phantasien und Visionen? Vielleicht war Macht die einzige Vision, die er sich gestatten sollte. Nützte die Erhebung des Fremdlings der Macht des Herrschers? Nun, vielleicht. Vielleicht aber auch nicht.

Und jenseits dieser Fragen taten sich größere Probleme auf, Fragen aus der Welt der Magie, in der jedermann ebenso leidenschaftlich lebte wie in der Welt fassbarer Stofflichkeit. Wenn Akbar die Menge jeden Morgen am *jahrokha*-Fenster einen Blick auf sich erhaschen ließ, nährte er diesen Glauben; unten drängten sich Verehrer, Anhänger des aufkeimenden Kultes des Erhaschens, die gleich im Anschluss Wundergeschichten verbreiteten. Jeden Tag wurden die Kranken, die Sterbenden zu ihm gebracht, und wenn Akbars Blick auf sie fiel, wenn er gar in dem Moment einen Blick auf sie erhaschte, in dem sie ihrerseits einen Blick auf ihn erhaschten, dann war sofortige Heilung das unweigerliche Ergebnis. Solches Erhaschen übertrug des Herrschers Macht auf den Erhaschten. Magie strömte ausnahmslos von der mit größerer Magie ausgestatteten Person (Herrscher, Nekromant, Hexe) zu der mit weniger Magie behafteten, so lautete eines ihrer Gesetze.

Es war wichtig, nicht gegen die Gesetze der Magie zu verstoßen. Wenn man von einer Frau verlassen wurde, dann geschah dies, weil man sie nicht mit dem richtigen Zauber umgarnt hatte, weil jemand anders einen stärkeren Zauberspruch kannte oder weil die Ehe unter einem derart starken Fluch stand, dass dieser Fluch das Band der Liebe zwischen Mann und Frau zerschnitt. Warum war Der-und-der erfolgreich im Beruf, nicht aber So-und-so? Weil er den richtigen Zauber kannte. Etwas im Herrscher rebellierte gegen diesen ganzen Humbug, denn es kam doch einer Infantilisierung gleich, wenn man die Macht der eigenverantwortlichen Wirksamkeit aufgab und glaubte, solche Macht gründe nicht innerhalb, sondern außerhalb von einem selbst. Den gleichen Einwand brachte er auch gegen Gott vor, dass nämlich dessen Existenz den Menschen um das Recht brachte, eigene ethische Strukturen schaffen zu können. Doch Magie war überall und konnte nicht abgestritten werden; zudem wäre er ein unbesonnener Herrscher, wenn er sich darüber lustig machte. Religion ließ sich überdenken, analysieren und ändern, vielleicht sogar abschaffen; Angriffe auf die Magie aber blieben wirkungslos. Ebendeshalb beschäftigte die Geschichte von Qara Köz ja die Phantasie der Bewohner Sikris. Die verschwiegene Prinzessin hatte ihre Magie, die Magie ihres Volkes, in eine andere Welt gebracht, eine Welt mit ihrem eigenen Zauber, und die Hexenkraft von Qara Köz war stärker gewesen, ihre Zauberkunst, der nicht einmal er, der Herrscher, widerstehen konnte.

Die offenen magischen Fragen hinsichtlich des Fremdlings Niccolò Vespucci, dieses selbsternannten Moguls der Liebe, ließen sich wie folgt umschreiben: War seine Anwesenheit am Hofe ein Segen oder ein Fluch? Würde seine Erhebung zu höherem Rang für das Reich zum Vorteil sein, oder würde sie irgendein dunkles Gesetz der Fortune verletzen und folglich ein Unglück für seine Herrschaft nach sich ziehen? War Fremdheit an sich etwas, das man als eine belebende Kraft begrüßen sollte, die ihren Anhängern Erfolg und Reichtum versprach, oder verfälschte sie Wesentliches im Einzelnen wie in der Gesellschaft als Ganzes, setzte sie einen Verfallsprozess in Gang, der mit einem entfremdeten, unauthentischen Tod endete? Der Herrscher hatte bei den Wächtern der unsichtbaren Reiche Rat geholt, bei Handdeutern, Astrologen, Weissagern, Mystikern und anderen Weisen, an denen es in der Hauptstadt niemals mangelte, vor allem nicht rund um das Grabmal von Salim Chishti, doch war ihr Rat widersprüchlich ausgefallen. Die Meinung von Pater Acquaviva und Monserrate, der europäischen Landsleute des Fremden, hatte er erst gar nicht erfragt, da deren feindselige Haltung zum Geschichtenerzähler allgemein bekannt war. Und Birbal, ach, sein geliebter, weiser Birbal, war nicht mehr.

Letzten Endes also blieb es ihm allein überlassen. Nur er konnte entscheiden.

Der Tag ging zu Ende, und er hatte keine Entscheidung getroffen. Um Mitternacht meditierte er unter dem Halbmond. Er kam zu ihm, ganz in Silber, lautlos und leuchtend.

*

Schließlich wurde Jodha für viele Menschen unsichtbar. In ihren Diensten stehendes Personal konnte sie natürlich sehen, deren Lebensunterhalt hing schließlich davon ab, doch die übrigen Königinnen, die schon immer etwas gegen ihre Anwesenheit gehabt hatten, nahmen sie kaum mehr wahr. Jodha wusste, dass Schlimmes mit ihr geschah, und hatte schreckliche Angst. Sie fühlte sich schwächer, und manchmal, von Zeit zu Zeit, gleichsam auch periodisch, so als käme und ginge sie, als würde ihr Lebenslicht gelöscht, wieder angezündet, dann erneut gelöscht und aufs Neue angezündet. Birbal war tot, und sie schwand dahin, dachte Jodha. Die Welt wandelte sich zum Schlechteren. Der Herrscher suchte sie dieser Tage immer seltener auf, und wenn er kam, wirkte er abwesend. Sie hatte sogar den Eindruck, dass er an jemand anderen dachte, wenn er sie liebte.

Der spionierende Eunuch Umar der Ayyar, der alles sah, auch so manches, was noch gar nicht geschehen war, traf sie in der Hitze des Nachmittags an, als sie sich in der Kammer des Windes ausruhte, dem luftigen Zimmer im zweiten Stock, in dem drei der vier Wände *jalis* zierten, filigran durchbrochenes Mauerwerk. Es war der Tag nach dem Geburtstag des Herrschers, und von den Bewegungen des Eunuchen ging etwas seltsam Drängendes aus, obwohl ihn doch sonst eher träge Anmut und phlegmatische Gesten kennzeichneten. Heute wirkte er dagegen ein wenig verstört, fast als hüpften die Neuigkeiten in ihm hin und her und brächten ihn aus dem Gleichgewicht. «Nun gut», verkündete er, «ein großer Augenblick für Euch. Die Maria der Ewigkeit und die Maria des Hauses – die Frau und die Mutter des Göttlichen Kalifen, des Einzigartigen Juwels, des Khediven unserer Zeit – statten Euch höchstpersönlich einen Besuch ab.»

Die Maria der Ewigkeit war Mariam-uz-Zamani, die leibliche Mutter des Kronprinzen Salim, Rajkumari Hira Kunwari, eine Kachhwaha-Rajputen-Prinzessin aus Ajmer. Die Maria des Hauses, Mariam Makani, war Hamida Bono, die Mutter des Herrschers. (Der Kalif, das Juwel und der Khedive waren natürlich alle der Herrscher selbst.) Wenn diese beiden großen Damen, die der nichtexistenten Königin bisher nie auch nur einen guten Tag gewünscht hatten, sie in ihren Privatgemächern aufsuchten, stand Bedeutsames bevor. Jodha sammelte sich und nahm eine unterwürfige Haltung ein, faltete die Hände und senkte den Blick, um ihre Ankunft zu erwarten.

Minuten später rauschten sie herein, auf den Gesichtern ein Ausdruck sowohl des Erstaunens wie der Verachtung. Bibi Fatima, Echo und Hofdame der Königinmutter, war bei dieser Gelegenheit abwesend, zum einen, weil sie kürzlich gestorben war, zum anderen, weil sich die Damen gegen jede Begleitung durch irgendwelche Höflinge entschieden hatten, von Umar dem Ayyar einmal abgesehen, dessen Verschwiegenheit außer Zweifel stand. Verwirrt schauten sie sich um und wandten sich dann hilfesuchend an den Ayyar. «Wo ist sie?», zischte Hamida Bono. «Ist sie aus dem Zimmer gegangen?» Umar deutete mit einem leichten Kopfnicken in Jodhas Richtung. Die Königinmutter sah sich verwirrt um, während die jüngere Dame königlichen Geblüts nur verächtlich schnaubte und sich dann der ungefähren Richtung zuwandte, in die der Spion gedeutet hatte.

«Ich bin hier zu meinem eigenen, nicht unbeträchtlichen Erstaunen», sagte Königin Mariam-uz-Zamani und sprach zu laut und zu langsam, als redete sie mit einem begriffsstutzigem Kind, «um mich mit einer Frau zu unterhalten, die nicht existiert, deren Abbild kein Spiegel wiedergibt und die für mich aussieht wie Luft über dem Teppich. Ich bin mit der Mutter des Herrschers gekommen, Witwe der Kuppel der Absolution, ehedem geliebte Gemahlin des Herrschers Humayun, des Wächters der Welt, dessen Nest das Paradies ist, denn wir fürchten, dass Schlimmeres als Ihr den Herrscher beherrscht, meinen edlen Gatten, ihren illustren Sohn. Nach unserer Auffassung hat ihn der Fremdling Vespucci verzaubert, der uns als Sendbote des Ungläubigen, des Teufels geschickt wurde, ein Mann mit schwarzem Herzen, der unsere Ruhe stört und uns demütigt, dessen Zauber die Männlichkeit unseres Herrschers in den Bann schlägt und so seinen gesunden Menschenverstand schwächt, was wiederum das gesamte Reich in Gefahr bringt und folglich daher auch uns. Es ist ein Zauber, von dem Ihr sicherlich gehört habt – wie es scheint, weiß ganz Sikri bereits darüber Bescheid! Er nimmt die Form einer Erscheinung von Qara Köz an, der sogenannten verschwiegenen Prinzessin. Wir wissen ...» und da stockte die Maria der Ewigkeit, denn was sie zu sagen hatte, verletzte ihren Stolz –, «dass der Herrscher Euch aus den ihm eigenen Gründen jeder anderen weiblichen Gesellschaft vorzieht», sie weigerte sich, *Königin* zu sagen, «und wir hoffen, dass Ihr, sobald Ihr erfahrt, in welcher Gefahr er schwebt, begreifen werdet, wo Eure Verantwortung liegt. Kurz und gut, wir wünschen, dass Ihr all Eure Macht über ihn nutzt, um ihn aus diesem verhexten Zustand zu retten – vor seiner Lust für diesen Höllendämon in weiblicher Gestalt –, und wir wollen Euch dabei helfen, indem wir Euch alles beibringen, womit eine Frau jemals Macht über einen Mann gewann, etwas, das der Herrscher als Mann nicht wissen kann und Euch daher auch nicht beibringen konnte, Euch, seinem ein wenig absurden und, wie mir scheint, fast nicht wahrnehmbaren Geschöpf. Wir wissen, Ihr habt viele Bücher gelesen, und ich bezweifle nicht, dass Ihr geflissentlich lerntet, was sie Euch zu lehren wussten. Doch gibt es Dinge, die nie in Büchern niedergeschrieben wurden, da sie seit Anbeginn aller Zeit nur auf mündliche Weise von Frau zu Frau weitergegeben werden, in flüsterndem Ton von Mutter zu Tochter. Haltet Euch an das, was wir Euch lehren werden, so wird er wieder Euer Sklave sein, und der Sieg der Dämonin über den Herrn von Fatehpur Sikri lässt sich vielleicht noch verhindern. Denn Qara Köz ist, dessen sind wir gewiss, ein böser Geist aus der Vergangenheit, ein Rachegeist, der gegen sein langes Exil aufbegehrt und den Herrscher durch die Zeit zurücksaugen will, um ihn zu besitzen und ihn zu unser aller Schaden zu vernichten. Jedenfalls wäre es besser, uns bliebe, wenn denn überhaupt möglich, der Anblick eines Herrschers von Hindustan erspart, des Königs der Manifestation und der Wirklichkeit, des Mannes mit makellosem Körper, des Herrn über den Glauben und das Firmament, der in das Phantom seiner abtrünnigen und zudem längst dahingeschiedenen Großtante vernarrt ist.»

«Denkt daran, was mit dem Maler Dashwanth passiert ist», warf die Königinmutter ein.

«Ganz recht», stimmte ihr Mariam-uz-Zamani zu. «Wir mögen uns damit abfinden, einen Künstler auf diese Weise zu verlegen, den Schirmherrn der Welt aber können wir nicht verlieren.»

Sie konnten die Frau tatsächlich nicht sehen, zu der sie sprachen, doch waren sie gewillt, sich auf ihren Teppichen niederzulassen, sich auf ihren Polstern zu rekeln, den Wein zu trinken, den ihre Mägde ihnen anboten, und der leeren Luft die sexuellen Geheimnisse der Frauen aller Zeiten zu verraten. Nach einer Weile schwand das Gefühl, sie hätten ihren Verstand verloren, und sie taten, als wären es sie allein, nur sie beide, die sich miteinander unterhielten und offen über das sprachen, was stets nur unter dem Siegel der Verschwiegenheit weitergegeben worden war, nur sie beide, die hilflos über die schockierende Komödie des Begehrens lachen mussten, über die absurden Dinge, die Männer wollen, und die ebenso absurden Dinge, die Frauen taten, um sie zufriedenzustellen, bis die Jahre von ihnen abfielen und sie sich an ihre eigene Jugend erinnerten, daran, wie ihnen diese Geheimnisse dereinst von anderen grimmigen, ernst dreinblickenden Frauen erzählt worden waren, die sich nach einer Weile dann ebenfalls in brüllendem Gelächter gekrümmt hatten, bis das Gelächter im Raum zu guter Letzt das Gelächter von Generationen war, das Gelächter aller Frauen und der Geschichte.

Auf diese Weise unterhielten sie sich fünfeinhalb Stunden, und als sie zum Ende kamen, fanden sie, es war der schönste Tag ihres Lebens gewesen. Sie begannen, freundlichere Empfindungen als je zuvor für Jodha zu hegen. Sie war jetzt eine von ihnen, Teil der Frauenriege, und nicht mehr nur allein des Herrschers Geschöpf. In gewisser Weise war sie jetzt auch die Ihre.

Es dämmerte. Die Kerzenlakaien kamen mit Kampferkerzen in silbernen Kerzenständern. Fackelschalen in eisernen Halterungen an der Rückwand des Zimmers wurden entzündet, und lustig flackerte die Flamme über dem Baumwollsamenöl, sodass die Schatten der hohen Damen über den roten Stein der *jalis* tanzten. In einem anderen Teil von Sikri aber änderte sich des Herrschers Phantasie, sein *khayal*, ein letztes Mal, und Umar der Ayyar hielt in der Kammer der Winde den Atem an. Einen Augenblick später sahen die Maria der Ewigkeit und die Maria des Hauses, was er gesehen hatte: nicht nur den Schatten einer dritten Frau vor den *jalis*, sondern klare Konturen, die sich aus dünner Luft formten, deutlicher wurden, sichtbarer, die sich füllten, bis eine Frau vor ihnen stand, auf den Lippen ein eigenartiges Lächeln. «Ihr seid nicht Jodha», entfuhr es der Königinmutter matt. «Nein», erwiderte die Erscheinung mit schwarzen, funkelnden Augen. «Jodhabai ist fort, der Herrscher hat für sie keine Verwendung mehr. Ich werde von nun an seine Gefährtin sein.» So lauteten die ersten Worte des Phantoms.

*

Trotz aller Vorsichtsmaßnahmen der beiden Königinnen verbreitete sich in Windeseile die Neuigkeit in der ganzen Stadt, das Phantom Qara Köz habe die imaginäre Königin Jodhabai verdrängt. Für manche war dies der endgültige Beweis dafür, dass die verschwiegene Prinzessin tatsächlich einst existiert hatte, dass sie ins Reich der Fakten, nicht ins Reich der Fiktionen gehörte, denn eine Frau, die nie am Leben gewesen war, konnte auch keinen Geist haben. Für andere stärkte es dagegen Abul Fazls Behauptung, dass dem Herrscher der Status eines Gottes zukomme, denn nun musste ihm angerechnet werden, er habe nicht bloß eine gänzlich imaginäre Frau geschaffen, die gehen, reden und ihn lieben konnte, obwohl sie gar nicht existierte, sondern auch eine echte Frau von den Toten zurückgeholt. Die vielen Familien, die fasziniert den Erzählungen über die verschwiegene Prinzessin gelauscht hatten, Erzählungen, aus denen rasch Geschichten geworden waren, die Eltern abends ihren Kindern erzählten, diese Familien begeisterte die Aussicht, Qara Köz vielleicht bald in der Öffentlichkeit sehen zu können. Einige konservative Stimmen sprachen von einem Skandal und beharrten darauf, dass Qara Köz einen Schleier tragen müsse, sooft sie die königlichen Frauengemächer verlasse, und dass die nacktgesichtige Schamlosigkeit, der sie offenbar auf den Straßen im Westen gefrönt habe, für das anständige Volk der Moguln nicht hinnehmbar sei.

Die Selbstverständlichkeit, mit der dieser übernatürliche Vorfall akzeptiert wurde, verdankte sich natürlich der Tatsache, dass

Derartiges nichts Besonderes war, damals, als das Reale und das Irreale noch nicht auf immer getrennt und genötigt waren, unter verschiedenen Monarchen und in verschiedenen Rechtssystemen zu leben. Überraschender war dagegen schon der Mangel an Mitgefühl für die unglückselige Jodhabai, die auf so brüske Manier vom Herrscher fallengelassen wurde und in der Kammer der Winde vor den Augen der Königinmutter und der Ersten Königin auf derart demütigende Weise ersetzt worden war. Einige Stadtbewohner waren nicht sonderlich gut auf Jodha zu sprechen, weil sie sich stets geweigert hatte, den Palast zu verlassen. Ihre Entmaterialisierung sahen diese Leute daher als wohlverdiente Strafe dafür an, dass sie über die Maßen arrogant und nicht sonderlich volksnah gewesen war. Qara Köz wurde zur Prinzessin des Volkes, Jodha wäre für derlei eine viel zu reservierte, distanzierte Königin gewesen.

All dies berichtete Umar der Ayyar seinem Herrscher, fügte aber auch eine Warnung hinzu. Längst nicht alle Reaktionen auf die Neuigkeit seien positiv gewesen. Im Bezirk der Turani, im persischen Viertel und in jener Gegend, in der die indischen Muslime lebten, mache sich ein gewisses Maß an Ruhelosigkeit bemerkbar. Unter den nichtislamischen Polytheisten, die zu viele Götter besaßen, um sie aufzählen zu können, sorgte die Ankunft eines weiteren wundersamen Wesens kaum für Aufregung, war doch die Versammlung der Götter bereits zu groß, um jeden einzelnen auch nur kennen zu können, denn in allem wohnte ein Gott, in Bäumen lebten Geister, auch in Flüssen, weiß der Himmel, wo noch, bestimmt gab es auch einen Müllgott und einen Gott der Toilette, jedenfalls war eine weitere spirituelle Wesenheit kaum der Rede wert. Auf den Straßen des Monotheismus dagegen löste Qara Köz' Erscheinen einen ziemlichen Schock aus. Leises Gemurmel setzte ein, ein Gemurmel, das nur die spitzesten Ohren wahrnahmen, ein Gemurmel, das die geistige Gesundheit des

Herrschers in Frage stellte. In Badaunis geheimem Journal, das Umar weiterhin Abend für Abend auswendig lernte, während der Anführer der *manqul*-Partei schlief, war plötzlich die Rede von Blasphemie, denn man könne zwar behaupten, es verstoße gegen kein göttliches Gesetz, wenn Menschen ihre Träume Wirklichkeit werden ließen, weshalb die Schöpfung Jodhas vielleicht noch keine Schandtat sei, doch nur der Allmächtige habe die Macht über die Lebenden und die Toten, weshalb der Herrscher, wenn er eine Frau zum eigenen Vergnügen vom Tode erwecke, zu weit gehe, viel zu weit; dafür gebe es keine Entschuldigung.

Was Badauni insgeheim aufschrieb, murmelten seine Anhänger sich zu. Allerdings blieb der Geräuschpegel dieses Gemurmels recht niedrig, da, wie schon das alte Sprichwort sagt, am Hof des Großmoguls nur die Kniefälligsten nicht hinfielen. Dennoch bestand nach Ayyars Ansicht Grund zur Sorge, denn unterhalb des niedrigen Geräuschpegels hatte er auf flachestem Niveau ein weit bedrohlicheres Gemurmel vernommen, eine viel schlimmere Verdammung der neuen Beziehung zwischen Akbar und Qara Köz. Auf diesem tiefen Niveau konnte Umar nur einige schwache Laute aufschnappen, Laute, die es kaum wagten, laut zu werden, von Lippen gesprochen, die sich kaum bewegten und sich entsetzlich vor Lauschern fürchteten. In diesen quasi präauditiven Vibrationen kam ein Wort vor, das mächtig genug war, der allgemeinen Wertschätzung, die der Herrscher genoss, ernsthaften Schaden zuzufügen, ja, seinen Thron vielleicht sogar ins Wanken zu bringen.

Dieses Wort war *Inzest*. Und Umars Warnung kam gerade rechtzeitig, denn kurz nach dem Erscheinen von Qara Köz in Fatehpur Sikri verließ Kronprinz Salim die Hauptstadt, um in Allahabad die Fahne der Rebellion zu hissen; und *Blasphemie* und *Inzest* lauteten die Vorwürfe, mit denen er seine Revolte rechtfertigte. Obwohl es Salim gelang, dreißigtausend Mann um sich zu scharen, war der Aufstand eine klägliche Angelegenheit. Mehrere Jahre lang galoppierte er durchs nördliche Hindustan und behauptete, seinen Vater stürzen zu wollen, wagte es aber nie, sich dem großen Herrscher tatsächlich in einer Schlacht zu stellen. Nur ein einziger schrecklicher Triumph war ihm vergönnt, als er erfolgreich die Ermordung des engsten Beraters veranlasste, der seinem Vater noch geblieben war, eines Mannes, dem er vorwarf, den «Verstand meines Vaters zu verderben», ihn zu blasphemischen Taten zu ermuntern und dafür zu sorgen, dass er seine Liebe von Gott und seinem heiligen Propheten abwende sowie auch, dass er «immer spitze Bemerkungen mache» und den Herrscher damit gegen den Kronprinzen aufbringe, gegen seinen Erben, seinen Sohn. Wie Birbal starb Abul Fazl in einem Hinterhalt. Prinz Salim hatte seinem Verbündeten Raja Bir Singh Deo Bundela von Orchha, durch dessen Gebiet das Juwel von Sikri reiste, die Nachricht gesandt, er möge den Mann ins Jenseits befördern, eine Bitte, der Raja bereitwillig nachkam. Er ließ den unbewaffneten Minister enthaupten und schickte den Kopf zu Salim nach Allahabad, wo der ihn mit gewohntem Anstand und Taktgefühl in eine Feldlatrine werfen ließ.

Akbar ruhte in der Kammer der Winde auf einem großen Keilkissen und hatte wohl ein wenig zu viel Wein getrunken, während er dem Abendphantom Qara Köz lauschte, das ihm traurige Liebeslieder sang und sich dabei auf einer *dilruba* begleitete, als Umar der Ayyar die Nachricht von Abul Fazls Tod überbrachte. Diese schreckliche Information brachte den Herrscher zu Verstand. Er sprang auf und verließ sogleich Qara Köz' Gemächer. «Von jetzt an, Umar», schwor er, «werden wir wieder als ein wahrhafter Herrscher des Universums regieren und aufhören, uns wie ein pickliger, verliebter Grünschnabel aufzuführen.»

Die Gesetze, die für einen Prinzen gelten, sind weder die Gesetze der Freundschaft noch die der Rache. Ein Prinz muss stets daran denken, was für das Reich am besten ist. Akbar wusste, zwei seiner drei Söhne durften ihm niemals auf den Thron folgen, da sie allzu sehr dem Trunk erlegen waren und an diversen Krankheiten litten, an denen sie sogar sterben könnten. Also blieb nur Salim; und was er auch angestellt hatte, die Erbfolge musste gewahrt bleiben. Also schickte Akbar seinem ältesten Sohn einen Boten, der ihm nicht nur versprach, dass der Vater davon absehen wolle, Abul Fazls Tod zu rächen, er erklärte auch des Monarchen unsterbliche Liebe für sein erstgeborenes Kind. Für Salim hieß dies, dass er recht daran getan hatte, Abul Fazl ermorden zu lassen. Und nun, da sein Vater das fette Wiesel los war, nahm er ihn wieder mit offenen Armen auf. Salim schickte Akbar Elefanten zum Geschenk, dreihundertfünfzig an der Zahl, um den Elefantenkönig zufriedenzustellen. Dann willigte er ein, nach Sikri heimzukehren, und im Hause seiner Großmutter Hamida Bano sank er dem Herrscher zu Füßen. Der hob ihn auf, nahm sich seinen Turban ab und drückte ihn dem Kronprinzen aufs Haupt, um ihm zu zeigen, dass ihm nichts nachgetragen wurde. Salim weinte; er war wirklich ein jämmerlicher junger Mann.

Was jedoch Salims geistigen Ziehvater Badauni betraf, so wurde er in die schmutzigste Zelle des tiefsten Verlieses in Fatehpur Sikri geworfen, und außer seinen Wärtern hat ihn kein Mann und keine Frau jemals wieder zu Gesicht bekommen.

*

Nach dem Tod von Abul Fazl wurde der Herrscher streng und unnachgiebig. Er hatte festzulegen, wie sein Volk leben sollte, und allzu lange war diese Pflicht vernachlässigt worden. Also verbot er den Verkauf von Alkohol ans gemeine Volk, sofern dieser nicht vom Arzt verordnet wurde. Er ging gegen den großen Schwarm Prostituierte vor, die wie Heuschrecken in die Stadt eingefallen waren, ließ sie nach außerhalb in ein Lager namens Teufelsstadt bringen und verordnete, dass jeder Mann, der zu einem Teufel ging, Namen und Wohnadresse zu hinterlassen habe, ehe er die Sperrzone betreten durfte. Er riet davon ab, Rindfleisch, Zwiebeln und Knoblauch zu essen, und empfahl stattdessen Tiger, da er hoffte, mit dem Fleisch würde sich der Mut der Bestie auf das Volk übertragen. Er verkündete, dass die Einhaltung religiöser Pflichten frei von allen Zwängen zu sein habe, welcher Religion man auch angehöre, dass Tempel gebaut und *lingams* gewaschen werden konnten, nur Bärte wollte er nicht tolerieren, denn Bärte zogen ihre Kraft aus den Hoden, weshalb Eunuchen auch keine wuchsen. Er verbot Kinderehen und missbilligte Witwenverbrennungen sowie Sklaverei. Er riet seinem Volk, sich nach dem Liebesspiel nicht zu waschen. Und er bat den Fremdling zum Anup Talao, dessen Wasser unruhig und kabbelig dahinströmte, obwohl kein Wind wehte, ein Omen dafür, dass jenes, was in Frieden ruhen sollte, aufgestört worden war.

«Euch umgeben immer noch zu viele Geheimnisse», sagte der Herrscher aufgebracht. «Wir können uns nicht auf einen Mann verlassen, dessen Lebensgeschichte wir nicht vollständig kennen. Also erzählt uns alles, nur gleich heraus damit, und dann können wir entscheiden, was mit Euch geschehen soll und wohin Euch Euer Schicksal führt, hinauf zu den Sternen oder hinab in den Staub. Klar und deutlich, bitte. Lasst nichts aus, heute wird ein Urteil gefällt.»

«Es könnte sein, dass Euch nicht behagt, was ich zu erzählen habe», erwiderte Mogor dell'Amore, «denn es betrifft *Mundus Novus*, die Neue Welt, sowie die unbeständige Natur der Zeit in jenem kaum erforschten Territorium.»

*

In *Mundus Novus* jenseits des Ozeanischen Meeres waren die gewöhnlichen Gesetze von Zeit und Raum außer Kraft gesetzt. Was den Raum betraf, so konnte er sich an einem Tag extrem ausdehnen, am nächsten aber wieder zusammenziehen, sodass die Größe der Erde entweder verdoppelt oder halbiert schien. Forscher brachten radikal verschiedene Berichte über die Proportionen der Neuen Welt heim, über die Eigenart ihrer Bewohner sowie über die Art und Weise, wie es auf diesem neuen Quadranten des Kosmos zuging. Es gab Berichte über fliegende Affen und Schlangen, lang wie Flüsse. Und was die Zeit betraf, so war sie völlig aus den Fugen. Sie beschleunigte und verlangsamte sich nicht nur ganz nach Belieben, es gab auch Perioden – allerdings vermag das Wort «Perioden» diese Phänomene nur recht unzulänglich zu umschreiben –, in denen sie überhaupt nicht verging. Die Einheimischen, jedenfalls jene wenigen, die eine europäische Sprache beherrschten, bestätigten, dass es keinerlei Veränderung in ihrer Welt gebe, dass dies ein Ort der Stasis sei, *außerhalb* der Zeit, und just so war es ihnen sehr recht. Möglicherweise – zumindest gab es einige Philosophen, die lautstark diese These vertraten –, möglicherweise also war die Zeit erst durch europäische Reisende und Siedler zusammen mit der ein oder anderen Krankheit nach *Mundus Novus* gebracht worden. Deshalb funktionierte sie auch nicht richtig. Sie hatte sich der neuen Lage noch nicht angepasst. «Mit der Zeit», sagten die Leute in *Mundus Novus*, «wird Zeit sein.» Vorläufig hatte man sich jedoch mit der fluktuierenden Natur der Uhren der Neuen Welt abzufinden. Eine der alarmierendsten Auswirkungen dieser chronologischen Ungewissheit bestand darin, dass die Zeit für manche Leute in unterschiedlichem Tempo verging, selbst innerhalb einzelner Familien und Haushalte. Kinder konnten rascher als ihre Eltern altern, bis sie älter als ihre Altvorderen wirkten. Für manche Eroberer, Seeleute und Siedler schien der Tag nie lang genug zu sein, andere dagegen hatten alle Zeit der Welt.

Während der Herrscher Mogor dell'Amores Geschichte lauschte, ging ihm auf: Die Länder des Westens waren in einem Maße exotisch und surreal, wie es das Verständnis der einfachen Völker des Ostens weit überstieg. Im Osten arbeiteten die Menschen hart, lebten gut oder schlecht, starben einen edlen oder einen sinnlosen Tod und glaubten an Religionen, die große Kunst hervorbrachten, große Lyrik, große Musik und die neben ein wenig Trost auch viel Verwirrung stifteten. Ganz gewöhnliche Leben eben. In jenen fabelhaften Gefilden des Westens aber schien das Volk für Hysterien anfällig zu sein – etwa die Jammerer-Hysterie in Florenz –, die ihre Länder wie Krankheiten heimsuchten und ein jegliches ohne Vorwarnung bis aufs äußerste veränderte. In letzter Zeit hatte die Goldverehrung eine besonders extreme Spielart der Hysterie hervorgebracht, die zur treibenden Kraft der Geschichte geworden war. Vor seinem geistigen Auge sah Akbar die aus Gold errichteten Tempel des Westens, drinnen goldene Priester, draußen goldene Gläubige, die zum Beten kamen und goldene Gaben brachten, um ihre goldenen Götter zufriedenzustellen. Sie aßen Gold und tranken Gold, und wenn sie weinten, rann geschmolzenes Gold über ihre schimmernden Wangen. Es war dieses Gold, das die Matrosen trotz der Angst, über den Rand der Welt zu fallen, immer weiter nach Westen über das Ozeanische Meer getrieben hatte. Gold und auch *Indien*, von dem sie glaubten, es berge fabelhafte Schätze.

Indien fanden sie nicht, doch sie fanden ... Land im Westen. In diesem Westland entdeckten sie Gold und suchten mehr, suchten goldene Städte und Flüsse aus Gold, dabei trafen sie auf Lebewesen, die noch unglaublicher, noch aufsehenerregender waren als sie selbst, bizarre, unfassbare Männer und Frauen mit Federn, Haut und Knochen, die sie *Indianer* nannten. Akbar fand das ziemlich ärgerlich. Männer und Frauen, die ihren Göttern Menschenopfer darbrachten, wurden *Indianer* genannt! Manche dieser «Indianer» in der anderen Welt waren offenbar kaum besser als die Urmenschen, und selbst jene, die Städte und Reiche erbaut hatten, versanken, so schien es dem Herrscher, tief in Blutideologien. Ihr Gott war halb Vogel, halb Schlange; ihr Gott war aus Rauch. Sie kannten einen Gemüsegott, einen Gott für Rüben und Getreide. Sie litten unter der Syphilis und hielten Steine, Regen und Sterne für lebende Wesen. Auf den Feldern arbeiteten sie langsam, beinahe träge, und sie glaubten nicht an Veränderung. Diese Menschen *Indianer* zu nennen war nach Akbars tief empfundener Überzeugung eine Beleidigung für die edlen Männer und Frauen von Hindustan.

Der Herrscher wusste, er hatte in seinem Denken eine Schranke erreicht, eine Grenze, über die hinaus ihn seine Kräfte der Empathie und des Interesses nicht tragen konnten. Da waren Inseln, die sich zu Kontinenten wandelten, und Kontinente, die sich als bloße Inseln erwiesen. Da waren Flüsse und Dschungel, Landzungen und Landengen, doch hol sie der Teufel. Vielleicht waren Hydren in jenen Gefilden, Greife oder Drachen, die Schatzhaufen bewachten, wie sie angeblich im tiefen Dschungel ruhten. Er gönnte sie den Spaniern, den Portugiesen. Allmählich dämmerte diesen närrischen Exoten nämlich, dass sie keinen Weg nach *Indien* gefunden hatten, sondern ganz woanders waren, weder in Ost noch in West, irgendwo zwischen dem Westen, dem großen Gangesmeer und Taprobane, der sagenumwobenen Insel der Schätze, hinter der die Königreiche Hindustan, Cipangu und Cathay lagen. Sie hatten entdeckt, dass die Welt größer war, als sie vermuteten. Nun, viel Glück jenen, die den Ozean durchzogen von Insel zu Insel zur Terra Firma, um am Skorbut zu verrecken, am Hakenwurm, an Malaria, Schwindsucht und den Himbeerpocken. Der Herrscher war ihrer aller überdrüssig.

Und doch war sie dorthin aufgebrochen, die pflichtvergessene Prinzessin des Hauses Timur und Temüdschin, Babars Schwester, Khanzadas Schwester, Blut von seinem Blut. Keine Frau in der Geschichte der Welt hatte je eine Reise wie die ihre unternommen, dafür liebte er sie und bewunderte sie auch, doch wusste er genau, dass ihre Reise über das Ozeanische Meer ein Sterben gewesen war, ein Tod vor dem Tod, denn auch der Tod war ein Segeln aus dem Bekannten ins Unbekannte. Sie war in die Unwirklichkeit gesegelt, in eine Welt der Phantasie, die noch in die Existenz geträumt wurde. Das Phantasma, das seinen Palast heimsuchte, war wirklicher als jene Frau aus Fleisch und Blut, die einst die reale Welt für eine unmögliche Hoffnung aufgegeben hatte, so wie sie zuvor die natürliche Welt der Familie und der Verpflichtung für ihre egoistische Liebe aufgegeben hatte. Indem sie davon träumte, den Weg zurück zu ihren Ursprüngen zu finden, mit ihrem früheren Selbst wiedervereint zu werden, verlor sie sich auf immer.

*

Der Weg nach Osten war ihr versperrt. Die Piraten in den Gewässern machten eine Überfahrt viel zu riskant. In der osmanischen Welt und im Königreich von Schah Ismail hatte sie ihre Schiffe verbrannt. In Chorasan, so fürchtete sie, würde sie von jenem gefangen genommen werden, der heute die Lücke füllte, die Shaibani Khan einst hinterlassen hatte. Und wo Babar war, wusste sie nicht, doch stand ihr auch der Weg zu ihm nicht offen. In Genua, im Strandhaus von Andrea Doria, wohin sie Ago Vespucci gebeten hatte, sie mitzunehmen, entschied sie, nicht jene Route einzuschlagen, die sie gekommen war, noch konnte sie angesichts des Zorns der Florentiner in der Stadt am Arno bleiben. Der mürrische alte Seebär Doria, den das neue, männliche Aussehen von Qara Köz und ihrem Spiegel schockierte, auch wenn er sich darüber jede Bemerkung verkniff, hieß sie auf galante Weise willkommen – denn noch war Qara Köz durchaus imstande, den Galan im Manne zu wecken, sogar in Männern, die für ihre Grobheit und Brutalität berüchtigt waren – und versicherte den beiden Damen, kein Mensch werde ihnen ein Leid antun, solange sie unter seinem Schutz standen. Doria war der Erste, der die Möglichkeit erwähnte, dass Qara Köz und ihr Spiegel doch auf der anderen Seite des Meeres ein neues Leben beginnen könnten.

«Wenn ich nicht so viele Berberpiraten zu töten hätte», sagte er, «ließe ich mich vielleicht überreden, die Reise selbst zu unternehmen und in die Fußstapfen von Signor Vespuccis gefeiertem Vetter zu treten.» Zu dieser Zeit hatte er bereits eine ganze Menge Piraten getötet, und seine persönliche Flotte, die meist aus den gekaperten Kähnen der Piraten bestand, umfasste zwölf Schiffe, deren Mannschaften nur Doria allein Treue schworen, doch hielt er sich nicht mehr für einen echten *condottiere*, da es ihn nicht im Mindesten reizte, auch an Land zu kämpfen. «Argalia war der Letzte von uns», erklärte er. «Ich bin nur ein verwässerter Rest.» In seiner Freizeit, wenn er keinen Krieg führte, schlug er in Genua politische Schlachten mit seinen Rivalen in den Familien Adorni und Fregosi, die ständig aufs Neue versuchten, ihm den Zugang zur Macht zu verwehren. «Aber mir gehören die Schiffe», sagte er und setzte dann noch hinzu – unfähig, sich zu bremsen, obwohl Damen anwesend waren (vielleicht auch nur, weil die Damen wie junge Herren gekleidet waren) – «dabei haben sie nicht mal einen Schwanz in der Hose, nicht wahr, Ceva?» Ceva der Skorpion, dieser tätowierte Ochse von einem Leutnant, errötete sogar, ehe er verlegen antwortete: «Nein, Admiral, jedenfalls nicht, soweit ich sehen konnte.»

Doria führte die Gäste in seine Bibliothek und zeigte ihnen, was keiner von ihnen je zuvor gesehen hatte, nicht einmal Ago, obwohl bei diesem Werk ein Blutsverwandter beteiligt gewesen war: die *Cosmographiae Introductio* des Benediktinermönchs Waldseemüller aus dem Kloster Saint Dié-des-Vosges, eine riesige Karte, die ausgebreitet beinahe den ganzen Boden bedeckte, eine Karte, deren Name ebenso endlos schien, die *Universalis cosmographia secundum Ptholomaei traditionem et Americi Vespucii aliorumque lustrationes,* also die vollständige Kosmographie nach der Überlieferung des Ptolomäus und des Amerigo Vespucci sowie auch nach anderen Abbildungen. Auf dieser Karte glichen Ptolomäus und Amerigo wahren Kolossen, wie Götter blickten sie herab auf ihre Schöpfung, und auf einem großen Segment von *Mundus Novus* stand der Name *America.* «Es ist nicht einzusehen», schrieb Waldseemüller in seiner *Introductio,* «warum jemand es verbieten sollte, das neue Land nach seinem Entdecker Amerigo zu benennen, einem besonders scharfsinnigen Mann.»

Als Ago Vespucci dies las, begriff er tief bewegt, dass ihn das Schicksal in Gestalt seines Vetters schon immer auf diese Neue Welt zugeführt hatte, obwohl er doch stets ein Sesselhocker gewesen war, der den verrückten Amerigo für eine ziemliche Plaudertasche gehalten hatte, weshalb dessen Berichte über die eigenen Taten auch nur mit einer Prise Misstrauen zu genießen waren. Allerdings hatte er Amerigo nicht besonders gut gekannt und nie versucht, ihn besser kennenzulernen, da sie nur wenig miteinander verband. Nun aber war dieser seefahrende Vespucci ein scharfsinniges Genie geworden, dessen Name zum Namen einer Neuen Welt geworden war, und das allein verdiente Respekt.

Langsam, schüchtern, verzagt und viele Male wiederholend, dass er von Natur aus kein Reisender sei, begann Ago, mit Admiral Doria über die Entdeckungsfahrten seines Vetters zu reden. Es fielen die Namen *Venezuela* und *Vera Cruz.* Inzwischen studierte Qara Köz die Karte der Welt. Beim Klang der neuen Ortsnamen war ihr, als hörte sie beschwörende Worte, eine Zauberformel, die ihr die Wünsche ihres Herzens erfüllte. Und sie wollte mehr davon hören, immer mehr. *Valparaiso, Nombre de Dios,*

Cacafuego, Rio Escondido, sagte Ago. Er lag auf Händen und Knien und las. *Tenochtitlán, Quetzalcoatl, Tezcatlipoca, Montezuma, Yucatán*, fügte Andrea Doria hinzu, ebenso *Española, Puerto Rico, Jamaika, Kuba, Panama*. «Worte, die ich noch nie gehört habe», sagte Qara Köz, «beschreiben mir meinen Weg nach Hause.»

Argalia war tot – «Wenigstens starb er in seiner Heimatstadt und verteidigte, was er liebte», sprach Doria und hob prostend sein Glas Wein zu diesem barsch vorgebrachten Nachruf. Ago war ein kümmerlicher Ersatz für einen solchen Mann, doch wusste Qara Köz, er war alles, was ihr geblieben war. Mit Ago würde sie ihre letzte Reise antreten, mit Ago und Spiegel. Sie waren ihre letzten Wächter. Von Doria erfuhren sie, was die meisten gen Westen segelnden Seefahrer glaubten – auch die Herrscher Spaniens und Portugals –, dass man nämlich bald eine Passage nach Indien finden würde, eine Öffnung durch die Landmasse von *Mundus Novus* ins Gangesmeer, breit genug für Schiffe. Viele Männer suchten eifrig nach dieser Mittelpassage. In den Kolonien Española und Kuba ließ es sich längst sicher leben, und Panama, das neue Land, würde bestimmt noch sicherer sein. In diesen Gegenden hatte man die meisten *Indianer* unter Kontrolle, eine Million auf Española, über zwei Millionen auf Kuba, viele darunter bekehrte Christen, obwohl sie keine christliche Sprache beherrschten. Die Küsten jedenfalls waren sicher, und auch das Landesinnere wurde erschlossen. Wer das nötige Geld besaß, konnte sogar eine Kabine auf einer von Cadiz oder Palos de Moguer ausfahrenden Karavelle buchen.

«Dann werde ich fahren», verkündete die Prinzessin ernst, «und warten. Denn die Öffnung zur Neuen Welt, nach der so viele hervorragende Männer so eifrig fahnden, wird eines Tages gewiss gefunden werden.» Sie stand aufrecht da, die Arme an den Ellbogen abgewinkelt und das Gesicht von überirdischem Glanz erhellt, weshalb Andrea Doria bei ihrem Anblick an Christus denken musste, an den Wunder vollbringenden Nazarener, an Jesus, der Brot und Fische vermehrte oder Lazarus von den Toten auferstehen ließ. Qara Köz' Gesicht zeigte die gleiche angestrengte Miene, die es während der Verzauberung von Florenz getragen hatte, doch wurde sie nun durch Kummer und Verlust noch zusätzlich verdüstert. Ihre Macht ließ nach, aber ein letztes Mal sollte sie noch ausgeübt werden, wie sie nie zuvor ausgeübt worden war, um der Geschichte der Welt jenen Verlauf aufzuzwingen, den Qara Köz sich wünschte. Allein durch die schiere Macht ihrer Zauberkunst und ihres Willens würde sie die Mittelpassage ins Dasein rufen. Andrea Doria schaute auf die junge Frau in olivgrüner Jacke und Hose, auf das kurz gestutzte schwarze Haar, das ihr wie ein dunkler Heiligenschein vom Kopf abstand, und er war überwältigt. Er fiel vor ihr auf die Knie, beugte sich, berührte mit der Hand das Sämischleder ihrer Stiefel und verharrte mit gesenktem Haupt wohl länger als eine Minute. In den folgenden Jahren sollte Doria, der ein hohes Alter erreichte, jeden einzelnen Tag an diesen Vorfall denken und sich doch nie sicher sein, ob er gekniet hatte, um einen Segen zu empfangen oder um ihn zu geben, ob er gemeint hatte, sie anbeten oder sie beschützen zu müssen, ob er sie in ihrer letzten Glorie bewundern oder sie vom sicheren Untergang bewahren wollte. Er dachte an Christus in Gethsemane und daran, wie der Herr auf seine Jünger herabgeschaut haben mochte, als er sich auf den Tod vorbereitete.

«Mein Schiff wird Euch nach Spanien bringen», sagte er.

*

An der Pier ihres neuen Herrn Andrea Doria setzte das legendäre Korsarenschiff *Cadolin* an einem weißnebligen Morgen in Fassolo die Segel und hisste die Flagge Genuas, das Kreuz des heiligen Georg; an Bord drei Passagiere und am Ruder Ceva der Skorpion. Als er Lebewohl sagte, gelang es Andrea Doria, jene Gefühle im Zaum zu halten, die ihn kurz zuvor noch auf die Knie gezwungen hatten. «Die Bibliothek eines Mannes der Tat wird nur selten genutzt», sagte er Qara Köz, «aber Ihr habt meinen Büchern neue Bedeutung verliehen.» Nachdem er die *Cosmographiae Introductio* gelesen und Waldseemüllers große Karte studiert hatte, war ihm, als dringe die Prinzessin leibhaftig in das Buch ein, als verlasse sie diese Welt von Erde, Luft und Wasser, um ein Universum aus Papier und Tinte zu betreten, als segelte sie über das Ozeanische Meer und käme nicht in Española in *Mundus Novus* an, sondern auf den Seiten einer Geschichte. Er nahm nicht an, dass er sie in dieser oder der Neuen Welt je wiedersehen würde, denn wie ein Falke hockte der Tod auf ihrer Schulter, um sie eine Weile zu begleiten, bis ihn die Ungeduld packte und er vom Reisen genug hatte.

«Lebt wohl», sagte sie und verschwand ins Weiß. Als Ceva die *Cadolin* zu gegebener Zeit nach Fassolo zurückbrachte, machte er den Eindruck, als sei nun auch der letzte Funke Lebensfreude in ihm auf immer erloschen. Fast zwei Jahre später hörte Doria von Magellans Entdeckung jener sturmumtosten Meeresenge, durch die Seefahrer, so sie denn Glück hatten, den südlichen Zipfel der Neuen Welt umrunden konnten. In seinen Albträumen sah er die schöne Prinzessin mit ihren Gefährten in der Magellanstraße untergehen, doch sollte während seines ganzen langen Lebens keine verlässliche Nachricht über ihren Aufenthaltsort oder ihr Schicksal zu ihm vordringen. Vierundfünfzig Jahre nach dem Tag, an dem die verschwiegene Prinzessin in Italien Segel gesetzt hatte, tauchte allerdings ein gelbhaariger Galgenstrick, kaum zwanzig Jahre alt, am Tor der Villa Doria auf und behauptete, ihr Sohn zu sein. Da war Andrea Doria schon dreizehn Jahre tot, und das Haus gehörte seinem Großneffen Giovanni, Fürst von Melfi und Gründer des großen Hauses derer von Doria, Pamphili und Landi. Falls Giovanni die Geschichte der verlorenen Prinzessin aus dem

Hause Timur und Temüdschin je gekannt haben sollte, hatte er sie längst vergessen, weshalb er den zerlumpten Kerl von seiner Tür fortscheuchen ließ. Der junge «Niccolò Antonino Vespucci», so benannt nach den zwei besten Freunden seines Vaters, machte sich danach auf, die Welt zu sehen, segelte hierhin und dorthin, mal als angeheuertes Mitglied der Mannschaft, mal als blinder Passagier, lernte viele Sprachen, eignete sich eine Reihe von Fertigkeiten an, deren Ausübung nicht immer im Einklang mit dem Gesetz stand, und hortete einen eigenen Geschichtenschatz, wilde Erzählungen von seiner Flucht vor den Kannibalen auf Sumatra, von eiergroßen Perlen in Brunei, davon, wie er im Winter vor dem Großen Türken die Wolga hinauf nach Moskau geflohen war, wie er in einer bloß von Stricken zusammengehaltenen Dhau das Rote Meer durchquerte, von der Vielmännerei in jenem Teil von *Mundus Novus*, in dem Frauen sieben oder acht Ehegatten hatten und es keinem Mann gestattet war, eine Jungfrau zu heiraten, davon, wie er unter dem Vorwand, Muslim zu sein, die Pilgerfahrt nach Mekka angetreten hatte, sowie davon, wie er mit dem großen Dichter Camões nahe der Mündung des Mekong Schiffbruch erlitt und die *Lusiaden* rettete, indem er die Blätter mit Camões' Gedicht hoch über Wasser hielt, während er nackt an Land schwamm.

Über sich selbst sagte er den Männern und Frauen, denen er auf seinen Reisen begegnete, dass seine Geschichte weit seltsamer als jedes Seemannsgarn sei, doch könne er sie nur einem einzigen Mann auf Erden anvertrauen, dem er eines Tages in der Hoffnung gegenübertreten wolle, dass ihm gegeben werde, was ihm von Rechts wegen zustehe, und dass er von einem mächtigen Zauber beschützt werde, der jene segnete, die ihm halfen, und verfluchte, wer ihm ein Leid zufügte.

«Schirmherr der Welt, es ist die schlichte Wahrheit, dass meine Mutter, die Zauberin, aufgrund der Unbeständigkeit chronologischer Konditionen in *Mundus Novus*», erzählte er dem Herrscher

Akbar am Ufer des Anup Talao, «also aufgrund der unsteten Natur der Zeit in besagtem Erdenteil, ihre Jugend beträchtlich zu verlängern vermochte und wohl an die dreihundert Jahre alt geworden wäre, hätte sie nicht ihr Herz und die Hoffnung verloren, je wieder heimkehren zu können, weshalb sie zuließ, dass eine tödliche Krankheit sie befiel, auf dass sie sich im Jenseits wenigstens mit den bereits verstorbenen Familienmitgliedern wiedervereinen konnte. Als sie ihren letzten Atemzug tat, flog ein Falke durch das Fenster und hockte sich auf das Totenbett. Das war ihr letzter Zauber, die Herbeirufung dieses ruhmreichen Vogels von jenseits des Ozeanischen Meeres in die Neue Welt. Als der Falke aus dem Fenster flog, wussten wir alle, dass ihre Seele uns verließ. Zum Zeitpunkt des Todes war ich neunzehneinhalb Jahre alt, doch wie sie dalag, sah sie wie meine ältere Schwester aus, nicht wie meine Mutter. Vater und Spiegel waren allerdings normal gealtert. Die Magie von Qara Köz war nicht mehr stark genug, auch für sie den temporalen Kräften zu widerstehen, so wie sie auch nicht mehr stark genug war, die Geographie der Erde zu ändern. Keine Mittelpassage wurde gefunden, und so blieb sie in der Neuen Welt gefangen, bis sie zu sterben beschloss.»

Der Herrscher verharrte stumm, seine Miene war undurchdringlich, das Wasser des Anup Talao weiterhin aufgewühlt.

«Zu guter Letzt und nach allem, was geschehen ist, sollen wir Euch also glauben», sagte der Herrscher schließlich mit schwerer Stimme, «dass sie gelernt hat, die Zeit zu verlangsamen?»

«Nur in ihrem Körper», erwiderte sein Gegenüber, «und nur für sich allein.»

«Das wäre wahrlich eine erstaunliche Tat, sollte sie denn möglich sein», sagte Akbar, stand auf und ging zurück in den Palast.

*

An jenem Abend saß Akbar allein auf der obersten Terrasse des Panch Mahal und lauschte in die Dunkelheit. Er glaubte nicht an die Geschichte des Fremden, und er wollte ihm eine bessere erzählen. Er war der Herrscher der Träume; er konnte die Wahrheit aus der Dunkelheit klauben und ans Licht bringen. Er hatte mit dem Fremden alle Geduld verloren und blieb am Ende, wie immer, allein, also schickte er seine Phantasie wie einen Heroldvogel über die Welt, bis er ihm Antwort brachte. Dies war nun seine Geschichte.

Vierundzwanzig Stunden später rief er Vespucci zurück an das Beste aller Möglichen Becken, dessen Wasser vor lauter Verwirrung noch immer aufgewühlt war. Mit grimmiger Miene hob Akbar an: «Signor Vespucci», fragte er, «seid Ihr mit Kamelen vertraut? Hattet Ihr Gelegenheit, die Eigenarten dieser Tiere zu beobachten?» Seine Stimme klang wie leiser Donner, der über das unruhige Wasser rollte. Der Fremde wusste nicht, was er erwidern sollte.

«Warum die Frage, *Jahanpanah*?», wollte er schließlich wissen, und die Augen des Herrschers blitzten ihn verärgert an.

«Wagt ja nicht, uns Fragen zu stellen, Signor. Wir wiederholen noch einmal: Gibt es Kamele in der Neuen Welt, Kamele, wie wir sie hier in Hindustan haben? Gibt es Kamele unter all den Greifen und Drachen?», fragte Akbar, und als sein Gegenüber den Kopf schüttelte, befahl er ihm mit gehobener Hand zu schweigen und fuhr mit lauter werdender Stimme fort: «Die physische Freiheit eines Kamels, so haben wir oft gedacht, bietet uns gewöhnlichen Sterblichen eine Lektion in Amoralität, denn unter Kamelen ist nichts verboten. Ein junges männliches Kamel mag schon bald nach der Geburt versuchen, mit der eigenen Mutter zu kopulieren. Ein erwachsenes männliches Tier kennt keinerlei Skrupel, die eigene Tochter zu schwängern. Enkel, Großeltern, Geschwister, sie alle kommen in Frage, wenn ein Kamel einen

Partner sucht. Für ein Tier hat der Begriff *Inzest* keinerlei Bedeutung. Wir dagegen sind keine Kamele, nicht wahr? Inzest verbieten uns uralte Tabus, und strenge Strafen erwarten Paare, die dagegen verstoßen – Strafen, die zu Recht bestehen, wie Ihr uns hoffentlich zustimmen werdet.»

Ein Mann und eine Frau segeln in den Nebel und verlieren sich in einer formlosen neuen Welt, in der niemand sie kennt. Auf dem ganzen weiten Erdenkreis haben sie nur einander und die Dienerin. Der Mann ist selbst auch ein Diener, ein Diener der Schönheit, und seine Reise ist eine Reise der Liebe. Sie gelangen an einen Ort, dessen Name so unwichtig ist, wie ihre eigenen Namen es sind. Die Jahre vergehen, und ihre Hoffnungen sterben. Überall um sie herum leben tatkräftige Menschen. Eine wilde Welt im Süden, eine im Norden, die nach und nach gebändigt werden. Gesetz, Form und Gestalt werden dem aufgezwungen, was ursprünglich unveränderlich war, doch ist es ein langer Prozess. Nur mühsam schreitet die Eroberung voran. Man rückt vor, weicht zurück und rückt erneut vor, es gibt kleine Siege, kleine Niederlagen und dann wieder ein wenig Gewinn. Kein Mensch fragt, ob dies gut oder schlecht ist. Das ist keine zulässige Frage. Gottes Werk wird verrichtet, und Gold wird ebenfalls geschürft. Je größer der Tumult um sie herum, desto dramatischer die Siege, je schrecklicher die Niederlage, desto blutiger die Rache der Alten an der Neuen Welt, und desto stiller werden sie, die drei unbedeutenden Menschen, der Mann, die Frau, die Dienerin. Tag um Tag, Monat um Monat, Jahr um Jahr werden sie kleiner und unwichtiger. Dann schlägt die Krankheit zu, und die Frau stirbt, aber sie hinterlässt ein Kind, ein Mädchen.

Dem Mann bleibt nichts auf Erden als das Kind und die Dienerin, dieses Spiegelbild seiner toten Frau. Gemeinsam ziehen sie die Tochter groß. Angelica, das magische Mädchen. Der Name der Dienerin wird gleichfalls zu Angelica. Der Mann sieht, wie das Kind heranwächst, wie es zu einem zweiten Spiegelbild wird, dem Spiegel ihrer Mutter, ihr genaues Ebenbild.

Die nun schon ältere Dienerin erkennt die verblüffende Ähnlichkeit des heranwachsenden Mädchens mit ihrer Mutter, die Wiedergeburt der Vergangenheit, und spürt das wachsende Verlangen des Vaters. Wie einsam sie sind, die drei, einsam in dieser Welt, die noch nicht gänzlich Gestalt geworden ist, in der Worte wie Taten noch bedeuten können, was sie bedeuten sollen, in der man sein Leben leben muss, so gut es eben geht. Mann und Dienerin sind wie Komplizen, denn auf ihre alten Tage liegen sie beieinander, sie alle drei, und sie vermissen die dahingeschiedene Dritte. Das neue Leben, das wiedergeborene Leben wächst heran und füllt die Leere, die einst das alte Leben einnahm.

Angelica, Angelica, es kommt der Moment, da wandelt sich die gemeinsame Sprache, ein Moment, nach dem gewisse Worte ihre Bedeutung verlieren, so wird zum Beispiel das Wort Vater vergessen, auch die Worte für Kind. Sie leben im Naturzustand, einem Stand der Unschuld, in einem Paradies, in dem die Frucht vom Baum noch nicht gegessen wurde, weshalb sie Gut und Böse nicht kennen. Die junge Frau wächst zwischen Mann und Dienerin heran, und was zwischen ihnen dreien geschieht, geschieht ganz natürlich und fühlt sich rein an; sie ist glücklich. Sie ist eine Prinzessin aus dem königlichen Haus Timur und Temüdschin, und sie heißt Angelica, Angelica. Eines Tages wird die Mittelpassage gefunden werden, und mit ihrem geliebten Mann wird sie dann ihr Königreich betreten. Bis dahin wohnen sie in ihrem unsichtbaren Heim, führen ihr anonymes Leben und rekeln sich auf diesem Bett, so liebevoll, so oft, so lange, sie alle drei, der Mann, die Dienerin und das Mädchen. Dann wird ein Kind geboren, ihr Kind, Abkömmling dreier Eltern, ein Junge mit Haar so gelb wie das seines Vaters. Der Mann nennt den Sohn nach seinen engsten Vertrauten. Am Anfang waren drei Freunde. Indem er ihre Namen über das Ozeanische Meer holt, ist ihm, als hätte er sie selbst herübergeholt. Sein Sohn — in ihm leben seine wiedergeborenen Freunde. Die Jahre verstreichen. Aus unbekanntem Grund erkrankt das Mädchen. Etwas stimmt nicht in ihrem Leben. Wer bin ich, fragt sie. In ihrem letzten Gespräch mit ihrem Sohn sagt sie ihm, er solle seine Familie finden, sich mit ihr vereinen, solle auf immer mit dem verbunden bleiben, was er ist, und es nie mehr verlassen, er solle nie wieder aus Liebe, aus Abenteuerlust oder auf der Suche nach sich selbst aufbrechen in die weite Welt. Er ist ein Prinz aus dem königlichen Hause der Moguln. Er muss ausziehen und seine Geschichte erzählen. Ein Falke fliegt durch das Fenster und fliegt mit ihrer Seele wieder hinaus. Auf der Suche nach einem Schiff geht der junge Mann mit gelbem Haar zum Hafen. Der alte Mann und die Dienerin bleiben zurück. Sie sind nicht länger von Bedeutung. Ihre Tat ist getan.

«So ist es nicht geschehen», sagte Mogor dell'Amore. «Meine Mutter war Qara Köz, die Schwester Eures Großvaters, eine mächtige Zauberin; und sie hatte gelernt, wie man die Zeit anhält.»

«Nein», erwiderte der Herrscher Akbar, «hat sie nicht.»

*

Im Palast ihrer Familie in Ajmer und in Anwesenheit von *padishah* Akbar, ihrem huldvollen Herrscher, dem Schirmherrn der Welt, heiratete Dame Man Bai, Nichte von Mariam-uz-Zamani und Schwester von Raja Man Singh, ihre Jugendliebe Kronprinz Salim an ebendem Tag, den die Hofastrologen dafür festgelegt hatten, dem fünfzehnten Isfandarmudh des Jahres entsprechend dem neuen, vom Herrscher eingeführten Sonnenkalender, also am dreizehnten Februar. Als sie nach dem üblichen Balsamieren und Massieren des prinzlichen Gliedes mit ihrem Gatten in der Hochzeitsnacht endlich allein war, stellte sie zwei Bedingungen, ehe sie ihn in sich eindringen ließ. «Zuallererst einmal», sagte sie, «solltest du deinen Penis nachts besser in eine Rüstung stecken, wenn du noch ein einziges Mal zu dieser Hure gehst, diesem Skelett, denn du weißt nie, wann die Nacht meiner Rache anbrechen wird. Und zum Zweiten musst du dich um den gelbhaarigen Fremden kümmern, Skeletts siffigen Liebhaber, denn solange er in Sikri weilt, könnte dein Vater verrückt genug sein, ihm zu geben, was von Rechts wegen dir zukommt.»

Nach dem, was er am Anup Talao erfahren hatte, gab der Herrscher den Gedanken auf, Niccolò Vespucci in den Rang eines *farzand*, eines Ehrensohnes, erheben zu wollen. Zutiefst von der Richtigkeit seiner eigenen Version der Geschichte des Fremdlings überzeugt, war er zu dem Schluss gekommen, dass der Abkömmling einer derart unmoralischen Verbindung nicht zum Mitglied der königlichen Familie ernannt werden könne. Trotz Vespuccis offensichtlicher Unschuld in dieser Angelegenheit und obwohl er sich der wahren Umstände seiner Herkunft selbst nicht bewusst zu sein schien, auch ganz unabhängig davon, wie groß sein Charme sein mochte und wie zahlreich seine Talente waren, machte ihn das eine Wort *Inzest* zur Unperson. Falls gewünscht, ließ sich für einen so fähigen Menschen gewiss eine Beschäftigung finden, und der Herrscher erteilte die Anweisung, eine solche Arbeit ausfindig zu machen und anzubieten, doch der vertraute Umgang zwischen ihnen musste sofort eingestellt werden. Wie zur Bestätigung, dass er die richtige Entscheidung gefällt hatte, zeigte sich das Wasser des Anup Talao wieder in gewohnt beschaulicher Ruhe. Von Umar dem Ayyaren wurde Niccolò Vespucci mitgeteilt, dass es ihm gestattet sei, in der Hauptstadt zu bleiben, doch müsse er sofort aufhören, sich den Beinamen «Mogor dell'Amore» zu geben. Der ungehinderte Zugang zur Person des Herrschers, den er bislang genossen hatte, sei, das müsse er verstehen, nun auch Teil der Vergangenheit. «Von heute an», informierte ihn der Ayyar, «wird man Euch wie einen gewöhnlichen Sterblichen behandeln.»

Die Rachsucht der Prinzen kennt keine Grenzen. Selbst ein so tiefer Sturz wie der von Vespucci stellte Dame Man Bai nicht zufrieden. «Wenn sich die Einstellung des Herrschers derart rasch von Zuneigung in Abweisung wandelt», argumentierte sie, «kann das Pendel gleich schnell auch wieder in die Gegenrichtung ausschlagen.» Solange der Fremdling in der Stadt blieb, war die Thronfolge von Prinz Salim nicht gesichert. Zu ihrem großen Verdruss aber unternahm Prinz Salim nichts weiter gegen seinen gestürzten Rivalen, der sich weigerte, jenen bürokratischen Posten anzunehmen, den Akbars Funktionäre für ihn ausgesucht hatten, um lieber im Hause Skanda bei Skelett und Matratze zu bleiben und sich ganz dem Vergnügen der Gäste zu widmen. Voller Verachtung sagte Man Bai: «Skrupellos hast du einen großen Mann wie Abul Fazl getötet, was also hält dich davon ab, dich um diesen Zuhälter zu kümmern?» Doch Salim fürchtete das Missfallen seines Vaters und hielt sich zurück. Bald darauf aber gebar ihm Man Bai einen Sohn, Prinz Khusraw, und das änderte alles. «Jetzt musst du nicht nur deine eigene Zukunft, sondern auch die deines Erben sichern», sagte Dame Man Bai, und diesmal wusste ihr Salim nichts entgegenzusetzen.

Dann starb Tansen. Die Musik des Lebens war verstummt.

Der Herrscher brachte den Leichnam des Freundes zurück in dessen Heimatstadt Gwaliot, ließ ihn neben dem Schrein seines Lehrers bestatten, des *faqir* Scheich Mohammed Ghaus, und kehrte voller Verzweiflung heim nach Sikri. Ein strahlendes Licht nach dem anderen war erloschen. Vielleicht hatte er dem Mogul der Liebe doch Unrecht getan, sinnierte Akbar auf dem Rückweg, vielleicht war Tansens Tod die entsprechende Strafe. Kein Mensch konnte schließlich für das Fehlverhalten seiner Vorfahren verantwortlich gemacht werden. Außerdem hatte Vespucci seine Loyalität zum Herrscher allein schon dadurch bewiesen, dass er nicht aus Sikri fortgezogen war. Also konnte er kein bloßer Opportunist sein. Womöglich wurde es Zeit, ihn zu rehabilitieren, immerhin waren mehr als zwei Jahre vergangen. Als die Karawane des Herrschers Hiran Minar passierte und den Hügel hinauf zum Palastgelände zog, fasste er einen Entschluss und schickte einen Läufer zum Hause Skanda, um den Fremdling zu bitten, sich doch am nächsten Morgen im Pachisi-Hof einzufinden.

Dame Man Bai verfügte in jedem Stadtviertel über ein Netz von Informanten, um für ebendiesen Moment gerüstet zu sein, und kaum eine Stunde nach Ankunft des Läufers im Hause Skanda war die Frau des Kronprinzen darüber informiert, dass der Wind sich gedreht hatte. Gleich ging sie zu ihrem Mann und schalt ihn, wie eine Mutter ein störrisches Kind ausschimpft. «Heute Abend», sagte sie, «kannst du beweisen, was du für ein Mann bist.»

Die Rachsucht der Prinzen kennt keine Grenzen.

*

Um Mitternacht saß der Herrscher still oben auf der Terrasse des Panch Mahal und erinnerte sich an jenen legendären Abend, an dem Tansen im Hause Skanda den *deepak raag* gesungen und nicht nur alle Öllampen, sondern auch sich selbst entflammt hatte. Noch in dem Moment, da er dieser Erinnerung nachhing, flackerte tief unter ihm am Uferrand des Sees eine roten Flammenblüte auf, und erst nach einem dumpfen Moment des Nichtverstehens begriff er, dass in der Nacht ein Haus brennen musste. Sobald er herausfand, dass das Haus Skanda bis auf die Grundmauern niedergebrannt war, packte ihn flüchtiges Entsetzen, da er sich fragte, ob das Feuer in seinen Gedanken irgendwie dieses andere, tödlichere Feuer ausgelöst haben könnte. Trauer erfüllte ihn bei der Vorstellung, Niccolò Vespucci müsse tot sein. Doch als die qualmende Ruine durchsucht wurde, fand man keine Spur vom Leichnam des Fremdlings. Unter den verkohlten Trümmern waren auch keine Überreste von Skelett und Matratze zu finden, ja, sämtliche Damen des Etablissements sowie alle Kunden des Hauses schienen rechtzeitig entkommen zu sein. Dame Man Bai war nicht die einzige Person in Fatehpur Sikri, die ihre Ohren weit aufgesperrt gehalten hatte. Das Skelett hatte ihre frühere Dienstherrin schon viel zu lange gefürchtet.

Als der Herrscher vom Verschwinden des Fremdlings hörte, von der mysteriösen Art und Weise, mit der er sich mitten aus einem brennenden Haus heraus in Luft aufgelöst hatte – was viele Bürger der Stadt bereits veranlasste, ihn für einen Zauberer zu halten –, fürchtete er das Schlimmste. Jetzt werden wir ja sehen, dachte er, ob es mit all seinem Gerede über Flüche etwas auf sich hatte.

Am Morgen nach dem Feuer fand man am anderen Ufer des Sees das flache Transportschiff *Gunjayish*, versenkt durch ein großes Loch im Rumpf, das offenbar voller Wut mit einer Axt hineingeschlagen worden war. Niccolò Vespucci, der Mogul der Liebe, hatte sich auf immer davongemacht, doch nicht durch Zauberei, sondern an Bord eines Schiffes, und die beiden Frauen hatte er mitgenommen. Eine Eislieferung aus Kaschmir traf ein, doch gab es kein Schiff, sie über den See von Sikri zu bringen. Die komfortableren Passagierschiffe *Asayish* und *Arayish* mussten zu diesem Dienst herangezogen werden, und sogar das kleine Kurierskiff *Farmayish* belud man bis an die Wasserkante mit Eisblöcken. Er straft uns mit Wasser, dachte der Herrscher. Nun, da er fort ist, lässt er uns nach seiner Gegenwart dürsten. Als Prinz Salim auf Drängen von Dame Man Bai bei ihm vorsprach, um das verschwundene Trio anzuklagen, es habe das eigene Haus in Brand gesetzt, konnte der Herrscher das schlechte Gewissen seines Sohnes wie ein Leuchtfeuer auf dessen Stirn brennen sehen, doch sagte er kein Wort. Was geschehen war, war geschehen. Er gab Anweisung, den Fremden und seine Frauen entkommen zu lassen. Er wollte sie nicht verfolgen, wollte nicht, dass sie sich für das versenkte Schiff verantworten mussten. Sollten sie in Frieden ziehen. Er wünschte ihnen alles Gute, diesem Mann in einem Mantel aus bunten Lederflicken, der Frau, die dünn wie eine Messerklinge war, sowie ihrer gummiballdicken Gefährtin. War die Welt gerecht, würde sich selbst für Menschen, die so schwer wie jene drei zufriedenzustellen waren, ein geruhsames Eckchen finden lassen. Vespuccis Geschichte war zu Ende. Nach der letzten Seite war er hinüber auf die leere Seite gewechselt, hatte die illuminierten Grenzen der bestehenden Welt verlassen und das Reich der Untoten betreten, jener armen Seelen, deren Leben endet, ehe sie zu atmen aufhören. Der Herrscher am Seeufer wünschte dem Mogul der Liebe ein sanftes Fortdauern im Jenseits und einen schmerzlosen Tod; dann wandte er sich ab.

Man Bai hasste die unfertige Natur dessen, was ihr zu Ohren drang, doch lechzte sie vergebens nach Blut. «Schick ihnen Männer hinterher, die sie umbringen», schrie sie ihren Gatten an, doch der befahl ihr zu schweigen, und zum ersten Mal in seinem bislang so unbedeutenden Leben ließ er erahnen, welch bedeutender Herrscher er einst werden würde. Die Vorfälle der letzten Tage hatten ihn verstört, und Neues regte sich in ihm, etwas, das es ihm ermöglichen würde, die rebellische Jugend hinter sich zu lassen und ein edler, kultivierter Mensch zu werden. «Die Tage, in denen ich getötet habe, sind vorbei», sagte er. «Von jetzt an halte ich es für eine größere Tat, ein Leben zu retten, als eines zu vernichten. Bitte mich nie wieder, ein derartiges Unrecht zu tun.»

Der Gesinnungswandel des Kronprinzen kam zu spät. Die Zerstörung von Fatehpur Sikri hatte begonnen. Früh am nächsten Morgen stieg panischer Lärm zu den Schlafgemächern des Herrschers auf, und kaum hatte dieser sich den Hügel hinab, durch den Tumult am Wasserwerk und die noch lautere Kakophonie in der Karawanserei tragen lassen, sah er, dass etwas mit dem See vor sich ging. Langsam, von Minute zu Minute, gleichsam im Schritttempo, zog sich das Wasser zurück. Er ließ die führenden Ingenieure der Stadt kommen, doch vermochten sie das Phänomen nicht zu erklären. «Der See verlässt uns», schrien die Menschen, der goldene, Leben spendende See, den einst ein zur Dämmerung eintreffender Reisender für einen See aus geschmolzenem Gold gehalten hatte. Ohne den See würden die Eisblöcke dem Palast kein frisches Gebirgswasser liefern. Ohne den See würden die Bürger der Stadt, die sich kein Eis aus Kaschmir leisten konnten, nichts zu trinken haben, nichts zum Waschen, nichts zum Kochen, und ihre Kinder würden bald sterben. Ohne den See war die Stadt nur eine dürre, welke Hülse. Das Wasser lief immer weiter ab. Der Tod des Sees war auch das Ende von Sikri.

Ohne Wasser sind wir nichts. Selbst ein Herrscher würde ohne Wasser alsbald zu Staub zerfallen. Wasser ist der wahre Monarch, und wir sind seine Sklaven.

«Evakuiert die Stadt», befahl der Herrscher Akbar.

*

Für den Rest seines Lebens sollte der Herrscher glauben, das unerklärliche Verschwinden des Sees von Fatehpur Sikri sei die Tat jenes Fremdlings gewesen, den er zu Unrecht verschmäht hatte, den er erst wieder an sein Herz ziehen wollte, als es bereits zu spät gewesen war. Der Mogul der Liebe hatte Feuer mit Wasser bekämpft und gewonnen. Es dürfte Akbars verheerendste Niederlage gewesen sein, doch war sie nicht sein Ruin. Moguln waren auch zuvor schon Nomaden gewesen und konnten wieder zu Nomaden werden. Die Zeltarmee stand bei Fuß, jenes Heer der Künstler faltbarer Heimstätten, zweieinhalbtausend Mann, dazu Kamele und Elefanten, bereit loszumarschieren, sobald der Befehl kam, und die Stoffpavillons dort zu errichten, wo er zu ruhen gedachte. Sein Reich war zu riesig, die Truhen zu prall gefüllt, die Armee zu stark, um durch einen einzigen Streich vernichtet werden zu können, und sollte es auch ein so mächtiger Streich wie dieser sein. Im nahen Agra gab es Paläste und ein Fort, ein weiteres in Lahore. Der Reichtum der Moguln war unermesslich. Er musste Sikri verlassen, musste seine geliebte rote Stadt aus Rauch und Schatten einsam in einer Gegend zurücklassen, die plötzlich vertrocknet war, musste sie auf alle Zeit als ein Symbol der Vergänglichkeit hinterlassen, als ein Symbol der Unvermitteltheit, mit der auch den einflussreichsten Herrscher und machtvollsten Monarchen Änderungen überfallen konnten. Doch er würde überleben. Metamorphosen zu überstehen, das war es schließlich, was es hieß, Fürst zu sein. Und als Fürst war er nur ein Bürger an prominenter Stelle, ein in den Rang des nahezu Göttlichen erhobener Mann, denn auch das gehörte zum Menschsein: Metamorphosen zu überstehen und weiterzumachen. Der Hof würde fortziehen, und viele Diener, viele Edelleute würden mitkommen, nur für die Bauern war kein Platz in jener letzten Karawane, die je die Karawanserei verlassen sollte. Den Bauern blieb nur, was sie schon immer gehabt hatten: nichts. Sie würden sich im riesigen Hindustan in alle Himmelsrichtungen verstreuen, und ihr Überleben war allein ihre Angelegenheit. *Und trotzdem erheben sie sich nicht, um uns niederzumetzeln*, dachte der Herrscher. *Sie finden sich mit ihrem armseligen Los ab. Wieso nur? Wieso? Sie sehen doch, wie wir sie im Stich lassen, und dienen uns immer noch. Auch dies bleibt ein Rätsel.*

Es dauerte zwei Tage, den großen Umzug vorzubereiten. Und für zwei Tage blieb ihnen noch genug Wasser. Am Ende dieser Zeit war der See leer, und nur eine morastige Senke zeigte an, wo einst Süßwasser geglitzert hatte. Noch zwei Tage, und auch der Morast würde staubtrocken und sonnengebacken sein. Am dritten Tag zogen die königliche Familie und ihre Höflinge auf der Straße nach Agra davon, der Herrscher aufrecht auf seinem Ross, in ihren Sänften die kostbar gekleideten Königinnen. Dem herrschaftlichen Tross folgten die Edelleute, daran schloss sich die ungeheure Kavalkade der Diener und Leibeigenen an. Den Abschluss machten die Ochsenkarren, die von den Handwerkern mit ihrem Werkzeug und ihren Waren beladen worden waren. Metzger, Bäcker, Bildhauer, Huren. Für talentiertes Personal war immer Platz. Handwerkliches Können ließ sich transportieren, Land nicht. Die Bauern, die wie mit Fesseln an das jetzt dürre, sterbende Land gebunden waren, sahen der großen Prozession hinterher. Dann aber, als wäre die Menge fest entschlossen, sich eine Nacht zu verlustieren, ehe das Elend ihres übrigen Lebens begann, marschierten die im Stich gelassenen Menschen den Hügel hinauf zum Palast. Heute Nacht, nur diese eine Nacht, wollte das gemeine Volk Menschen-Pachisi im königlichen Hof spielen und wie einst der Herrscher oben im steinernen Baum im Haus der Privataudienz hocken. Heute Nacht konnte ein Bauer auf der höchsten Terrasse des Panch Mahal sitzen und Monarch über allem sein, was ihm zu Füßen lag. Wer wollte, konnte heute Nacht sogar in den Schlafgemächern des Herrschers ruhen.

Morgen jedoch würden sie einen Weg finden müssen, dem Tod ein Schnippchen zu schlagen.

*

Nur ein Mitglied des königlichen Haushaltes sollte Fatehpur Sikri nicht mehr verlassen. Nachdem das Haus Skanda niedergebrannt war, fiel Dame Man Bai in einen Zustand geistiger Umnachtung; erst kreischte sie und schrie nach Blut, dann aber, gemaßregelt durch Prinz Salim, versank sie in Melancholie, in eine tiefe Trauer, die sie abrupt verstummen ließ. Mit Sikris Tod endete auch ihr Leben. Von Schuld übermannt, vielleicht auch von der Last ihrer Verantwortung für das Ende der Hauptstadt des Mogulreiches, nutzte sie im Chaos jener letzten Tage einen Augenblick der Einsamkeit, verzog sich in eine Ecke ihres Palastes, wo sie von keiner Dienerin gesehen werden konnte, aß Opium und starb. Und so begrub Prinz Salim noch sein geliebtes Weib, ehe er sich in Trauer zu seinem Vater an der Spitze des großen Zuges gesellte. Auf diese Weise fand die lange Feindschaft zwischen Man Bai und dem Skelett ein tragisches Ende.

Als aber Akbar an jenem Kraterbecken vorüberritt, den Sikris lebensspendender See hinterlassen hatte, begriff er, unter welcher Art Fluch er litt. Es war die Zukunft, die verwünscht worden war, nicht die Gegenwart. In der Gegenwart blieb er unbesiegbar. Wenn ihm der Sinn danach stand, konnte er zehn neue Sikris bauen lassen. Doch wenn es ihn einmal nicht mehr gab, würde alles, was er gedacht hatte, was zu schaffen er getrachtet hatte, seine Philosophie und seine Lebensweise, wie Wasser verdunsten. Die Zukunft würde nicht so sein, wie er sie sich erhofft hatte, sondern ein trockner, feindseliger, widriger Ort, an dem Menschen überlebten, so gut sie es eben vermochten; sie würden ihre Nachbarn hassen, würden Gotteshäuser niederreißen und einander wieder in der neu entfachten Hitze jener großen Fehde erschlagen, die er auf immer zu beenden gehofft hatte, den Streit um und über Gott. Nicht die Zivilisation, sondern Rücksichtslosigkeit würde in der Zukunft den Ton angeben.

«Wenn das Eure Lektion für mich ist, Mogul der Liebe», sprach er stumm den geflohenen Fremdling an, «dann ist der Titel falsch, den Ihr Euch gegeben habt, denn in dieser Version der Welt ist nirgendwo Liebe zu finden.»

An jenem Abend aber kam Qara Köz in sein Brokatzelt, die verschwiegene Prinzessin, schön wie eine Flamme. Dies war nicht die maskuline, kurzgeschorene Kreatur, in die sie sich verwandelt hatte, um aus Florenz zu fliehen, sondern die Prinzessin in all ihrer jugendlichen Schönheit, jenes unwiderstehliche Geschöpf, das schon Schah Ismail von Persien und auch Argalia bezaubert hatte, den Türken, den Florentiner Janitscharen, den Träger der Verwunschenen Lanze. An jenem Abend auf Akbars Rückzug von Sikri sprach sie ihn zum ersten Mal an. *Es gibt da etwas*, sagte sie, *da habt Ihr Euch geirrt.*

Sie war unfruchtbar. Sie war die Geliebte eines Königs und eines großen Kriegers gewesen, doch hatte es in beiden Fällen keine Nachkommen gegeben. Und auch in der Neuen Welt hatte sie kein Mädchen geboren, sie war also ohne Kind geblieben.

Wer dann war des Fremdlings Mutter, verlangte der Herrscher erstaunt zu wissen. In den Spiegeltafeln an den Wänden des Brokatzeltes fing sich das Kerzenlicht, dessen Widerschein in seinen Augen tanzte. Ich hatte einen Spiegel, sagte die verschwiegene Prinzessin. Sie war mir wie mein eigenes Widerbild im Wasser, wie das Echo meiner Stimme. Wir haben alles miteinander geteilt, auch unsere Männer, doch konnte sie eines sein, was ich nie zu werden vermochte. Ich war eine Prinzessin, sie aber wurde Mutter.

«Der Rest ist ungefähr so gewesen, wie Ihr es Euch gedacht habt», sagte Qara Köz. «Spiegels Tochter war das Spiegelbild ihrer Mutter und jener Frau, deren Spiegelbild Spiegel gewesen war. Und es hat Tode gegeben, ja. Die Frau, die jetzt vor Euch steht, die Ihr zum Leben zurückgebracht habt, ging als Erste. Später erzog Spiegel ihr Kind in dem Glauben, sie sei, wer sie nicht war, die Frau, die einst die Mutter des Mädchens gespiegelt und auch geliebt hatte. Das Verwischen der Generationen, der Verlust der Wörter *Vater* und *Tochter*, die Substitution anderer, inzestuöser Wörter. Ihr Vater, der ihr Mann wurde. Das Verbrechen wider die Natur ist begangen worden, doch nicht von mir, und ich habe kein Kind, das man derart geschändet hat. In Sünde geboren, starb die Kleine früh, ohne je zu erfahren, wer sie war. Angelica, ja, Angelica, so lautete ihr Name. Ehe sie starb, schickte sie ihren Sohn aus, damit er Euch aufspüre und um das bitte, was er nie hätte fordern dürfen. Am Totenbett blieben die Verbrecher stumm, als Spiegel und Herr aber vor ihrem Gott standen, wurden sämtliche Taten offenbar.»

Das also war die Wahrheit. Niccolò Vespucci, den man in dem Glauben erzogen hatte, ein Prinz zu sein, war ein Kind des Spiegels Kind. Beide aber, er wie seine Mutter, hatten keinen Anteil an diesem Betrug. Sie waren die Betrogenen.

Der Herrscher verstummte und dachte über die von ihm begangene Ungerechtigkeit nach, für die er mit dem Untergang seiner Hauptstadt bestraft worden war. Der Fluch des Unschuldigen hatte den Schuldigen getroffen. In Demut neigte er sein Haupt. Qara Köz, Dame Schwarzauge, die verschwiegene Prinzessin, setzte sich ihm zu Füßen und strich ihm sanft über die Hand. Die Nacht entschwand. Ein neuer Tag begann. Die Vergangenheit war bedeutungslos. Es gab nur die Gegenwart – und ihre Augen. Unter ihrem unwiderstehlichen Blick verwischten sich die Generationen, sie überblendeten sich, lösten sich auf. Doch sie war für ihn verboten. Nein, nein, sie konnte nicht verboten sein. Wie sollte das, was er für sie empfand, ein Vergehen wider die Natur sein können? Wer wollte es wagen, dem Herrscher zu verbieten, was sich der Herrscher selbst gestattete? Er war der Richter über das Gesetz, seine Verkörperung, und in seinem Herzen war keine Sünde.

Er hatte sie von den Toten zurückgeholt und ihr die Freiheit der Lebenden gewährt, hatte sie erlöst, auf dass sie wählen und gewählt werden konnte, und sie hatte ihn erwählt. Als wäre das Leben ein Fluss und Menschen die Trittsteine in seinem Strom, hatte sie die fließenden Jahre überquert und war zurückgekehrt, um seine Träume zu füllen, den Platz einer anderen Frau in seiner *khayal* einzunehmen, in seiner gottgleichen, omnipotenten Phantasie. Vielleicht war er nicht mehr sein eigener Herr. Was, wenn er ihrer müde wurde? – Nein, er würde ihrer niemals müde werden. – Doch konnte sie überhaupt verbannt werden? Entschied sie allein, ob sie ging oder blieb?

«Letztlich bin ich also doch noch heimgekehrt», sagte sie. «Ihr habt es mir erlaubt, und so bin ich hier, am Ende meiner Reise. Und nun, Schirmherr der Welt, gehöre ich Euch.»

Bis du nicht mehr bist, dachte der allumfassende Herrscher. *Bis du nicht mehr bist, meine Liebe.*

Bibliographie

Bücher

Ady, Cecilia M., *Lorenzo de' Medici and Renaissance Italy*, The English University Press Ltd, London 1960.

Alberti, Leon Battista, *Vom Hauswesen*, übers. v. W. Kraus, Deutscher Taschenbuch Verlag, München 1986.

Anglo, Sydney, *The Damned Art: Essays on the Literature of Witchcraft*, Routledge & Kegan Paul, Boston 1977.

Ariosto, Ludovico, *Rasender Roland*, übers. v. B. Kroeber, Deutscher Taschenbuch Verlag, München 2008.

Birbari, Elizabeth, *Dress in Italian Painting 1460–1500*, John Murray, London 1975.

Boiardo, Matteo, *Der verliebte Roland des Matteo Maria Boiardo*, Lyrik Kabinett, München 2008.

Bondanella, Peter (Hrsg.), u. Mark Musa (Übers.), *The Portable Machiavelli*, Penguin, New York 1979.

Brand, Michael, und Glenn Lowry (Hrsg.), *Fatehpur-Sikri*. Marg Publications, Bombay 1987.

Brebner, John Bartlet, *Die Erforscher von Nordamerika*, übers. v. O. A. van Bebber, Goldmann, Bern-Leipzig-Wien 1936.

Brown, Judith, und Davis, Robert, *Gender and Society in Renaissance Italy*, Longman, London-New York 1998.

Brucker, Gene (Hrsg.), *The Society of Renaissance Florence: A Documentary Study*, University of Toronto Press, Toronto 2001.

– «Sorcery in Early Renaissance Florence», *Studies in the Renaissance*, Vol. 10 (1963), S. 7–24.

– *Florenz in der Renaissance: Stadt, Gesellschaft, Kultur*, übers. v. C. Preuschoft, Rowohlt, Reinbek b. Hamburg 1990.

– *Giovanni und Lusanna: Die Geschichte einer Liebe im Florenz der Renaissance*, übers. v. C. Preuschoft, Rowohlt TB-Verlag, Reinbek b. Hamburg 1988.

Burckhardt, Jacob, *Die Kultur der Renaissance in Italien: Ein Versuch*, übers. v. W. Rehm, Nikol, Hamburg 2004.

Burke, Peter, *Die Renaissance in Italien*, übers. v. R. Kaiser, Wagenbach, Berlin 1992.

– *Die Renaissance*, übers. v. Robin Cackett, Fischer, Frankfurt a. M. 1996.

Burton, Sir Richard, *The Illustrated Kama Sutra*, Hamlyn Publishing Group, Middlesex UK 1987.

Calvino, Italo, *Die Braut, die von Luft lebte, und andere italienische Märchen*, übers. v. B. Kroeber, Hanser, München-Wien 1993.

Camporesi, Piero, *The Magic Harvest: Food, Folklore and Society*, Polity Press, Cambridge UK 1993.

Cassirer, Ernest (Hrsg.), *The Renaissance Philosophy of Man*, The University of Chicago Press, Chicago 1948.

Castiglione, Baldassare, *Der Hofmann*, übers. v. Albert Wesselski, Wagenbach, Berlin 2008.

Cohen, Elizabeth S., u. Thomas V. Cohen, *Daily Life in Renaissance Italy*, The Greenwood Press, Westport, CT, 2001.

Collier-Frick, Carole, *Dressing Renaissance Florence*, Johns Hopkins University Press, Baltimore 2002.

Creasy, Sir Edward S., *History of the Ottoman Turks from the Beginning of Their Empire to the Present Time*, Out-of-Print Books on Demand, Ann Arbor, MI, UMI 1991.

Curton, Philip D., *Cross-Cultural Trade in World History*, Cambridge University Press, New York 1984.

Dale, Stephen Frederic, *Indian Merchants and Eurasian Trade, 1600–1750*, Cambridge University Press, New York 1994.

Dalu, Jones (Hrsg.), *A Mirror of Princes: The Mughals and the Medici*, Marg Publications, Bombay 1987.

Dash, Mike, *Tulpenwahn*, übers. v. E. Peschel, Ullstein, München 2001.

de Grazia, Sebastian, *Machiavelli in Hell*, Harvester Wheatsheaf, Hertfordshire UK 1989.

Dempsey, C., *The Portrait of Love: Botticelli's Primavera and Humanist Culture at the Time of Lorenzo the Magnificent*, Princeton University Press, Princeton, NJ, 1992.

Dubreton-Lucas, J., *So lebten die Florentiner zur Zeit der Medici*, übers. v. Fritz Jaffé, Deutsche Verlagsanstalt, Stuttgart 1961.

Eraly, Abraham, *Emperors of the Peacock Throne: The Age of the Great Mughals*, Penguin Books India, New Delhi 2000.

Fernandez-Armesto, Felipe, *Amerigo: The Man Who Gave His Name to America*, Random House, New York 2007.

Findly, Ellison B., «The Capture of Maryam-uz-Zamani's ship: Mughal women and European traders», *Journal of the American Oriental Society*, Bd. 108, Nr. 2 (April 1988).

Finkel, Caroline, *Osman's Dream: The Story of the Ottoman Empire 1300—1923*, John Murray, London 2005.

Gallucci, Mary M., «‹Occult› Power: The Politics of Witchcraft and Superstition in Renaissance Florence», *Italica* Bd. 80, (Frühjahr 2003), S. 1—21.

Gascoigne, Bamber, *Die Großmoguln*, Sonderausgabe, Prisma-Verlag, Gütersloh 1987.

Goodwin, Godfrey, *The Janissaries*, Saqi Books, London 1997.

Goswamy, B. N., u. Caron Smith, *Domains of Wonder: Selected Masterworks of Indian Painting*, San Diego Museum of Art, San Diego, CA, 2005.

Grimassi, Raven, *Italian Witchcraft: The Old Religion of Southern Europe*, Llewellyn Publications, Woodbury, Minnesota 2006.

Gupta, Ashin Das, u. M. N. Pearson (Hrsg.), *India and the Indian Ocean, 1500–1800*, Oxford University Press, Kalkutta 1987.

Hale, J. R., *Die Medici und Florenz*, Lübbe, Bergisch-Gladbach 1981.

Horniker, Arthur Leon, «The Corps of the Janizaries», *Military Affairs*, Bd. 8, Nr. 3 (Herbst 1944), S. 177–204.

Imber, Colin, *The Ottoman Empire, 1300–1650: Structure of Power*, Palgrave Macmillan, New York 2002.

King, Margaret, *Frauen in der Renaissance*, übers. v. H. Fließbach, Deutscher Taschenbuch Verlag, München 1998.

Klapisch-Zuber, Christine, *Women, Family and Ritual in Renaissance Italy*, University of Chicago Press, Chicago 1985.

Kristeller, Paul Oskar, *Humanismus und Renaissance* (Humanistische Bibliothek), Fink, München 1976.

Lal, Ruby, *Domesticity and Power in the Early Mughal World*, Cambridge University Press, New York 2005.

Landucci, Luca, *Ein florentinisches Tagebuch 1450–1516*, Diederichs, Köln-Düsseldorf 1978.

Lawner, Lynne, *Lives of the Courtesans: Portraits of the Renaissance*, Rizzoli, New York 1987.

Lorenzi, Lorenzo, *Witches: Exploring the Iconography of the Sorceress and Enchantress*, ins Englische übers. v. U. Creagh, Centro Di, Florenz 2005.

Machiavelli, Niccolò, *Discorsi*, Dt. Gesamtausgabe, Kröner, Stuttgart 2007.

Manucci, Niccolao, *Mogul India 1653–1708 or Storia do Mogor*, ins Englische übers. v. W. Irvine, Bde. I & II, Low Price Publications, New Delhi 1996.

–, *Mogul India 1655–1708 or Storia do Mogor*, übers. v. W. Irvine, Bde. III & IV, Low Price Publications, New Delhi 1996.

Masson, Georgina, *Kurtisanen der italienischen Renaissance*, Lübbe, Bergisch-Gladbach 1978.

McAlister, Lyle N., *Spain and Portugal in the New World: 1402–1700*, University of Minnesota, Minneapolis 1984.

Mee, Charles L., *Daily Life in Renaissance Italy*, American Heritage Publishing Co. Inc., New York 1975.

Morgan, David, *Medieval Persia, 1040–1707*, Pearson Education Ltd, Essex UK 1988.

Mukhia, Harbans, *The Mughals of India*, Blackwell Publishing, Maiden, MA, 2004.

Nath, R., *Private Life of the Mughals of India: 1526–1803*, Rupa & Co., New Delhi 2005.

Origo, Iris, «The Domestic Enemy: Eastern Slaves in Tuscany in the 14th and 15th Centuries», *Speculum* 30 (1955), S. 321–36.

Pallis, Alexander, *In the Days of the Janissaries*, Hutchinson & Co., London 1951.

Penrose, Boies, *Travel and Discovery in the Renaissance 1420–1620*, Harvard University Press, Cambridge, MA, 1952.

Pottinger, George, *The Court of the Medici*, Croom Helm Ltd, London 1978.

Raman, Rajee, *Ashoka the Great and Other Stories*, Vadapalani Press, Vadapalani, Chennai, o. Erscheinungsdatum.

Rizvi, Saiyid Athar Abbas, und Vincent John Adams Flynn, *Fatehpur-Sikri*, Taraporevala Sons & Co., Bombay 1975.

Rogers, Mary, und Paolo Tinagli, *Women in Italy, 1350–1650: Ideals and Reality*, Manchester University Press, Manchester UK 2005.

Rosenberg, Louis Conrad, *The Davanzati Palace, Florence, Italy. A Restored Palace of the Fourteenth Century*, The Architectural Book Publishing Company, New York 1922.

Ruggiero, Guido, *Binding Passions: Tales of Magic, Marriage, and Power at the End of the Renaissance*, Oxford University Press, New York 1993.

Sachs, Hannelore, *Die Frau in der Renaissance*, Schroll, Wien-München 1971.

Savory, Roger, *Iran Under the Safavids*, Cambridge University Press, New York 1980.

Seed, Patricia, *Ceremonies of Possession in Europe's Conquest of the New World: 1402–1640*, Cambridge University Press, New York 1995.

Sen, Amartya, *The Argumentative Indian: Writings on Indian History, Culture and Identity*, Farrar, Straus & Giroux, New York 2005.

Seyller, John, *The Adventures of Hamza: Painting and Storytelling in Mughal India*, Freer Gallery of Art and Arthur M. Sackler Gallery, Smithsonian Institute, Washington, DC, 2002.

Sharma, Shashi S., *Caliphs and Sultans: Religious Ideology and Political Praxis*, Rupa & Co., New Delhi 2004.

Symcox, Geoffrey (Hrsg.), *Italian Reports on America: 1403–1522*, Brepols, Turnhout (Belgien) 2001.

Thackston, Wheeler M. (Übers. u. Hrsg.), *The Baburnama: Memoirs of Babar, Prince and Emperor*, New York, Oxford University Press, New York 1996.

–, *The Jahangirnama: Memoirs of Jahangir, Emperor of India*, Oxford University Press, New York 1999.

Treharne, R. F., und H. Fullard (Hrsg.), *Muir's Historical Atlas: Medieval and Modern*, 10. Auflage, Barnes & Noble Inc., New York 1964.

Trexler, R., *Public Life in Renaissance Florence*, Academic Press, New York 1980.

Trexler, Richard, *Dependence and Context in Renaissance Florence* – siehe Kapitel: «Florentine Prostitution in the Fifteenth Century: Patrons and Clients», Medieval and Renaissance Texts and Studies, Binghamton, NY, 1994.

Turnball, Stephen, *Essential Histories: The Ottoman Empire, 1326–1609*, Routledge, Oxford UK 2003.

Viroli, Maurizio, *Das Lächeln des Niccolò*, übers. v. F. Hausmann, Rowohlt TB-Verlag, Reinbek b. Hamburg 2001.

Von Garbe, Richard, *Kaiser Akbar von Indien: Ein Lebens- und Kul-*

turbild aus dem 16. Jahrhundert, Haessel Verlag, Leipzig 1909. Auf Englisch verfügbar s. unter «Websites».

Weinstein, D., *Savonarola and Florence: Prophecy and Patriotism in the Renaissance*, Princeton University Press, Princeton, NJ, 1970.

Welch, Evelyn, *Shopping in the Renaissance: Consumer Cultures in Italy, 1400–1600*, Yale University Press, New Haven, CT, 2005.

Websites

al-Fazl ibn Mubarak, Abu, übers. v. H. Beveridge, *Akbar-namah (The Book of Akbar)*, Packard Humanities Institute: *Persian Literature in Translation*. Online unter: http://persian.packhum.org/persian

al-Fazl ihn Mubarak, Abu, übers. v. H. Blockhmann and Colonel H. S. Jarrett, *Ain-i-Akbari (Akbar's Regulations)*. Packard Humanities Institute: *Persian Literature in Translation*. Online unter: http://persian.packhum.org/persian

Bada'uni, Abd al-Qadir, übers. v. Haig, W., Ranking, G., u. W. Lowe, *Muntakhab ut-tawarikh*, Packard Humanities Institute: *Persian Literature in Translation*. Online unter: http://persian.packhum.org/persian

Brehier, Louis, *The Catholic Encyclopedia*, Bd. V – siehe Eintrag: «Andrea Doria», Robert Appleton Company, New York 1909. Online unter: www.newadvent.org/cathen/O5134b.htm

Cross, Suzanne, *Feminae Romanea: The Women of Ancient Rome*, 2001–2006. Online unter: web.mac.com/heraklia/Dominae/imperialwomen/index.html

Encyclopædia Britannica 2007 – siehe Eintrag «Doria, Andrea». Online unter: Encyclopaedia Britannica Online, 31. Okt. 2007: http://www.britannica.com/eb/article-9O3O969

Gardens of the Mughal Empire – siehe Eintrag v. Silver, Brian Q.,

«Introduction to the Music of the Mughal Court», Smithsonian Productions. Online unter: www.mughalgardens.org/html/music01.html

Von Garbe, Richard, *Akbar, Emperor of India*, übers. v. Lydia G. Robinson, Project Gutenberg eBook, 23. Nov. 2004. Online unter: www.gutenberg.org

Anmerkung

Dies ist keine vollständige Liste der von mir konsultierten Werke. Sollte ich, ohne es zu wollen, die Angabe einer Quelle vergessen habe, deren Material für diesen Text genutzt wurde, bitte ich um Nachsicht. Jedes derartige Versehen wird, sofern es mir zur Kenntnis gebracht wird, in künftigen Ausgaben berichtigt.

Danksagung

Ich möchte Vanessa Manko für ihre Hilfe bei der Zusammenstellung der obigen Bibliographie danken, aber auch für ihre unschätzbare Unterstützung bei der Recherche zu diesem Roman, der unter anderem erst durch ein Hertog-Forschungsstipendium des Hunter College in New York ermöglicht wurde. Meine Dankbarkeit gilt zudem meinen Verlegern Will Murphy, Dan Franklin und Ivan Nabokov, der Emory University sowie Stefano Carboni, Frances Coady, Navina Haidar, Rebecca Kumar, Suketu Mehta, Harbans Mukhia und Elizabeth West. Außerdem bin ich Ian McEwan zu Dank verpflichtet, mit dem ich vor vielen Jahren den Song *Meine süße Polenta* improvisiert habe.

SALMAN RUSHDIE

Mitternachtskinder
Roman, btb 74660

Die satanischen Verse
Roman, btb 74659

Des Mauren letzter Seufzer
Roman, btb 74658

Wut
Roman, btb 74748

Der Boden unter ihren Füßen
Roman, btb 74445

Shalimar der Narr
Roman, btb 74338

Grimus
Roman, btb 74815

Osten, Westen
Roman, btb 74661

Harun und das Meer der Geschichten
Roman, btb 74747

Das Lächeln des Jaguars
Roman, btb 74749

Heimatländer der Phantasie
Roman, btb 74816

Joseph Anton
Roman, btb 74714

btb